DIGA QUE VOCÊ É UM DELES

UWEM AKPAN

DIGA QUE VOCÊ É UM DELES

A realidade das crianças em uma África devastada pela guerra

Tradução

Alice Xavier

Ediouro

Ediouro

Diretor: Edaury Cruz
Assistente editorial: Fernanda Cardoso
Coordenadora de produção: Adriane Gozzo
Assistente de produção: Juliana Campoi
Preparação de texto: Tuca Faria
Revisão: Rosane Albert
Editora de arte: Ana Dobón
Projeto gráfico e diagramação: A2
Capa: Keith Hayes
Imagens de capa e lombada: David Sacks
Imagem da orelha: Comfort Ukpong
Mapa: John Barnett

Agradecimentos ao *The New Yorker*, onde os contos "Uma ceia de Natal" e "O quarto dos meus pais" foram publicados pela primeira vez, sofrendo alterações para esta edição. "Uma ceia de Natal" também foi publicado no *Kwani?* e no *Guardian* (Nigéria).

Dados Internacionais de Catalogação na Publicação (CIP)
(Câmara Brasileira do Livro, SP, Brasil)

Akpan, Uwem
Diga que você é um deles / Uwem Akpan ; tradução Alice Xavier. -- São Paulo : Ediouro, 2009.

Título original: Say you're one of them.
ISBN 978-85-00-01629-5
1. Contos africanos 2. Crianças - África - Ficção 3. Ficção nigeriana em inglês I. Título.

09-02697 CDD-823.92

Índice para catálogo sistemático:
1. Contos : Literatura nigeriana em inglês
823.92

Ediouro Publicações Ltda.
Rua Nova Jerusalém, 345
Bonsucesso - Rio de Janeiro - RJ - CEP: 21042-235
Tel.: (21) 3882-8200 - Fax: (21)3882-8212/8313
www.ediouro.com.br

Para meus pais, Linus e Margaret, cujo amor é um mundo de histórias entre eles.

E para meu tio, George, que esteve lá.

Sumário

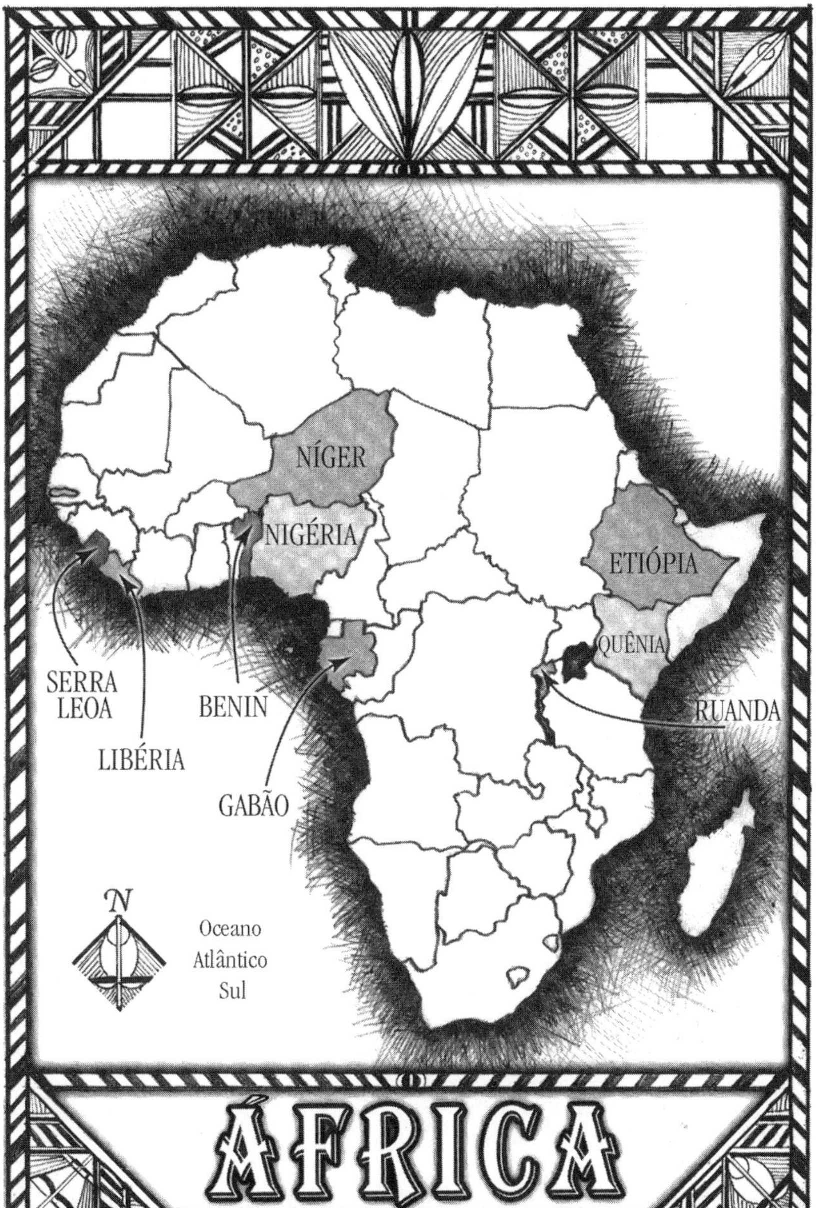
NÍGER
NIGÉRIA
ETIÓPIA
QUÊNIA
SERRA
LEOA
LIBÉRIA
BENIN
GABÃO
RUANDA
N
Oceano
Atlântico
Sul
ÁFRICA

*Se o nosso Deus, a quem servimos, for capaz de nos livrar,
ele nos livrará da causticante fornalha em chamas e
do teu poder, ó rei; e mesmo que ele não o seja, então
deves saber, ó rei, que não serviremos a teu deus, nem
adoraremos a estátua que tu erigiste.*

DANIEL 3:17-18

*O que é bom foi declarado a ti: que pratiques a justiça,
ames com ternura e andes humildemente com o teu Deus.*

MIQUEIAS 6:8

Uma ceia de Natal

AGORA QUE MINHA IRMÃ MAIS VELHA, Maisha, tinha doze anos, nenhum de nós sabia mais como se relacionar com ela. Maisha nunca perdoou nossos pais por não terem dinheiro suficiente para mandá-la à escola. Ela andava se comportando como um gato que está voltando ao estado selvagem: cada vez aparecia menos em casa e ficava só o tempo de trocar de roupa e me dar algum dinheiro para entregar aos nossos pais. Quando ia em casa, Maisha os evitava tanto quanto possível, como se a presença deles lhe lembrasse muitas coisas na vida que dependiam de dinheiro. No entanto, embora respondesse mal a papai de vez em quando, ela nunca dizia nada a mamãe. Quem às vezes se dispunha a provocá-la era mamãe.

– *Malaya*! Puta! Você ainda nem tem peito! – dizia mamãe.

Maisha fazia de conta que não ouvia.

Seus pensamentos ela compartilhava com Naema, nossa irmã de dez anos, mais do que com todos nós outros somados. Em geral, falavam sobre o que uma menina de rua deve fazer e o que não deve. Maisha deixava Naema experimentar seus sapatos de salto alto, mostrava-lhe como pintar o rosto, como usar dentifrício e escova de dente. Dizia a Naema que fugisse de qualquer homem que a espancasse, não importando quanto dinheiro lhe oferecesse; e que ela iria tratá-la como tratava mamãe se Naema virasse adulta para ter uma quantidade exagerada de filhos. Dizia-lhe que mais valia passar fome que sair com qualquer homem sem usar preservativo.

Quando estava trabalhando, no entanto, fazia de conta que não conhecia Naema, talvez porque ela lhe recordasse a casa, ou por não querer que visse que a irmã mais velha não era tão chique e elegante quanto gostaria de parecer. A mim Maisha tolerava mais fora de casa que dentro. Por mais esfarrapado que eu estivesse, podia conversar com minha irmã na calçada. Um menino de oito anos não atrapalhava quando ela estava esperando fregueses. Nós sabíamos fingir que éramos estranhos – apenas um menino de rua conversando com uma prostituta.

Mesmo assim, nossa família *machokosh* tinha sorte. Diferentemente da maioria, nossa família sem-teto se mantivera reunida – pelo menos até aquele Natal.

O SOL TINHA MORRIDO, no anoitecer da véspera de Natal. O mau tempo desorganizara as estações do ano, e Nairóbi estava mergulhada numa enchente baixa. A chuva leve de dezembro tamborilava em nosso telhado de lona encerada. Eu estava sentado no chão do barraco, que ficava sobre uma laje de cimento no final de um beco, encostado nos fundos de uma velha fábrica de tijolos. Os ventos ocasionais faziam inchar as paredes de polietileno marrom. O chão se achava forrado com as almofadas que eu havia catado no lixo da rua Biashara. À noite, enrolávamos o bordo do encerado para deixar entrar o brilho das luzes de segurança da fábrica. Uma tábua que servia de porta ficava encostada no muro.

Um trovão acordou mamãe. Ela se levantou preguiçosamente, retirando as mãos do baú de Maisha, que tinha ficado segurando enquanto dormia. O baú era azul-marinho, com reforços e rodinhas de bronze, e ocupava grande parte da área de moradia. Em pânico, mamãe saiu tateando as paredes, e foi apalpar os gêmeos de dois anos – meu irmão Otieno e minha irmã Atieno –, e Baba, meu pai; os três dormiam, embolados uns nos outros como filhotinhos de cachorro. Mamãe procurava Baby. A camiseta branca, que ela ganhou três meses atrás, quando Baby nasceu, tinha duas manchas de leite na frente. Naquele momento mamãe deve ter lembrado que ele estava com Maisha e Naema. Relaxando, bocejou e espreguiçou-se, indo atingir um caibro de cortiça. Uma das pedras que ancoravam nosso telhado caiu para o lado de fora.

Nesse momento, mamãe botou as mãos debaixo da *shuka* e tornou a amarrar em volta da cintura os cordões da bolsa de dinheiro que o sono e o álcool tinham tirado do lugar. Ficou remexendo em nossa caixa de papelão da família, apanhando roupas, sapatos e meu novo uniforme escolar, enrolado em documentos inúteis que Baba roubara de bolsos alheios. Mamãe continuou a procurar, e o conteúdo da caixa foi se empilhando em cima de Baba e dos gêmeos. Ela então desencavou uma lata de cola de sapateiro New Suntan. A cola foi presente de Natal dos filhos de uns *machokosh* que moravam ali perto.

Mamãe sorriu para a cola e me deu uma piscada, empurrando a língua através do buraco deixado pelos dentes que faltavam. Abriu com destreza a tampa da lata, e o barraco foi invadido pelo cheiro de sapataria. Fiquei olhando mamãe derramar *kabire* em minha "mamadeira" de plástico. À luz mortiça, a cola brilhava, quente e amarela. Embora minha mãe ainda parecesse embriagada da festa da noite anterior, suas mãos estavam tão firmes que as volumosas pulseiras feitas de guirlandas de papel-alumínio, presente da festa natalina da igreja, nem sequer balançaram. Depois de haver derramado bastante, cortou o jorro de cola com uma inclinação da lata. O restinho da cola que entrou no frasco afinou, enrolando-se, e ficou pendurado no ar como uma estalactite. Ela cobriu o plástico com a palma da mão, para conservar a força da cola. Cheirar cola ia matar minha fome se Maisha não voltasse para casa com uma ceia de Natal para nós.

Mamãe se virou para Baba, empurrando-lhe o corpo com o pé.

– Acorde, faz dias que você não trabalha!

Baba se virou e gemeu. Seus pés estavam esticados para fora do barraco, por baixo da parede impermeável. Os dedões haviam escapado dos tênis molhados. Mamãe o cutucou de novo com o pé, e ele começou a mover as pernas como se estivesse caminhando no sono.

Lá fora, nossa cadela rosnou. Mamãe estalou os dedos, e a cadela entrou, a barriga madura da prenhez se balançando como roupa molhada posta a secar no varal e enfunada pelo vento. Perita em descobrir cadelas prenhas, minha mãe passara um mês e meio tentando atraí-la com carinhos e comida, até que ela se tornou nossa; mamãe esperava vender os filhotes e conseguir dinheiro para comprar meus livros escolares. Agora a cadela estava lambendo o rosto de Atieno. Mamãe apalpou a barriga do animal com os dedos em gancho, como uma parteira nativa.

– Ah, Simba, o parto está caçando você – ela cochichou nos ouvidos da cachorrinha. – Como a escola está caçando meu filho.

Empurrou a cadela para fora. Simba se deitou, cobrindo com seu calor os pés de Baba. De vez em quando dava um latido, para evitar que outros cães mexessem em nossa cozinha móvel, encostada na parede da loja.

– Jigana, ontem à noite você teve sorte com Baby? – mamãe me perguntou de repente.

– Um pouco – tranquilizei-a e entreguei-lhe um punhado de moedas e de cédulas.

Ela meteu o dinheiro embaixo da *shuka*; o zíper da bolsa soltou dois peidos ruidosos.

Embora no Natal as pessoas fossem mais generosas com os mendigos, nossa verdadeira isca era Baby. Nós nos revezávamos em empurrá-lo na cara dos passantes.

– Ah, filho, você nunca vai ver um Natal como o deste ano. – Seu rosto se abriu num sorriso. – No ano que vem vamos pagar a mensalidade da escola. Não vai ter nada de ficar zanzando por aí. Nem ficar amolengando o miolo com cola, garoto. Você voltará pra escola! A chuva te pegou com Baby?

– A chuva me pegou aqui.

– E Baby? Quem tá carregando ele?

– Naema.

– E Maisha? Por onde ela anda, que não vem dar plantão com a criança?

– Mamãe, ela está muito zangada.

– Essa menina tá bate que bate na minha cabeça. Agora faz três mês que nem me dá bom-dia. Que bicho tá cumeno o juízo dela?

Às vezes as palavras de mamãe saíam como se ela estivesse bocejando, por causa da brecha larga da boca banguela.

– Ora, só porque agora ela rebola que rebola o corpo pros homens endinheirados, tá achando que me dá a volta? Diz aí, por que Maisha se negou a ficar com Baby?

– Ela diz que é exploração infantil.

– Exploração infantil? Maisha agora é funcionária de ONG? Essa menina gosta mais de ser puta que de pedir esmola com Baby?

– Sei não. Ela foi embora com os clientes turistas. Hoje foi tudo gente branca de verdade, só *musungu*. Com macaco e tudo.

Mamãe cuspiu pela abertura da porta.

– Eca, esses aí não tomam jeito! Conheço eles. Nunca pagam a tarifa de Natal, e ainda por cima deixam o motorista trepar com ela. Jigana, fala com essa menina. Ou você não quer completar a escola? Ela não pode te dar só o uniforme.

Eu concordei balançando a cabeça. Em dois dias já havia experimentado oito vezes o uniforme, louco para voltar às aulas. A camisa de xadrez branco e verde e o short verde-oliva tinham ficado amassados. Meti a mão na caixa de papelão e alisei um pedaço da roupa que se destacava da bagunça.

– Por que você está bagunçando o uniforme tão bonito? – perguntou mamãe. – Tem paciência, garoto. A escola tá quase chegando.

Afundou a mão dentro da caixa, enterrando o pacote.

– Maisha gosta de você – disse baixinho. – Por favor, Jigana, diz pra ela que você precisa de mais coisas: sapatos, a taxa da associação dos professores, a taxa do preparatório. A gente tem que poupar todo o dinheiro do Natal pra dar instrução a você, o primeiro filho homem. Diga a Maisha que pare de comprar aquelas roupas de marca, tão ridículas, roupa montada, roupa com cheiro de gente branca morta, e que nos entregue o dinheiro.

Dizendo isso, começou a dar socos enfurecidos na tampa do baú. O baú era uma grande obstrução, a única mobília que tínhamos com forma sólida e definida. Havia um ano que Maisha trouxera o baú para casa, e antes de abri-lo sempre mandava a gente sair do barraco. Nenhum de nós conhecia seu conteúdo secreto, a não ser o perfume insistente. Para nós ele continha mistério e consolação, sentimentos que iam crescendo a cada vez que Maisha chegava a casa com mais coisas. Às vezes, quando ela não aparecia por muito tempo, nossa angústia transformava o baú numa garantia da volta dela.

– *Malaya*! Prostituta! É só ela não voltar que eu quebro esse caixão hoje de noite mesmo! – dizia mamãe, furiosa, cuspindo no cadeado de segredo e sacudindo a arca até nós ouvirmos os objetos baterem uns nos outros.

Na ausência de Maisha ela sempre descontava a raiva no baú. Estiquei os braços para agarrar as mãos dela.

– Ah, seu cafetão! – rosnou. – Você defende a *malaya*.

– Não é culpa dela. São turistas *musungu*.

– Acho bom você voltar pra escola antes de ela fugir.

– Vou ter de contar pra ela o que você disse.

– E eu vou ter de enterrar você e sua boca nervosa nesse caixão.

Nós nos atracamos. Suas longas unhas me deram um corte na testa e o sangue escorreu. Mas ela ainda sacudia o baú. Virando o corpo, eu me joguei em cima dela e lhe dei uma mordida na coxa direita. Não consegui tirar sangue porque tinha perdido meus dentes de leite da frente. Mamãe me largou e rodou por cima dos corpos de nossa família adormecida. Atieno deu um grito curto e assustador, como se estivesse tendo um pesadelo, e depois caiu no sono de novo. Baba gemeu e disse que não gostava que os parentes ficassem brigando durante o Natal.

– Você mordeu minha mulher por causa daquela puta? – queixou-se ele. – Umas boas varadas de manhã vão te ensinar disciplina. Vou ter de ir à escola pessoalmente pedir ao diretor pra te arranjar uma vara grande.

Um calombo roxo tinha frutificado na coxa de mamãe. Ela enrolou a barra do vestido e começou a massagear o machucado, seus lábios se movendo em pragas silenciosas. Então, para me castigar, apanhou o *kabire* que tinha servido para mim e o aplicou ao inchaço. Empurrava contra ele a boca da garrafa, na esperança de que os vapores aliviassem a contusão.

Quando acabou de se tratar, mamãe me devolveu a garrafa. Como a cola ainda estava muito forte, não cheirei direto, mas pus os lábios em torno da boca da garrafa e fui tragando devagar, como se ela fosse um baseado gigantesco feito de *bhang*, a maconha indiana. A primeira sensação foi de não ter cuspe na boca, e depois os vapores começaram a deixar minha língua dormente. O calor me entrava pela garganta o tempo todo, indo fazer cócegas nas narinas, como um espirro abortado. Parei um pouco e soltei o vapor com um sopro. Depois voltei a sugar de novo e o engoli. Meus olhos se encheram de água, a cabeça começou a rodar, e deixei cair a garrafa.

Quando olhei para cima, mamãe tinha servido um pouco de *kabire* para si e estava cheirando. Ela e Baba quase nunca usavam *kabire*.

– *Kabire* é só pra criança – o falecido pai de Baba costumava avisar a eles, quando os apanhava de olho comprido em nossa cola.

Nesse Natal não estávamos assim tão desesperados por comida. Além do dinheiro trazido por mendigar com Baby, Baba tinha conseguido roubar alguns presentes embrulhados de uma festa promovida para famílias sem-teto por uma ONG cujos organizadores eram tão sovinas que serviam suco de fruta como quem serve pinga. Ele tinha corrido para outra festa de caridade e barganhado os presentes inúteis – talheres de plástico, porta-retratos, pesos de papel, inseticida – por três xícaras de arroz e tripa de zebra, doação de um hotel turístico. Aquele fora nosso jantar na véspera de Natal.

– Filiz, filiz Natal, querito! – mamãe me desejou depois de um tempo, esfregando-me a cabeça.

– Pra você também, mamãe.

– Ora, onde estão aquelas filhas? Elas não querem fazer a prece de Natal?

Ela cheirou a garrafa até ficar de olhos fundos, o rosto crispado como a cara de uma vaca louca.

– E o gunverno, que proibiu essa coisa tão boa. Agradece os vizinhos, menino. Onde eles encontraram esse mata-fome?

Às vezes ela tirava os lábios da garrafa com um som de beijo estalado. À medida que a noite foi avançando, seu rosto começou a inchar, e mamãe ficava fazendo beicinho e mordendo os lábios para controlar o torpor. Eles ficaram inchados e vermelhos – pareciam os lábios de Maisha quando ela passava batom.

– Mamãe, e aí, o que nós podemos dar de presente de Natal pros vizinhos? – perguntei, lembrando que não tínhamos comprado nada para nossos amigos.

Minha pergunta trouxe-a de volta.

– Gasolina... Vamo comprar meio litro de gasolina pra eles – respondeu e arrotou.

Seu bafo cheirava a carboneto e também a vinho fermentado. Quando levantou a vista de novo, nossos olhares se encontraram e eu baixei o olhar, constrangido. Em nossa cultura *machokosh* a gasolina não tinha a mesma cotação da cola. Qualquer menino de rua que se desse ao respeito devia sempre ter seu próprio estoque de *kabire*.

– Tá certo, filho, no ano que vem... conseguimos coisa melhor. Este ano não quero mexida com polícia; portanto, não comece a ter ideias.

Ouvimos dois bêbados virem aos tropeços em direção à nossa casa. Mamãe escondeu a garrafa. Eles ficaram parados lá fora, anunciando que tinham vindo nos desejar um feliz Natal.

– Meu marido não está! – mentiu mamãe.

Reconheci as vozes. Eram de Bwana Marcos Wako e sua mulher, Cecília. Havia quatro anos que Baba lhes devia dinheiro. Toda vez que sentiam cheiro de dinheiro, eles apareciam, e então Baba era obrigado a sumir por alguns dias. Quando Baby nasceu, botamos no prego três quartos do enxoval dele para amortizar as dívidas. Uma semana antes do Natal, o casal nos atacou, confiscando as roupas de trabalho de Baba em nome de serviço da dívida.

Rapidamente cobri de farrapos o baú, e fiquei de mão no bolso, apertando com força o canivete enferrujado que levava para todo lado.

Mamãe e eu ficamos parados junto à porta. Bwana Wako usava a calça presa na testa pelo cinto afivelado; nas pernas da calça, que voavam às suas costas, ele tinha dado nós e recheado de farinha *ugali*, que talvez tenha ganhado numa festa de rua. Cecília estava usando só a jaqueta e as botas de chuva.

– Ah, Mama Jigana, é Natal! – disse o marido. – Esqueça o dinheiro. Filiz Natal.

– A gente ouviu dizer que Jigana vai pra escola – comentou a mulher.

– Quem contou pra vocês? – perguntou mamãe, preocupada. – Eu não gosto de boato.

Eles se voltaram para mim.

– Tá contente de voltar pra escola, garoto?

– Eu não tô voltando pra escola – menti, para salvar o dinheiro da matrícula.

– *Kai*, tal mãe, tal filho! – comentou a mulher. – Você precisa saber que é a esperança da família.

– Mama Jigana, escuta – disse o homem. – Maisha veio nos procurar na semana passada. Menina boa, responsável. Pediu pra gente esquecer o passado, pra Jigana poder ir à escola. Nós dizemos esqueça o dinheiro; nosso presente de Natal para sua família.

– Você deve ir longe com instrução, Jigana – disse a mulher, e me entregou uma caneta e um lápis novos. – Universidade Mpaka!

Mamãe deu risada e saltou para o beco inundado. Ela os abraçou e deixou que se aproximassem um pouco mais de nosso barraco. O casal cambaleou até nossa porta, os dois vacilantes como palhaços sobre pernas-de-pau.

– *Asante sana!* – agradeci a eles.

Destampando a caneta, escrevi sobre as palmas das mãos e fiquei sentindo o cheiro acre do lápis Hero HB. Mamãe se enfiou entre os dois e o barraco para evitar que o derrubassem. Baba cochichou para nós lá de dentro, pronto para se mandar para longe:

– Rarrá, eles disseram a mesma coisa no ano passado! Desta vez, mande assinarem um papel.

Mamãe arranjou rápido uma folha de papel para os dois, que assinaram, usando minhas costas como mesa. Depois foram embora aos trancos e barrancos, a calça recheada saltando atrás deles.

Minha mãe começou a cantar louvores a Maisha e prometeu que nunca mais lhe daria socos na arca. Recentemente, Maisha tinha levado os gêmeos ao barbeiro e Baby ao Hospital Nacional Kenyatta, para um exame de saúde completo. Agora ela conseguira cancelar nossa dívida. Tive vontade de sair correndo para procurá-la nas ruas. Queria abraçá-la e rir até a lua se dissolver. Queria lhe comprar Coca-Cola e pão árabe, pois às vezes ela se esquecia de comer. Mas quando mamãe me viu pentear os cabelos, disse que ninguém estava autorizado a sair até nós terminarmos de dizer a prece de Natal.

FIZ COMPANHIA A Maisha em algumas noites na rua, e nós conversávamos sobre carros bonitos e os maravilhosos subúrbios de Nairóbi. Imaginávamos como seria visitar a reserva de caça Masai Mara, ou comer churrasco de avestruz ou crocodilo no Carnivore, como turistas.

– Você tá linda! – eu tinha dito a Maisha uma noite na Koinange Street, meses antes daquele Natal fatídico.

– Ah, não, eu não estou linda não. – Ela riu, ajeitando a minissaia jeans. – Para de mentir.

– Veja seu rosto!

– *Kai*, quem mandou você?

– E você caminha igual a uma modelo.

– Tá certo, eu tô mesmo acreditando. Alta eu não sou. Nariz? Curto e grosso demais. Nada de rosto comprido ou lábios carnudos. Nem roupa de grife comprada nova. Não sou atrevida nem bonita como Naema. Perfume e delineador não são tudo.

– *Haki*, você? Moça bonita – falei, estalando os dedos. – Você vai ser alta amanhã.

– Está me paquerando? – ela perguntou de brincadeira, e fez pose. Fazendo caras e bocas como se estivesse brincando com os gêmeos disse: – Seja homem, faça as coisas direito.

Dei de ombros e fiquei rindo.

– Não tenho um centavo não, garotona.

– Eu te dou um desconto, cara.

– Para com isso.

– Ora, deixe de coisa... – insistiu e me puxou pro abraço.

Dando risadinhas, começamos a caminhar, o barulho de nossos passos abafado pelo riso. Tudo ficou engraçado. Não conseguíamos parar de rir de nós mesmos, das pessoas em torno. Quando comecei a sentir dor no lado e parei, Maisha me fez cócegas nas costelas.

Nós rimos das gangues de meninos de rua que dormiam embolados, em um sono profundo.

Algumas gangues dormiam em simetria escalonada. Outras, em estilo livre. Algumas se empilhavam com um enorme pedaço de lona por cima, para se proteger dos elementos. Outras não tinham nada. Rimos de um grupo de motoristas de táxi do centro da cidade reunidos num bolinho, que se aqueciam com xícaras de *chai* e calorosas disputas políticas, enquanto esperavam a chegada dos ônibus de Akamba com passageiros da Tanzânia e de Uganda. De vez em quando víamos as caras angustiadas desses passageiros em velhos táxis, preparando-se para o que seriam os vinte minutos mais perigosos das doze horas de sua viagem, com medo de serem assaltados cada vez que o táxi reduzia a velocidade.

Nós não tínhamos medo da cidade à noite. Era nossa área de recreio. Em momentos como aquele, parecia que Maisha havia esquecido o trabalho e que tudo o que queria era rir e fazer palhaçadas.

– Você? Um cara legal – disse Maisha.

– Trate de mentir.

Eu dei um puxão na bolsa dela.

– Você vai ser um homem grande amanhã...

De repente ela passou correndo por mim para acenar a um Volvo com motorista. O carro parou bem em frente dela, abaixando o vidro. Um homem do banco de trás inspecionou-a e balançou a cabeça careca em negativa. Fez sinal para uma garota mais alta, do grupinho que corria atrás dela, tentando enquadrar a cara na janela do carro. Maisha correu em direção a uma perua Mercedes-Benz, mas o dono escolheu uma garota mais baixinha.

– Algum dia eu tenho de conseguir um emprego de verdade – comentou Maisha, suspirando, quando voltou.

– Que emprego, garota?

– Eu quero tentar tempo integral.

– *Wapi*?

Ela deu de ombros.

– Mombasa? Dar es Salaam?

Eu balancei a cabeça.

– Isso é má notícia, garotona. Por quanto tempo?

– Não sei. *Ni maisha yangu*, cara, é minha vida. Fico pensando aqui: tempo integral vai me permitir pagar sua mensalidade, mas também guardar dinheiro pra mim. Vou mandar dinheiro pra você através da igreja. Assim que tiver uma poupança, largo o bordel. Não quero ficar pra sempre na calçada. Eu mesma tenho de ir pra escola algum dia...

As palavras morreram em sua garganta. Ela franziu os lábios, cruzou os braços sobre o peito e ficou se balançando de um lado para outro. Parou de correr atrás dos carros.

– Nós não vamos mais ver você, Maisha? Ah, não, muito obrigado. Se você entrar no bordel eu não vou mais pra a escola.

– Aí então eu vou ficar com meu dinheiro, rarrá! Sem você, eles naquela casa não vão ver nem um centavo. Nunca.

Ela viu meu rosto, se interrompeu de repente, e depois começou a rir.

– Eu estava brincando com você, cara, sobre o bordel. Era só brincadeira, ouviu?

Maisha me fez cócegas e me puxou na direção da avenida Moi. Eu apertava com força a mão dela. Sob o sinal de trânsito as prostitutas voejavam, vestidas como cupins de asa.

– Maisha, nossos pais...

Ela se voltou de chofre, os punhos fechados.

– Cala a boca! Você me dá vergonha, seu rato. Me deixa! Não sou sua namorada. Você não tem dinheiro para me pagar!

As outras meninas se voltaram para nos olhar, espremendo-se de rir. Maisha saiu andando. Fora um engano mencionar nossos pais diante das outras moças, deixá-las saber que éramos parentes. Eu não devia tê-la chamado pelo nome verdadeiro. Voltei para casa chorando o caminho todo, porque a magoara. Durante semanas ela ficou fingindo que não me via.

DEPOIS QUE MAMÃE PAROU DE COMEMORAR a liquidação de nossa dívida, pescou dentro da caixa de papelão duas sacolas plásticas pequenas dos supermercados Uchumi e as alisou com a mão como se fossem meias amassadas. Calçou-as por cima das sapatilhas de lona, amarrando as alças das sacolas nos tornozelos, como lacinhos. Depois saiu andando pelo chão alagado, e suas galochas de asas empurravam a água para os lados como os pés de um pato. Ela começou a desatar nossa sacola de apetrechos e mantimentos, que estava encostada contra a oficina, buscando com os olhos um lugar seco onde instalar o fogão, para esquentar comida para os gêmeos. Mas agora a chuva caía com muita força, e mamãe acabou por desistir depois de um tempo.

– Jigana, e aí, você viu os fregueses de Maisha? – ela quis saber.

– Eram três homens brancos, mais o motorista. Homens altos e velhos de bermudão e tênis. Apertei a mão deles. Um carrão beleza... Até belisquei o motorista.

– Um carro? Eles tinham carro? *Imafina* um carro para apanhar minha filha...

Ela se esticou para diante e me segurou pelos braços, sorrindo.

– Quer dizer que minha filha é tão importante assim?

Otieno acordou com um susto. Ficou em pé sobre as almofadas, atarantado, depois passou por cima das pernas de mamãe, pôs a mão em minha cabeça para se equilibrar e aterrissou na enxurrada que passava ao lado do barranco, onde se agachou. Começou a soltar na água rolinhos de fezes, bafejos de calor a se desenrolarem na noite, as bochechas do traseiro avermelhadas de frio.

Quando Otieno voltou ao barraco, sentou-se nas pernas de mamãe, puxou para fora o peito dela e começou a mamar ruidosamente. Numa das mãos agarrava um brinquedo que Maisha comprara para ele, sacudindo os chocalhos na cara ossuda de mamãe. Ela ainda parecia consumida e subnutrida, embora tivesse ficado no hospital para ter a alimentação monitorada, depois que Baby saiu da incubadora.

Mamãe pegou nossa Bíblia de família, que herdara do pai de Baba, para começar nosso culto de Natal. A capa da frente havia caído, deixando uma página suja coberta de nomes de parentes, mortos e vivos. Ela começou a lê-los. O falecido pai de Baba fizera questão de que todos os nomes de nossos familiares fossem incluídos, em reconhecimento da instabilidade da vida de rua. Mamãe começou pelo pai dela, que tinha sido morto por ladrões de gado antes que ela fugisse para Nairóbi e começasse a viver com Baba. Ela leu o nome da mãe de Baba, que viera para Nairóbi quando sua aldeia foi arrasada porque alguns políticos quiseram redesenhar as fronteiras das tribos. Um dia ela desapareceu na cidade com sua bengala, para sempre. Mamãe invocou os nomes de nossos primos Jackie e Solo, que foram viver em outra aldeia e nos escreveram por intermédio de nossa igreja, pedindo a nossos pais que lhes mandassem dinheiro para pagar a escola. Eu estava ansioso para contar a eles sobre os parques iluminados e os carros bonitos de Nairóbi; faria isso assim que meus professores me ensinassem a escrever cartas. Mamãe chamou pelo irmão, o tio Peter, que me mostrara o jeito de tomar banho nos chafarizes da cidade sem levar chicotadas dos funcionários. Ele foi morto a tiros pela polícia, num caso de confusão de identidade; o necrotério entregou seu corpo à escola de medicina, porque não podíamos pagar a conta. Ela chamou o nome de Mercy, a prima em segundo grau de Baba, a única parenta nossa que terminou o ensino médio. Mercy nunca mais escreveu para nós, desde que se apaixonou por um turista de Honolulu e fugiu com ele. Mamãe leu o nome da irmã de Baba, tia Mama, que, até morrer do coração, dois anos antes, havia todas as noites nos contado histórias e ensinado canções sobre nossas terras ancestrais, em voz doce e nostálgica.

O céu roncou.

– *Bwana*, espero que Naema tenha botado bastante roupa em Baby antes de sair – mamãe me disse, e o meio de sua frase se perdeu porque Otieno lhe deu uma mordida.

– Ela enrolou Baby nuns sacos de papel impermeável. Depois, o suéter.

Otieno, depois de se satisfazer, foi acordar Atieno, que pegou o outro peito, pois eles tinham dividido as coisas igualmente entre si. Atieno mamou até voltar a dormir, e mamãe colocou-a delicadamente ao lado de Otieno e começou a sacudir Baba, até que ele abriu um olho. Sua voz fraca vibrou, pois seu rosto estava espremido contra a parede:

– Comida.

– Não tem comida, querito – afirmou mamãe. – Nós temos de terminar de chamar os nomes de nosso povo.

– Você vai chamar meu nome, se eu não comer.

– Olha a comida aqui: New Suntan, cola de sapateiro. – Ela se esticou e apanhou a garrafa de minha mão. – Isso pode matar seu estômago até a semana que vem.

– As crianças estão todas aqui?

– Baby e Naema continuam fora. O último turno... E Maisha.

– Ah, então há esperança. Maisha vai trazer uma ceia de Natal para a gente.

– Ceia de Natal é a mensalidade da escola, tá lembrando?

Mamãe mexeu de novo dentro da caixa de papelão. Desenterrou uma vela suja, toda grudada de grãos de areia. Acendeu a vela, que prendeu no baú com pingos de cera derretida. Pegando a Bíblia, começou a ler um salmo em suaíli, agradecendo a Deus pela dádiva de Baby e dos gêmeos depois de dois abortos. Louvou a Deus por abençoar Maisha com clientes brancos no Natal. Depois rezou por Olhos Esquisitos, nome que tínhamos dado à jovem voluntária japonesa que infalivelmente colocava centavos em nosso pratinho de esmolas. Ela usava sandálias de pneu dos Masai e colares *ekarawa* que lhe envolviam o pescoço como um laço corrediço, e nunca respondia a nossos cumprimentos, nem deixava seus olhos encontrarem os nossos.

Mamãe rezou por nosso antigo senhorio da favela de Kibera, que nos despejou, mas não nos tomou nenhum objeto quando não conseguimos pagar o aluguel. Agora ela estava pedindo a Deus que abençoasse Simba com muitos filhotes. E concluiu:

– Cristo, você que é filho do Natal, dê a Jigana uma cabeça grande e inteligente na escola!

– Tenha piedade de nós – arrematei.

– Santa Maria, mamãe Noel...

– Orai por nós.

ESTAVA CHUVISCANDO DE NOVO quando Naema voltou com Baby. Ele adormecera. Os jeans de Naema, os mocassins *mutumba* e os cabelos penteados em trancinhas pingavam água, e seus grandes olhos estavam vermelhos de chorar. Normalmente ela entrava saltitante, cantando uma canção de Brenda Fassie, mas essa noite entrou em casa desanimada.

Entregou o dinheiro a mamãe, que logo o guardou na bolsa. Naema também deu à nossa mãe uma caixa de leite pasteurizado. Estava pela metade, mas Naema explicou que tinha sido obrigada a comprá-lo para evitar que Baby chorasse. Mamãe concordou. A caixa de leite estava encharcada e parecia a ponto de se desintegrar. Mamãe apanhou-a com todo o cuidado, como quem recebesse um diploma. Quando Naema exibiu uma coxa de peru meio comida, mamãe agarrou minha irmã pelas orelhas, achando que ela havia comprado a comida com dinheiro ganho na mendicância. Naema se apressou a explicar que a ganhara de seu novo namorado. Esse garoto era um figurão na gangue de rua que controlava nossa área, um sujeito pavoroso. Maisha e eu o detestávamos, mas ele amava Naema de todo coração.

Naema se contorceu, encaixou o corpo franzino no confuso emaranhado do chão e começou a chorar em silêncio. Mamãe puxou de cima dos outros o cobertor e cobriu os pés da garota, que tinham ficado enrugados na chuva.

– Maisha vai embora amanhã – revelou Naema. – Tempo integral.

O rosto de mamãe congelou. Mesmo que a vida nas ruas não tivesse raízes nem valor, a gente ainda podia ser quebrado pelas despedidas. Eu fui lá para fora e me deitei sobre a fila de latas de tinta vazias, que nós havíamos enfileirado ao longo do muro da oficina, escondendo o rosto na curva do braço.

A culpa começou a se avolumar em minhas entranhas. Talvez se eu fosse de uma gangue de rua Maisha não tivesse querido ir embora. Eu não teria precisado de dinheiro para pagar a escola, e quem sabe as coisas serenassem entre Maisha e meus pais. Porém minha raiva estava dirigida aos homens *musungu*, pois eles eram o rosto visível da tentação de minha irmã. Eu gostaria de ser tão poderoso quanto o namorado de Naema, ou que ele pudesse me recrutar. Nós poderíamos botar fogo no Jaguar dos caras. Podíamos amarrá-los, e dar neles uma surra de criar bicho, e lhes roubar todos os documentos. E tirar a roupa deles e deixá-los nus, como eu vira o amigo de Naema fazer com alguém que tinha machucado um integrante da gangue. Ou talvez pudéssemos pelo menos matar e comer aquele macaco, ou só cortar fora o *mboro* dele, para que ele nunca mais pudesse voltar a foder a irmã de alguém. Tirei a faca no bolso e examinei cuidadosamente a lâmina. O fato de estar cega e cheia de mossas não me preocupou. Eu sabia que, se golpeasse com toda a minha força, iria tirar sangue.

Passados alguns momentos, meus planos começaram a descarrilar. Percebi que nunca iria conseguir convocar o namorado de Naema. Ela própria iria fazer oposição ao plano. De fato, até aquela noite minha irmã estivera provocando Maisha a se mudar, dizendo que se tivesse a idade de Maisha já teria ido embora de casa há muito tempo. Além disso, mesmo que fugisse para a favela de Kibera, assim que eu tocasse nos turistas, a polícia iria prender meus pais e demolir nosso barraco. Eles levariam o baú de Maisha e roubariam os tesouros dela.

PAPAI DESPERTOU SOBRESSALTADO, como se atingido por um barulho forte.

– É Maisha? – perguntou, fechando de novo os olhos.

– Não, Maisha está trabalhando – respondeu mamãe. – Minha Maisha manda nos *musungu* e nos carros! – acrescentou, com seu bom humor voltando.

– O quê? Que *musungu*, querita? – Baba se sentou imediatamente, esfregando os olhos com a base das palmas das mãos para afastar o sono e a fome.

– Turistas brancos – disse mamãe.

– Ah, é? Então eles precisam me pagar em dólar ou euro. Eu sou o chefe da família. Está me ouvindo, mulher?

– Estou.

– E nada de negócio de Honolulu. Em que tipo de carro eles estão?

– Jaguar – respondi. – Com motorista. Baba, a gente não devia deixar Maisha ir embora.

– Ninguém está indo embora, ninguém. E fecha essa sua boca de animal! Você machucou minha mulher! Até eu te quebrar os dentes amanhã, não quero mais ouvir palpite seu. Nadica de nada. Você agradeceu aos brancos por minha conta?

– Não.

– Ai, ai, ai! Jigana, onde está a sua educação? Você perguntou aonde eles estavam indo? O número da placa?

– Não, Baba.

– Então, se eles levarem sua irmã pra Honolulu, o que eu faço? Quem sabe a gente devia mandar você para uma gangue de rua. Garoto, você não aprendeu a agarrar as oportunidades? É assim que vai desperdiçar a taxa da escola em janeiro? Coitada da Maisha!

Baba apertou os olhos, incrédulo, as rugas da dúvida tornavam estranha sua testa enorme. Franziu os lábios, com a respiração acelerada pela raiva. Mas naquela noite eu fiquei firme.

– Não quero mais ir para a escola, Baba – declarei.

– Seu covarde, cala a boca! E isso é uma questão encerrada.

– Não é.

– O que você quer dizer com isso? Vai querer ser um ladrão bate-carteira que nem eu? Meu filho? Meu primeiro filho homem? Você não pode ser inútil como as meninas. *Wallai*!

– Não quero ir pra a escola.

– Sua mente é jovem demais para pensar. Como a gente diz: "Os dentes que saem primeiro não são usados para mastigar". Enquanto você estiver vivendo aqui, seu Baba diz: escola.

– *La hasha.*

– Você está me dizendo que *nunca*? Jigana! – Baba olhou para mamãe: – Ele não quer escola? Ai, meu São Judas Tadeu!

– *Bwana*, esse menino tá ficando teimoso – disse mamãe. – Veja só o jeito como ele te olha no olho. Que desaforo!

Baba se levantou de repente, com as mãos tremendo. Cobri as bochechas para me proteger da bofetada ou cusparada, como eu sempre fazia quando ele se zangava. Estava pronto para Baba me matar. Minha família se desmanchava por minha causa. Ele ficou ali parado, tremendo de raiva, confuso.

Mamãe lhe dava palmadinhas nos ombros para acalmá-lo. Baba a empurrou de lado e foi lá para fora esfriar a cabeça. Fiquei monitorando por um buraco na parede. Em breve ele começou a xingar a si mesmo em voz alta, por ter bebido demais e passado o dia de Natal inteiro dormindo, perdendo a chance de encontrar os turistas. Quando seu pensamento se voltou para a sorte de Maisha, começou a cantar "Um jaguar é um jaguar é um jaguar" para a noite, saltando de pedra em pedra, percorrendo os paralelepípedos soltos que se destacavam na água da enchente como cabeças de crocodilos na tocaia dentro do rio. No céu, alguns dos edifícios altos da cidade estavam marcados por luzes esquecidas acesas pelos empregados, e alguns centros comerciais usavam os enfeites cintilantes do Natal; as luzes piscantes subiam e desciam como anjos na escada do sonho de Jacó. Os compridos ônibus urbanos, o território de caça de Baba, tinham parado por aquela noite. Quando as ruas foram ficando mais vazias, os carros passavam mais depressa pelos trechos alagados, levantando paredes de água que despencavam sobre nosso barraco.

Entrando de novo, Baba retirou do caibro seu bastão de *miraa*[1] e começou a mascá-lo. Ele firmou os olhos no baú. Um sorriso misterioso escorreu nos cantos de sua boca. Depois de um tempo, o longo bastão de *miraa* se transformou numa esponja informe. A cusparada precisa de meu pai descreveu um arco, atravessando a peça e saindo pela porta. De repente, seu rosto se iluminou.

– *Hakuna matata!*[2] – declarou Baba. Então, mergulhou na caixa de papelão e voltou com um rolo de arame e começou a atar as rodas do baú aos esteios do barraco. Por um momento, parecia ter a capacidade de impedir que Maisha fosse embora.

Mamãe tentou fazê-lo desistir de amarrar o baú.

– *Bwanaaa*... para com isso! Maisha vai embora se pegar você mexendo nas coisas dela.

– Mulher, deixa esse assunto por minha conta – ele a repreendeu. – Não vou ficar sentado aqui deixando qualquer Honolulu fugir com nossa filha. Ele tem de se casar com ela direitinho.

– Até parece que você pode falar – criticou mamãe. – Você foi na casa de meu pai pedir a minha mão?

– Ninguém paga pra arranjar problema – justificou Baba. – Você é encrenca: é só eu te tocar que já fica emprenhada. Só de te olhar: gêmeos, ali na hora. Tá madura demais.

– O problema é sempre comigo – respondeu mamãe, levantando a voz.

– Só tô dizendo que nós temos de tratar bem o turista.

Atieno tremia de frio; sua mão estava para fora do barraco. Baba puxou-a para dentro e enfiou a cabeça da menina através do buraco maior que havia no

1. *Catha edulis*, planta estimulante similar à anfetamina, também conhecida como *khat*. (N. da T.)

2. Em suaíli, no original: "Sem problema!". (N. da T.)

centro de nosso cobertor. Era nossa maneira de garantir que um membro da família mais necessitado de calor mantivesse seu lugar no centro do cobertor. Agarrando as pernas de Otieno, Baba as empurrou através de dois buracos na beirada do cobertor.

– Filhos do Jaguar – ele murmurou nos ouvidos deles. – Natal *ya* Jag-uar.

Ele tentou envolver adequadamente os gêmeos na coberta, virando-os de um lado para outro, em vão. Então, perdendo a paciência, virou os dois um para o outro, como um rocambole de carne mal embrulhado, os pés de um na cara do outro, os joelhos de um dobrados e enfiados no corpo do outro – um útero de cobertor.

Mamãe lembrou a ele que escorasse a porta para fechá-la, mas Baba se recusou. Queria que ficássemos esperando por Maisha. Piscou para mim como se eu fosse o outro sentinela de nossa fortuna. Mamãe me entregou Baby e se deitou. Fiquei sentado ali cheirando cola até ficar chapado. Minha cabeça inchou, e o telhado relaxou e tremeu, depois se dissolveu no céu.

Eu flutuava. Meus ossos eram inflamáveis. Meus pensamentos saíam como correntes elétricas para dentro da noite, suas contracorrentes correndo para dentro umas das outras, e numa explosão de centelhas eu estava pendurado na porta do ônibus municipal, indo para a escola. Eu escondia o uniforme na bolsa, para poder viajar de graça, como qualquer outro menino de rua. Números e letras do alfabeto saltavam em minha direção, esgueirando-se de um lado a outro da página, como se tivessem alguma coisa a dizer. Os clarões se tornaram cada vez mais rápidos, os quadros-negros se incendiavam, mais e mais brilhantes. Nos raios de luz do sol que se infiltravam pelos buracos do telhado da escola, vi o professor escrevendo em torno das rachaduras e dos remendos do quadro-negro como um habilidoso motorista de *matatu*[3] alinhavando seu caminho por nossas ruas cheias de crateras. Então eu saía correndo por nosso campo pelado e irregular com uma laranja servindo de bola de rúgbi, saltando por cima das valetas e evitando ser desarmado em *tackles*.[4] Eu já era o menino mais velho da turma.

Mamãe me tocou nos ombros e me livrou de cuidar do neném. Despiu Baby da calça plástica, limpou-o e colocou uma fralda limpa para a noite. Com

3. Van de transporte coletivo. (N. da T.)

4. No futebol americano, *tackle* é o ato de agarrar o adversário. (N. da T.)

uma almofada que tomou de Naema, adormecida, mamãe acolchoou a tampa de uma caixa de papelão formando um berço. Depois de colocar Baby ali dentro, ela endireitou os quatro cantos da caixa e desdobrou nosso mosquiteiro, que pendurou sobre eles. O mosquiteiro tinha sido doado por uma ONG, e Baba ainda não tivera chance de levá-lo para a penhora. Então mamãe se enrolou na caixa de papelão e adormeceu.

ACORDEI BABA quando Maisha voltou, antes do raiar do dia. Ele ficara alisando as contas do rosário, cochilando e cabeceando até sua cabeça tirar o mosquiteiro do lugar. Mamãe passara o tempo todo dando pontapés e cotoveladas em Baba. E a cada vez, ele abria os olhos com um sorriso maroto, achando que tinha chegado a hora do Jaguar.

A chuva cessara, mas as nuvens mantinham escura a madrugada. A cidade havia se fartado na inundação, e sua pele inchara e estourara em alguns pontos. Os tabuleiros e as barracas improvisadas da feira livre se espalhavam pela paisagem, retorcidas e quebradas, como se tivessem participado de uma briga de bar. Via-se lixo espalhado pela rua toda: peixe seco, envelopes de carta, quinquilharias, verduras murchas, pratos de plástico, talhas artesanais, roupas de baixo. Sem o movimento habitual da multidão, as ruas mal iluminadas soavam ocas, amplificando o menor ruído. Muito depois da passagem de uma viatura policial, ainda se ouvia o carro desviando dos buracos da rua, os policiais extorquindo propinas – seu *kitu kidogo* de Natal – das pessoas que não tinham dinheiro para voltar a suas aldeias na zona rural e passar o período das festas.

Maisha voltou num velho táxi Renault 16. Ela amoleceu o corpo no banco traseiro enquanto o motorista desceu do carro. Ajoelhando-se e aplicando um alicate à porta traseira para abri-la, o motorista deixou-a sair do táxi. Os suspiros de decepção de Baba foram tão altos quanto a voz do muezim que tinha começado a chamar Nairóbi para rezar. Minha irmã desceu do veículo, depois se apoiou nele, exausta. Em cima do banco havia sacolas de comida.

Ela fez um gesto para papai se afastar. Ele não lhe fez caso.

– Então, onde está *nosso* Jaguar e o *musungu*? – Baba perguntou ao taxista, espiando o interior do carro dilapidado, como se este pudesse ser transformado a qualquer momento.

– Que Jaguar? Que *musungu*? – perguntou o taxista, monitorando os movimentos de Maisha.

– O Jaguar *nini*... De onde minha filha está vindo? – perguntou-lhe Baba.

– Ora, não posso lhe responder essa pergunta. – E o motorista apontou para sua passageira.

Maisha se curvou diante do único farol que funcionava, para contar o dinheiro da corrida. Sua calça, de tão apertada, ficara amassada nas coxas e nos bolsos; ela teve dificuldade em pegar as cédulas sem quebrar as unhas postiças, que se curvavam para dentro como garras. Seus cabelos tinham sido cortados curtos, tingidos de loiro, ondulados e armados pelo permanente recente. Agora ele estava levantado em alguns pontos e amassado em outros, revelando trechos do couro cabeludo, queimado pela ação de produtos químicos. Era difícil distinguir entre o pó facial que se desprendia e a pele danificada. Para se livrar de um surto inicial de acne da adolescência, Maisha usara creme alvejante, que deixou o rosto mais claro e manchado. As pálpebras e a pele sob os olhos tinham tido uma reação ainda pior aos vários cremes que ela vinha usando, e essa noite o cansaço parecia ter se infiltrado sob as queimaduras, fazendo inchar os olhos dela.

O motorista não estava conseguindo levantar o vidro com facilidade. Ele estendeu o braço para proteger as sacolas de compras, sua garantia de pagamento. Baba pegou um prego de quinze centímetros e se aproximou dos pneus desgastados.

– Que diabos você deu à minha filha? Ela sempre volta para casa bem disposta.

O motorista se encolheu imediatamente, fazendo súplicas apavoradas.

– Patrão, meu nome é Karume. Paul Kinyanjui wa Karume... Sou um queniano honesto. Sou temente a Deus.

– E quer roubar as sacolas de minha filha?

– Não, por favor, leve as sacolas, por favor – implorava o homem, tentando evitar que Baba lhe furasse os pneus do carro.

– Ai, Baba, você me dá vergonha! Cala a boca! – disse Maisha fracamente, empurrando o dinheiro em direção ao taxista.

Baba recolheu as sacolas e saiu andando da rua devagar, até de repente disparar numa corrida, para desamarrar o baú antes de Maisha chegar ao barraco.

O motorista entrou no carro e já ia colocar o dinheiro no bolso da camisa quando começou a se apalpar. Baba parou e ficou olhando lá da porta do barraco. Logo começou a parecer que o motorista estava com formiga-de-fogo na roupa. Ele abria o zíper dos bolsos, depois tornava a fechar depressa, como se o ladrão ainda estivesse à espreita. Tirou o casaco, depois a camisa, e os revistou. Recontou para os céus o itinerário, com os olhos fechados, agitando o indicador em direção às estrelas invisíveis. Procurou nas meias, depois ficou de quatro, esquadrinhando o chão molhado. O taxista enxugou o suor, ou as lágrimas, que lhe escorriam pelo rosto.

– Onde está meu dinheiro? – perguntou a Maisha, finalmente recobrando a voz. – *Haki*, estava no meu bolso agora mesmo!

Maisha disparou a correr e ficou gritando com papai até a cara séria que ele estava fazendo se desmanchar num riso forçado de vergonha. Baba devolveu o volumoso rolo de cédulas, dando risadinhas espremidas como os gêmeos. O motorista agradeceu sumariamente a Maisha, espanando as roupas com as mãos trêmulas. Tão logo ele refez a ligação direta para dar partida ao carro, saiu chacoalhando, buzinando disparado, o farol apontando para cima e para a esquerda como um olho sem piscar.

MAISHA ENTROU CAMBALEANDO no barraco, segurando sobre os ombros os sapatos de saltos perigosamente altos. Mamãe tinha aberto espaço para ela e as sacolas e pulverizado nosso lar com inseticida para espantar os mosquitos. Meus irmãos que estavam lá dentro começaram a tossir. Quando Maisha entrou, mamãe ficou em pé a um lado, como uma empregada, torcendo as mãos. Eu não conseguia encarar minha irmã nem sabia o que dizer.

– Boa noite, Maisha – eu disse de chofre.

Ela parou, o corpo cansado tomado pelo choque. Examinou os rostos de meus pais, antes de localizar que a voz era minha.

– Quem te disse pra contar? – interpelou.

– Se você vai trabalhar em tempo integral eu vou fugir. Nada de escola.

– Você vai pra escola – insistiu Maisha. – O dinheiro da mensalidade está pronto.

– Fugir? Jigana, cale a boca! – ordenou Baba. – Tá achando agora que é o chefe da família? Se todo mundo manda, ninguém obedece. Idiota, *mtu dufu!* Ninguém vai embora daqui.

Maisha nos olhou com raiva, e todos lhe demos as costas, quando ela abriu o baú para apanhar um cobertor. O suave perfume de suas aventuras do Jaguar invadiu o barraco, suplantando o cheiro forte do inseticida. Embora a chegada dela sempre nos lembrasse de que a vida podia ser melhor, nessa noite eu detestava o perfume.

– Eu e sua mãe não queremos tempo integral, Maisha – declarou Baba, limpando as unhas. – Nós nos recusamos.

– Filha, as coisas vão melhorar – garantiu mamãe. – Muito obrigada por cancelar nossa dívida.

– Por nada, mamãe – disse Maisha.

O rosto de mamãe se iluminou de surpresa; estava muito habituada a não ligarem para ela. Abriu a boca para dizer alguma coisa, mas não saiu nada. Finalmente, soluçou as palavras "*Asante*, Maisha, *asante* por tudo!" e inclinou a cabeça repetidas vezes, com as mãos postas diante do peito, como se numa prece. As duas mulheres se olharam nos olhos de uma forma que eu nunca tinha visto antes. Elas se abraçaram e ficaram abraçadas como se suas mãos fossem cordas que atassem juntos seus dois corpos. Apesar do frio, gotas de suor brotaram na testa de mamãe, e os dedos dela tremiam enquanto ajudava Maisha a tirar os brincos e o colar. Com muito carinho, mamãe a fez se deitar.

Eu acreditava que mamãe tivesse conseguido convencê-la a ficar, mas então Baba fez sinal a mamãe que se calasse, para ele poder ser o negociador.

– Filha – disse Baba –, você precisa descansar e pensar bem. Conforme diz nosso povo, "norte ou sul, leste ou oeste, não há lugar melhor que nosso lar"...

– Maisha, não quero escola de jeito nenhum! – eu o interrompi. – Já falei com mamãe e Baba. Eles vão devolver o dinheiro da escola para você.

– Jigana, por favor, por favor, não discuta – disse Maisha. – Até mesmo você. Será que não pode ter piedade de mim esta noite? Só por umas horas?

MEUS PAIS SE SENTARAM LÁ FORA, em cima das latas de tinta. Fiquei parado junto ao muro, distante deles. Eu queria ver Maisha mais uma vez antes que ela desaparecesse.

A neblina fez baixar o orvalho, tornando espessa a escuridão e transformando as luzes de segurança em halos distantes. Nós ouvíamos Maisha se remexendo e se revirando no chão, praguejando por causa das pernas e dos braços dos gêmeos e dando palmadas nos mosquitos. Era como se estivéssemos fazendo uma vigília de sua última noite conosco.

Estávamos inquietos, o silêncio pesava demais para nós. Baba resmungou, culpando a si mesmo por não ter ido com mais frequência varrer as instalações da igreja. Ele concordou com mamãe que, se tivesse varrido todos os dias, em vez de fazê-lo dia sim, dia não, São José Operário teria melhorado nossa sorte. Mamãe o repreendeu porque Baba sempre dissera a ela que não estava interessado nos favores de São José, mas sim num lugar limpo para as pessoas fazerem o culto. Então papai a recriminou por não ter comparecido mais aos comícios promovidos na favela pelo KANU, o partido União Nacional Africana do Quênia, para ganhar uns trocados.

A noite degenerou em rosnados e rixas. Eu preferia a distração do bate-boca ao som da respiração atribulada de Maisha. Quando ela deu mais uma palmada e mudou de posição, mamãe não conseguiu agüentar. Correu para dentro, tirou da caixa de papelão o mosquiteiro e o amarrou no caibro para deixar minha irmã dentro do véu. Ela tornou a vaporizar inseticida no recinto e trouxe Baby para fora para lhe dar de mamar. A sessão de tosse piorou. Papai tirou o plástico de um trecho da parede para arejar o barraco, mas como o vento tinha parado de nada adiantou. Agarrando a porta, ele a usou como um grande leque, abanando vento lá para dentro.

DE MANHÃ, ATIENO E OTIENO foram os primeiros a sair. Eles pareciam cansados e estavam fungando por causa do inseticida. Ficaram parados à nossa frente, borrifando a manhã com urina amarela, espirrando e choramingando.

As calçadas começaram a se encher. Os meninos de rua estavam acordados e tinham se espalhado pelo dia, como galinhas a debicar. Alguns andavam por ali entontecidos, já chapados de cheirar cola. Um contava aos outros os sonhos que tivera, em altos brados, e gesticulava como um maníaco. Outro, ajoelhado e trêmulo na oração, mantinha os olhos fechados como se nunca mais fosse abri-los. Um homem gritou e apontou para dois meninos que lhe haviam agarrado a carteira. Ninguém demonstrou interesse. O bolso do homem estava rasgado até o zíper, deixando um buraco quadrado na frente de sua calça. Ele puxou as abas da camisa para cobrir a nudez e depois foi embora às pressas, um sorriso constrangido no rosto tenso. Não havia sol, só um lento amadurecimento do céu.

Os gêmeos começaram a chorar e a atacar os seios de mamãe. Baba bateu neles com força. Os dois se sentaram no chão com as lágrimas reprimidas que tinham medo de derramar. Naema rompeu o encanto. Veio para fora e, sentando-se comigo nas latas, agarrou minhas mãos e tentou me animar.

– Você está muito triste, Jigana – comentou. – Quer se casar com a garota? Lembre, é sua vez de sair com Baby.

– Ah, não enche.

– Então casa comigo. Eu ainda estou aqui. – Esticou a língua para mim. – Também sou sua irmã, e mais bonita. Cara, faz pra mim o truque da foto: me dá um sorriso.

Naema estava repousada e já tinha apagado no sono o choque inicial da partida de Maisha. Voltara a ser ela mesma, provocante e tagarela, as covinhas profundas e perfeitas.

– Vocês todos têm que deixar Maisha ir embora.

– E você? – retruquei. – Você só ouve Maisha.

– Agora sou uma moça, cara. Ganho meu pão. Se você quer escola, eu pago para você.

Ela me jogou um beijo. Os cremes de Maisha já lhe estavam clareando o rosto de ébano.

Antes que eu pudesse dizer alguma coisa, Naema começou a rir como louca e entrou correndo no barraco. Quase derrubou Baba quando saiu num rompante, trazendo as sacolas de comida que tínhamos esquecido. Colocando as bolsas no chão, Naema começou a abri-las, enchendo a manhã de esperança, fazendo sinal a todos nós. Baba mordeu uma asinha de frango. Mamãe pegou uma coxa. Os outros mergulhamos no arroz agridoce, no purê de batata, na salada, nos hambúrgueres, na pizza, no espaguete e nas salsichas. Bebemos Coca-Cola sem gás e sorvete de creme derretido, tudo misturado. Com os dentes Naema abriu garrafas de cerveja Tusker e Castle. No começo, devoramos a comida em silêncio, de joelhos, levantando a vista de vez em quando, como esquilos, para controlar o quanto os outros comiam. Nenhum de nós se lembrou de encher os balões, nem de abrir os cartões que Maisha trouxera.

Então os gêmeos se jogaram de costas no chão, rindo e vomitando. Quando acabaram, voltaram imediatamente a comer, as bocas rosadas e brancas e verdes de sorvete e cerveja. Não conseguimos fazê-los ficar quietos.

Um táxi se aproximou, e Maisha saiu do barraco, arrastando atrás de si o baú. Nossos pais fizeram uma pausa, enquanto o motorista a ajudava a colocar o volume no veículo. Mamãe começou a chorar. Papai gritava para as ruas.

Eu entrei de fininho em casa e me servi de um pouco mais de *kabire* fresco, que comecei a cheirar. Retirei da caixa de papelão meu livro de exercícios e o rasguei em pedacinhos. Juntei o lápis e a caneta e os quebrei; a tinta se derramou nas palmas das minhas mãos, como sangue azul. Peguei meu único par de calças e duas camisas e vesti tudo por cima da roupa.

Evitei o pacote do uniforme. Sentando-me no lugar onde o baú tinha estado, chorei. Era como uma cova recém-cavada. Eu cafungava, sôfrego, inclinando a garrafa para cima e para baixo, até a cola chegar perto das narinas.

Quando o carro se afastou com Maisha, nossa lamentação atraiu meninos das gangues. Eles rodearam a comida, e eu, jogando longe a garrafa, me aproximei de novo de minha família. Nós tentamos enfiar a comida na boca, tentamos enfiar as sacolas de volta no barraco, mas os meninos fugiram correndo com os balões e os cartões.

Escondi-me no meio de um grupo de garotos que recuavam e escapei. Saí correndo no meio do tráfego, escalei a mureta que dividia as pistas e desapareci em Nairóbi. A última lembrança que guardo da minha família é a dos gêmeos arrotando e rindo como loucos.

Engordando para o Gabão

VENDER OS PRÓPRIOS FILHOS ou sobrinhos pode ser mais difícil do que vender outras crianças. Era preciso manter a cabeça fria ou ser tão impiedoso quanto o pessoal da imigração em Badagry-Seme, o eixo rodoviário que liga a Nigéria a Benin. Do contrário, você podia atrair problemas para a família. O que manteve escondido dos olhos do mundo nosso segredo familiar durante os três meses em que Fofo Kpee planejou nos vender foi seu senso de humor e o instinto de contrabandista que ele adquirira na fronteira como *agbero*, traficante de gente. Minha irmã Yewa tinha cinco anos, e eu, dez.

Fofo Kpee era um homem franzino e laborioso. Antes do negócio do Gabão, na qualidade de simples *agbero*, ele ganhava a vida cruzando a fronteira com gente que não tinha documento, ou lhes tomando o dinheiro à força. Na temporada do harmatão, o vento do deserto, ele também se alugava para colher coco nas diversas plantações que acompanhavam a costa. Ao longo dos anos tivera uma boa cota de azar, caindo de árvores e entrando em brigas na fronteira. No entanto, o homem era otimista em relação à vida. Parecia sorrir para tudo, em parte por causa de um ferimento recebido no rosto durante uma briga, quando estava aprendendo o ofício de *agbero*. A cicatriz, de bordos volumosos e lustrosos, corria pela bochecha esquerda abaixo, indo se deter no lábio superior, que sofreu uma retração – a boca nunca se fechava de todo. Embora tentasse esconder a cicatriz com um farto bigode, ela brilhava como uma lâmpada de árvore de Natal. O olho esquerdo, cuja pálpebra inferior, pinçada pela cicatriz, ficou mais curta, parecia maior que o direito. Por tudo isso era chamado às vezes Smiley Kpee – Risonho Kpee.

Uma motocicleta Nanfang de 125 cilindradas, de dois tons de azul-metálico, foi a última compra importante feita por Fofo Kpee naquele mês, quando nosso estilo de vida deu uma guinada e a história do Gabão se complicou. Ele planejava usar a moto para atravessar gente na fronteira entre Benin e Nigéria e incrementar o orçamento de nossa família.

Jamais consegui esquecer aquela noite de vento, uma terça-feira em que um homem alto e magro o trouxe de volta na nova motocicleta à nossa casa de dois cômodos, de frente para o mar. Saí correndo de trás da casa, onde cozinhava arroz de Abakaliki, para cumprimentar Fofo Kpee. Seu riso era mais alto que o ronco suave da nova máquina. Nossa residência ficava recuada em relação à movimentada estrada de terra, mas ligada a ela por uma vereda estreita de areia. Dos dois lados da vereda e ao redor da casa havia uma plantação de mandioca, uma nesga de vegetação baixa entre a mata alta e espessa, as moitas de banana e banana-da-terra, e nossa morada. Nossos vizinhos mais próximos viviam a meio quilômetro de distância, pela mesma estrada.

Eu estava descalço e sem camisa, com o short de gabardine verde-mar que Fofo Kpee acabara de comprar para mim e os pés empoeirados de jogar futebol. Quando a moto chegou, Yewa construía castelos de areia sob a mangueira na frente da casa.

– Smiley Kpee, só dois?! – exclamou desapontado o homem que trouxe Fofo. – Mas de jeito nenhum, *iro o*! Onde estão os outros?

– Ah, *non*, Big Guy, você vai ter outros... *beaucoup* – prometeu Fofo Kpee, um risinho escapando de sua boca contraída. Voltou-se para nós: – *Mes enfants,* e aí, vocês não vão cumprimentar Big Guy?

– Boa noite, *monsieur*! – dissemos, e nos abaixamos até o chão.

O homem nos virou as costas, sem ligar para nós. Testa estreita franzida em rugas, ele esquadrinhou a estrada com seus olhos grandes. Tinha um nariz pequeno e pontudo. Embora a cabeça fosse rapada, as maçãs do rosto, bem altas, se escondiam sob uma barba rala. Usava jeans apertados, sandálias e uma camisa de veludo cotelê de tamanho exagerado, branco sujo, que apesar do vento lhe pendia da estrutura magra como uma vela recolhida. Não fosse a imponência de sua estatura e presença, ele podia ter sido qualquer outro *agbero* da fronteira.

– Meu amigo, vamos entrar, por gentileza, *abeg* – insistiu com ele Fofo Kpee. – Sente-se e tome alguma coisa. Heineken, Star, Guinness?

E se virando para mim:

– Kotchikpa, vai comprar bebida pra ele.

– *Rien*... nada! – disse Big Guy devagar e com firmeza, a voz quase inaudível acima do murmúrio do mar a distância.

Afora o convite para beber, não entendemos de que eles estavam falando. Mas isso não nos preocupou. Tendo um tio *agbero*, estávamos habituados a ver gente chegar para importuná-lo por diversas coisas a qualquer hora do dia. Sabíamos que ele iria agora se safar com risadas do assédio daquele homem.

– Nós nunca dissemos dois, nós dissemos cinco. – Big Guy abanava os dedos na frente de Fofo, alguns dos quais terminavam em unhas escuras de fungos. – Onde estão as outras crianças agora?

Fofo se afastou dos dedos, dizendo:

– Você sabe o que combinei com o seu pessoal?

– *Quel peuple*? – provocou Big Guy.

– Seu chefe – respondeu Fofo Kpee.

– Mas você deve fazer negócio comigo: *directement*!

– Ah, *non*, por favor, primeiro vamos comemorar. *Gbòjé*... relaxe.

– Não, eu estou falando sério. Só comigo.

– Com você? Tá querendo me intimidar?

– Não quero te assustar nem enganar. É assim que a gente faz esse tipo de negócio... tô avisando. *Abi*, tá querendo brincar com fogo?

– Nós estamos juntos nessa parada – Fofo insistiu com ele. – Não tenha medo. Vai dar tudo certo.

Big Guy deu de ombros e observou o ambiente em torno, seus olhos tão desconfiados quanto os de um viajante que tivesse levado um calote na fronteira. Lançou um olhar a mim e a minha irmã e desviou a vista. Lá longe, o sol era uma bola de ouro na folhagem do coqueiral que montava guarda ao avanço do oceano Atlântico. Cinzenta e selvagem, a água que podia nos conduzir ao estrangeiro espumava, resistindo às pinceladas de ouro do sol. Sobre essa tela aquática as paisagens de coqueiros jogavam a sombra de suas grades oscilantes. O vento do mar soprava em direção à terra, um sopro infindável e ameno.

– Big Guy, se acalme, olhe para mim, *o jare*... Você se preocupa demais.

Big Guy deu de ombros e disse:

– Não, Big Guy não se preocupa. Agora, você se preocupa.

Dava para ver que Big Guy ficara decepcionado. Franziu os lábios com tanta força que vimos um pouco da carne vermelha de suas narinas, brasas da raiva que lutava para controlar. Como eu já disse, não me preocupei porque já tinha visto Fofo em situações mais complicadas e confiava que iria conseguir acalmar o homem.

– E que tal a casa? – perguntou Fofo Kpee, gesticulando em direção à nossa residência.

– O que é que tem ela? – Big Guy não lançava sequer um olhar para nossa casa, embora Fofo continuasse a estimulá-lo.

O telhado de chapa do imóvel estava completamente coberto de ferrugem, e os dois cômodos não tinham forro no teto. As paredes eram feitas de barro, com reboco de cimento, e na varanda estreita havia a cada lado da porta dois montinhos para servir de assento, que era onde Fofo desejava que Big Guy se sentasse, caso este não tivesse querido entrar na morada. Os beirais eram sustentados por colunas feitas de tronco de palmeira.

– Você gosta dela? – Fofo Kpee quis saber.

– Sua casa está bem para os negócios neste momento –afirmou Big Guy. – Eu quero ir embora.

– Tá vendo? Tá vendo? Pelo menos em alguma coisa eu acertei. – Fofo esboçou um risinho amarelo.

– Bom, depois nós vamos construir uma muito melhor do que esta... uma maior.

– *Ça ira, ça ira*... A coisa vai dar certo.

Big Guy saiu andando, a decepção ainda em seus olhos.

– Naturalmente só quem fica nos devendo são os defuntos! – ele disse. – Só os defuntos.

– Tenho certeza de que ninguém vai morrer. Ora, como diz o povo Annang, "quem morre não atrapalha, quem mata não vive pra sempre". – Fofo riu alto. – Até amanhã, *à demain*. E dê lembranças de minha parte a *ta famille*.

QUANDO BIG GUY FOI EMBORA, ficamos sem saber o que fazer da moto. Paramos junto a ela em silêncio, como se tivesse voltado à casa um parente perdido havia muito tempo. Fofo Kpee nos olhava as caras como quem, tendo nos dado a resolver um enigma, quisesse observar as primeiras faíscas de nossa compreensão.

– Nanfang! – exclamou Yewa, quebrando o encanto. – *Zokeke... Zokeke!*

– Quem é o dono? – indaguei, arfante.

– Somos nós – respondeu Fofo Kpee com uma risadinha. – *Finalement*, temos *zokeke*!

– Nós? *Zokeke*?

– *Oui*, Kotchikpa, meu filho.

Yewa começou a andar em torno da moto em silêncio, como um pai-de-santo do vodu em seu santuário, as mãos estendidas, mas com medo de fazer contato. Seus grandes olhos castanhos agora se destacavam pelo brilho no rosto magro, como se a aura da máquina os impedisse de piscar. Usava cabelos curtos, como os de um garoto, e estava só de calcinha cor-de-rosa, a barriga inchada. As pernas davam passos leves, os pés estavam calçados de meias de poeira. As palmas de minhas mãos, sujas de atiçar o fogo com um pedaço de lenha e de evitar que a panela de arroz caísse de nosso tripé de pedra, instalado atrás da casa, começaram a transpirar. Mantive-as afastadas da moto e do short, esfregando os dedos contra as palmas.

– Nós pertencemos a você – repetia Yewa para a moto, num sussurro. – Você nos pertence, nós pertencemos a você.

– É isso aí, filha. – Fofo se divertia com nosso deslumbramento. – Deus nos recompensou por nossa fé. *Nous irons* ser ricos, rarrá!

A súbita alegria na voz dele fez Yewa estacar. Ela olhou para meu rosto, depois para o de Fofo, como se estivéssemos conspirando para enganá-la. Fofo Kpee abriu a maleta, que levava diariamente para a fronteira, e puxou o recibo da motocicleta de Cotonou City. Para nós foi demais. Comecei a bater palmas, mas Fofo me impediu, dizendo que ainda não tínhamos bebidas suficientes para oferecer às pessoas que talvez fossem atraídas pelo barulho. Fiquei com as mãos separadas, as palmas voltadas uma para a outra, como se fossem os dois polos magnéticos opostos, com meu desejo de aplaudir repelido pela advertência de Fofo. Então se ergueu dentro de mim uma onda de felicidade, e eu fui correndo para dentro de casa, lavei as mãos, vesti uma camisa e calcei minhas sandálias de dedo, como se um visitante ilustre tivesse chegado ao nosso lar. Quando saí, Fofo tinha aberto nossa porta e empurrado a moto para dentro de nossa combinação de sala de estar e quarto de dormir. Ele acendeu um lampião de querosene, que pousou sobre um pedestal ao lado da porta do quarto interno. Os raios do lampião brincavam sobre o tanque de combustível da Nanfang, destacando o brilho de seu desenho bicolor como o fulgor do sol poente sobre as ondas do Atlântico.

Para trancar a porta da frente, Fofo puxou de sob a cama uma prancha de madeira que encaixou com facilidade nas alças de metal. Nessa noite ele testou a resistência da tranca, apoiando na barra o ombro esquerdo e aplicando cuidadosamente seu peso sobre ela. Suspirou e balançou a cabeça em aprovação, olhando satisfeito para a moto.

– Precisamos comprar novas portas para a casa – disse Fofo Kpee.

– Janelas também – completou Yewa, com a atenção ainda envolvida na motocicleta como se as janelas fossem parte dela.

– Com certeza, *pas du problem.* – Meu tio começava a trancar as duas pequenas janelas quadradas de madeira que ladeavam a porta. – Nós vamos mudar *les choses lopa lopa*, muitas coisas, eu prometo.

Em dois lados do quarto havia duas camas de molas, e entre as duas, uma mesa baixa de madeira. Eu dormia numa delas com Yewa, enquanto Fofo tinha a outra para si. Nossas roupas estavam em caixas de papelão debaixo da cama, mas os trajes importantes de meu tio se achavam pendurados num canto do quarto, numa vara de bambu suspensa dos caibros por duas cordas. Como o quarto era pequeno, a motocicleta estava estacionada com o guidão e o pneu dianteiro enfiados no guarda-roupa, como uma vaca cuja cabeça se perdesse na moita de capim alto onde pastava. À noite, quando olhávamos para o telhado, a textura enferrujada dele lembrava nuvens marrons estagnadas, por mais que nosso lampião brilhasse. Nos dias muito quentes ouvíamos o telhado se expandir com barulhinhos de batidas.

Eu e minha irmã chegamos mais perto da Nanfang e olhamos com olhos arregalados, e cheiramos e apalpamos seu corpo. Fofo teve de gritar comigo duas vezes para me avisar que eu estava chegando perto demais da máquina com o lampião. O cheiro de objeto novo suplantava o abafado do quarto. Yewa puxou o plástico transparente que cobria os assentos, as lanternas e os para--lamas, até Fofo lhe avisar que não os removesse.

– Eu tenho uma coisa *pour vous* – disse Fofo Kpee para nos acalmar.

Sentando-se na cama, remexeu na maleta e nos ofereceu pequenos cones de amendoim e caramelos meio derretidos que tirou do bolso, e nós comemos com papel e tudo. Naquela noite, Fofo não nos contou histórias que o deixavam rindo mais alto que nós. Apanhou uma garrafa de suco de goiaba Niyya e nos serviu uma dose.

– Ei, *temps de celebration*! – proclamou. – Agradecemos a Deus!

– Bendito seja seu nome! – respondemos.

Ele ergueu a xícara:

– Ah, nós não criamos pobreza... Vivas *à la* Nanfang!

– Viva! – E viramos as xícaras até o fim.

Havia muito tempo que eu não tomava um suco de fruta. Yewa bebeu imediatamente o dela, num gole demorado e interminável, inclinando a xícara com tanta brusquidão que o suco se derramou nos dois lados do rosto dela e escorreu pela barriga, gordas lágrimas vermelhas. Eu tomei um gole e parei, pensando que seria melhor guardar o suco até a hora do jantar, e fui colocar minha xícara em um lugar seguro entre o pedestal do lampião e a parede.

Era tamanha a empolgação naquela noite que, quando finalmente chegamos ao arroz de Abakaliki e ao guisado de cebolas, couro de boi e azeite de dendê, não nos incomodamos de encontrar pedrinhas no arroz. Nunca dava para se livrar de todas elas, por muito cuidado que se tivesse em catar o arroz. Agora, de vez em quando mordíamos uma pedra, mas trancando as mandíbulas nós fazíamos descer com suco a comida meio mastigada. Embora Fofo Kpee sempre brigasse comigo cada vez que mordia uma pedra, pois meu trabalho era catar o arroz, naquela noite ele não brigou. Estávamos comemorando nossa Nanfang. E naquela noite, com meus parcimoniosos goles de suco, eu conseguia aturar qualquer quantidade de areia.

Quando cheguei ao último gole, parei e o guardei para depois. Em vez de tomá-lo, bebi água, comendo e bebendo até encher o estômago, com os lábios amarelados de azeite de dendê. Depois tomei o resto do suco para que o sabor ficasse em minha boca até a hora de ir dormir.

– KOTCHIKPA, MEU GAROTO, VAI RAPIDINHO preparar o quarto de dentro para a Nanfang – disse-me Fofo Kpee depois do jantar.

– É pra já, Fofo Kpee.

– Deixe a Nanfang ficar aqui! – Yewa apelou para ele. Ela ainda estava comemorando, eufórica.

– Ah, *non*, minha menina – respondeu Fofo –, o quarto ao lado é da Nanfang.

– Então eu vou dormir lá dentro. – Minha irmã inclinou a cabeça para o peito, fazendo cara de tristeza. – Com a Nanfang.

– *Je dis non*, Yewa – insistiu Fofo, e tentou mudar de assunto: – Eu vou lhe comprar três livros novos. Agora seu professor vai ficar contente com você, não é?

– Não quero livro – retrucou Yewa.

– Hum... você não quer livro? *D'accord*, então novo giz de cera? Lápis?

Ela fez que não com a cabeça.

– Quero dormir *avec* Nanfang.

– *Haba*! – Fofo Kpee mandou-a se calar.

Yewa sentou-se no chão em protesto, de frente para a moto, de costas para nós. Fofo se aproximou de minha irmã e se agachando atrás dela lhe fez um carinho nos ombros, enquanto ela os erguia e tentava afastá-lo.

– Ah, *mon* Yewa, *mon* Yewa – ele a adulava. – Você vai aprender a escrever. Será professora um dia!

– Não. – Yewa sacudiu vigorosamente a cabeça, como se um besouro tivesse acabado de entrar em seu nariz. Ela ficava assim, teimosa e lacônica, quando se decidia por alguma coisa.

– Ah, *non*? Você não quer ser *agbero* como eu, *oui*?

– Sai daqui.

Fofo Kpee se inclinou para despejar mais suco na xícara de Yewa, que recusou.

– Por que você hoje não quer ser uma menina boazinha? Pois bem, o Kotchikpa não vai escrever para você. Todo mundo precisa aprender a escrever. Instrução *é* uma pessoa, um voto.

Yewa ficou calada.

– Yewa, *tu es toujours un bébé*! – eu disse, tentando tirá-la de sua teimosia. – Bebê chorão!

– Sai daqui.

– *Oya*, eu vou comprar sandália para você ir à escola – mendigou Fofo Kpee.

Vendo que ela ainda não se rendia, ele se levantou dando de ombros, veio se sentar em sua cama e me encarou, dizendo:

– Kotchikpa, vou comprar pra você dois livros escolares, mais um livro de exercícios, *d'accord*?

– Livros pra mim?! – perguntei, animado. – Quando?

– Amanhã. Você não vai pegar outra vez livro emprestado para a escola. Já que gosta de ler, lerá livro toda noite.

– Obrigado, Fofo Kpee – agradeci e olhei para a nova motocicleta, como em reconhecimento de que sem a chegada dela em nossas vidas eu não teria tido o que necessitava para a escola.

– Sem instrução, vocês, crianças, só vão apodrecer *comme moi* nesta cidade, cheia de perigo por toda parte. Não, eu vou me esforçar para fazê-los ficar ricos. Lutarei pra conseguir que acabem como os filhos de nossos políticos e dirigentes. Vocês irão pra escola no estrangeiro.

Fez uma pausa, depois se virou bruscamente para ela:

– Ei, *mon bébé*, não tem problema se você não quer ser professora. Quer virar empresária internacional, *abi*? não é verdade? De qualquer jeito, vocês vão atravessar esse oceano até o Gabão, vão chegar, vão chegar, como se fossem ao banheiro – acrescentou, estalando os dedos e apontando na direção do mar.

– Leva a gente pra passear de Nanfang – pediu Yewa de repente, num tom petulante.

Senti que ela desejava pelo menos essa garantia, já que não poderia dormir no mesmo quarto que a moto.

– Isso é fácil, *pourquoi pas*? – respondeu nosso tio, inclinando-se para lhe servir mais suco. – *C'est tout*?

– Sim, leva a gente, Fofo, por favor. – Yewa se virou de frente. Lutava para não sorrir, tentando continuar zangada, como se ainda tivesse todo o poder.

– Ah, *non*, eu sou um homem responsável – arrulhou Fofo Kpee, e deu um enorme sorriso. Seu rosto se franziu e aliviou a tensão sobre o olho esquerdo, fazendo parecer artificial a cicatriz da bochecha. – Como poderia arriscar a vida de vocês, se eu nunca aprendi a dirigir motocicleta? Me dá um tempo. Eu os levarei a toda parte... *Bois... bois.* Beba... beba.

– *Allons* Braffe! Visitar papai e mamãe! – propus.

Minha irmã depressa descolou a boca da xícara, engoliu e disse sem fôlego:

– Sim, sim, vamos até Braffe... até Braffe!

– *Absolutement*! – disse Fofo.

– Amanhã.

– Não... impossível, Yewa.

– O sr. Big Guy nos leva – sugeri.

Fofo sacudiu a cabeça.

– Ah, *non*, vocês querem me fazer passar vergonha, *mes enfants?* Como vou chegar à aldeia se nunca aprendi a dirigir minha *zokeke*? Não, esperaremos um pouco. Além disso, eu no momento não tenho dinheiro bastante para visitar Braffe.

– Papai e mamãe vão ficar contentes de ver a gente e a moto. – Yewa se levantou e veio se sentar ao meu lado na cama.

– Papai vai lhe dar muitos apertos de mão. Vovó dançará – falei. – Ei, vamos na segunda-feira!

– Kotchikpa, na segunda-feira? –Fofo Kpee me olhou, incrédulo. – Não, na segunda eu vou primeiro na sua escola pagar a mensalidade... a escola vem antes do prazer, certo, *mon peuple*, certo?

– Sim, Fofo – concordei.

Quando olhei para minha irmã vi que a felicidade lhe havia dominado o rosto. Ela começou a tagarelar sobre nossa família na aldeia.

Havia um ano e meio que nós não víamos os parentes, desde que meu tio chegou ao povoado para nos levar a morar com ele. Papai, um homem baixo e gorducho de rosto severo, estava doente, de cama, cuidado por nossa chorosa e dedicada avó. Mamãe, uma montanha de mulher, com um eterno sorriso e energia incansável, já tinha perdido sua opulência, tornando-se macilenta; não conseguia mais caminhar até a fazenda sem descansar duas ou três vezes debaixo das árvores de *ore* que cercavam a estrada. Por mais que perguntássemos, ninguém se atrevia a dar nenhuma informação sobre a doença de nossos pais. Nossos parentes falavam sobre a enfermidade em vozes abafadas, um grande segredo de família. Entretanto, de tanto bisbilhotar, fiquei sabendo que meus pais tinham aids, embora na época eu não soubesse o que significava.

Antes de irmos embora de casa, nossos parentes se reuniram na sala de estar de nossos pais, e papai e mamãe nos recomendaram obedecer a Fofo Kpee, a não envergonhá-los sendo ingratos com nosso tio na cidade da fronteira para a qual ele estava nos levando. Eles disseram que a partir dali Fofo seria nosso pai e nossa mãe, e que eu devia dar bom exemplo para Yewa, e proteger a todo custo o nome de nossa família. Prometi a todos que eu seria bom. Fofo se declarou feliz em cuidar dos filhos de seu irmão e garantiu que nos traria de volta à aldeia para visitar nossos pais e nossos irmãos mais velhos, Ezin, Esse e Idossou, sempre que o tempo e os recursos permitissem. Meu avô, o patriarca gentil de nosso clã estendido, rezou por nós naquela manhã, antes de partirmos pela estrada Glazoué–Cotonou. Vovó soluçava em silêncio ao lado de papai, que para chorar virou o rosto e encarou a parede. Lembro-me de nossos irmãos e um bando de parentes acenando para nós até nosso ônibus virar a esquina, rumando para o sul.

Agora, toda vez que perguntávamos a Fofo sobre nossos pais, ele sempre dizia que estavam se recuperando, que ansiavam por nos ver e que em breve voltaríamos para visitá-los; mas que era mais importante nos acostumarmos à nova casa e estudarmos com afinco na escola. Naquela noite da Nanfang, em minha excitação, eu já pensava na festa que empolgaria nossos familiares quando chegássemos à aldeia na motocicleta e todos vissem que um dos seus trouxera para casa algo melhor que uma bicicleta Raleigh. Achei que depois de apearmos da moto, Ezin, Esse e Idossou seriam os primeiros a dar uma volta. Imaginei mamãe e nossas tias cozinhando panelas de *obe aossin*, ensopado com sementes de melão; *iketi*, angu de fubá; e montes de *egun*, purê de inhame; e papai e seus irmãos providenciando uma fartura de *chapalo*, a cerveja local. Estava doido para encontrar todos os amigos e primos, para contar a eles da beleza do oceano e das brigas da fronteira. Poderíamos até organizar uma partida de futebol entre todos os meninos de nossa família estendida e uma outra família da aldeia.

FOFO KPEE PUXOU de sob a cama uma sacola, que pôs no colo como um bebê; sem olhar, foi tateando o interior em busca de algo, até agarrar e tirar dali uma velha garrafa quadrada de *schnapps*, de vidro verde. Estava cheia de *payó* até a metade. Depois de agitar o frasco, Fofo o destampou, e o cheiro acre da aguardente local suplantou por momentos o aroma da nova motocicleta. Ele bebeu devagar, direto do gargalo, com os olhos brilhantes do calor da bebida, o olho esquerdo mais brilhante porque ficou maior, a cicatriz lembrando uma longa lágrima que descia pelo rosto.

– *S'il vous plaît* – Yewa choramingou de novo, olhando para a bebida –, hoje eu quero dormir com a minha Nanfang. Só hoje.

Sua carinha ossuda estava virada para cima, a luz amarelada do lampião se derramando sobre a lateral do rosto, qual uma meia-lua. As lágrimas cintilavam na parte iluminada do rosto.

– Se quiser um pouquinho de *payó*, é só dizer – ofereceu Fofo Kpee.

Mas Yewa fingiu não ter ouvido o que ele disse.

– Menina, você vai ser uma negociante e tanto no Gabão. É dura na queda para negociar!

– Por favor – insistiu Yewa.

Rendendo-se, Fofo Kpee despejou um pouco da bebida na tampa prateada da garrafa, e depois na boca de Yewa. Ela engoliu, pigarreou e estalou os lábios, satisfeita. Não falou mais nada, porém ficou acariciando os raios da roda da motocicleta, como se fossem as cordas de algum querido instrumento musical.

– Pode terminar a arrumação do quarto para a *zokeke*, que depois eu lhe dou sua dose – ele me prometeu. – Cabeça de *payó* não é boa para Nanfang!

Entrei no quarto interno, menor que o primeiro, e comecei a arredar objetos do lugar e abrir espaço para a moto. O cômodo, convertido em depósito de nossos tesouros, recentemente vinha se enchendo com a repentina alteração de nosso padrão de vida. Recolhendo pacotes de pregos de telhado e juntas de vedação eu os coloquei sobre a pilha de telhas de chapa corrugada que estava na parede oposta, perto da porta dos fundos. Em cantos opostos do quarto havia dois grandes tanques de água, de plástico preto, que não precisavam ser tirados do lugar; e na parede próxima, empilhados sob a janela, cinco sacos de cimento Dangote, que ficavam soltando uma fina poeira cinzenta. Senti as narinas coçarem e espirrei três vezes. Quando varríamos o quarto, mesmo com as duas janelas abertas, a poeira rodopiava e subia, nublando tudo como a bruma seca do harmatão. Comecei a forçar o ferrolho de uma das janelas para deixar entrar o ar úmido do mar.

– Ô, não abre a janela não! – disse Fofo lá da sala, a voz rouca da bebida. – Tá querendo expor minha *zokeke* aos ladrões, é? Uma Nanfang que vale uma nota?

– Puxa vida, me desculpe.

– É melhor se desculpar, mesmo, *nuluno*!

Continuei a arrumar o recanto do quarto onde se achavam a comida e os utensílios de cozinha. Em cima de um grande pilão de madeira virado coloquei uma cesta de vime cheia de pratos e talheres. Comprida e negra, a mão de pilão estava apoiada no canto, com sua ponta esbranquiçada e rachada pelo uso. Empilhei três panelas vazias, cuidando de não tocar na fuligem delas e de não mexer em nossa panela de sopa *egusi*,[1] que eu já aquecera para aquela noite. Mexer nela iria azedar o conteúdo antes do amanhecer. Não tardou que Fofo, em procissão solene, entrasse com a moto e a estacionasse no centro do quarto, como se ela fosse um gigante que dominasse tudo, um atleta pousado na linha de partida.

Naquela noite a moto me acompanhou ao território de meus sonhos.

Eu rejeitava Suzuki, Honda e Kawasaki e escolhia uma Nanfang, e ficava rico para sempre. Usava a moto para subir nos coqueiros, aprendia a estacionar nas palmeiras e como combustível usava leite de coco. Nela eu atravessava o oceano, criando uma imensa onda à minha retaguarda. Nela eu voava como num helicóptero para lugares distantes e a fazia aterrissar muitas vezes na moradia de meu pai em Braffe. Na escola, todos os meus colegas tinham Nanfangs, e nós jogávamos futebol montados nelas, como quem joga polo. Em minha moto eu viajava até ficar velho, mas ela não envelhecia nem precisava de conserto. No final de minha vida meu povo me enterrava montado nela, e eu rodava naquela Nanfang direto para o portão do céu, onde São Pedro me dava um passe automático.

DURANTE QUATRO DIAS ficamos observando Big Guy ensinar Fofo Kpee a dirigir a moto, ao longo das faixas de gramado do coqueiral. De

1. Sopa espessa de carne bovina, peixe e crustáceos, com sementes de melão e espécies vegetais como crista-de-galo e alumã. (N. da T.)

nossa casa podíamos ver Fofo montado na moto, o rosto partido ao meio pelo riso que era sua marca registrada. Ele parecia um ator de pantomima, porque não conseguíamos ouvir, acima do barulho do oceano, nem a moto nem ele. A cabeça rapada de Big Guy estava tão untada de óleo que refletia o sol. Os dois pareciam estar se divertindo, e, no horizonte, um navio que se dirigia a Porto Novo, ou partia daí, arrastava um negro funil de fumaça pelo céu afora.

No domingo seguinte, nós nos preparamos para ir à igreja. Fofo tinha informado ao pastor que teríamos nossa primeira Ação de Graças em Família, que era o que algumas famílias abastadas faziam todos os domingos.

Ao amanhecer, Fofo Kpee nos acordou e levou a moto para trás da casa, apoiando-a em nossa pedra de tomar banho. Despiu a moto de sua capa plástica com a cautela de quem tirasse os pontos de uma cirurgia. Jogando um pouco de sabão em pó num balde de água, girou e agitou o balde até formar espuma. Delicadamente passou a esponja com sabão no corpo da máquina e esfregou os pneus, como se eles não fossem jamais tocar de novo o chão. Após enxaguar a moto, enxugou-a com a toalha de banho que os três compartilhávamos. Durante nosso próprio banho ele se agachou e nos molhou, esfregando-nos os pés com uma *kankan* nova, uma esponja nativa, para a grande ocasião. Segurando a *kankan* como se fosse uma escova de sapatos, Fofo esfregou as solas de nossos pés até elas recobrarem o colorido natural, até todas as rachaduras desaparecerem.

Mais tarde, Fofo nos levou de moto para a igreja, usando uma *agbada* nova e enormes óculos de sol, que o deixavam parecido com um besouro. O vento enfunava as abas da túnica como asas deformadas. Era nossa primeira volta na moto: Yewa estava em cima do tanque de gasolina, agarrada à nossa Bíblia de família, usando o vestido florido e o novo boné de beisebol. De calça de veludo cotelê e camiseta verde, eu ia espremido entre Fofo e dois conhecidos dele. A mulher atrás de mim ia balançando na lateral da moto um grande e barulhento galo vermelho, que segurava pelas pernas amarradas. Era uma mulher imensa, e seu grande turbante pairava acima de mim como um guarda-chuva multicor. O homem na traseira da moto carregava na cabeça um cesto com três inhames, abacaxis, laranjas, um saquinho de farinha de mandioca – *amala* – e cinco rolos de papel higiênico.

O sol triunfal da metade da manhã enchia o dia, e um céu azul translúcido acenava para nós. A estrada se encontrava apinhada de fiéis a caminho da igreja. Fofo Kpee acelerou, apertando a buzina sem parar, piscando as luzes para desimpedir o caminho à nossa frente. A multidão se dividiu diante de nós como o mar Vermelho diante do cajado de Moisés. Alguns acenavam e aplaudiam. Meu peito inchou de orgulho, e os olhos se encheram de lágrimas, que o vento varreu para os lóbulos de minhas orelhas.

Quando chegamos à Igreja Pentecostal de Nosso Salvador, Big Guy esperava na entrada, sorrindo para nós como um porteiro. Rapara a barba e, de terno cinza e mocassins, parecia ainda mais alto e mais intimidante. Estava tão empertigado quanto uma das colunas delgadas que adornavam a entrada do templo, que era uma grande estrutura retangular e inacabada. O novo telhado brilhava ao sol intenso, mas a igreja ainda não tinha portas e janelas e as paredes ainda estavam sem reboco. Ouvia-se o arrastar de centenas de sapatos sobre aquilo que nós chamávamos "piso alemão", enquanto os fiéis entravam e encontravam seus lugares entre os bancos, que, pelo momento, eram pranchas apoiadas em blocos de concreto.

Fofo estacionou a moto debaixo de uma goiabeira, não sem antes testar com o pé direito o solo em torno do pedal de descanso, para ver se era seguro parar ali. Desenrolando um pedaço grande de lona encerada, cobriu a máquina, para o caso de chover, por muito que fosse improvável.

– Ah, *mon ami*, bom dia! – Fofo cumprimentou Big Guy, agarrando-lhe a mão quando chegou à porta.

– Vou te contar, esta eu não vou perder – disse Big Guy e nos puxou de lado, para longe do portal. – De certo modo eu estava pensando que você ia trazer as outras crianças para a igreja.

Fofo Kpee paralisou.

– *Wetin*? O quê? Quais crianças, Big Guy?

Big Guy desviou a vista.

– Você sabe do que eu estou falando, Smiley Kpee, você sabe.

Big Guy não se mostrava tão agitado nem zangado quanto estivera na ocasião em que trouxe a Nanfang e disse que esperava ver cinco crianças. Agora havia entre os dois homens um silêncio constrangido. Nós quatro parecíamos numa ilha na correnteza de gente que entrava na igreja.

– Tudo bem, Deus te abençoe. – Fofo Kpee deu-lhe uma leve cutucada no lado. – Vamos conversar sobre essa questão *oso*.

– Amanhã nunca chega – respondeu Big Guy, sua voz se elevando com seriedade.

– Ah, seu fracassado! Quem o mandou vir estragar minha Ação de Graças em Família?!

Pelo jeito como soaram as palavras de Fofo, algumas pessoas se viraram para olhar Big Guy. Dois porteiros começaram a atravessar a multidão em nossa direção, como se prevendo uma briga.

– Eu estava só brincando. – Big Guy soltou um riso nervoso.

– Espero que você esteja só de brincadeira – respondeu Fofo com uma risadinha, e as pessoas voltaram a se importar com seus próprios assuntos.

Big Guy se virou imediatamente para nós e se agachou diante de Yewa, tocando-lhe o boné e nos segurando as mãos. Apesar das unhas estragadas, as palmas eram macias e delicadas.

– Ah, nossas crianças são tão bonitas! – exclamou.

– Obrigado, *monsieur* – respondemos.

– Puxa, Fofo trata bem de vocês.

– É, *monsieur*, ele trata.

– *Abeg*, por favor, podem me chamar de Big Guy. Só Big Guy, combinado?

– Sim, Big Guy – disse minha irmã, concordando com a cabeça.

– E você? – cobrou Big Guy, virando-se para mim.

– Sim, *monsieur* Big Guy... – respondi.

– Ah, não, não – ele reagiu, estalando a língua em desaprovação. – *N'est pas* difícil. Big Guy, apenas Big Guy. Sua irmã caçula já aprendeu.

Voltou-se de novo para Yewa:

– Você deve ser bem esperta na escola, *abi*? Não é mesmo?

– É sim, Big Guy. – Yewa lambeu os lábios, empolgada.

– Não se preocupe, Kotchikpa também aprenderá o nome – prometeu Fofo, vindo em minha defesa enquanto Big Guy se levantava. – Dá um tempo ao garoto, cara... Certo, Kotchikpa?

– Sim, Fofo – afirmei.

– Pois aí está – disse Fofo Kpee a Big Guy e tornou a lhe apertar a mão, enquanto dobrava as mangas da *agbada* sobre os ombros. Seu sorriso era tão escancarado que fez relaxar a tensão entre o lábio e a pálpebra esquerda, e os olhos pareceram ter o mesmo tamanho.

– *Ete n'gan do*? É a vez de nossa família celebrar a Ação de Graças. *Abeg*, venha conosco e em paz.

– *Pourquoi pas?* – Big Guy deu de ombros. – Você sabe, nosso Deus não é um Deus pobre... ele nos juntou, você e eu, para coisas melhores.

– Ah, pois é, como diz o nosso povo, "O homem é Deus para o homem" – respondeu Fofo. – Fome, doença, azar, falta de dinheiro; hoje nosso Baba celestial vai expulsar de nós todas essas coisas. Deus já lançou opróbrio a Satanás.

– Se você é pobre, saiba que é por causa de seus pecados. Alguma coisa está errada com você. E Deus o está castigando – declarou Big Guy.

NA IGREJA, NÓS QUATRO nos sentamos no banco da frente. Quando chegou a hora de dar graças, fomos para o fundo. Fofo Kpee saiu e voltou empurrando a Nanfang para dentro da igreja. Dois porteiros ajudaram-no a erguê-la, para subir os três degraus da frente.

Como dois acólitos, Yewa e eu nos pusemos à frente da procissão, nossos passos de dança tímidos e entusiasmados ao mesmo tempo, não totalmente sincronizados com o forte batuque dos tambores e os cantos. Atrás de nós dois vinham Fofo e a Nanfang. Ele segurava a motocicleta majestosamente, como se ela fosse uma noiva. Mesmo assim, de vez em quando Fofo Kpee dava um jeito de se inclinar bem baixo e girar, abanando a *agbada* e recolhendo as abas. As trombetas tocavam tão alto que mesmo que ainda estivesse cacarejando o galo que trouxemos, carregado por alguém no interior da procissão, ninguém o escutou.

Quando arrefeceu o tocar de trombetas, alguém à nossa retaguarda encheu a igreja com um forte som ululante. Ao me virar, vi que era Big Guy. Ele se erguia atrás de nós como uma coluna de nuvem. Sua dança era elegante e original: ele não se inclinava como Fofo, e sim dançava ereto, como se seu terno lhe recusasse permissão para se inclinar ou dar largas passadas. Em vez disso, simplesmente se sacudia, balançando com cuidado as longas pernas, como um pernilongo.

Atrás dele, solidária, a multidão fazia inchar a nave da igreja com danças, pondo em destaque as oferendas de inhame, frutas, farinha de *amala*, e papel higiênico que tínhamos trazido de casa. Em meio à correnteza, os porteiros ficavam parados como estátuas, segurando cestas dentro das quais lançávamos notas de naira e de cefa. Quando nos aglomeramos diante do sacrário, o pastor Concord Adeyemi, baixo, magro e barbado, veio ter conosco. Vestido de terno preto-carvão, e com uma cruz enorme pendurada numa corrente que lhe rodeava o pescoço e pousava sobre a gravata, ele usava permanente afro.

– Agora, tragam sua oferenda e elevem-na ao Senhor para ser abençoada... amém! – disse o pastor em voz trovejante ao microfone.

– Amém! – respondeu a congregação.

Os fiéis começaram a procurar dinheiro nos bolsos. Yewa e eu pegamos as notas de vinte nairas que Fofo Kpee nos entregou com essa exclusiva finalidade. Dissera que hoje era importante doarmos notas de vinte, em vez das moedas de um naira que segurávamos durante a ação de graças de outras pessoas. Agora, quando olhei para trás, vi Fofo brandir uma nota de cem nairas. O teto da igreja parecia forrado de notas de naira e de cefa, erguidas no ar por centenas de mãos.

– Ergam mais alto para o Senhor – concitava o pastor. – E sejam abençoados em nome de Jesus!

– Amém.

– Mais alto, eu peço... Vocês recebem do Senhor aquilo que dão. Precisamos terminar a construção desta igreja. Amém.

– Amém.

– Não lance uma maldição sobre si no dia de hoje... Acrescente mais ao Senhor. Este é o domingo de sua salvação, seu domingo do progresso. Você, aquele homem ali: não prejudique o Senhor oferecendo tão pouco.

Apontou um lugar na parte de trás e todos se voltaram para olhar naquela direção.

– Se você se emendar, amanhã o Senhor também poderá abençoá-lo com uma Nanfang. A pobreza é uma praga que o Demônio rogou... o Senhor está pronto a destruir a maldição. Vocês acreditam?

– Sim, nós acreditamos.

Algumas pessoas trocaram as cédulas que seguravam por notas de valor mais alto.

– E também não prejudiquem Fofo Kpee. Esses anos todos, ele tem sido um cristão fiel. Não tragam azar a essa Nanfang.

– Deus nos livre, Deus nos livre! – bradou a multidão na igreja.

– Não arruínem as coisas para essas duas crianças dele!

O pastor estendeu a mão e tocou em Yewa e depois em mim.

– Que o Senhor abençoe vocês com infinita bondade. Que sempre tenham sorte. Amém!

– Amém!

– E você também pode abençoar o próximo – disse ele à congregação. – O que o seu vizinho tem na mão?

Ouviu-se um murmúrio enquanto as pessoas falavam aos vizinhos, alguns incitando outros a doarem mais dinheiro. Após cochichar ao ouvido de Fofo Kpee, Big Guy lhe entregou uma nota de dez mil francos CFA[2] e guardou a nota de cem nairas. Os dois homens sorriram. Fofo Kpee ficou tão feliz que tinha lágrimas nos olhos.

– Nosso Deus é um Deus rico, não é um mendigo – proclamou o pastor.

– Amém!

– E fiquem atentos para que seu vizinho não tenha a tentação de guardar de volta o que foi mostrado ao Senhor. Amém!

– Amém!

O pastor fez um sinal para o coral, que entoou *O Senhor irá abençoar alguém hoje*:

O Senhor irá abençoar alguém hoje
O Senhor irá abençoar alguém hoje
O Senhor irá abençoar alguém hoje
O Senhor irá abençoar alguém hoje

Poderia ser eu
Poderia ser você
Poderia ser alguém ao seu lado

2. O franco CFA é a moeda corrente oficial de 14 países: Camarões, Costa do Marfim, Burkina Faso, Gabão, Guiné Bissau, Guiné Equatorial, Benin, Congo, Mali, República Centro Africana, Togo, Níger e Senegal. (N. da E.)

O Senhor irá abençoar alguém hoje
O Senhor irá abençoar alguém hoje

Enquanto fazíamos coro ao cântico, nossas cestas de oferendas foram passadas por cima do balaústre do sacrário e entregues às assistentes, as duas esposas do pastor Adeyemi. Após guardar as oferendas atrás do sacrário, as duas vieram se juntar às bênçãos – duas figuras altas e elegantes, que abriam caminho através da multidão em prece e pousavam as mãos sobre as barrigas das grávidas murmurando "*Omo ni iyin oluwa*... as crianças são a grandeza de Deus".

Então, quando chegou o momento de abençoar a Nanfang o pastor pediu que levantássemos nosso dinheiro bem no alto. Rezou para que Deus abençoasse eternamente nosso lar e protegesse Fofo Kpee do Demônio. Aí sua compostura se desintegrou – curvando-se, ele agarrou o guidão da moto e disparou a fazer a bênção do Fogo do Espírito Santo. Seus cachos armados de gel voavam para todos os lados, a cruz retinia contra o tanque de gasolina. Ele sacudiu com força a Nanfang, para afugentar o azar, até Fofo Kpee e Big Guy ficarem com o rosto ofuscado pelo medo. No afã de proteger a moto, os dois se precipitaram a agarrá-la com toda a força, enquanto o pastor fazia chover bênçãos sobre ela. Pouco depois o clérigo pôs as mãos sobre nossas cabeças, e nesse momento as pessoas colocaram o dinheiro numa cesta de coleta, cada um vigiando o outro para evitar que os trapaceiros substituíssem as esmolas por notas de menos valor ou as enfiassem de volta no bolso.

FOFO ALUGARA CADEIRAS de plástico branco e um toldo de encerado multicor para dar uma festa naquela tarde, em nossa casa. Mulheres contratadas por ele para cozinhar trouxeram a comida em vasilhas térmicas e a serviram aos convidados. Embora estes não fossem numerosos, Fofo fizera instalar uma barreira na estrada de terra diante de nossa morada, para dar a impressão de uma multidão grande e transbordante: em nossa parte no mundo, festa que não faz parar o trânsito não é festa.

Na primeira oportunidade, Fofo Kpee levantou-se e disse em sua voz de comediante:

– Meu povo, meus vizinhos, *honton se lé*, minha família, neste dia o Senhor fez...

– Vamos festejar e nos alegrar! – todos nós respondemos rindo.

Ele pigarreou e gritou:

– Aleluuu...

– Aleluuuia!

– Vejam só, meu irmão e a mulher dele, que vivem no estrangeiro, me mandaram esta *zokeke*!

Apontou para a Nanfang, que estava parada debaixo da mangueira, sozinha, como se em exposição.

– Eu não vou morrer pobre – continuou. – Não serei *agbero* para o resto da vida. Tenho que fazer alguma coisa para ficar rico. Como transportar vocês, gente boa, em minha *zokeke* e ganhar dinheiro. Vocês têm que me dar a preferência; não virão aqui comer meu arroz a troco de nada.

– Você vai carregar a gente até cansar! – disse alguém. – Smiley Kpee, tô falando sério!

– Quer dizer, olhem bem pro meu rosto. – Tocou na cicatriz e puxou o lábio, e as pessoas começaram a rir.

– Espantalho! – gritou uma mulher, a boca cheia de arroz.

– Não se preocupe, quando eu ganhar muito dinheiro vou fazer uma cirurgia... Meu rosto não ficará sorrindo desse jeito o tempo todo. Rosto *n'do na dio se*, rosto militar. Aí vocês não vão saber de novo se eu tô zangado, se tô triste, se tô mentindo... ou seja, mesmo agora, quem aí pode dizer que eu esteja contente com vocês?

Mais risadas.

– *Agbero*! *Agbero* de Nanfang!

Ele fez uma pausa e apontou direto para Big Guy, depois disse, agitando o indicador:

– Não faça assim, meu novo amigo, que quer me desmoralizar antes de minha Ação de Graças!

Os convivas riram, e Big Guy, de zombaria, sacudiu a cabeça, se levantou e perguntou aos demais:

– *Mon peuple*, hoje de manhã eu não dancei bem, na igreja?

– Você dançou muito bem – respondeu a multidão, em seu apoio.

– Mas *il est un bon homme*, ele é gente boa – garantiu Fofo Kpee. – É meu novo amigo... acabou de ser mandado aqui pra área. Depois vocês vão conhecê-lo melhor. Por enquanto, apenas se divirtam comigo, *dugbe se to aya-whenume se.* Depois que eu ficar rico, meus cachorros não vão deixar vocês nem chegarem perto do meu portão, como Lázaro.

– Então, tomara que você continue a ser *agbero* até que venha a nós o vosso reino! – comentou alguém.

Fofo esperou que acabassem de rir e acrescentou:

– *Kai,* podem ir tratando de procurar outro homem-macaco para tirar coco de seus coqueiros... De qualquer jeito, agora falando sério: hoje tô de barriga cheia de alegria porque meu irmão e minha cunhada me recompensaram, dizem que eu cuido muito bem dos filhos deles.

– Que deus os abençoe! – desejou alguém.

Fofo Kpee apontou para nós, e a atenção de todos mudou em nossa direção.

Minha irmã e eu paramos de nos abarrotar de arroz e olhamos um para o outro. Fiquei confuso, pois sabia que meus pais estavam na aldeia, e não no estrangeiro. Era como se eu não tivesse escutado direito o que Fofo disse. Será que Big Guy tinha trazido a motocicleta da casa de meus pais em Braffe? Não, isso não podia ser verdade. Nem quando gozavam de plena saúde meus pais eram assim tão ricos. Por outro lado, pensei que talvez ele quisesse dizer que meus pais haviam se recuperado, e que essa festa também era em homenagem a eles. Portanto, empanturrei-me de mais comida. Comi com a mão meu monte inteiro de arroz *jollof*; as cozinheiras tinham usado arroz Uncle Ben's, que a gente pode comer depressa sem medo de mastigar pedra. Deixei para o final um pedaço de peixe-zebra frito, cortado fino como uma fatia de banana frita. Não pensei mais nas palavras de meu tio.

– Quando meu irmão e minha cunhada e as outras crianças vierem nos visitar – continuou Fofo Kpee –, vocês vão comer coisas muito melhores ainda... Aleluuu...

– Aleluuuia! – respondeu o povo, e ele se sentou.

Naquela noite os visitantes dançaram com a música de nosso aparelho de som da Sony, acabado de comprar de segunda mão. Big Guy levantou-se e tirou o paletó, exibindo uma imaculada camisa social branca. Suspendeu a calça na cintura para dar espaço às longas pernas e nos mostrou como dançar *makossa.* Ele mexia os braços e as pernas como se agora o terno lhe desse autorização de se mover. Rebolava os quadris e rodava ao som da guitarra elétrica e da percussão pesada. Com seus movimentos suaves, era um espetáculo digno de se ver. Começamos a gostar dele. Lembrou a Yewa que ela era uma menina inteligente. Repetidamente ele a levantava do chão e a jogava para cima, tornando a pegá-la. Muitas crianças o cercaram, pedindo que também as jogasse no ar. Big Guy ficou suado, com a camisa imunda; os mocassins se cobriram de poeira, mas ele não se importou. Nós nos divertimos tanto que no dia seguinte tivemos diarreia e febre. Não fomos à escola.

UMA SEMANA DEPOIS FOFO Kpee voltou cedo para casa do trabalho e se sentou na cama, torcendo as mãos. Estava tão preocupado com o que queria dizer que não tirou as roupas de trabalho nem se banhou para a noite. Então, inclinando-se para diante, perguntou:

– Nesses dias vocês têm gostado da escola, com seus novos livros?

– Eu gosto de meus livros! – respondeu Yewa.

– Os professores agora gostam da gente – informei. – Nós dividimos os livros com nossos amigos.

– Beleza. – Fofo se contorceu na cama até suas costas ficarem encostadas na parede.

Acima de sua cabeça havia um calendário grande e velho da Copa do Mundo de 1994, com fotos dos trinta e dois times de futebol dos países que chegaram às finais. Como o relevo da parede era irregular, o lampião mapeava trechos de luz e sombra sobre o calendário.

Prendendo Yewa entre as pernas, Fofo a puxou e, brincalhão, apertou-lhe as bochechas. A cama de molas rangeu, e uma lagartixa que estava embaixo do calendário se assustou e saiu correndo. Escalando a parede ela foi descansar no largo espaço entre esta e o telhado, com o rabo pousado na corrente de bicicleta que prendia o telhado à parede.

– Seus padrinhos vão ficar felizes de ver que vocês gostam da escola – disse Fofo subitamente. – Sejam gratos a eles. *E je do mi ni d'ope na yé.*

– Padrinhos? – perguntei, sentando-me em nossa cama.

Ele olhou para mim, cauteloso, e balançou a cabeça confirmando.

– Ah, sim, vocês dois têm sorte de ter padrinhos, sabem?

– De Braffe? –Yewa quis saber. – Quando eles vieram?

– *Non, pas comme ça*, não é bem isso – disse Fofo com um risinho. – Não, esses vocês não conhecem.

– Big Guy conhece eles? – ela indagou. – Eu quero dançar com Big Guy. Ele pode ir conosco para Braffe ensinar Ezin, Esse e Idossou a dançar *makossa*. Você prometeu nos levar até Braffe.

– Nós vamos lá... com certeza. Mas primeiro quero apresentar vocês a seus padrinhos. Aquele homem e aquela mulher nos deram muitas coisas. Nanfang. Sony. Remédio para os pais de vocês. Coisas que não dá pra contar. *Onú lopa lopa lé*. Seus pais gostam muito deles. Seus padrinhos querem ajudar nossa família inteira, a começar pela educação de vocês... Vocês vão ser os filhos adotivos deles. *Comprenez* o significado de adotivo?

– Não – respondi.

– É como quando estranhos chegam e levam uma criança como se fosse deles... Mas, escutem, nós precisamos dizer aos outros que os padrinhos são seus parentes de verdade.

– Nossos parentes? – estranhei.

– Você está mentindo, Fofo – acusou Yewa. – Você vai pro inferno. Você mente.

– Ah, crianças, vocês não entendem a Bíblia! – exclamou. – Eu sei que esta vai ser difícil de explicar. É por isso que não me dei ao trabalho de tomar banho nem *na yi changer nú se lé* antes de conversar com vocês. Se você contar uma mentira muito boa, não irá pro inferno. Só as mentiras ruins botam a gente no inferno, *mes enfants*. Como sua professora da escola dominical ensinou a vocês em Gênesis 12:10-16, Abraão, o próprio pai da religião, para salvar a própria vida, contou aos egípcios uma boa mentira de que Sarah, sua mulher, era irmã dele. Também Jacó e Rebeca foram enganar Isaac para reivindicar a herança de Esaú em Gênesis 27:1-33, vocês lembram?

– Por favor, tio, conta para nós essa história de novo – pediu Yewa, enquanto nos chegávamos a ele. – Conta pra nós de Abraão...

– Calem a boca! Não me distraiam – retrucou irritado. – Fiquem só ouvindo agora porque eu estou pregando.

– E *dans la Nouvelle Testament* – continuou com fervor renovado –, não se esqueçam de que os três sábios enganaram Herodes para salvar o menino Jesus em Mateus 2:3-16. Logo, como esse povo da Bíblia, nós temos de proteger nossa fortuna. Temos que dizer que os padrinhos de vocês são seus parentes; do contrário, as pessoas vão começar a trazer para eles os próprios filhos ou começar a ter inveja... *Vous comprenez un peu, oui?*

– A gente entende, sim.

– Em todo caso, seus padrinhos querem que seja assim. Vocês dois vão entender muito bem quando crescerem. Meus filhos, este mundo *est dangereux*. Não confiem em ninguém. Não contem a ninguém sobre nossas bênçãos, *d'accord*? Ou querem que ladrões armados venham de Lagos nos visitar? Querem deixar que estraguem tudo para o nosso lado?

– Não, Fofo, de jeito nenhum.

Os dois balançamos a cabeça em negativa.

– Muito bem, meus filhos... Por causa dessa reunião de família eu voltei correndo do trabalho. Quero dizer a vocês toda a verdade sobre tudo, *d'accord?*

– Tudo bem.

– Seus padrinhos são gente de ONG.

– ONG? – perguntei.

– É, gente de ONG – ele repetiu. – Organização não-governamental... repitam comigo.

– Organização não-governamental.

– *Encore?*

– Organização não-governamental.

– *Bon! Très bien! C'est une groupe* de gente que ajuda as crianças pobres do mundo todo. O pessoal de ONG é boa gente que viaja *partout*.

Sorriu para nós e parecia tão aliviado quanto alguém que conseguiu dar uma má notícia. Fofo se levantou e tirou a roupa, começando com as botas de caubói; depois despiu o terno azul e vestiu o short.

Era o motociclista de Nanfang mais bem vestido que já vi. Desde que ficamos mais ricos, nosso tio ia trabalhar de ternos *okrika* e sapatos europeus comprados numa feira livre que cercava a terra-de-ninguém. Como as roupas estavam amassadas e ainda não possuíamos ferro nem luz elétrica, ele ficava com um jeitão desleixado. Tínhamos novos uniformes escolares e quando ele nos levava para a escola de moto pela manhã, parecíamos bem vestidos e bem alimentados. E os colegas de turma queriam saber sobre nossos pais "do estrangeiro".

– Foi por isso que você disse durante a festa que nossos pais mandaram a Nanfang para você?

– Sim, meu garoto... *ça c'est très correcte!*

– Agora eu entendi.

– Você é muito inteligente para sua idade. *A no flin nú ganji*. Você se lembra bem. Ah, *non*, sabe que não pode sair por aí contando a todo mundo sobre seus planos. O livro de Jeremias, capítulo 9, verso 4, diz: não confie em seu amigo... cada amigo é um caluniador. Logo, não conte aos colegas de escola, nem aos amigos da igreja, a respeito disso, *d'accord*?

– Tá bem.

Concordei com um aceno, só eu.

– Yewa? – Fofo perguntou.

– Sei ficar de boca fechada – ela disse.

Ele veio se sentar, apanhou de baixo da cama a garrafa de *payó* e se serviu de uma dose. Derramou o conteúdo todo dentro da boca, como se fosse dentro de um balde. Tomou mais dois tragos, pigarreou e se espreguiçou na cama.

– Vamos lá, você sabe como chamar seus padrinhos, Yewa?

– Sei não.

– Padrinho? Madrinha? – arrisquei, tentando adivinhar.

– Não – objetou. – Madrinha, padrinho... isso parece muito *okrika*! Tenta de novo.

– Mãe... Pai?

– Não, *juste* papai e mamãe... *efó*!

– Papai? Mamãe? Não! – protestou Yewa.

– *Hén* – disse Fofo, arrastando a palavra *sim*.

– Meu papai e minha mamãe estão em Braffe.

– Isso nós sabemos, Yewa – ele disse.

– Vamos chamar os dois, então, de mãe e pai, pra evitar confundir.

– Não, Kotchikpa, é melhor falar com eles exatamente como vocês falam com seus pais. *Ils sont* seus padrinhos. Padrinhos. Padrinhos, estão entendendo?

Dei de ombros, desistindo, e olhei para Yewa, que tinha baixado o olhar, recalcitrante.

– Big Guy conhece nossos padrinhos? – perguntei.

– *Absolutement,* com certeza – garantiu Fofo.

– Mas você disse que a gente não devia contar aos amigos – lembrei. – Você contou a Big Guy?

Yewa levantou os olhos, incisiva, sentindo a contradição. Fofo não respondeu imediatamente. Em vez disso, seu rosto se dividiu num demorado sorriso travesso, enquanto ele balançava a cabeça bebericando o *payó.*

– Kotchikpa – disse, por fim –, você é um menino muito inteligente.

– Muito obrigado, tio.

– Mas precisa ter cuidado para sua inteligência não levar você na direção errada. Lembre-se: é só a mosca sem direção que vai atrás do cadáver e entra no caixão. Entende?

– Não, Fofo.

– Use bem a cabeça. Big Guy se tornou meu amigo de confiança, a única pessoa que eu convidei para sentar conosco na ação de graças, recorda?

Ele deu uma risada curta e piscou para nós, como para dizer: "No final, eu ganhei de você". Ri com ele, porque meu tio era engraçado e porque achei que eu deveria ter entendido isso por mim mesmo. Então Yewa também riu.

Quando paramos de rir, ele começou a fazer cócegas em nós. Rimos ainda mais, mas era Fofo quem ria mais forte, como se mãos invisíveis estivessem lhe fazendo cócegas. Yewa começou a jogar seu travesseiro em mim, e nós começamos uma guerra de travesseiros. Fofo, que normalmente não nos deixaria brincar assim, não interrompeu. Aquilo parecia diverti-lo. Ficou sentado torcendo por nós, agitando as mãos, abaixando-o cada vez que um de nós atingia o outro com uma travesseirada. Instruiu Yewa a subir na cama para obter vantagem sobre mim. Ela estava empolgada, as molas rangiam a cada golpe que acertava. Eu também queria subir na cama, mas Fofo disse que não. Chegou a me pedir que deixasse minha irmã caçula vencer a guerra de travesseiros. De repente, levantou-se e começou a brincar com a mecha do lampião, como um louco. A chama tremeluzia, e nós ficamos muito agitados, tentando entender o que ele queria fazer.

Fofo encolheu a mecha e nós ficamos lutando no escuro. Cada vez que um de nós caía, ele aumentava a chama para ver se alguém se machucara. Quando um de nós gritava no escuro, titio dava risada, antes de aumentar a iluminação. Estávamos nos divertindo, e brincamos até deixar tudo fora do lugar. Os dois colchões foram parar no chão; a maioria das roupas de Fofo despencou do guarda-roupa. O estrado da cama se deslocou. Nossas caixas de roupas, guardadas embaixo do leito, saíram dali, espalhando o conteúdo para todo lado. O que finalmente nos deixou exaustos não foi a energia gasta na brincadeira, mas sim o esforço sobre as costelas provocado pelas intermináveis risadas.

– POIS BEM, O PAPAI e a mamãe de vocês, seus padrinhos, em breve vão chegar de visita – disse Fofo Kpee mais tarde naquela mesma noite, depois de termos arrumado tudo. – Vão trazer outras crianças que eles ajudam, para vocês todos se conhecerem. Talvez levem todos vocês para estudar no estrangeiro. Do outro lado do mar.

Meu coração deu um pulo, e eu me sentei.

– Nós? No estrangeiro?! – perguntei.

– Lógico: as crianças que estudam no estrangeiro não ficam com duas cabeças.

– E eu? –minha irmã quis saber. – Você não gosta de mim?

– O quê? A minha Yewa? Quer abandonar seu Fofo, neném?

– Ah, o Fofo é gente grande. Se Kotchikpa vai, eu tenho que ir...

– *Kai*, você é mesmo uma pechincheira... advogada! Vocês vão viajar juntos, *d'accord*? Outras crianças de sorte também viajarão com vocês. Deus abençoe seus padrinhos.

Após nossa prece da noite, durante a qual Fofo agradeceu profusamente a Deus por nos ter mandado nossos benfeitores e depois falou em línguas esquisitas, como o pastor Adeyemi, eu fiquei deitado na cama pensando em nossos padrinhos. Que aparência tinham? Onde moravam? Ou será que ficavam só viajando de país em país para salvar crianças? Tentei imaginar os rostos de pessoas tão bondosas. Queria conhecê-los. Por mais que tentasse visualizá-los, o que me enchia a mente eram as imagens de meus pais.

Comecei a imaginar meus pais com a saúde recuperada, minha mãe a caminho das lavouras pela manhã, meu pai indo de bicicleta ao mercado Korofo. Pensei no quanto meus avós estariam aliviados agora; como, entre nossos treze tios e tias, os favoritos de meus avós eram meus pais, a doença deles foi um rude golpe. Cuidaram de nossos pais, e antes de irmos embora de casa fizerem tanto jejum que ficaram quase tão abatidos quanto os doentes. Agradeci a Deus por a doença de meus pais estar curada. Agradeci a Deus por enviar nossos padrinhos, que compraram remédio para nossos pais. Com tudo o que haviam feito por nós, pedir que os chamássemos mamãe e papai não era pedir muito. Eu tinha certeza de que meus pais em casa não se importariam de que o bondoso casal fosse chamado assim.

Naquela noite comecei a ter muita saudade de meus pais, e aguardava com ansiedade a visita a casa e a estada em companhia deles. Também comecei a sentir saudade de nossos padrinhos, que ainda não conhecia, porque eu já era o beneficiário da bondade deles; eram um segundo par de pais num mundo em que a doença quase me roubara os dois primeiros. Também comecei a querer conhecer as outras crianças que nossos padrinhos ajudavam. Os limites de minha família se estenderam e começaram a crescer naquela noite, enquanto eu ouvia o roncar de Fofo e a suave respiração de Yewa ao meu lado.

Pedi a Deus que nos desse o cérebro que precisávamos para nos sair bem na escola, para não decepcionar nossos padrinhos, Fofo e nossos pais. Tendo passado a vida falando francês e *idaatcha*, agradeci a Deus por ter, no ano e meio que passamos na fronteira, nos ajudado a aprender inglês muito bem e até a entender um pouco de *egun*. Tinha esperança de que, aonde quer que nos levassem nossos padrinhos, nós fôssemos capazes de exibir a mesma desenvoltura. Lembrando minha promessa a nossos pais e avós, tornei a prometer a Deus naquela noite, como prometia em todas elas, sempre obedecer Fofo. Eu disse a Deus que faria tudo para apoiar meu tio. Pedi a Deus que guiasse os pensamentos de Yewa para ela não envergonhar nossos padrinhos, nem teimar com eles, quando nos visitassem.

A PRIMEIRA VISITA DE NOSSOS padrinhos e novos irmãos foi comedida. Antes da chegada deles, os três tínhamos ficado sentados do lado de fora, nos montinhos de terra da varanda, olhando o mar.

Naquele instante, Fofo trouxe para fora o lampião e o colocou no chão ao nosso lado. A lâmpada ficou ali, com sua chama solitária oscilando ao vento. Yewa e eu conversávamos e pensávamos no que haveria do outro lado da água. Ambos vestíamos camiseta verde e short preto. Tínhamos tomado banho naquela noite, e nossos rostos brilhavam de vaselina AZ; de vez em quando dávamos um espirro, porque nosso tio havia esfregado em nossas roupas um excesso de cânfora, que ele chamava de "perfume de pobre".

Fofo estava nervoso. Ficava cruzando e descruzando as pernas, cruzando e descruzando os braços na frente do peito.

– Yewa, como você vai chamar seus padrinhos? – ele indagou de repente.

– Papai e mamãe – ela respondeu.

– Boa menina. *Gbòjé poun*, tudo vai dar muito certo.

– Fofo, eu estou relaxada.

– E quando encontrar com eles não se esqueça de agradecer pelas mensalidades da escola. Até Deus gosta de criaturas que sabem ser gratas.

– Não vamos esquecer, Fofo – prometi.

– Eu tô com fome – disse Yewa. – Vamos comer hoje à noite?

– Com fome? –Virando-se, Fofo olhou para ela com irritação. – Já te disse que eles vão trazer comida! Como num piquenique. Basta ter paciência, *ole*. Deixe de ser esganada. Quer tomar *garri* agora? Você e seu irmão, nenhum dos dois me ouve, nesta casa. Lembra o que seu pai disse no dia em que eu trouxe vocês pra cá? Lembra o que seus avós disseram? Se me derem mais um problema vou cancelar meu plano com seus padrinhos... Vou até devolver os dois para Braffe.

– Desculpa, Fofo Kpee – pediu Yewa.

– Cala a boca, sua *onu ylankan*... coisa feia. Não sei de onde sua mãe foi trazer vocês, seus filhos sem pai, pra casa do meu irmão! Mais uma palavra e aí...

Ficamos sentados em silêncio até escurecer. Meu tio foi ficando cada vez mais angustiado. Movia os lábios para dentro e para fora e assoprava. Ficou sentado e rijo, as costas achatadas contra a parede, a cabeça apoiada na janela fechada.

No mar os pescadores enfeitavam a água com as lantejoulas de seus lampiões, que lembravam estrelas. E, no entanto, não havia mar, não havia céu, não havia terra: apenas pontos de luz que se balançavam no abismo negro. A noite também devorara as paisagens de coqueiros, a não ser quando os lampião das canoas em movimento se apagavam por trás das árvores a intervalos regulares.

O mar soprou pelas redondezas uma brisa forte, quente e incessante. Na distância, dava para ouvir o murmúrio que vinha do mercado da área fronteiriça, encerrando-se por aquela noite. Também podíamos escutar as caçambas e os caminhões indo e vindo da fronteira, dando marcha à ré ou estacionando. Às vezes, do ponto onde nos sentávamos, víamos os raios dos faróis deles varrerem o céu das aldeias vizinhas, como holofotes de busca. Fofo nos contara que os caminhões transportavam mercadorias variadas de uma parte da África Ocidental para outra.

De repente ouvimos o som de um veículo que percorria nossa estrada de terra. Quando ele entrou em nosso terreno, desligou o motor e apagou as luzes. O veículo deslizou em silêncio em direção a casa, seu avanço freado por nossa trilha de areia. Quem primeiro desceu foi uma mulher. Ela correu em direção à varanda e se agachando nos envolveu num abraço, como se o momento fosse demasiado comovente para usar palavras.

– Eu sou mamãe! – sussurrou.

Yewa parecia indiferente à presença da mulher e concentrava a atenção no veículo, mas meu desejo foi ficar abraçado a ela para sempre.

– Mamãe... Seja benvinda, m-mamãe – gaguejei.

– Muito obrigada, crianças queridas – ela respondeu, apertando o abraço. – Quanta gentileza sua!

Depois de um momento, aproximou o lampião para ver nossos rostos. Era uma linda mulher alta e negra, de olhos meigos e profundos e lábios carnudos no rosto muito liso. Usava jeans, camiseta e tênis, e os cabelos presos no chapéu de sol multicor, como se estivesse indo a um piquenique. Ela era graciosa, e seu perfume, doce como o cheiro das flores frescas de jasmim-manga. Quando nos abraçou, tomou cuidado para não nos machucar a pele com suas unhas longas e pintadas. Sorria com a mesma facilidade com que respirava.

– Big Guy! – gritou Yewa, e seu grito cortou o silêncio recolhido da vizinhança. Ela me bateu no ombro e depois tentou se soltar de mamãe, apontando para o perfil de um homem que havia acabado de sair do banco do motorista. – Olhem só... Big Guy.

– Big Guy? – murmurei. – Não. Onde? Não é ele, não.

– É ele, sim! – insistiu Yewa, ainda tentando se desvencilhar. – Ele é o motorista do carro...

– Pss... Pss... caladinhos! – disse mamãe, abraçando-nos com mais força.

Após nos acalmar, mamãe abriu de novo o lindo sorriso e abrandou o aperto do abraço. Em seguida me soltou e pegou no colo Yewa – cujos olhos continuavam fixos no veículo e no homem junto dele –, e juntou seu rosto ao dela. Beijou Yewa e lhe afagou a cabeça.

– Não precisa gritar, meu bem – ela murmurou. – Por enquanto vamos esquecer Big Guy. Você vai ter chance de falar com ele, tá bem?

– Tá, mamãe – respondeu Yewa, e sua atenção se voltou aos poucos para a mulher.

– Minha filha, eu estava ansiosa para encontrá-la. Ouvi contar tantas coisas boas sobre vocês dois! Big Guy me disse que você dança muito bem. Quer dançar com Big Guy depois?

– Quero, mamãe. – E os olhos de Yewa se iluminaram.

– E eu também quero ver seu lindo boné de beisebol.

Minha irmã concordou com um aceno. Achei que o fato de mamãe saber que Big Guy nos havia ensinado a dançar causou profundo efeito sobre Yewa. Ela começou a prestar mais atenção à mulher e parecia se sentir mais à vontade com ela.

– Muito bem, querida. Vamos cuidar disso. Eu também danço bem. – Mamãe se voltou para Fofo Kpee, que tinha ficado nos observando com medo: – Que anjinhos maravilhosos... Vá buscar os outros e trazer para dentro de casa. Está tudo bem.

– *Merci, madame* – ele disse, como uma ligeira reverência. – *Merci beaucoup.*

Fofo rumou para o carro. Big Guy abriu a porta de trás para papai e duas crianças, enquanto mamãe nos levava para dentro da casa, carregando também o lampião. Depois de fechar a porta ela se sentou em nossa cama, com Yewa no colo, apoiada em seus seios. Dava a impressão de ser nossa mãe verdadeira. Tinha conquistado Yewa num instante. Comecei a me sentir relaxado, sabendo que minha irmã não iria estragar a noite para todos com sua teimosia.

Também me comoveu a gentileza de mamãe. Comecei a pensar no quanto ela deveria ser amável com seus próprios filhos, se podia ser tão maternal para nós no primeiro encontro. Embora parecesse muito mais rica que nossa mãe, agia exatamente da mesma forma que ela. E, mesmo sabendo então que a casa dela devia ser muito mais bonita, eu tinha a sensação de que ela estava à vontade em nosso lar. Olhou ao seu redor como se soubesse o que havia no cômodo vizinho. Foi a primeira visita a entrar ali sem que eu me sentisse encabulado ou deslocado.

Ela foi meu primeiro contato com uma ONG. Sua presença confirmava para mim o que Fofo dissera: era um grupo de pessoas sorridentes e compassivas que saíam pelo mundo afora ajudando crianças como nós. Não pude deixar de agradecer a Deus em meu coração por ter nos trazido uma mulher dessas. Eu a observava atentamente – seu jeito de mimar minha irmã, de segurá-la e de lhe falar aos ouvidos em voz baixa; o jeito de jogar a cabeça para trás quando fazia uma pausa na conversa, o jeito de gesticular com a mão direita, enfeitada de pulseiras, quando falava. Eu me sentia tão bem ao seu lado que já não sentia o cheiro de cânfora de minha roupa: o perfume dela dominou o recinto, como o aroma da Nanfang dominara quando a moto chegou.

– Me contaram que você dançou muito bem na igreja – mamãe disse a Yewa em particular, o que me deixou enciumado.

– Foi sim, mamãe. – E Yewa se aconchegou mais a ela.

– Eu também sei dançar – informei.

– Ótimo – aprovou mamãe, e voltou à minha irmã. – Então, você gosta da igreja?

– Gosto.

– Eu também – afirmou a mulher. – Gosto de cantar, dançar e rezar com os outros. Sabe, eu e meu marido achamos que Deus tem sido bom conosco, e que nós devemos ser bons para os outros, principalmente as crianças.

Mamãe ficou abraçada à minha irmã e fechou os olhos, como em gratidão a Deus. Eu queria que ela me abraçasse daquele jeito, mas não sabia o que dizer, nem fazer. Parei de olhar para elas e mantive os olhos fixos no chão.

OS QUE ESTAVAM LÁ FORA FINALMENTE chegaram à varanda, mas não entraram. Eu não conseguia dizer quantos eram, mas reconhecia as vozes de Big Guy e Fofo Kpee. E desconfiava de que uma terceira voz, grave, pertencia a papai.

– Crianças educadas, muito amáveis... as crianças de Kpee – dizia Big Guy, como se estivesse escolhendo galinhas na feira livre em Badagry. – *Monsieur* Ahouagnivo, o senhor vai ver quando chegar lá dentro.

– Maravilha – disse papai.

– Nós damos graças a Deus – comentou nosso tio.

– Infelizmente, *monsieur* Ahouagnivo, como expliquei ao senhor no outro dia, Kpee não fez a entrega completa – acusou Big Guy. – Onde estão os outros, Kpee?

– Aldeia – respondeu Fofo Kpee, abrupto. – Vou trazê-los para o senhor.

– *Quand*? – perguntou Big Guy. – Você realmente dificulta meu trabalho, ora. O acordo foi: cinco crianças. Traga-as para nós.

– Daqui a pouco – prometeu meu tio. – Logo irei a Braffe. Meus outros sobrinhos e minha sobrinha estão na aldeia.

– Vá buscá-los e pare de desperdiçar nosso tempo...

– Vocês estão perturbando todo mundo aqui dentro! – berrou mamãe para os homens na varanda.

– Senhores, parem, parem! – disse papai. – Este não é nem o lugar nem o momento para se ter essa conversa! Estamos aqui para comemorar, e não para atormentar Kpee e esses pequenos. As outras crianças de Kpee vão ter sua chance de ir para o Gabão e desfrutar as boas coisas da vida que temos ali, concordam? E lembre-se sempre, Big Guy: você trabalha para nós, e não o contrário. Dê a Kpee o tempo de organizar as coisas com cuidado. Tudo vai dar certo.

– *Monsieur*, me desculpe, *monsieur* – disse Big Guy, e eles pararam de discutir.

As imagens de Ezin, Esse e Idossou me passaram pela mente num relâmpago. A ideia de que iriam conosco para o Gabão me deixou animadíssimo. Eu tinha certeza de que em Braffe eles estavam se preparando para vir até a fronteira, para seguir com a gente. Para mim tornou-se claro o motivo da raiva de Big Guy no dia em que eles trouxeram para casa a Nanfang e o que significou "cinco" quando ele nos recebeu na porta da igreja naquele domingo da Ação de Graças. Daquilo que Fofo contara sobre nossos padrinhos, eu sabia que a generosidade deles já havia se estendido para outros membros de minha família, como meus pais. E, mesmo achando que algum dia eles talvez ajudassem meus irmãos mais velhos em nossa aldeia, nunca esperei ver a ajuda chegar dessa maneira. Oxalá Big Guy fosse paciente, para nós podermos voltar lá e trazer meus irmãos. O fato de ele quase ter conseguido virar nossos padrinhos contra Fofo não me agradou.

Eu quis gritar nos ouvidos de Yewa o que tinha acabado de entender sobre nossos irmãos, mas me contive. Senti ciúme da plena atenção que ela recebia de mamãe, e por isso resisti a dividir qualquer coisa com minha irmã.

Um tumulto de sentimentos confusos me atravessou o coração. A presença de mamãe estava em toda parte, e, no entanto, eu não conseguia me fartar dela. Sentia-me grato a Big Guy por trazer nossos padrinhos à nossa casa, mas zangado com ele por tentar fazer meu tio parecer relapso diante de papai.

O que nós tínhamos feito ao Senhor para que ele trouxesse a nós a bondade dessa ONG? Nós não éramos as crianças mais pobres daquele povoado de fronteira. No entanto, eu sentia que Deus nos escolhera entre todas as crianças de nossa escola e de nosso bairro. Recordei a conversa que Fofo tivera com Big Guy naquele domingo feliz, diante da Igreja Pentecostal de Nosso Salvador, e que foi depois confirmada pelo pastor Adeyemi durante a bênção. Para eles a questão era simples: você é pobre porque sua conduta diante do Senhor não é correta; se fizer o bem, então seu Pai Celestial, que é rico, irá torná-lo rico.

E, no entanto, naquela noite, sentado ali diante daquela mulher maravilhosa, eu não conseguia ver qual era o bem que pudesse ter feito. E pior ainda: na verdade, Yewa se tornara mais teimosa e travessa do que era em Braffe, há um ano e meio. Comecei a achar que perante o Senhor o que as crianças fizessem ou não talvez não fosse levado em consideração. Portanto coloquei minha fé em Fofo Kpee: para o Senhor nos trazer uma sorte tão favorável, ele devia ter feito alguma coisa grandiosa, alguma coisa maravilhosa. Talvez Fofo já não estivesse mais contrabandeando gente na fronteira; talvez já não tomasse o dinheiro das pessoas para depois enganá-las. Quem sabe estivesse tirando coco para os outros sem cobrar nada. Em meu coração comecei a cantar "*O Senhor irá abençoar alguém hoje*", enquanto observava mamãe acalentar minha irmã.

YEWA NÃO TARDOU A PEGAR num sono profundo, sentada no colo de mamãe, coisa que não pôde mais fazer desde que nossa mãe ficou muito doente na aldeia. Até nossos avós sabiam que Yewa era problemática, e só a deixaram vir comigo depois que Fofo lhes garantiu fazer qualquer coisa para tomar conta da sobrinha.

– E aí, Pascal, como foi hoje a escola? – perguntou mamãe, baixando o olhar para Yewa adormecida, como a Madona para o Filho.

O nome me surpreendeu. Olhei em torno à procura de outra pessoa. Não havia ninguém. Quem era Pascal? A porta da frente e as janelas ainda estavam fechadas.

No silêncio, mamãe levantou o rosto para mim com um sorriso amplo, e eu me senti em casa de novo, embora sem saber o que dizer. Parecia que a pergunta tinha sido dirigida a alguém na varanda. Eu ouvia Big Guy, Fofo Kpee e papai rirem lá fora como quem tivesse acertado na loteria. Eles pareciam contentes de ficar ali.

– Pascal? – ela repetiu, e estendeu a mão sobre a mesa de centro para segurar a minha.

– Eu sou Kotchikpa – corrigi-a educadamente, baixando a vista.

– Está certo, meu bem. Big Guy nos contou... Kotchikpa?

– Sim, mamãe.

– Por favor, será que posso chamar você de Pascal? Com o tempo, tenho certeza de que ficaremos mais habituados com Kotchikpa. Sabe, com todas as crianças ao nosso cuidado, de diversas tribos e países, no começo fica um pouco difícil. Pascal é um nome tão bonito. Fácil de guardar. Você deixa? Pascal?

– Deixo, sim, mamãe.

Balancei a cabeça confirmando.

– Tem certeza?

Confirmei de novo:

– Tenho, sim. Tudo bem.

Ela ainda estava olhando para mim. Sentia que precisava dizer mais alguma coisa, mas não sabia o quê. Agora eu me sentia melhor porque mamãe me dera um pouco de atenção, e tinha esperança de que minha irmã dormisse a noite toda.

– Muito obrigado, mamãe, por pagar nossa mensalidade – eu disse num rompante.

– Ah, por nada, querido... – E me jogou um beijo. – Tão compreensivo, tão agradecido. Ouvimos dizer que na escola você é muito inteligente. É o primeiro da turma. Ora, venha para cá, sente-se conosco. Não fique tão longe assim.

Ela estendeu a mão para mim, as pulseiras tilintando. Segurando sua mão, contornei a mesa. Mamãe me prendeu num abraço e me beijou a cabeça, o tempo todo fazendo pequenos sons carinhosos, como se eu fosse seu bichinho de estimação precioso e vulnerável. Quando percebeu que Yewa tinha começado a transpirar, tirou o chapéu colorido e passou a abaná-la.

– BIG GUY, BOA NOITE! – exclamei alegremente, quando ele entrou na casa trazendo comida do carro e se inclinando diante de mamãe. Mas ele não respondeu. Era como se nem mesmo tivesse me enxergado.

Mamãe olhou para ele e depois para mim. Apertou minha mão de forma a me fazer sentir que eu deveria fingir não tê-lo visto.

Nessa noite Big Guy era outro homem. Era a terceira vez que o víamos, e a cada ocasião parecia ter mudado. Nessa noite usava um uniforme de funcionário da imigração. À luz do lampião, a boina colocada sobre sua cabeça rapada fazia lembrar um corte de cabelo moicano. Big Guy parecia maior que sempre, pois sua camisa listrada de mangas compridas estava estufada, armada pela goma de polvilho, e a calça tinha um vinco duro como lâmina afiada. Os sapatos brilhavam, e as pernas da calça, quando ele se movia com seu passo militar, faziam um ruído de esfregar uma na outra. Ele se portava com a rigidez de um guarda-costas na presença de realeza estrangeira.

Quando entrou de novo, mamãe o recriminou:

– Pascal acabou de cumprimentá-lo! Jamais, jamais finja que não viu meus filhos!

Ele parou e ficou ali em posição rígida, como se estivesse diante da bandeira nacional.

– Ah, me desculpe, madame Ahouagnivo. *Je suis très desolé*...

– Pois então responda ao menino, ora. Não se trata de mim.

– Peço desculpas... *Bon soir*, Kotchikpa...

– Kotchikpa não, Pascal – corrigiu-o mamãe.

Ele fez uma reverência e disse:

– Um belo nome, não é?

– Boa noite – tornei a cumprimentá-lo.

Sem demora Big Guy cobriu nossa mesa com quitutes de todo tipo: guisado de caranguejo, pilhas de acaçá enrolado em folhas frescas, macarrão, cuscuz e ensopado. Uma panela de ensopado com pimenta era enfeitada com pedaços de carne de caça, todos eles ligados por um barbante branco, e em parte da carne ainda havia bolinhas de chumbo miúdo do tiro que abateu o animal, um tipo de comida de que nosso povo gosta muito. É preciso comer devagar e com cautela, por causa da pimenta e para não mastigar um chumbinho.

Big Guy entrou vacilando ao peso de dois recipientes térmicos, que ao serem abertos por ele apunhalaram o ambiente com uma lufada de ar frio, gelado. De dentro ele foi tirando Coca-Cola, Maltina, cerveja La Place e suco de laranja Chivita, que colocou sobre a mesa. Cada vez que Big Guy entrava, vindo do exterior, eu esperava ver os outros passageiros do carro. De vez em quando, ao desviar a atenção de mamãe e da comida, imaginava o que Fofo Kpee estaria fazendo lá fora em companhia dos demais.

Quando nossa mesa de centro ficou repleta, Big Guy trouxe do automóvel dois tabuleiros de armar. Jamais em minha vida eu vira tanta comida, a não ser na feira livre, e em forma de mantimentos crus. E, no entanto, Big Guy continuava trazendo mais. O cheiro gostoso engoliu o perfume de mamãe, e eu fiquei tão impressionado que parei de sentir fome.

Ainda que não tivesse dormido, como minha irmã, eu me achava em meu próprio mundo, saboreando antecipadamente aquilo que achava que seria o Gabão. Lembro-me de Fofo ter dito que íamos ser ricos e começar a comer bem. As coisas tinham andado muito depressa para nossa família, e confortado pelo cuidado de mamãe naquela noite eu não tinha razão para duvidar de que estivéssemos começando a viver dias melhores. Para mim não era difícil supor que nossos padrinhos fossem gente importante, já que Big Guy, um agente da imigração, os levava de carro para todo lado e ficava a serviço deles. Àquela altura me ocorria como coisa natural pensar no Gabão como uma terra de oportunidades, e minha imaginação começou a ansiar por ela. Imaginei minha irmã e eu sendo levados de carro para a escola. Porque o simples pensamento de ser conduzido à escola em nossa Nanfang me pareceu abaixo de minha condição.

– MEU BEM, VOU CHAMAR você só de Mary, combinado? – disse mamãe à minha irmã, sacudindo-a de leve para acordá-la. – Bom dia, Mary, sua dorminhoca...

Yewa esfregou as pálpebras, e seu olhar vagou de mim para mamãe, antes de ir pousar na profusão de iguarias. Seus olhos foram se arregalando devagar, até praticamente saltarem, tamanho foi seu choque.

– Gostaria de ser chamada de Mary, ou quer escolher outro nome, querida? – perguntou-lhe mamãe.

– Acorda, Yewa! – chamei.

Ela não disse nada, mas coçou a cabeça e bocejou. Depois foi estendendo o braço até tocar a Coca-Cola mais próxima.

– Como você sabe, seu irmão gosta do nome Pascal – mamãe começou de novo, piscando um olho para mim. – Agora ele se chama Pascal.

Yewa me fitou, um clarão de entendimento a lhe tocar o rosto.

– Pascal? – indagou.

– É, meu novo nome é Pascal – confirmei, levantando os ombros e dando um sorriso encabulado. – Está tudo certo, Yewa.

Ela balançou a cabeça discordando:

– O meu é Yewa Mandabou.

– Quando mamãe dá um nome a você – atalhei depressa –, ela se lembra de você, já que tem muitas crianças para tomar conta. Você ainda é Yewa, eu ainda sou Kotchikpa...

– Pascal, isso é e não é assim! – exclamou mamãe com uma voz muito suave. – O melhor é a gente usar um nome só, pra não dar confusão. Tenho certeza de que sua irmã vai entender.

– Tá bem, mamãe – concordei balançando a cabeça.

Senti que havia exagerado na tentativa de ajudar. Em meu estômago se instalou uma sensação de remorso, e mudei de posição na cama. Para disfarçar o constrangimento, agarrei-me na coluna do leito.

– Mary? – mamãe chamou Yewa, testando o nome dela, com um sorriso escancarado.

Yewa fez que sim com a cabeça, constrangida. Eu, com a minha, fiz vigorosos movimentos de assentimento, em parte para compensar por minha péssima explicação anterior, em parte para garantir à minha irmã que tudo estava bem.

– Mary é um nome lindo – afirmei. – É lindo.

– Você é tão bonitinha... – disse mamãe a ela. – Ah, e tão obediente, tão respeitosa com seu irmão mais velho... Desculpe, mas tive de acordar você para jantar. Está tudo bem, Mary?

– Não sei. – E Yewa desviou a atenção para a comida.

– Ela sabe ser teimosa – preveni mamãe. – Só precisa de um tempinho.

– Acho que não é teimosa, Pascal. Ela é uma menina boazinha, e nós temos tempo.

Com o indicador, Yewa contornava o logotipo da Coca-Cola na lata. Estava a ponto de lamber o dedo quando mamãe lhe agarrou a mão.

– Ah, não, Mary! – Balançou a cabeça. – Você pode pegar o que quiser...

– Sim, mamãe – disse Yewa.

– É tudo para você, meu amor. Tá certo, Mary?

– Tá, mamãe... Posso tomar a Coca-Cola?

Mamãe abriu imediatamente o refrigerante, como se Yewa fosse recusar o novo nome se ela perdesse tempo, e despejou-o na boca de minha irmã. O rosto de Yewa estava virado para cima, como o de um cordeiro a mamar. O líquido borbulhante foi enchendo devagar sua boca aberta, a garganta liberando goles ruidosos para dentro do estômago.

Mamãe parou de repente.

– Quer mais um pouco, Mary?

Yewa respondeu arfante:

– Quero sim, mamãe.

QUANDO OS OUTROS FINALMENTE entraram no cômodo, o espaço pareceu apinhado, com todo mundo sentado nas camas. Além dos três homens, havia um menino e uma menina. Mamãe tinha servido um prato cheio de cuscuz e ensopado, que enfiava a colheradas na boca de Yewa, que comia como um cão faminto, acompanhando com o olhar cada movimento da colher. Ali dentro fazia calor e, embora Big Guy tivesse pedido a Fofo Kpee que abrisse as duas janelas, o aposento ainda ficou abarrotado de vapores apetitosos.

– Então, como estão vocês, meus filhos? – reboou a voz de papai, e mamãe, orgulhosa, disse-lhe nossos nomes novos e me empurrou de leve em sua direção para lhe apertar a mão estendida.

– Olá, Pascal. – Papai me cumprimentou.

– Seja bem-vindo, senhor – eu disse.

– Eu sou *monsieur* Ahouagnivo.

– Muito prazer, *monsieur*.

Papai parecia muito mais velho que mamãe, como se fosse o pai dela. Era alto, tão alto quanto Big Guy, e muito negro. Sua pele era mais escura que os cabelos, e a parte inferior do rosto se dissolvia numa barba espessa e bem-cuidada. Tinha uns fios grisalhos nas narinas. Se não fosse a camiseta branca, que recebia a claridade do lampião, teria sido difícil ver o resto do corpo dele, devido à intensidade de seu negror. Ele sorria com frequência, manchando a penumbra com seus dentes perfeitos. Usava short e sandália havaiana, como se estivesse a caminho de alguma praia noturna.

– Olá, Mary, você aí! – Acenou para Yewa, que estava ocupada demais com a comida para responder.

Fofo Kpee, encostado na porta que dava para a outra peça, abriu a boca, como para alertar Yewa. No rosto mostrava embaraço.

– Não diga nada! – advertiu Big Guy, cortante. – Deixe a menina em paz.

Fofo Kpee acenou que sim e pôs as mãos para trás, como um serviçal.

Eu contara com que ele fosse dizer piadas e dar risada a noite inteira, para divertir a todos. Embora meu tio tivesse se mostrado tenso durante a espera por nossos padrinhos, achei que o veria bancar o bufão, como havia feito durante a festa depois da Ação de Graças da Nanfang. Mas não foi o que ele fez. Estávamos em sua casa, mas titio não fora receber os convidados nem os apresentara a nós. Agora ficava por ali como um empregado novo, obrigado a confiar no empregado mais velho, Big Guy, para saber que conduta adotar. Eu não gostava quando Fofo Kpee perdia o senso de humor. Mas nessa noite achei que talvez ele estivesse deslumbrado pela generosidade de nossos padrinhos, ou tivesse medo de que nós o decepcionássemos ao não causar uma boa impressão.

Naquele instante papai se levantou e gesticulou em direção às outras crianças.

– Ah, antes que eu me esqueça, Pascal e Mary, façam o favor, aqui estão seus irmãos... Antoinette, do Togo, e Paul, do norte da Nigéria.

Sorri e me virei para Antoinette, que estava mais perto de mim. Mas, fingindo que não me via, ela se levantou e começou a servir ensopado de pimenta numa tigela. Antoinette era baixa, de ossos largos, rosto redondo, nariz pequeno e achatado e uma boca enorme, que mais tarde naquela noite iria devorar tudo, independentemente da combinação de alimentos. Seus olhos, pequenos, inquietos, examinavam com desagrado nosso ambiente pobre.

– Antoinette, pare e fale com seu irmão! –mamãe ralhou, irritada.

– Mamãe, eu não gosto deste barraco! – reclamou Antoinette, e mordeu um pedaço de carne.

Mamãe olhou-a, furiosa.

– O que foi que você disse?

– Sim, mamãe, sim, mamãe. – E Antoinette se virou para mim e beijou-me as faces, bafejando meus olhos com o hálito apimentado.

– Muito bem, menina. – O rosto de mamãe voltou a se franzir num sorriso. – É assim que as mulheres, no Gabão, cumprimentam os homens!

Mamãe se voltou para mim.

– Tenho certeza de que ela só o está provocando. Vá em frente, diga olá a Paul.

– Olá, Paul – cumprimentei, esticando a mão para ele.

– Oi – respondeu, apertando frouxamente meus dedos.

Os olhos de Paul estavam vermelhos e lacrimosos. Alto e de aparência frágil, o garoto se sentou na beirada da cama de Fofo Kpee e ficou tão calado e imóvel quanto uma estátua. Tinha erupções na pele, e a loção que usava soltava um cheiro enjoativo. Sua testa era ampla, e o queixo, fino, o que fazia seu rosto parecer um grande cone. O tempo todo ele ficou de cabeça baixa, como se esta fosse pesada demais para o pescoço carregar.

– O que gostaria de comer, Paul? – perguntou papai.

– Nada.

– Nada? Absolutamente nada? – inquiriu papai.

– Quero ir para casa.

– Meu filho, tudo bem você ter saudade de casa – contemporizou papai. – Vai se acostumar com o litoral. Todas as nossas crianças sentem saudade de casa por algum tempo. Mas isso é para seu bem. Nós faremos tudo para ajudá-lo.

– Ora, meu bem, você tem de comer alguma coisa. – Mamãe entregou Mary a papai e foi se sentar ao lado de Paul. – Por favor, você precisa ter energia. A gente sabe que isso está sendo difícil para você, mas tudo vai ficar bem. Querido, o que gostaria de comer?

O garoto apontou o feijão e o dodô, e mamãe, servindo-lhe uma porção, começou a alimentá-lo. Embora mais velho que eu, Paul se pôs a chorar. Mamãe deixou a comida de lado e abraçando-o apertado ficou a embalá-lo, fazendo-lhe carinhos.

Antoinette olhou para um lado, para o outro, e foi se chegando aos poucos para cochichar em meu ouvido:

– Trouxeram muitos deles do norte na Nigéria, num caminhão de peixe... Do deserto, há seis dias. Não gosto dele. Queria que não viesse conosco para o Gabão! Eu cheguei há quatro dias. Sou melhor que ele...

– Cala a boca, Antoinette! – ralhou papai, dando a ela um olhar severo. – Não seja mal-educada. No Gabão a gente não cochicha sobre as pessoas na presença delas.

Antoinette imediatamente sentou-se alerta, com medo pela primeira vez.

– Peço perdão, papai!

– É bom você pedir mesmo! – respondeu ele. – A boa conduta é importante, muito importante.

– Tudo bem, querido – disse mamãe a papai, entregando a ele uma garrafa de cerveja La Place e uma tigela de ensopado de pimenta. – Agora relaxe. Não acha que está exagerando? Trate de comer algo, você também; do contrário essas crianças vão deixá-lo maluco. As crianças são assim mesmo. Elas acabarão se entendendo bem... Fofo Kpee, tenha a bondade de se servir. Big Guy, vamos lá. Todo mundo, por gentileza; fiquem à vontade.

Nosso tio começou com ensopado de pimenta e arroz, mas o movimento de suas mandíbulas era muito deliberado, como se esperasse morder um chumbinho. Big Guy desembrulhou num prato dois montes de acaçá, jogou por cima molho do guisado de caranguejo e fez uma pausa para mamar numa garrafa de cerveja Gulder como se fosse uma mamadeira. Eu preferi Maltina e uma mistura de feijão, arroz e ensopado. Todo mundo estava rindo de Antoinette, que misturara suco de abacaxi com Maltina e Coca-Cola e agora perguntava a papai se ele podia derramar um pouco da sua cerveja na mistura. O jeito de Yewa roer um pedaço de peito de frango indicava que ela já estava saciada. Parecia cansada de tanto comer, mas incapaz de dizer não a qualquer coisa que lhe pusessem à frente.

DE REPENTE, UMA LUFADA DE VENTO soprou do mar, e a ouvimos pressionar a porta. O vento fez bater as janelas, que se fecharam. Paul, agora sentado sozinho, teve náusea e inclinando-se para diante começou a vomitar. Papai se adiantou a segurá-lo. Mamãe e os homens se juntaram em torno dele.

– Ai, ele está enjoando de novo – resmungou mamãe, e olhou para papai, desanimada.

– Espero que não passe tão mal quanto ontem – disse papai. – Querida, nós trouxemos bebida alcoólica? Ou não?

– Acho que me esqueci de trazer – ela respondeu, parecendo desalentada pela primeira vez naquela noite.

– Não se preocupem – disse Fofo Kpee, e trocou com Big Guy um olhar eloquente. – Nenhum *wahala*, nenhum problema.

Rapidamente retirou de sob a cama uma garrafa de *payó*, que destampou, derramando o líquido numa tigela. Depois de molhar na bebida um pedaço de pano, ele o torceu e colocou sobre o rosto de Paul. Mamãe, que nessa altura estava com o garoto no colo, segurou o pano no lugar. Fofo limpou o vômito. Paul se mostrava tão fraco que, apesar dos esforços de mamãe para segurá-lo, desprendia-se e ficava esparramado, os corpos deles num emaranhado frouxo, a cobra-mãe tomando banho de sol com o filhote.

– Está vendo o que eu falei sobre Paul? – Antoinette murmurou para mim.

– Ele vai ficar bem – eu disse, para fazê-la calar a boca.

– Ele é um bebezão... – ela começou, mas parou quando Big Guy a fustigou com um olhar de raiva.

Todos voltaram a seus assentos, e no silêncio incômodo que se seguiu Big Guy ligou bem baixinho nosso aparelho de som, e Alpha Blondy começou a cantar ao fundo. Antoinette deixou de lado a comida e, rindo, começou a dançar perto do guarda-roupa de Fofo. Já que não havia muito espaço, suas mãos ficaram esbarrando nas roupas. Então ela me puxou e me convidou a dançar, e todos passaram a nos aplaudir. Por sugestão de mamãe, Yewa veio dançar conosco. Mas tinha comido demais, e ficou parada ali, sem conseguir requebrar a cinturinha como Big Guy nos ensinou. Mamãe disse que teria ido dançar conosco se não fosse por Paul, que continuava deitado. Big Guy ficou sentado, acompanhando com a cabeça o ritmo pesado, como se nossa casa fosse pequena demais para conter sua altura e a magia de sua dança. Fofo Kpee se limitou a observar calado, ainda pouco à vontade com aquele grupo.

Mais tarde, à luz do lampião, papai examinou nossos livros de exercícios e nos elogiou por sermos bons alunos. Ficamos empolgados: Fofo nunca olhara nossas tarefas.

– Vocês dois merecem a melhor educação possível do mundo! – concluiu papai, abraçando Yewa e me dando um enérgico aperto de mão.

– Nós também somos inteligentes! – anunciou Antoinette a todos, fazendo beicinho.

– Claro, eu diria que vocês dois são tão inteligentes quanto Paul e Antoinette. Não é mesmo, Paul?

O garoto, que ainda olhava para o chão, com o pano a lhe cobrir metade do rosto qual uma máscara cirúrgica, não fez comentários.

Quando papai acabou de verificar nossos livros, eu lhe falei:

– Muito obrigado, *monsieur* Ahouagnivo!

– Não, não... É papai, só papai! – disse Big Guy de repente, abanando a cabeça num suspiro e dando a Fofo um olhar malévolo. – Se você não lembra direito, é melhor calar a boca, que nem esse manteiga derretida. – E Big Guy apontou para Paul.

– Muito obrigado, papai – eu me corrigi. – Desculpe-me, papai.

– Tudo bem, Pascal – disse o homem.

– *N ma plón wé ya*? – Fofo Kpee se enfureceu comigo. – Como é que pode sua irmã se comportar melhor que você *egbé*, Kotchikpa?

– Ah, não, o nome dele é Pascal – mamãe corrigiu Fofo, que se inteiriçou como quem tivesse tocado num fio desencapado. – Pascal – repetiu. – Está vendo como é fácil cometer esse tipo de engano? Nós não estamos esperando demais dessas crianças em uma noite?

– Desculpe, *madame, je voulais dire* Pascal. – O rosto de Fofo se contraiu num sorriso envergonhado.

Papai e mamãe começaram a nos mostrar fotografias do Gabão e algumas da propriedade deles naquele país, e na Nigéria, no Benin e na Costa do Marfim. Mostraram fotos do interior de alguns dos navios que víamos diariamente cruzando as águas e jogando fumaça no horizonte. Era tudo muito bonito. Também nos fizeram ver retratos de algumas das crianças que tinham ajudado, fazendo coisas diversas – estudando, brincando, comendo, cantando e até dormindo. Algumas eram tão novinhas quando Yewa. As fotos foram mostradas às pressas, e Antoinette comentava excitada sobre cada uma delas, como se já tivesse estado no Gabão e conhecido todas aquelas crianças. Parecia conhecer de nome muitas delas.

– E, além disso – acrescentou mamãe –, cuide que as crianças estejam saudáveis para viajar, está bem?

– Pode deixar, *madame* – respondeu Fofo Kpee.

– Trate de comprar mosquiteiros para elas, está ouvindo? Quer dizer, prepare-as muito bem.

– Não se preocupe, *madame*. Vai tudo dar muito certo.

– E Big Guy não vai mais perturbar você com a questão das outras crianças, combinado? – completou papai, levantando-se para sair.

– Muito obrigado, *monsieur*! – Nosso tio fez uma mesura.

– Nós não vamos lhe tomar nada de volta – continuou papai. – Trate apenas de se esforçar ao máximo. Mas, se alguma coisa ruim acontecer a essas duas crianças, vamos responsabilizar você.

Todo mundo riu. Fofo deu a ele suas garantias, piscou para mim e esfregou a cabeça de Yewa. Fez algumas piadas e repuxou o lábio, e todos riram, até mesmo Paul. A mim pareceu que pela primeira vez durante aquela longa noite ele voltara a ser a pessoa segura de si que costumava ser. Deve ter sentido que a tão temida visita estava chegando ao fim num clima positivo.

– Pois muito bem. – Papai, de súbito, guardou as fotografias. – Big Guy, comece a empacotar tudo. Ainda temos de ir a dois lugares. É uma longa noite.

– Não, quatro lugares... sete crianças – Big Guy o corrigiu, começando a recolher a comida e a levar tudo de volta para o carro, e, vendo isso, fui ficando deprimido; eu acalentara o desejo secreto de que nos deixassem o bufê.

Pensara em jogar fora o ensopado *ogbono* que enchia nossa panela maior, para acomodar a comida. Também tinha pensado em converter em panela temporária nosso balde de alumínio de tomar banho. Em vez de deixar se estragar, podíamos ter derramado tudo dentro desses dois recipientes e mexido para misturar. Como Fofo costumava dizer quando comíamos muitas coisas ao mesmo tempo: “Todas elas entram no mesmo estômago”. Eu poderia dar uma fervura na refeição duas ou três vezes por dia.

Entretanto, fiquei mais calmo quando mamãe me abraçou e disse que sentiria nossa falta, e papai nos aconselhou a sermos estudiosos e falou que aquela noite era o começo de boas coisas que viriam. Quando Big Guy partiu com eles no carro, fiquei a pensar nas boas obras que nossos pais vinham fazendo na África inteira.

Comecei a me sentir culpado por minha ganância de querer guardar todo o alimento, quando eles precisavam alimentar outras crianças. Estava pronto a cooperar com papai e mamãe, a ser tão otimista em relação ao nosso futuro quanto era Antoinette. Não me agradava o problema que Paulo criava para nossos benfeitores e esperava que ele não fosse vomitar na próxima parada. Eu não entendia que tal reação ao mar fosse natural para gente do deserto, e fiquei zangado por vê-lo causar constrangimento a nossos pais. Achei que até Yewa, a mais nova das crianças, se comportara melhor que ele.

Naquela noite não foi muito estranho ouvir Fofo Kpee começar a nos chamar de Pascal e Mary. No dia seguinte ele foi à secretaria da escola onde estudávamos para mudar nossos nomes para Pascal e Mary Ahouagnivo. E, lembrando o quanto mamãe gostava dos nomes, nós nos impacientávamos com nossos colegas de turma, que continuavam nos chamar pelos nomes antigos. Yewa mordeu a orelha de uma garota que a provocava chamando-a pelo nome antigo e, embora o professor a houvesse surrado com o *koboko*, o recado tinha sido dado.

NO DIA SEGUINTE, DEPOIS de Big Guy trazer um fotógrafo para tirar nossas fotos dos passaportes, Fofo trouxe gente para trocar as portas e janelas de madeira por outras de metal. Ele disse que, por causa da mudança de nosso estilo de vida e de sua Nanfang, era importante a casa ter toda a segurança possível.

Os operários pintaram com piche as portas e janelas de metal, e em nossas paredes cinzentas rebocadas com cimento, elas se destacavam como os olhos do grão de feijão-fradinho. Fofo comprou cadeados grandes e correntes de cachorro e acrescentou a chave do cadeado ao seu molho de chaves da Nanfang. Como as novas chaves eram compridas demais e ameaçavam abrir buracos nos bolsos da calça, ele as prendeu a uma corrente que usava pendurada no pescoço, como um talismã metálico.

Num sábado, em vez de transportar gente para o outro lado da fronteira, ele ficou em casa e abriu, atrás do imóvel, um buraco do qual extraiu areia argilosa. Adicionando a ela um pouco de água e cimento, ele e eu fizemos uma mistura que colocamos numa bandeja, e depois começamos a selar o vão entre o telhado e as paredes da sala de estar. Fofo subiu numa cadeira pelo lado de dentro e eu ficava passando para ele, o tempo todo, a bandeja da mistura, enquanto Yewa brincava lá fora, moldando bonequinhos de barro. Nossa atividade espantou os lagartos, as lagartixas e os ratos, que saíram correndo de seus lugares de repouso e fugiram para fora, até que eu parei de me surpreender. Na maior parte do tempo Fofo assobiava e cantarolava canções. A cada rodada de preenchimento, nós saíamos da casa e Fofo subia numa cadeira para trabalhar no lado externo da parede, amassando o barro com os nós dos dedos e alisando-o com as palmas das mãos molhadas.

– Fofo, por que você está deixando essas aberturas? – perguntei ao ver que ele deixara um espaço aberto em cada parede.

– Porque não quero matar ninguém de calor. *E hun miawo hugan.*

– De calor? E as janelas?

– Com os buracos não é preciso abrir as janelas. Você faz perguntas demais, *beaucoup de questions*, filho... Até os buracos são grandes demais. *Abeg*, por favor, me dê a mistura.

Passei a mistura para ele, que reduziu a abertura ao tamanho de um pé masculino. Parados no lado de dentro, nós não conseguíamos ver o exterior pelos buracos, não só porque eles eram demasiado altos, mas também porque ficavam junto ao telhado. Era impossível que a luz do sol entrasse no quarto passando por eles.

– Mas Fofo, quando vamos usar as telhas metálicas? Você vai trocar o telhado logo?

Yewa entrou na sala de estar e ficou parada atrás de nós em silêncio, mas não lhe prestamos nenhuma atenção. O ritmo desenfreado de meu tio ditava a marcha do trabalho, e nossa conversa só parecia aguçar seu apetite por velocidade.

– Não se preocupe, as telhas são para nossa *ohò yóyó*.

– Nova casa? – perguntei.

– Papai e mamãe querem construir uma casa nova para nós; casa de cimento. De verdade, *ohò dagbe*.

– Quando iremos ver papai e mamãe? – cortou Yewa.

Paramos de conversar e por um momento nos voltamos em sua direção. Ela viera nos mostrar suas criações, que caíram no chão e se quebraram. Yewa carregava os escombros junto ao coração, nas palmas das mãos abertas, como os pedaços fragmentados de uma joia. Disse que representavam um motociclista e um passageiro na Nanfang.

– Em alguns dias nós vamos a Braffe... – respondeu Fofo Kpee.

– Não, eu quero dizer papai e mamãe do Gabão – insistiu Yewa. – Eu queria dar este brinquedo para mamãe quando ela viesse.

– Não se preocupe, Mary – tranquilizou-a Fofo Kpee. – *Yi bayi dogó*, e não deixe que se quebre de novo... Mamãe e papai do Gabão vão voltar logo.

QUANDO TERMINAMOS, Fofo varreu a sala e juntou os restos de mistura molhada que tinham caído perto das paredes. Eu varri tudo para fora. Então Fofo me mandou ao mercado comprar grande quantidade de *amala* e *ewedu*, purê de inhame e folha de juta. Mas quando voltei e nós nos sentamos e começamos a comer, Yewa negou-se a se sentar conosco.

– Eu quero comida do Gabão! – exigiu, e ficou parada junto à cama, o rosto contorcido no desafio.

Antes que alguém pudesse responder, ela caminhou para o batente da porta e se deixou cair ali, amuada. Começou a soluçar, porque tinha batido com a cabeça na nova moldura metálica da porta. Ficou sentada ali, na soleira aberta, de costas para nós, de frente para o oceano.

– Comida do Gabão? – Fofo olhou para mim e coçou a cabeça com o dedo mindinho, porque os dedos restantes estavam encharcados de *ewedu*. – O que é comida do Gabão, Mary?

– Mamãe trouxe comida do Gabão – insistiu Yewa. – Eu quero mamãe, quero Coca-Cola e quero macarrão. Estou cansada de comer *ewedu* e *amala*.

– Mas a mulher também trouxe ensopado de pimenta, acaçá e guisado de caranguejo – argumentou Fofo. – Isso também é comida do Gabão?

– Isso ela trouxe para você e Big Guy.

– Não é verdade, Yewa... Antoinette também comeu – retorqui. – E eu também.

– *Kai*, nós agora temos problema de gente rica – observou Fofo. – *Auparavant*, até hoje você tem comido tudo o que eu te dou, como um bom cabrito. E agora quer selecionar?

– Fofo Kpee, ela está sem fome – eu disse, amassando com as pontas dos dedos um montinho de *amala*.

– Quero comida do Gabão. – Yewa esperneava no chão.

Continuei a comer, sem prestar atenção a Yewa. Mas, quando ergui os olhos para Fofo, vi que estava dando ouvidos a ela.

– Nem vem! – protestei, enterrando-me mais fundo na cama. – Não vou a lugar nenhum!

Falei isso porque sabia que, se Fofo concordasse com Yewa, eu seria obrigado a correr de novo ao mercado para lhe comprar comida.

– Você, sua mimada, pode ir se levantando daí! – gritei. – Olhe para sua cabeça como se fosse comida do Gabão!

– Você é um idiota! – Yewa me disse.

– Quem é idiota? Eu?! – rosnei.

Girando o corpo e arreganhando os lábios, Yewa expôs os dentes, pronta para morder, que era o que fazia quando eu batia nela por ser desobediente. Dava para ver seu sorriso afetado, mesmo contra o fundo lá de fora, que brilhava mais. Parti para cima dela, mas Fofo agarrou os fundilhos de meu short com os dedos em gancho e me puxou de volta. Tropecei e chutei, sujeitado por ele. Yewa ficou firme e continuou a me xingar de nomes feios, até Fofo lhe ordenar que parasse ou não iria mais para o Gabão.

Ela se recusava a entrar ou sair. Seus olhos estavam inchados das lágrimas reprimidas, mas que em breve lhe escorreriam pelas faces. A combinação de seu desejo pelo que chamava "comida do Gabão" e da ameaça de que talvez não fosse para o Gabão deixou-a transtornada. Minha irmã chorou tanto quanto na ocasião em que teve malária e um médico charlatão veio lhe espetar uma injeção no traseiro. Fofo começou a me pedir que não batesse nela, e quando viu que eu me havia acalmado soltou meu short. Ele a pegou, carregou para a sala de estar e ficou a acalentá-la como mamãe tinha feito na outra noite.

– Não quero voltar ao mercado – declarei em voz baixa. – Por que essa macaca não falou logo, quando eu estava saindo para ir lá?

– Quem está querendo mandar você de volta para o mercado? – perguntou Fofo. – Trate de não brigar mais com sua irmã. Sabe que ela está muito magra. Precisamos engordá-la para a viagem. Do contrário, vai deixar papai e mamãe envergonhados. E, Pascal, você devia se alegrar de que a garota já começou a gostar da comida do Gabão antes de vocês chegarem lá.

– Ela precisa ter mais consideração, Fofo Kpee. – E fui lá para fora sentar num montinho e ficar amuado.

– De qualquer forma, não há *wahala* – disse Fofo. – Nesse caso, eu mesmo vou ao mercado.

Ele carregou Yewa nas costas, entrou no quarto interno e saiu empurrando a Nanfang. Fofo a colocou lá fora e sorriu para ela. Nesses meses complicados, parecia que a motocicleta era uma fonte de estabilidade para meu tio, algo de que sempre podia se orgulhar, algo que ainda teria quando nós tivéssemos ido para o Gabão.

Fofo se contemplou várias vezes nos espelhos laterais, sorrindo e falando baixinho com a moto, como se esta pudesse ouvi-lo e responder. Em seguida, retirou Yewa das costas e sentou-a sobre o tanque de gasolina, montou na moto e saiu para mercado. Não voltou tão depressa quanto deveria porque, conforme revelou depois, queria dar a Yewa um passeio mais longo. Na volta, devolveu a moto ao lugar tão majestosamente quanto a havia retirado dali. Nós íamos comer e beber dentro de casa como de costume, mas Yewa reclamou que o cheiro da mistura molhada era nauseante. Fomos lá para fora e comemos embaixo da mangueira, como se estivéssemos fazendo piquenique.

Depois, na mesma tarde, voltamos a trabalhar, dessa vez tentando selar o quarto de dentro. Era mais difícil trabalhar ali porque a peça estava atulhada de objetos. Fofo não pretendia deixar a moto estacionada ao sol e nem mesmo na sala de estar. Portanto, sem nenhuma pressa, ele mudou para o meio do cômodo a motocicleta, que cobriu com nossa colcha e uma lona encerada. Era como se estivesse vestindo uma roupa num grande animal de estimação. Eu queria tirar as outras coisas do quarto ou removê-las do caminho.

– Onde você quer colocar isso tudo? – ele perguntou.

– Lá fora.

– Não, você não tem juízo, garoto? Quer expor minha riqueza a todo mundo?

– E que tal na sala de estar? – Inclinei-me para tampar as panelas de ensopado no canto e envolvê-las em jornais velhos.

– E se chegar alguém, *wetin* vamos fazer? Você me viu convidar alguém para me ajudar nessa tarefa? Não iremos mexer em nada. – E Fofo afastou o pilão da parede, abrindo assim espaço para a cadeira em que iria subir para fazer o trabalho.

TRABALHAMOS COM AFINCO E RAPIDEZ. Fofo não estava conversando, nem assobiando, nem cantando, como fizera quando trabalhamos na sala de estar. Aqui ele não deixou nenhum buraco na parede. Parecia tão concentrado na tarefa que por vezes dava a sensação de estar pouco à vontade com o que fazia naquele instante. Já não tinha tempo para caprichar no acabamento. Embora o cimento caísse em cima de todos os sinais de melhoria de vida que tínhamos adquirido, Fofo não se importou. E quando eu quis parar e limpar a mistura, ele me olhou com irritação.

– Fofo, neste quarto você não está deixando buracos? – perguntei, oferecendo-lhe a mistura de cimento.

– Não, e daí?

– Nós precisamos de ar aqui dentro.

– *Dis moi*, você já dormiu aqui antes?

– Não.

– Sua irmã dormiu?

– Não.

– Você chora pela Nanfang, *abi*? Trabalhe e pare de ficar me interrogando.

À medida que ele preenchia os espaços no alto das paredes, o quarto foi ficando cada vez mais escuro, já que nem mesmo a janela era aberta. Eu só conseguia vê-lo de perfil. Lá embaixo, onde eu me encontrava de pé, estava escuro e atravancado, já que Fofo não tirara nada do recinto. Do lado de fora era de tarde, mas dentro de casa fazia noite. Quis acender o lampião, mas Fofo me avisou que se sua Nanfang pegasse fogo nós perderíamos tudo.

Começamos a suar, e Yewa se recusou a entrar, dizendo que fazia demasiado calor. Com a falta de ar, o cheiro da mistura de cimento pairava pesadamente no cômodo.

– Eu não preciso disso, *un ma jlo ehe*! – Fofo Kpee começou de repente a imprecar, batendo com a mão na parede. – Isso não vai funcionar.

– Está falando comigo? – perguntei.

– Com você? Por que eu falaria com você? Um homem não pode simplesmente falar sobre essas tolas riquezas? Você tem que ter resposta para tudo? Eu estou só perguntando.

Foi a primeira ocasião em que o vi manifestar frustração e dúvida sobre nossa nova vida. Vendo o quanto estava tenso e ouvindo-o suspirar constantemente, fiquei em silêncio. Fofo parecia tão abalado pela preocupação que desistimos das paredes externas. Momentos depois ele ficou tão irritado que num surto final de trabalho encerrou tudo. E a escuridão baixou sobre o quarto.

Eu rezava para que suas explosões de nervos não tivessem nada a ver com nossa viagem ao Gabão. Como a ele desagradava que se abrisse a porta do quarto interno, não consegui limpar muito bem o cômodo. Limitei-me a passar um pano nas superfícies, no escuro. A Nanfang foi o único bem a ser poupado da sujeira de nosso trabalho.

Naquela noite Fofo saiu de moto, ainda resmungando consigo mesmo, e foi se encontrar com Big Guy. Retornou ainda mais agitado que antes, com três cadeados prateados e ferrolhos pretos. Deixando a motocicleta lá fora, ele me pediu que trouxesse o lampião ao quarto interno, para poder enxergar o que fazia. Fofo usou martelo e pregos para prender os ferrolhos nas janelas e na porta traseira. Fechou com cadeado as duas janelas e a porta, pelo lado de dentro, e acrescentou as chaves ao molho. Ficou às voltas com as chaves sobressalentes.

– Comprei triplicado, mas entreguei um conjunto de chaves a Big Guy – resmungou enquanto seus olhos varriam o entorno em busca de um esconderijo para elas.

– Ele vem morar com a gente?

– Não é bem assim, Mary – respondeu Fofo. – O cara é meu melhor amigo.

– Ele também é nosso amigo! – continuou minha irmã, encantada. – Vamos brincar com Big Guy todo dia.

Como Fofo não conseguiu encontrar um bom lugar, levou as chaves para a sala de estar, guardando duas no bolso do peito do casaco de veludo cotelê verde-oliva, em seu guarda-roupa. Aquele casaco só era usado nas ocasiões importantes.

NAQUELA NOITE NOSSA CASA começou a parecer um forno. Não conseguíamos dormir, nem mesmo tirando a roupa toda.

Trancada a casa, uma imensa massa de calor engoliu os cômodos, e as paredes esquentaram. Yewa, que sempre dormia junto à parede, ficou chorando, e Fofo me pediu que trocasse de lugar com ela. Suamos tanto que a cama dava a sensação de que um de nós havia urinado ali. Embora se escutasse o vento que vinha do oceano varrendo o bananal, não podíamos senti-lo. Era como estar parado dentro do rio, mas morrendo de sede. O ar era abafado, e os três nos revirávamos na cama o tempo todo.

Nós nos levantamos e tentamos dormir no piso de cimento, mas parecia uma lixa, com a areia e a poeira grudando em nossos corpos molhados. Não adiantou nada. E quando nossa fadiga finalmente nos fez mergulhar no sono, os mosquitos que deviam ter sobrevivido das noites anteriores baixaram sobre nós, que acordávamos uns aos outros tentando matá-los a tapa. Fofo Kpee praguejava, culpando os ladrões potenciais por nos terem obrigado a fechar as brechas das vigas.

Diversas vezes ele foi lá fora em busca de ar fresco. Quando lhe perguntamos se podíamos ir com ele, disse que não, e que deveríamos ir nos habituando a um pouco de desconforto, para que, se o Gabão tivesse pequenos desconfortos, nossos benfeitores não fossem culpá-lo de não ter nos preparado.

– Crianças, procurem se adaptar – recomendou Fofo Kpee na segunda noite, depois de nos passar no corpo uma toalha molhada. – Às vezes o barco para o Gabão fica mais quente que este lugar... Procurem se adaptar.

O lampião no canto pulsava com uma chama fraca. Ela revelava nossos corpos molhados, e havia um resíduo de fumaça no ar que nos cansava os olhos.

– Mais quente que isso? Mas os navios que nossos pais nos mostraram eram bonitos e arejados – objetei.

– Muito bonitos – acrescentou Yewa.

– Vocês discutem muito. *Attention, mì preparez mide dayi na la* para a pior situação. Isso não me agrada, portanto não fiquem achando que faço por diversão. Vocês precisam estar preparados. Lembrem-se, até os israelitas, o povo eleito, sofreu no deserto, e os preguiçosos sofreram até picadas de cobra. Portanto, parem de me interrogar em minha própria casa. Quando eu tinha a idade de vocês, não discutia desse jeito com meus pais... Mas lembrem: como a boca de vocês se mexe mais que tesoura, não falem de nossos planos com ninguém. Nada de ficar fazendo fofoca, nada disso.

– Nós não fazemos fofoca – respondi.

Num único movimento, Fofo arrancou o lençol de nossa cama e o entregou a mim. Pegou a mesa de centro e colocou-a sobre nossa cama, criando mais espaço. Estendeu o lençol no chão e nos pediu que nos deitássemos, dizendo que assim seria melhor. Nós não sentimos a areia, então naquele sentido foi melhor, pois estava mais fresco que na cama. Ainda assim não conseguíamos dormir, por causa do chão duro.

– Tudo bem, meus anjinhos... Agora vamos falar de coisas alegres. – E ele se sentou na beirada da cama. – Já que não dá pra dormir, vamos fazer outra coisa. A gente deve ser feliz apesar de tudo. E aí? O que vocês vão comprar pra mim no Gabão? Mesmo se ficarem muito ricos por lá, não se esqueçam de mim.

– Eu vou comprar leite Ninho, arroz Uncle Ben's e Nanfang pra você, Fofo Kpee – prometeu Yewa em voz fraca e sonolenta. – Vou te dar dinheiro e você vai poder casar com muitas mulheres.

Nós ficamos rindo dela.

– É mesmo? Pra valer? – perguntou Fofo.

– É, sim.

– Quantas esposas você quer me dar?

– Ora, Fofo, duas, como o Pastor Adeyemi... Elas têm que trabalhar numa ONG!

– Só duas? – reclamou Fofo.

– Tá certo: cinco então? Você vai ter mais filhos.

– Filhos? Você me ajuda a educá-los?

– A mamãe do Gabão os treinará – intrometi-me.

Fofo começou a rir e se refestelou na cama, achando graça na conversa.

– *Kai*, eu dou graças a Deus que vocês dois já estão pensando como gente rica do Gabão.

Embora todos nós estivéssemos rindo naquela noite, era um esforço. Nossos risos soavam fracos, como um brinquedo cuja pilha está quase acabando. A luz era difusa, mas o calor dentro do quarto dava a impressão de que a chama era a fonte de nosso sofrimento.

Fofo Kpee abriu a porta para sair em busca de ar fresco, e uma lufada de ar passou sobre nós, antes que ele a fechasse e trancasse por fora. Apanhei a toalha dele e comecei a passá-la em meu corpo e no de minha irmã, mas de repente Fofo voltou como se estivesse sendo perseguindo por um demônio. Era um homem atormentado: não conseguia ficar ali dentro; não conseguia ficar lá fora. Tomou a toalha da minha mão e começou a se enxugar, como se o ar fresco lhe tivesse provocado ainda mais calor.

– HORA DA AULA – FOFO KPEE anunciou de repente, como um diretor de escola, e foi ajustar o pavio do lampião, fazendo-o brilhar com mais intensidade.

Ele estava sem roupa, a não ser a canga presa na cintura. Seu dorso suado brilhava contra a luz. Não era mais o homem franzino que conhecíamos. Tinha ganhado peso, e seus músculos da barriga estavam ficando flácidos, tornando-a estufada como o ventre de uma grávida recente. Eu duvidava que ele ainda conseguisse subir num coqueiro.

– Precisamos aprender uma coisa, *mes enfants*... Sentem-se direito! – ele disse, abrindo uma folha de papel cuidadosamente dobrada.

– O que nós vamos aprender? – perguntou minha irmã.

– Vejam só, se alguém quer ir para os Estados Unidos, por exemplo, vai precisar de umas dicas para orientação...

– Ah, Fofo, você quer nos ensinar sobre o Gabão? – indaguei apressado.

– *Mówe*... Você tem que aprender certas coisas para o caso de *l'immigration* ou o pessoal da marinha perturbar seu navio, sabem como é. Nosso governo é corrupto. Nós não queremos deixar que eles atrapalhem o lance de vocês.

Então, Fofo baixou o tom da voz para um sussurro espectral e, apontando para nós um dedo assustador, disse:

– Essa gente malvada pode roubar crianças como vocês em alto-mar!

– Podem mesmo? – perguntamos num murmúrio.

– Podem sim, mas, *mes enfants*, não tenham medo. Vocês vão derrotá-los. Têm a sorte de poder dizer que Big Guy é seu amigo. Foi por isso que eu dei a ele as chaves. Big Guy é um bom funcionário da imigração; conhece o povo dele.

Ante a menção a Big Guy nós começamos de novo a relaxar. Minha irmã balançou a cabeça e sorriu de si para consigo.

– Então, ele irá conosco? – perguntei.

– Sim, Big Guy nos ensinará todos os truques deles – disse minha irmã, confiante.

Já não pensávamos mais no calor. Fofo calou-se por momentos, com a toalha enrolada no pescoço.

– E então, estão prontos?

– Estamos – respondemos, sentados e atentos a lhe observar a boca.

– Muito bem, repitam comigo. – Nosso tio estreitou os olhos na fraca iluminação, enquanto gaguejava para ler: – "Mamãe é mais nova que papai porque papai se casou tarde."

– "Mamãe é mais nova que papai porque papai se casou tarde" – repetimos.

– *D'accord*... Um de cada vez... Mary?

– "Mamãe é mais nova que papai porque papai se casou tarde" – ela disse.

– *Bon*... Pascal?

– "Mamãe é mais nova que papai porque ele se casou tarde."

– Sem mudar nada, seu idiota!

– "Mamãe é mais nova que papai porque papai se casou tarde" – corrigi-me.

– Não está bom. Você deve sorrir quando diz essas coisas... Exatamente como faz Mary.

Ele se aproximou de Yewa e lhe enxugou o suor da testa, abanando-a um pouco com a toalha antes de voltar para junto do lampião.

– Menina esperta, menina esperta – elogiou.

– Faça exatamente como eu. – Yewa me deu um tapinha no ombro.

Eu repeti a frase e sorri, para satisfação dos dois. Fofo, ocupado com o pavio do lampião, tentava espevitar a chama que morria. Fui até o outro cômodo e busquei nosso galão de querosene.

– Ah, *merci beaucoup*, meu filho – ele agradeceu. – Quem vai nos mostrar como esquecer a pobreza?

Ele se referia àqueles dias, antes da nossa Nanfang, quando sempre racionávamos o querosene de uma garrafa de Lucozade e fazíamos a pleno vapor o dever escolar, antes que a chama se apagasse e nos deixasse às escuras. Naquele instante, titio derramou o combustível no tanque do lampião até que a chama começasse a cintilar, cuspindo fagulhas e crescendo a um bom tamanho. Enquanto ele derramava querosene, Yewa e eu erguíamos as mãos para o lampião, apanhando algumas gotas, seu frescor momentâneo um bálsamo contra o calor.

– Muito bem, vamos prosseguir com a aula – disse Fofo Kpee. – "Nós moramos na rua de Franceville, *nombre douze*, Port-Gentil, Gabão."

– "Nós moramos na rua de Franceville, *nombre douze*, Port-Gentil, Gabão" – dissemos, e depois repetimos, um de cada vez.

– "Nossos pais dirigem uma pequena ONG, a Grace Earth."

– "Nossos pais dirigem uma pequena ONG, a Grace Earth" – dissemos.

– Como é o nome da ONG, *mes enfants*?

– Grace Earth – respondemos.

– "Em nossa família somos quatro filhos... todos nós nascemos em Port-Gentil. Alguns de nossos *fofos* moram em Benin e na Nigéria... nós fomos visitá-los... Passamos um bom período com eles. Todo ano nós vamos lá."

Nós repetimos essas frases muitas vezes, até começarmos a cochilar apesar do calor. Fofo estava satisfeito e declarou a lição terminada. Foi o remédio de que precisávamos para dormir.

Na escola, na manhã seguinte, estávamos sonolentos e morosos, o nariz escorrendo como se tivéssemos um resfriado. Até no campo de futebol eu estava tão lento e nervoso que nosso treinador, *monsieur* Abraham, me tirou do jogo como um meio-campista criativo, e meus amigos pararam de me chamar de Jay Jay Okocha.[3] Depois do jogo, *monsieur* Abraham, um sujeito alto, animado e atlético, me interrogou seriamente sobre a causa de minha falta de vigor. Quis saber se, em casa, Fofo Kpee me tratava bem e se eu estava dormindo bastante e comendo direito. Recusei-me a lhe dizer, mas ele não desistiu. Ficou de olho em mim, afirmando que eu era muito importante para o time; passado um tempo afirmou que, segundo havia reparado, o mesmo vinha acontecendo a minha irmã. Nosso treinador sorria para nós com frequência, e Yewa acabou por gostar do belo sorriso dele. Toda tarde ele nos juntava e nos dava um pouco de glicose para aumentar nossa energia. Nós nos perguntávamos o que havíamos feito para receber tal atenção especial.

À NOITE, FOFO KPEE mastigava noz-de-cola em grande quantidade para induzir a insônia e poder fiscalizar nosso progresso. Ele continuava a nos fazer perguntas sobre o Gabão, e nós sabíamos todas as respostas. Às vezes Fofo caía

3. Augustine Azuka Okocha, mais conhecido como Jay Jay Okocha, é um futebolista nigeriano, que disputou as copas de 1994, 1998 e 2002 pela seleção da Nigéria. (N. da E.)

no sono, mas na manhã seguinte parecia letárgico e rabugento. Seus lábios estavam manchados de vermelho, com resíduos de cola nos cantos da boca.

Em certas manhãs não precisávamos tomar banho de chuveiro para ir à escola, porque ele ficava constantemente nos passando uma toalha molhada no corpo. Houve ocasião em que nem conseguimos ir à escola, porque erupções nos tinham pipocado na pele do corpo todo, como um chuviscado de brotoejas, e Fofo Kpee nos trouxe *efun*, a argila de calamina local, e preparou com ela uma solução que aplicou em nós. Andávamos pela casa como pequenos mascarados. Durante o dia, Fofo nos animava a brincar ao ar livre, dizendo que isso faria a infecção se curar mais depressa. No entanto, à noite, quando mais precisávamos de ar fresco, ele suspirava, nos trancava dentro de casa e nos dizia que as pessoas que fariam sucesso na vida sabiam como suportar a dor.

– "Papai tem três irmãos mais novos" – ele leu para nós uma noite. – "Vincent, Marcus e Pierre, e duas irmãs, Cecile e Michelle." Repitam comigo.

– "Papai tem três irmãos mais novos, Vincent, Marcus e Pierre, e duas irmãs, Cecile e Michelle" – eu disse.

– "Papai tem três irmãos mais novos, Vincent, Marcus e Pierre, e duas irmãs, Cecile e Michelle" – foi a vez de Yewa.

– Ei, o que seus pais fazem? – ele indagou de repente, apontando para minha irmã.

– Nossos pais dirigem uma pequena ONG.

– *Bon.* O nome da ONG?

– Grace Earth – ela respondeu.

– Boa menina... Repitam comigo, vocês dois... "O pai de papai, Matthew, morreu há dois anos."

– "O pai de papai, Matthew, morreu há dois anos" – dissemos.

– "Quando ele morreu, Tantine Cecile chorou por dois dias. Nossa avó, Martha, se negou a falar com todo mundo."

– "Quando ele morreu, Tantine Cecile chorou por dois dias. Nossa avó, Martha, se negou a falar com todo mundo" – nós falamos.

– "Vovó Martha morreu no começo deste ano e foi enterrada ao lado do vovô Matthew."

– "Vovó Martha morreu no começo deste ano e foi enterrada ao lado do vovô Matthew."

– Pascal, onde você mora no Gabão?

– Rua de Franceville, *nombre douze*, Port-Gentil, Gabão – afirmei.

– Garoto esperto.

– "Os *fofos* moram em Libreville, Makokou e Bitam." Repitam.

– "Os *fofos* moram em Libreville, Makokou e Bitam."

– "Tantine Cecile é casada com Fofo David e tem dois filhos, Yves e Jules."

– "Tantine Cecile é casada com Fofo David e tem dois filhos, Yves e Jules."

– Muito bem, hora do intervalo – ele comunicou.

– Ah, intervalo não... – protestou Yewa.

– Tô dizendo que tô cansado – Fofo se sentou e jogou o papel na mesa. – Segundo dizem nossos mais velhos, até mesmo o flautista faz um intervalo.

Apanhamos o papel e o olhamos, como se pouco antes de fazer um teste houvéssemos tropeçado nas respostas das questões dele. A caligrafia não era a de Fofo. Tentei ler para minha irmã o que eu tinha visto, mas ela queria ler as letras que formavam cada palavra. Ficamos brigando pelo papel até quase rasgá-lo. Ao ver que nosso rosto estava demasiado perto da cúpula aquecida do lampião, Fofo esticou o braço e nos tomou a folha.

– Vamos, Pascal, vai lá dentro e traz aqui a panela de feijão.

– Mas – lembrei – nós íamos comê-lo de manhã, com *ogi*, na hora do café.

– "O urubu come entre as refeições" – minha irmã começou a cantar uma cantiga de roda – "e é por isso mesmo. Sua cabeça é careca, seu pescoço é comprido..."

– Você é que é o urubu, e não eu – disse Fofo Kpee e deu risada. – Tá certo, quando ele trouxer o *núdùdú* do Gabão, você não vai comer. Tomara que o feijão não seja comida do Gabão! Pascal, traz a comida pra fora.

Fui até o cômodo interno e trouxe o feijão, segurando a panela com jornais velhos para evitar a fuligem. A refeição estava fria, e o azeite de dendê solidificara por cima, como uma camada de glacê marrom. Fofo disse que era muito arriscado ir lá fora acender fogo àquela hora. Servi em três pratos as porções, que estavam tão firmes quanto fatias de bolo. Escorremos o *garri*, pirão de farinha de mandioca, que dividimos em três tigelas. Fofo Kpee botou sal em seu *garri*. No meu, eu botei açúcar, leite Ninho e Ovomaltine. Fofo nos provocou dizendo que já tínhamos nos transformado em crianças da geração mimada, bebendo *garri* com leite e açúcar. Ele comia depressa, para o *garri* não ficar encharcado com aquela água toda e congelar. Mas Yewa e eu, de propósito, bebemos lentamente o nosso. E, quando o *garri* absorveu a água toda, servimos mais e acrescentamos todos os sabores.

– Vejam só esses urubus do Gabão! – provocou Fofo Kpee, e nos fez caretas.

Demos risada, comemos e nos divertimos como faríamos durante muitas noites depois dessa.

Quando retomamos o ensaio, pouco depois, estávamos empanturrados demais para nos sentar adequadamente. Yewa tentou se deitar no chão de cimento para aliviar o calor, mas ele era duro demais para seu estômago inchado. Subimos na cama. Fiquei deitado de lado, e ela se deitou de costas. Minha mente estava concentrada no Gabão. Eu via a mim mesmo na mansão de meus padrinhos. Pensei sobre ter meu próprio quarto e ser levado de carro à escola todo dia. Pensei sobre usar sapatos para ir à escola e sobre voltar para casa para comer a deliciosa comida de mamãe. Quanto mais eu imaginava essas coisas, mais eu ria e mais Fofo Kpee fazia caretas engraçadas. Já não me sentia mais cansado naquela noite, e por momentos parecia que eu iria conseguir viver sem ar fresco, e sofrer qualquer coisa sem ficar frustrado.

– *NON*, ESSA NÃO PODE me derrotar! – gritou Fofo Kpee uma noite durante uma soneca que insistiu em tirar, antes de nos dar aulas, para aliviar a fadiga. – *Mes enfants* não vão para lugar nenhum! *Pas du tout*, de jeito nenhum.

Yewa e eu levantamos a vista de nossos livros e nos entreolhamos.

– *N'do ye ma jeyi ofidé*! – Fofo Kpee repetiu em egun, desta vez seu corpo se mexendo com a força da voz.

Yewa se agarrou comigo e abriu a boca, que eu tapei com a mão, empurrando minha irmã para trás de mim. Nosso tio se contorcia como se estivesse brigando com um leão. Quando quase caiu da cama, acordou e se sentou, arrumando apressado a canga em torno da cintura. Embora todos nós estivéssemos transpirando, o suor dele descia em ondas. Fofo nunca falara dormindo antes disso, portanto suas palavras nos apanharam desprevenidos. Embora eu não tenha dito nada, fiquei amedrontado e confuso, e cruzei as mãos à minha frente.

– Eu estou bem, *pas de problem* – disse Fofo quando se recuperou e nos surpreendeu olhando para ele. – Por que me olham desse jeito?

– Você falou durante o sonho.

– Não falei não, Pascal – desmentiu, e sua voz tinha uma pontinha de irritação. – Vamos estudar a lição, *d'accord?* Mary, por que está se escondendo atrás dele e olhando para mim como se eu estivesse falando wolof?

– Sei lá. – Yewa ergueu os ombros.

– Tem certeza? Ou você não quer estudar hoje à noite?

– Nós queremos estudar hoje à noite – eu garanti. – Talvez ela esteja assustada com seu sonho.

Levantando-se, Fofo se espreguiçou.

– Meu sonho? Que sonho? – Deu um riso carrancudo e suspirou. – Vocês não precisam ter medo.

Eu não saberia dizer se ele sabia ou não o que falara enquanto dormia. E por causa da irritação em sua entonação naquele instante, também não perguntei. Fofo tentou agir com normalidade e, no entanto, não conseguia se livrar do medo com que acordou. Ficava fechando os olhos bem apertados para depois arregalá-los, como se aquilo pudesse varrer seu pavor. Então começou a beliscar a cicatriz e sacudir a cabeça. Estava mais nervoso e inquieto do que na noite em que nossos padrinhos vieram nos visitar. Eu fiquei assustado, mas fingi que era forte para não apavorar minha irmã. O pesadelo deveria ter me servido de advertência de que nosso sonho poderia descarrilar.

– Você não comeu nada – falei, solícito, pondo diante dele uma tigela de comida.

– Quem lhe disse que quero comer? – retrucou, empurrando a tigela para o lado. Tirou de sob a cama a garrafa de bebida, e depois de emborcar dois goles demorados, direto da garrafa, pigarreou. – *Peut-être,* talvez eu também queira ir para o Gabão. – Deu uma risadinha chocha. – Talvez eu deva ir para cuidar de vocês... Ah, *non, il faut que* eu seja forte!

– Você vai ter saudade da gente? – perguntou minha irmã, sua voz tão abrupta quanto a de um pregoeiro da cidade.

– *Oui, c'est ça* – ele concedeu e deu de ombros, sem nos olhar nos olhos. A bebida tinha removido a irritação de sua voz. Agora, quanto mais Fofo bebia, mais estável ficava sua conduta, embora não fizesse parar a transpiração. – É isso aí, a gente não tem que se preocupar, eu acho.

Yewa se aproximou e foi se colocar entre as pernas dele.

– Também vamos sentir sua falta. Não é, Pascal?

– Vamos, sim – confirmei. – Fofo, não se preocupe. Nós ficaremos bem com mamãe.

Fofo não disse nada. Ficou só sentado ali, olhando para baixo, abraçando Yewa e alisando a cabeça dela como mamãe tinha feito. Minha irmã sentou-se no colo dele, e o silêncio pareceu se estender por uma eternidade. O suor do rosto de Fofo pingava em minha irmã, mas não importava. Estávamos nos acostumando ao calor e à transpiração causada por ele. Eu só conseguia pensar no quanto meu tio iria sentir saudade de nós. Pela primeira vez comecei a pensar seriamente no quanto nós também sentiríamos falta dele. Comecei a ter saudade de suas brincadeiras e de seu cuidado por nós.

Uma culpa indescritível surgiu dentro de mim, que me vi como um ingrato por desejar ir embora. Eu não conseguia olhar para o rosto de Fofo, e ele não conseguia olhar para nossos rostos. Desejei que Yewa dissesse ou fizesse alguma coisa amalucada, para despedaçar o silêncio. Mas ela ficou só sentada ali, com um jeito tristonho, e o fato de que não rompesse o silêncio aprofundou meu remorso. Com quem Fofo iria conversar quando voltasse do trabalho? Quem iria cozinhar para ele ou lavar seus pratos? Como iríamos recompensá-lo por seu cuidado e por ter encontrado esses padrinhos que já tinham ajudado nossos pais em Braffe, e que iriam mandar nossos outros irmãos para o Gabão? Decidi-me a contar a nossos pais tudo o que meu tio havia feito por nós desde que chegáramos ali. E quando ele tivesse filhos, prometi a mim mesmo, eu faria todo o possível para mostrar amor a meus primos. Resolvi que insistiríamos com nossos padrinhos para que nos deixassem voltar aqui para visitá-lo. Eu escreveria cartas para Fofo toda semana, contando-lhe sobre nossas vidas. Talvez ele conseguisse ir nos ver.

– Mas você pode vir conosco – sugeriu Yewa, aliviando-me da vergonha que sentia. – Mamãe não vai se importar. Talvez você possa viver com Fofo Vicente, ou Fofo Marcus ou Fofo Pierre.

– Ou Fofo David e Tantine Cecile – completei, sôfrego.

– Podemos levar conosco a Nanfang – minha irmã prosseguiu. – Depois que você comprar um carro no Gabão, poderá vendê-la.

– Não, lá eu vou aprender a andar nela – atalhei.

– Mas se não vier conosco – ela disse – não faz mal. Vou comprar para você um Lexus e um Benz... Também lhe mandarei dinheiro.

Fofo Kpee olhou para ela compungido e, mergulhando o dedo no balde de água ao lado de sua cama, jogou umas gotinhas em meu rosto.

– Sentirá minha falta, Pascal? – perguntou para me provocar.

– Sim, Fofo Kpee. – Balancei a cabeça. – Vou te comprar casas grandes como nas fotos de nossos padrinhos.

– *Non*, eu vou para o Gabão! Com vocês.

Ninguém comentou nada. Nós três nos entreolhamos, e então começamos a rir até acabar chorando de tanto gargalhar. Mesmo que agora estivéssemos conversando, tínhamos uma sensação muito irreal, solene. Fofo abriu a boca como se fosse dizer algo, mas desistiu. Pegou a garrafa de sobre a mesa e derramou aguardente na boca, como se carente de um gole enorme para afogar no estômago o que quisera dizer.

Depois serviu grandes doses de bebida em nossas canecas, dizendo que precisávamos comemorar sua ida ao Gabão. Bebemos alegremente, até nossos olhos cintilarem e o *payó* nos morder as tripas. Uma onda de energia me varreu o corpo, minha irmã se tornou muito falastrona e o sono se afastou para muito longe de nós.

QUANDO ACHÁVAMOS QUE ELE iria começar a lição daquela noite, Fofo se levantou devagar, como se dominado por uma mandinga, e foi para junto do lampião, onde sempre ficava de pé e nos preparava para a viagem. Despiu a canga, que, atirada por cima da mesa, foi cair no chão. Fofo estava completamente nu, como nós. No começo imaginamos que talvez fosse por acidente. Depois pensamos que talvez estivesse bêbado, embora nunca o tivéssemos visto bêbado até aquele momento. Mas quando ele não apanhou a canga, ficamos preocupados. Parecia um homem que após cometer um roubo na feira livre estivesse a ponto de ser apedrejado. Minha irmã, de olhos arregalados e fora de foco, tapara a boca com as duas mãos, para impedir que escapasse algum som. Constrangido, comecei a olhar para cima, para o teto.

Fofo Kpee derramou água num balde e começou a passar no corpo a toalha molhada. A visão de nosso tio se refrescando com pouquíssima água, como os cameleiros que cruzam o Saara, era insuportável. Sua jovialidade desaparecera, e o quarto ficou profundamente silencioso, a não ser pelo vento lá fora e o som da toalha sendo mergulhada no balde e torcida. Ele ficou balbuciando, totalmente esquecido de nossa presença.

Estávamos apavorados, e Yewa chegou bem pertinho de mim. Fofo parecia alguém em sofrimento, um homem que não conseguia mais suportar o calor. Comecei a me perguntar por que ele não podia ficar lá fora, onde havia ar fresco. Será que o povo do Gabão anda por aí sem roupa e dorme em quartos hermeticamente fechados? Ou será que faz tanto calor por lá que nós precisamos aprender a nos comportar desse jeito? Porém, quanto mais eu lembrava as lindas praias e casas das fotografias mostradas por nossos padrinhos, mais me convencia de que esse não seria o caso. Já que agora Fofo iria conosco para o Gabão, precisaria fazer tal encenação para ficar em dia com nosso preparo? O episódio todo parecia um pesadelo do qual devíamos acordar sem demora.

– Oi, crianças. – Enfim ele nos fitou, voltando a se mostrar engraçado. – *J'espère* que vocês não sintam vergonha de ver o Fofo *comme çi*, desse jeito.

Saindo de perto do lampião, veio em nossa direção.

– Quando vocês eram pequenos, nunca tomavam banho com seus pais em Braffe?

– A gente tomava, sim – respondemos, ainda tentando desviar a vista.

– Então por que agora estão se comportando como pintinhos? Quem está pronto a cruzar o oceano já virou gente grande... No barco é preciso que todo mundo se misture com todo mundo, *vous comprenez?* Até mesmo sua irmã, Antoinette, se ela tirar o vestido, não deixem a confusão entrar na cabeça de vocês.

– Ela vai ficar pelada? – perguntou minha irmã, alarmada.

– Impossível! – protestei.

– Não é bem por aí – disse Fofo. – Mas se vocês a virem trocar de roupa... é uma coisa comum.

– Não é não! – reagiu Yewa.

– Quando você tem uma irmã na família, é assim... Mas nós somos parentes, *oui*?

Relutantes, concordamos com a cabeça, sem dizer nada.

– E não é vergonha vocês verem seus padrinhos sem roupa. Não tem grande diferença entre as coisas, *omennoto le*. Gente nua *nulopo lo wé yé yin...partout*. Seus padrinhos dirigem uma organização mundial. No Gabão vocês vão ver todo tipo de gente. Verão gente branca, gente de cor, turistas que dão apoio ao trabalho de seus padrinhos. Façam tudo o que eles quiserem: vão à praia com eles, vão para o hotel com eles... Se eles quiserem levá-los à Europa, vão com eles. Mesmo que vocês não gostem deles, *soiyez patience*, tenham paciência, nenhuma condição é permanente...

– Mas você irá conosco – cortei, constrangido com o que ele estava dizendo.

Yewa sacudia a cabeça em discordância.

– Seja qual for o caso, aproveitem *l'opportunité*. Não se preocupem. Tudo isso não tem nada de mais... *gbòjé*!

Àquela altura havia se dissipado o pavor que o cercara desde o momento em que acordou do pesadelo. Afora a nudez, parecia muito normal. Seu corpo inteiro brilhava de suor, menos a moita de pelos púbicos, da qual se dependurava o pênis inerte, a cabeça lisa como casca de manga, o corpo exibindo um tubo de pequenos anéis de carne, como o pescoço de um obá num *odigba*, colar ritual.

De repente Fofo abriu as pernas e agarrou os órgãos genitais como se fosse empurrá-los de volta para dentro da moita.

– Você nu, eu nu, por que ter medo? – falou como quem recitasse um poema. – Você tem, eu tenho. O meu é grande, o seu é pequeno, certo? Diga "*hén*, Fofo, *s'il vous plaît!*".

– Sim, Fofo – gaguejamos, balançando a cabeça.

– Vamos falar de sexo, *mes bébés* – ele começou a cantar, e se retorcia como um alucinado. – Vamos falar de vocês e de mim.

Fechou o punho de uma das mãos para simular um microfone, com a outra ainda agarrada aos órgãos genitais. Deslocava-se pelo quarto como se estivesse no palco; de um salto, subiu na mesa e depois desceu dela com outro salto. Imitou os passos de dança de Michael Jackson, até ir bater com as costas nas roupas do armário. Parou de repente, com a perna levantada numa postura congelada.

– Vocês conhecem a canção?

– Não – respondemos.

– Querem tocar na minha coisa? Venham, podem tocar, *allez, touchez moi.*

Agora estava vindo em nossa direção.

– Não, não! – eu disse, e nós recuamos.

Minha irmã estava calada. Não voltou mais a falar naquela noite, mas protegia suas partes íntimas com as mãos e se movia por trás de mim.

– Ah, vocês querem tocar em suas coisas, *mes enfants*?

– Não – afirmei.

Senti uma dormência em minha região genital, meu coração começou a bater disparado. Eu já não sentia calor, embora notasse que de meu corpo estava caindo mais suor. Meu pênis parecia ter encolhido por completo, e minhas bolas se transformaram num caroço duro. Sentindo imediatamente que isso era diferente das palhaçadas habituais do meu *fofo*, tive medo.

– Ou você quer tocar no homem branco, Mary? – ele indagou.

Yewa negou com a cabeça.

Quando ele dirigiu seu olhar para mim, eu falei:

– Talvez a gente não deva ir para o Gabão...

– Cala a boca, filho-da-puta! – Fofo explodiu. Sacudiu a cabeça e bebeu mais *payó*. – Quer beber, *abi*?

– Não.

– Quer mulher?

– Não.

– Não me desmoralizem na terra estrangeira... estão ouvindo?

– Não.

– *Non*?

– Sim, Fofo.

Ficamos nos encarando por uns momentos.

– Bom, pelo menos você já não está mais escondendo a cara – observou. – *Gbòjé, Gbòjé*!

Segurando entre os dedos a ponta do pênis, ele o puxou para baixo até os anéis de pele desaparecerem. Fofo o rodava e soltava como um cone. O membro não mudou de direção, mas voltou fracamente a seu poleiro em cima das bolas. Fofo continuou a fazer aquilo até o pênis começar a inchar. Dando um risinho idiota amarrou a canga na cintura e se sentou na cama.

– Vocês querem comida? – ofereceu.

– Não – recusei.

– Tem certeza? Mary? Um pouco de comida do Gabão, flocos de milho, leite Ninho, hein?

– Eu quero ir dormir – ela murmurou.

Tentei me convencer de que eu estava bêbado, que nada daquilo havia acontecido de verdade. Apesar do calor, vesti o short e, virando as costas para Fofo, fiquei deitado com as mãos entre as pernas, tentando me proteger até enquanto dormia. Yewa simplesmente se enrolou na colcha.

Ao pensar na viagem ao Gabão eu sentia repulsa. Já não estava mais à vontade em nossa casa. Parecia que cada móvel tinha sido manchado pela encenação de Fofo naquela noite. Minha mente se afundou ainda mais na vergonha e no medo, enquanto eu lembrava tudo o que nós tínhamos comprado desde que começáramos a pensar em ir para o Gabão. Por exemplo, detestava o próprio short que vestia e pensei em tirá-lo, mas não conseguiria me convencer a ficar sem roupa naquele momento. Com ódio pela Nanfang, jurei nunca mais andar nela.

Pela primeira vez me senti solidário com Paul – e desejei ter sido capaz de vomitar, como ele, toda a comida gostosa que ingerira nos últimos meses. Eu imaginava como estariam Paul e Antoinette. Será que sabiam alguma coisa que nós não sabíamos? Teriam passado pela orientação antes de nos visitar? Quem estaria dando *essa* aula a eles? Big Guy?

Já não me interessava mais em viajar, embora de alguma maneira minha mente se recusasse a associar meus padrinhos com os acontecimentos daquela noite. Eu me sentia melhor em pensar que não sabiam e procurei me consolar na lembrança da visita deles. Embora já não tivesse vontade de acompanhá-los, achei que não desejavam nos fazer mal. E embora Fofo nos pedisse desculpas na manhã seguinte e dissesse que exagerara um pouco, para o caso de a vida a bordo se tornar difícil, comecei a tentar achar um jeito de fugir e voltar a Braffe com minha irmã.

UM DIA FOFO VOLTOU CORRENDO do trabalho inesperadamente, como fazia antes de ter a Nanfang, quando tinha enganado alguém na fronteira e precisava se esconder. Saltou da moto e entrou correndo na sala de estar. Rápido, trancou a porta atrás de si e apoiou-se nela, respirando como quem tivesse escapado de um leão. Ao contrário de sua conduta característica, Fofo largara a motocicleta lá fora. Quando falamos com ele, não respondeu. Resmungou alguma coisa sobre nos proteger do mal e começou a abrir o ferrolho das janelas. Uma lufada de vento úmido entrou e varreu o ar abafado que enchia o recinto desde que ele selara a casa, três semanas antes.

– Sim, se eles quiserem me matar, *ye ni hù mì* – anunciou, para ninguém em particular. Botou as mãos na cintura e parecia muito orgulhoso daquele ato singelo de abrir as janelas. Depois, tirando o casaco, sentou-se pesadamente na cama.

– Fofo, quem quer matar você? – perguntou baixinho minha irmã, sem se acercar mais.

Desde aquela noite em que ele ficara nu diante de nós, tínhamos medo de nos aproximar dele e falávamos muito pouco com nosso tio. Ele também nos dizia pouco. O silêncio cresceu entre nós como fermento, e o quarto dava a impressão de ter diminuído, ao passo que a presença dele parecia se expandir. Ficávamos aguardando ansiosos que Fofo saísse de casa, e quando ele estava ali, por vezes fingíamos dormir.

Agora, de nossa cama, comecei a falar com meu tio:

– Fofo você está...

– Me deixa em paz! – advertiu, segurando a cabeça entre as mãos. – *Vous pensez* que eu tô louco, né?

– Não, Fofo, não – respondi num apelo.

– Eu tô bem... não tem nada de errado comigo.

Yewa não disse nada e veio se esconder atrás de mim, como fez naquela noite funesta. O vento fresco enchia o cômodo, e ficamos ouvindo seu som e o distante ruído de desaguar do oceano na praia. Passado um tempo, Yewa cochichou no meu ouvido que nós devíamos ir lá para fora, mas quando agarrei a mão dela e quis sair dali Fofo mandou que nos sentássemos na cama. Minha irmã começou a soluçar.

Fofo Kpee foi lá fora buscar a Nanfang e trazê-la para o quarto de dentro. Ele empurrava a moto com vigor, como um oficial de polícia prendendo um criminoso rebelde.

– Se para me libertar eu for obrigado a vender você – Fofo dizia à motocicleta, dando-lhe um tapa no assento traseiro –, eu vendo!

Quando o vimos bater na moto, esperamos que brigasse conosco a qualquer momento. Então o ouvimos revirando o cômodo interno, sua raiva manifestada no jeito de atirar objetos para removê-los do caminho. Fofo buscava algo. Saiu com uma barra de ferro que fazia tempo que nós não víamos.

Começou a trabalhar com toda sua energia. De pé numa cadeira em nosso misto de sala de estar e dormitório, movido por uma fúria que não conseguíamos entender, despedaçava a argamassa colocada semanas antes. Ele não se incomodou em tirar os objetos do lugar nem em me pedir ajuda. A argamassa quebradiça foi se desprendendo e caindo no chão aos pedaços. Parecia que o lugar inteiro ia desabar. As lufadas de poeira deixavam listras no ar fresco. E quando eu tossi, ele nos mandou sair de perto.

Fomos lá para fora. O sol da tarde já tinha passado do meio do céu e seus raios atingiam a terra na diagonal, derramando-se do firmamento limpo sem restrições. Olhando para além da longa vereda que levava à estrada, víamos gente cuidando da própria vida, indo a pé ou de bicicleta nas duas direções.

Ficamos sentados em silêncio à sombra da mangueira, de frente para a casa. Eu me sentei no chão com as costas apoiadas na árvore, as pernas esticadas para a frente; minha irmã se sentou sobre elas, a cabeça encostada em meu peito. Com sua sombra ampla e refrescante, a copa da mangueira se vestia de duas tonalidades, como nossa Nanfang. Alguns trechos da árvore estavam floridos, as frutinhas novas e a folhagem verde-clara em contraste com as folhas velhas. O cheiro da fruta, quente e revigorante ao sol, enchia o ar, e o chão em torno de nós estava chuviscado de delicado pólen verde-claro.

– Ele está zangado com a Nanfang? – cochichou Yewa para mim, quando já não o ouvíamos trabalhar lá dentro.

– Não sei.

– Quando a gente comprar um carro para Fofo, ele não vai mais ficar zangado.

– Nós não vamos para o Gabão.

– Não? – ela estranhou, voltando-se para me encarar. – Por quê, hein?

– Você gostou do que Fofo Kpee disse na noite em que ele dançou pelado? Gostou do que ele fez?

– Não, mas no dia seguinte ele pediu desculpa pra gente. – Ela fechou os olhos, desafiadora, e me virou as costas. – Tudo bem, eu vou sozinha, com mamãe e papai!

Não adiantava discutir com Yewa.

Embaixo daquela mangueira minha mente voltou à ideia de fugir. Embora eu não tivesse planos concretos e não soubesse se seria possível, a própria ideia de ir embora levantou meu ânimo naquela tarde.

E eu já não tinha certeza sobre fugir para Braffe. Imaginem se chegasse lá e encontrasse minha família estendida tão fixada no Gabão quanto Yewa, e ninguém entendesse minha mudança de opinião!

Se eu contasse a eles o que Fofo fizera naquela noite funesta, quem iria acreditar? E se nossos irmãos já tivessem passado pelo mesmo sem se queixar? Por outro lado, o que me causava mais preocupação era: como fugir com Yewa? Como poderia convencê-la a me acompanhar quando ela ainda estava entusiasmada com a viagem?

Por um momento pensei em contar a *monsieur* Abraham que nosso tio enlouquecera, e revelar sobre as aulas da madrugada e meus planos de fuga. Mas estava envergonhado demais para fazê-lo. O que ele pensaria a meu respeito? E se os colegas de turma ouvissem falar da loucura de meu tio?

Agora eu tinha ódio de nossa casa e me sentia capaz de ficar sentado lá fora para sempre, sem querer entrar de novo. A porta da frente e as janelas estavam abertas, como as pétalas de uma planta carnívora que se fechariam de um golpe quando a presa entrasse ali. A luz oblíqua do sol cortava uma parte da sombra da varanda, apanhando uma das janelas abertas, seu metal brilhando como isca.

– Não iremos discutir com ele, para titio não se zangar com a gente – propus à minha irmã. – Vamos entrar.

– Eu quero mamãe!

– Levanta daí – retruquei, empurrando-a de meu colo.

Na pontinha dos pés, chegamos à porta e olhamos para dentro. Vimos Fofo esparramado na cama, qual um monstro arrastado até a praia pelos pescadores. Seus olhos não estavam fechados de todo. A cicatriz da face de Fofo parecia um verme que estivesse viajando do olho para a boca, ou vice-versa, devorando-lhe o bom humor. Fomos de fininho para nossa cama e ficamos deitados ali, olhando para o teto.

Embora Fofo tivesse trabalhado com afinco a tarde inteira, só conseguiu fazer buracos escancarados perto do telhado. Eram numerosos e feios, malfeitos e assustadores, como um corte de cabelo por terminar. Eram piores que os espaços anteriores ao bloqueio das aberturas. Agora nossas paredes tinham longas rachaduras, como se Fofo Kpee tivesse feito sobre elas um mural de relâmpagos. Em alguns lugares, a argamassa que revestia a parede de adobe caíra, revelando um interior mofado. O cheiro de pedra esmagada ficou pairando no ar.

Pelo jeito como agora Fofo se achava adormecido, soubemos que nunca teria energia para enfrentar a tarefa do quarto interior. Quando acordou, não falou conosco, e seu rosto estava controlado. Parecia até ter superado a fala incoerente que de vez em quando o havia caracterizado naquela ocasião.

Fiz comida para mim e minha irmã, pois Fofo se recusou a comer ou beber. Comemos depressa, sem conversar. Ele ficou deitado na cama com os olhos fixos nos buracos que tinha criado, como se aquilo que o perturbava pudesse entrar por eles para nos machucar. Deitou-se de barriga para cima, as mãos cruzadas sob a cabeça, os cotovelos erguidos, as pernas cruzadas. Num momento Fofo ficava imóvel como um cadáver; instantes depois, se assustava ao menor ruído.

Naquela noite, por causa dos buracos que ele fizera, dormimos melhor do que em longo tempo. E não tivemos aula.

BIG GUY VEIO NOS VISITAR no dia seguinte. Apareceu sem fazer cerimônia e entrou de chofre sem bater na porta. Fofo estava deitado na cama. Big Guy usava roupas comuns e parecia desleixado e preocupado. Como se estivesse esperando por ele, Fofo não se ergueu para recebê-lo e nem sequer o olhou. De fato, ao vê-lo, esparramou-se na cama para o outro não poder se sentar nela. O visitante fez que não viu, voltando para nós sua atenção.

– *Mes amis*, como vocês estão hoje? – perguntou ele, abrindo um sorriso, com os dois polegares levantados.

– Bem – respondemos.

Big Guy veio se sentar em nosso leito, entre nós dois.

– Estou vendo que Fofo anda alimentando vocês muito bem.

Beliscou de brincadeira as bochechas de minha irmã. Detestei o fato de ser verdade o que ele dizia. Parecíamos muito bem alimentados naquela época. Nossos rostos tinham se tornado mais redondos, as bochechas ficaram gordinhas, as costelas desapareceram e as barrigas haviam perdido o inchaço.

– Tenho boas notícias para vocês – anunciou Big Guy. – Vamos viajar na semana que vem.

Esfregou as palmas das mãos uma contra a outra, como se nos estivesse fazendo uma preleção. E, apontando para Fofo, que lhe deu um olhar malévolo e depois desviou os olhos:

– Estamos quase prontos... Ou será que você, Mary, vai querer viajar ainda mais depressa?

– Hoje! – ela respondeu.

– Diga isso de novo, garota sabida! – exclamou Big Guy, festejando com um toque da palma da mão na mão dela erguida. – Você sabe mesmo o que é bom.

Fofo se voltou e nos lançou um olhar de raiva, e Yewa se virou para mim, a incerteza fazendo murchar sua empolgação anterior.

– Pascal... Hoje mesmo? – quis saber Big Guy, virando-se para mim.

Fingi que não ouvira. Um silêncio pesado encheu o ambiente.

– Veja só, as crianças estão prontas – anunciou Big Guy a Fofo Kpee, com jovialidade. – Não vá decepcioná-las agora. É tarde demais. Não é verdade, Mary?

– É, sim.

– Quem é a esposa de Fofo David?

– Tantine Cecile.

– Eles têm filhos?

– Yves e Jules.

– Qual a cidade de vocês no Gabão?

– Port-Gentil.

– Excelente! Pascal, você hoje está muito calado. Mamãe gosta de sua maturidade. E Tantine Cecile está doida para conhecê-los. Diga alguma coisa, *abeg*, filho... Antoinette e Paul mandam lembranças. Você não quer viajar hoje, como sua irmã?

Eu não queria falar com ele. Depois que mencionou meus irmãos do Gabão, enfureci-me e o imaginei dançando nu na frente deles. Era a lembrança mais forte de nossas preparações. Fiquei tão constrangido como se Big Guy estivesse sentado nu no meio da gente. Embora eu não soubesse que Fofo tinha chegado a sentir horror ao negócio do Gabão, secretamente gostei do tratamento gelado que ele estava dando a Big Guy. Mesmo sabendo que Big Guy só estava nos provocando com a história de partirmos naquele dia, não consegui me forçar a tomar parte na brincadeira. Rezei para que Fofo o mandasse ao diabo com seus planos.

Mas os olhos dos dois estavam fixos no meu rosto. O rosto de Fofo se mantinha solene, sofrido, e o outro semblante mostrava um sorriso congelado que parecia necessitar de minha reação para desabrochar num sorriso pleno. Eu não sabia para onde olhar. Minha sensação era de que havia uma lixa na garganta, e meus pulmões ardiam como lhes faltasse o ar. O quarto pareceu encolher, e enterrei os dedos no colchão. Tentei sorrir para esconder meus sentimentos, mas não sei se meu rosto colaborou ou não.

– Sim, ele gostaria de viajar hoje – respondeu Yewa em meu lugar.

Fofo lhe deu um olhar cortante. Big Guy sorriu largo. Eu respirei de novo, com a testa molhada de suor.

– Seu *fofo* gosta do Gabão, *oui*? – Big Guy indagou a ela, como para fazer mais um ponto contra Fofo, depois de ganhar o desempate.

Yewa fez que sim, dizendo:

– Gosta.

Big Guy começou a fazer cócegas nela, levando-a a soltar risos abafados, como se tivesse água na garganta. Ele explicou que em breve nós começaríamos a ir à escola em Port-Gentil. Disse que as escolas no Gabão eram tão bonitas quanto as da França, e que assim que chegássemos iríamos retomar as aulas. Ainda que ele tentasse ser amistoso nos dando doces e fazendo carícias na cabeça e dançando para nos divertir, naquele dia sua encenação tinha alguma coisa oca. Embora não usasse o uniforme da imigração, pairava sobre ele a rigidez que eu vira quando viera com nossos padrinhos. Depois de algum tempo até Yewa deixou de gostar de sua exagerada empolgação. Ela continuou a lhe responder as perguntas, mas o fazia com uma palavra, como se tivesse buscado de propósito uma conciliação entre o constrangimento de Fofo e a necessidade de Big Guy de preencher com tagarelice a embaraçosa visita.

Então Big Guy começou a rir às gargalhadas, como se o mundo inteiro de repente houvesse ficado engraçado. Yewa se limitava a sorrir para ele, sem fazer ruído. Ele ria tanto que dobrava o corpo, e acabou sentado no chão; riu até seu riso começar a soar pouco natural. Para manter o interesse de Yewa, fazia caretas cômicas e rolava a língua. Era como se Big Guy estivesse aprendendo a ser palhaço como Fofo, e Fofo estivesse aprendendo a ser sério como Big Guy. Era uma peça mal interpretada, e nós ficamos sentados ali, uma plateia cativa. Mesmo quando ele ligou o som e pelo quarto começou a ribombar a canção *Konko below*, de Lagbaja, Fofo continuou deitado, sem se mexer, como uma estátua caída.

Passado algum tempo, Big Guy bocejou e foi se sentar com Fofo Kpee. Este se empertigou abruptamente, como necessitado de se proteger. Big Guy lhe passou o braço em torno do pescoço.

– Smiley, *mon ami*, você leva tudo muito a sério.

– Eu já tomei minha decisão – anunciou Fofo, as feições tensas, pétreas, os lábios apertados lembrando seu precipício erodido. – *Efó*!

– *Non, abeg*, nada de conversa *comme ça* – reagiu Big Guy. – Ontem eu estava só brincando... quer dizer, se você não quer mais trabalhar pra nossa ONG, não há problema. Pelo menos, seja justo consigo mesmo. Nós ainda não chegamos ao ponto sem volta, logo você ainda pode mudar de ideia. Mas não tenha pressa em tomar uma decisão.

Fofo olhou para ele durante algum tempo, sem nada dizer.

– Talvez, *peut-être*, a gente deva suspender o plano por ora. No começo a tendência é a gente se sentir desse jeito. *Moi aussi*, eu também não gostei do plano, de início. É como, digamos, se você estivesse explorando as crianças, mas na verdade as está ajudando. No estrangeiro seus sobrinhos vão ter muitas oportunidades. Já agora mesmo, nós estamos dando a elas três refeições por dia... roupas, sapatos, livros... essas coisas são ruins para os dois?

– Quem sabe?

– Você, hein? Não tem peito, não? Tá amarelando ou o quê?

– Me mostre alguém que não tenha medo.

– *Mais pourquoi*? Por quê? – Big Guy lhe dava tapinhas nas costas. – *Abeg, courage, oui*?

– *Hén*, o quê? Me deixa em paz... Não quero ensinar a eles a lição nova.

– Ah, não! Nós ainda temos para eles a orientação no mar. É a última lição.

Big Guy ergueu a vista para o espaço entre as paredes e o telhado e balançou a cabeça, sorrindo, como se tivesse acabado de perceber a mudança.

– Já vi tudo, você fez mudanças no local, né? Até as janelas estão abertas.

– A casa é minha. *N'gan bayi onú de jlo mi.* Ou você vai querer que eu sufoque minhas crianças em minha casa?

– *Ecoute*, se eu fosse você... – Big Guy piscou para nós e puxou Fofo para tão perto de si que quase o derrubou no chão. – ...seguiria exatamente os planos e ensinaria a essas crianças. Não destrua a esperança delas a troco de nada.

As molas da cama rangeram e eles recuperaram o equilíbrio. Fofo deu um sorriso triste, mas não respondeu a Big Guy.

– Você só está com muito medo, Kpee. – Big Guy se levantou. – Vamos conversar lá fora.

– Conversar?

– Tem umas coisinhas eu preciso lhe dizer. Vamos lá pra fora.

– Impossível – disse Fofo calmamente, os cotovelos fincados nas coxas, o queixo apoiado nos punhos fechados. – Eu vou devolver o dinheiro a vocês. Ganharei dinheiro trabalhando com a moto. Basta que me deem tempo, *na mi tán.*

– A questão não é dinheiro, mas sim a ajuda às nossas crianças. Nós até poderemos dar a você *plus argent*, mais dinheiro ainda. Venha aqui para fora. Lembre, você não é o nosso agente desta área?

– Podem levar a Nanfang, *abeg.*

– Mas de jeito nenhum. – Big Guy levantou muito os ombros. – Fique com a motocicleta. É uma coisa corrompida. Nós não vamos tomar o seu pão de cada dia. Você vai acabar se destruindo, se negociar assim.

Como ele não estava disposto a deixar Fofo em paz, nosso tio o acompanhou para fora de casa.

– Não venham pra fora, *mes amis* – advertiu Big Guy numa voz que traía um vestígio de ansiedade. – Fiquem aí dentro.

Assentimos, balançando a cabeça. Big Guy abriu a porta para Fofo, fechando-a atrás de si, como se fosse o dono da moradia.

Quando diminuiu o ruído de seus passos, corremos para a janela e ficamos a observá-los pelas persianas gastas. Foram caminhando até chegarem à estrada e pararam. Fofo estava de frente para nós. Mas não dava para ouvi-los. As plantações e o oceano se elevavam por trás da estrada, e às vezes se tinha a impressão de que as plantações estavam em cima do mar, e as pessoas na estrada, caminhando sobre as águas, como Jesus.

Os dois homens discutiam em voz alta, erguendo as mãos. Por vezes conhecidos deles os apanhavam de surpresa ao cumprimentá-los, e se via que paravam por instantes, abriam sorrisos vazios e depois voltavam ao assunto como querendo compensar o tempo perdido. Fofo continuava a balançar a cabeça como se estivesse dizendo um grande *não* ao que o amigo argumentava. E a cada vez que eu enxergava a forma do *não* em sua boca, tinha vontade de bater palmas para ele. Aquilo se tornou muito previsível, e naturalmente eu também comecei a balançar a cabeça, e minha boca formava muitos *nãos* silenciosos. Agarrei com força a moldura da janela. Rezava para que meu tio ficasse firme.

Então Big Guy agarrou Fofo pelos ombros e o sacudiu até que ele rodou e se soltou, cambaleando e recuperando o equilíbrio. Fofo não se afastou de Big Guy, mas sim o enfrentou.

– Ele vai bater em Fofo Kpee – cochichou Yewa. – Big Guy é malvado. Ele é um valentão?

– Não sei.

– Big Guy é um homem mau. – A voz dela estava começando a se quebrar pela emoção. – Não vou mais dançar com ele. Big Guy não irá com a gente pro Gabão! Vou contar sobre ele a mamãe e papai.

– Shhh, pare de gritar, ouviu? Fofo é um cara forte.

De repente, quatro policiais apareceram e cercaram Fofo; vieram aos pares das duas direções, como se tivessem contando com que Fofo tentaria fugir. Manejavam chicotes de *koboko* e tinham a cintura avolumada por revólveres e cassetetes. Todos eles gritavam com Fofo, e Big Guy ficava cada vez mais alucinado. A boca de Fofo Kpee estava fechada, e ele ficou parado e muito quieto, como um homem na presença de cães agressivos. Após observar a cena por instantes, senti que Big Guy estava decidido a fazer Fofo concordar com ele. Mas Fofo cruzou os braços na frente do corpo e de vez em quando sacudia a cabeça, bem devagar. Sempre que ele olhava em nossa direção, eu me abaixava, e também empurrava a cabeça de Yewa para baixo do beiral da janela.

Foi um espetáculo e tanto, porque em todos os anos em que nosso tio fora atravessador, a polícia nunca visitara nossa casa, nem o havia acossado por enganar as pessoas. Yewa segurava minha mão com força. Não sabíamos se devíamos nos trancar dentro de casa ou correr em direção ao grupo de espectadores que tinha se reunido em torno e bloqueava nossa visão.

A polícia tentou dispersar os transeuntes, mas a multidão se limitou a abrir mais espaço e continuar observando. No final, Big Guy foi embora de forma tão abrupta como chegara, e a polícia partiu, seguindo para lados distintos, sua súbita debandada surpreendendo os circunstantes. Meu tio ficou parado ali, sorrindo para os curiosos como se tudo aquilo não passasse de uma piada. Não conseguíamos ouvir o que ele lhes dizia, mas por sua gesticulação e as risadas periódicas dos passantes ficou claro que o bom humor de Fofo retornara. Foi um verdadeiro alívio – ele era de novo o Fofo que conhecíamos. Em pouco tempo a multidão perdeu o interesse e desapareceu no cair da tarde, deixando-o ali na estrada, mirando o mar e acenando para aqueles que acenavam para ele.

Yewa se libertou de minhas mãos, abriu a porta e saiu correndo em direção a Fofo, tropeçando e gritando-lhe o nome. Nosso tio se virou de repente ao ouvi-la e abriu a boca, mas antes que ele chegasse a falar, Yewa estacou de chofre. Com um só gesto áspero titio a mandou de volta para casa. Ela entrou aos soluços enquanto Fofo Kpee continuava a olhar o mar e a estrada.

Quando enfim se voltou e caminhou em direção à moradia, os passos de Fofo eram fracos, o rosto estava abaixado e as mãos para trás, como se ele estivesse algemado. Caminhava devagar, como se não tivesse muita vontade de chegar a casa. Voltar para junto de nós naquela noite deve ter sido mais difícil que lidar com Big Guy e a polícia. Fofo entrou como um estudante que depois de cometer uma grande ofensa tivesse medo de ser expulso.

Naquela noite ele nos comunicou que já não iríamos mais à escola. Como o momento não parecia favorável a indagações, ficamos calados.

FOFO KPEE NUNCA MAIS VOLTOU A MENCIONAR Big Guy ou o Gabão em nossa presença. E como o Gabão tinha se transformado no assunto de nossa família, e nossa partida iminente era o sonho coletivo, sua ausência da conversa criou um vácuo em nossas vidas. Fofo matutava e não saía para trabalhar. Não nos dizia muita coisa. Parecia em conflito até para sair da cama. Já não bebia mais. Lia a Bíblia sem parar e rezava muito – sozinho, e nunca nos convidando a rezar com ele, como nos velhos tempos. O orgulho que sentia pela motocicleta se dissipou, e já não lavava a Nanfang todos os dias, nem tocava a buzina sem parar, nem ia nela à igreja. Até seu modo de se vestir mudou. Parou de usar seus paletós e sapatos bonitos, e nas ocasiões em que saía de casa voltou à sandália havaiana e aos jeans surrados, suas roupas anteriores à Nanfang.

Agora nenhum dos nossos objetos guardados no quarto interno significava algo para ele. De fato, dava a impressão de que não conseguia suportar entrar ali. Cobriu completamente a moto, como havia feito no dia em que cimentamos aquele cômodo. Até Yewa teve o bom senso de não ficar conversando nem brincando com a Nanfang. Naqueles dias vazios, esperávamos vê-lo terminar a remoção da argamassa na sala de estar, para melhorar o arejamento, e começar a trabalhar no outro quarto. Mas Fofo nunca o fez. Embora ficasse olhando fixo para o cômodo quando estava deitado na cama, era como se lhe faltasse a força de vontade ou o interesse de levar adiante o projeto. Em vez disso, colocou toda sua energia em nos vigiar e nos advertir para que não acompanhássemos ninguém, nem falássemos com ninguém sem a permissão dele.

– Tenham cuidado... – Fofo nos avisou no segundo dia depois da visita de Big Guy. – ...com gente ruim que se mete com os filhos dos outros!

Foi a frase mais longa que ouvíramos dele desde que Big Guy o maltratara. Engoli minha reação, pois não queria que soubesse o que eu estava pensando.

Fofo comprou um facão, que colocou debaixo da cama, onde pudesse alcançá-lo num instante. Carregava no bolso um punhal, até quando íamos à igreja. Se nós saíamos de casa para brincar, titio vinha para fora e se sentava num montinho, e ficava nos observando sem piscar, como uma estátua. Muitas vezes por dia ele dava uma volta pelo terreno, conferindo uma coisa e outra, como um guarda de segurança. Se íamos ao banheiro, ao sair dávamos com Fofo à espera, como os zeladores de banheiros comerciais em Ojota. Se passávamos ali muito tempo, ele vinha bater na porta e perguntar se tínhamos caído na fossa da latrina. Quando saía de casa, nosso tio nos deixava trancados do lado de dentro.

Ao ver que Fofo estava pronto a nos defender a qualquer preço, abandonei meu plano de fugir. Senti que ele não deixaria que nenhum mal nos acontecesse. Quando íamos a pé à igreja, Fofo nos segurava pela mão; e quando as pessoas lhe perguntavam sobre a moto, dizia que ela estava doente. Entrávamos na igreja com a humildade dos dias anteriores à moto. Num domingo, Fofo deu dinheiro ao pastor Adeyemi para que este rezasse uma oração especial em sua intenção. Quando o homem o pressionou para conseguir detalhes de seus apuros, alegou que tinha um pequeno problema de família.

NAQUELA TARDE, ENQUANTO YEWA dormia, Fofo Kpee ficou em pé olhando pela janela.

– Nós precisamos fugir, Kotchikpa – anunciou, em voz muito baixa.

– Sim, Fofo! – concordei, deixando minha cama e me aproximando dele.

Sabia que falava sério, porque usou meu nome nativo. Chocado com minha reação, ele se voltou abruptamente da janela e veio se sentar na beirada da mesa, de frente para mim. Eu estava explodindo de agitação.

Fofo torcia as mãos, em busca de palavras, como um penitente:

– Sei que você quer muito ir para o Gabão...

– Não quero ir, Fofo, não quero não!

– Fala baixo, fala baixo – ele me acalmou, agitando as mãos à sua frente, palmas viradas para baixo, e depois me segurando os punhos como um suplicante. Um sorriso nervoso lhe cruzou o rosto melancólico. – Ah, nós não queremos acordá-la... Não posso vender você e Yewa para ninguém, como os escravos nas histórias do tráfico negreiro de Badagry. *Iro o*, não posso deixar que eles os despachem de navio, cruzando o oceano até o Gabão. Se vocês chegarem àquele país da África Central, *c'est fini*, estará tudo acabado. Nunca mais vão cheirar este solo da África Ocidental... Da última vez que Big Guy nos visitou, eu tornei a dizer a ele que não concordava. Riqueza não é tudo. Não quero perder vocês. Mas ele está muito zangado.

– Só uma pergunta...

– Sim?

– Nossos padrinhos sabem o que Big Guy está fazendo conosco?

– Eles sabem... *complétement*.

Fofo me largou e tornou a desviar os olhos, envergonhado. Sua resposta conseguiu me atingir com força, quando não deveria tê-lo feito. Desde aquela noite em que perdi o interesse pelo Gabão, só dirigira minha raiva contra Fofo e Big Guy. Embora as peças do quebra-cabeça estivessem se encaixando, eu me havia recusado a aceitar que o homem e a mulher que foram tão gentis conosco e nos trouxeram um banquete inesquecível eram gente maligna. Mas naquele momento a vergonha nos olhos de Fofo esmagou minhas dúvidas. Fiquei zangado com eles.

– Nós podemos fugir agora, Fofo?

– Não... Na escuridão. *Egbé.*

– Hoje à noite? – Olhei a meu redor, eufórico.

– Braffe... *din.* A viagem ao Gabão é daqui a uma semana. Nós vamos abandonar tudo. Não diga nada à sua irmã, *d'accord*? Ela não vai entender.

– Sim, sim.

– Eu disse a quem nos conhece que estamos de mudança para Braffe.

NAQUELA NOITE EU ANSIAVA tanto por ir embora e sentia tanta repulsa pelo ambiente em torno que não conseguia comer, nem mesmo beber água. Em tudo à minha volta eu via meus padrinhos e ouvia os murmúrios deles no vento e nas vozes distantes. Ficava olhando o tempo todo pela janela e desejava ser capaz de soprar o sol como se fosse uma vela, ou virar o mundo de cabeça para baixo, de modo que as águas do oceano pudessem afogá-lo. Pedi a Deus que nos mandasse a mais negra das noites.

Infelizmente, quando a noite chegou, trouxe uma escuridão mesquinha e decepcionante. Fofo esvaziou os recipientes de água e jogou fora os ensopados. Acordei minha irmã e vesti-a, embora ela ainda estivesse semiadormecida. Todos nos vestimos com roupas do dia a dia. Afora nossos livros, que Fofo colocou na sacola dele, presa no guidão da Nanfang, não levamos muita coisa. Pelos volumes nos bolsos da calça e da camisa dele, acreditei que Fofo apanhara todo o dinheiro que possuíamos.

As estrelas apareceram, e uma lua cheia pendia do céu, baixa e luminosa, brilhando através de um punhado de nuvens sujas. A lua brilhava tanto que a mangueira e as moitas lançavam sombras embaçadas em torno de si, e a vista alcançava até o mar, com as palmeiras fazendo lembrar um infinito vestido transparente. Quando Fofo botou a moto para fora, a lua lançou um lampejo fosco sobre o tanque de gasolina. Mesmo tendo chegado a odiar todas as nossas riquezas do Gabão, naquela noite eu desejei que a moto nos levasse para a segurança.

Havia muito vento, que lançava contra a noite os pios de uma coruja, refrão inconfundível entre uma cacofonia de insetos e o sussurrar das palmas dos coqueiros. De repente o vento se engasgou e parou, e as árvores, que tinham sido empurradas em uma direção, foram lançadas de volta a suas posturas normais.

Um tronco de coqueiro estalou e se quebrou, e por momentos se calaram as criaturas da noite.

Fofo trancou a porta com uma corrente e um cadeado grande. Não permitiu a Yewa se sentar no lugar de sempre, em cima do tanque, já que ela não estava totalmente acordada. Em vez disso, colocou-a sentada entre nós dois. Eu dirigi os pés de minha irmã com os meus, para que ficassem apoiados nos estribos. Não havia muito espaço.

Fofo não acelerou a motocicleta com estrépito como costumava fazer. Quais os fugitivos de Sodoma e Gomorra, eu não olhava para trás, e sim direto para diante. Nosso farol estava baixo e viajávamos muito devagar por causa de todos os buracos na pista. Constante e consolador, o suave ronronar da Nanfang rompia a noite silente. Fofo conhecia bem a estrada, que usava diariamente, e mudava de um lado para outro evitando sem esforço os buracos. A estrada nos levava para longe do oceano, em direção ao conjunto de casas mais próximo da nossa. Ao luar, as residências pareciam desertas, e diante delas as longas mesas e os tabuleiros vazios onde os aldeãos vendiam seus produtos durante o dia lembravam esqueletos de animais pré-históricos.

Depois de algum tempo olhei para trás e vi dois brilhantes pontos de luz à nossa retaguarda. Estavam muito distantes e pareciam se mover sobre a estrada toda, como se duas crianças estivessem brincando com lanternas. Fofo olhou o espelho lateral, depois olhou para trás, e a moto oscilou. Quando equilibrou a Nanfang, acelerou um pouco.

– Vamos mais rápido – disse minha irmã, agora totalmente acordada.

– A estrada não é boa. – Fofo meneou a cabeça. – Você não tem olhos? *Soit patient* até a gente chegar à estrada Cotonou-Ouidah.

– Para onde estamos indo? –Yewa quis saber.

– Para casa – informei.

– Braffe? – Ela deu uma risadinha. Tentou ver meu rosto, mas não conseguiu, por causa do aperto em que nos sentáramos.

Atravessamos uma cidadezinha. Algumas lojas ainda estavam abertas, e silhuetas solitárias de pessoas passavam apressadas para todos os lados. Havia um cheiro de carne queimada no ar. No extremo da cidade, uma fogueira ardia ao lado da estrada, lacerando a beleza do luar. Ao passar por ela, notamos que as chamas subiam de uma pilha de pneus na frente de um restaurante informal.

Três cabritos estavam sendo assados nas chamas, e dois homens, musculosos e suados, vestidos somente com a roupa de baixo, espetavam e faziam girar os animais com longas estacas.

– Pascal, você trouxe minhas coisas? – perguntou Yewa, gritando para ser ouvida. – Quero mostrar meus livros a nossos pais e avós...

– Seus livros estão aqui – gritou Fofo, tocando na sacola. – Eu vou comprar um novo vestido para você em Braffe.

– Vai mesmo?

– *Mówe*, sim.

Olhei de novo para trás. As duas luzes estavam mais perto, e pelo jeito como os raios de luz saltavam para cima e para baixo, era óbvio que aqueles motociclistas pouco se importavam com a má qualidade da estrada. Ainda que Fofo tentasse correr mais, eles continuavam ganhando terreno em relação a nós.

Agora eles se separaram, ficando um de cada lado. Eu olhava para trás com frequência, e a cada vez a luz me feria a vista. Minha barriga inchou de vontade de urinar. A ideia de muitos Big Guys vindo em nossa perseguição me oprimia.

Fofo não parou, nem disse nada. A moto da direita emparelhou conosco. Fofo acelerou, mas o outro motociclista foi mais agressivo. Ele tentou nos ultrapassar e cortar nossa frente, mas Fofo desviou para a esquerda. A moto do outro lado quase bateu em nossa placa e foi forçada a reduzir a marcha. Cada motociclista transportava um passageiro.

Uma das motos passou por nós e forçou Fofo a sair da pista lisa da estrada esburacada, e agora nós estávamos avançando aos saltos, caindo num buraco atrás do outro.

– Parem imediatamente... *Arretez* – ordenou o passageiro.

Nós reduzimos a marcha.

– *D'accord*, eu vou parar. – Fofo colocou um pé no chão e rodou para o acostamento; deixou o motor ligado. – *Abeg*, não nos faça mal – implorou.

– Tome vergonha! – berrou o passageiro do outro lado da estrada, saltando da moto, devagar e confiante, enquanto o motociclista ficava lá sentado com o motor ligado.

– Por que vocês estavam correndo? – rosnou o passageiro, puxando depois um celular do bolso e começando a garantir à pessoa do outro lado da linha que a situação estava sob controle. Então ele disse a Fofo: – Não sabe que eles o estão observando? Não sabe que já atingiu o ponto sem volta nessa transação?

– Peço desculpas.

– Desculpas? Apague o farol, seu imbecil! – ordenou alguém na outra moto, e Fofo obedeceu.

Eu me virei rápido, porque achei que a voz parecia familiar, mas não consegui ver o rosto de seu dono.

Aquele trecho apertado da estrada era ladeado pela mata crescida e luxuriante, um afloramento da selva no litoral. As moitas da esquerda tapavam a luz da lua e lançavam uma sombra sinistra na extensão mais baixa do acostamento da estrada, enquanto acima tudo estava banhado de luar.

Fofo sussurrou para nós:

– Não desçam da moto, estão ouvindo?

– Está bem – murmuramos em resposta.

– Segurem com força na máquina.

Parecia que os ocupantes das outras duas motos, no desespero de nos agarrar, se esqueceram de vir montados ao ponto onde nos achávamos. Em vez disso, saltaram das motocicletas e correram para nós. Meus olhos ainda ardiam com o brilho dos faróis enquanto as silhuetas gigantescas avançavam em nossa direção. De repente Fofo passou a marcha da Nanfang e nós partimos. Senti a mão ávida de alguém em minhas costas e me abaixei antes que ele conseguisse me agarrar a camisa. Fofo jogou o farol alto e acelerou.

Eles estavam bem à nossa retaguarda. O espaço entre nós era tão estreito quanto o espaço entre nossas camas na casa. Eu me preocupava com o fato de minhas costas serem o alvo mais próximo deles e ficava me apertando contra minha irmã e me agarrando com mais força na moto. Enrijeci o corpo; as rajadas de vento que me lambiam as roupas davam a sensação de centenas de dedos tentando me agarrar. No entanto, minhas costas iam ficando quentes, como se os faróis deles fossem me assar.

Afastamo-nos, com Fofo se inclinando um pouco, a cabeça esticada para a frente como a de um cachorro em fuga. E como nossa motocicleta ainda era nova, sempre que caía num buraco, o impacto era como o som abafado de dois címbalos que se tocassem. Yewa tinha a bochecha direita apertada firmemente contra as costas de meu tio, como se para lhe ouvir o coração. Inclinando-me para diante, passei as mãos em torno da barriga de Fofo para não cairmos, ainda que a moto caísse no maior buraco ou batesse na lombada mais alta.

– Segura firme! – gritou Fofo, a voz esfarrapada pelo vento, pouco antes que a Nanfang caísse num buraco enorme. A moto deu um salto, depois aterrissou com força e oscilou, mas nós ficamos firmes.

– Vocês estão bem?

– Estamos, Fofo – respondi, embora meu chinelo direito tivesse acabado de cair do pé.

Tornei a ajeitar minha posição e a de minha irmã. Meu pé descalço ficou mais cômodo em cima dos estribos; dava mais firmeza. Meus dedos das mãos estavam suados, portanto passei os braços em torno da barriga de Fofo e firmei o queixo na cabeça de Yewa. Senti-me melhor em ter os faróis um pouco mais distantes das costas. Porém, quando tentei me livrar do outro chinelo, perdi o apoio no estribo. Minha perna esquerda ficou balançando, e lutei para recuperar o equilíbrio, mas não consegui. O esforço puxou a moto para um lado. Fofo jogou o corpo no sentido contrário, para compensar, e momentaneamente conseguiu mantê-lo assim.

– Nós estamos caindo! – disse Yewa, como num sonho.

Meus dedos escorregaram de Fofo, e agora eu estava me segurando em minha irmã e balindo feito uma ovelha. Quando meu joelho tocou no chão, a moto bateu.

Ao voltar a mim, deitado de barriga para baixo, com o corpo na estrada e a cabeça no meio do capim, sentia dor de cabeça. Meu joelho sangrava, mas o corte não era profundo. Yewa, parada nas moitas, gritava e lutava contra um homem que lhe agarrava os pulsos com uma das mãos. Os outros três caíram de cassetete em cima de Fofo. Choveram golpes até ele cair, com as mãos em torno da cabeça, que estava quase entre as pernas. Ele se contorcia e recebia as pancadas sem um som, exceto um gemido ocasional. Yewa e eu estávamos aos gritos.

Fui o último a ser sujeitado; um homem me agarrou e manietou com suas mãos grandes e ásperas. Não impus resistência, na esperança de que não matassem meu tio.

– Se você gritar de novo, nós acabaremos com esse sujeito *magomago*! – advertiu-nos um dos homens.

– Por favor, não matem meu tio – pedi, soluçando.

– Vocês, crianças, acharam que podiam faltar à escola sem avisar ninguém? – disse a voz de familiar atrás de mim.

Era *monsieur* Abraham, nosso técnico de esportes. Virei-me e olhei direto no rosto dele. À luz da lua, o técnico sorria, e seus dentes claros brilhavam. Usava uma camiseta e um agasalho de corrida, como se estivesse nos treinando para o futebol.

A decepção me invadiu o coração. Recordei a glicose que ele costumava nos dar naqueles primeiros dias quando não conseguíamos dormir bem à noite e chegávamos cansados à escola. Senti-me um idiota por ter sido enganado e caído numa intriga tão bem orquestrada.

– Por favor, *monsieur*, não o mate – implorei a *monsieur* Abraham, enquanto Yewa continuava a chorar aos berros. – Nós não vamos fugir de novo.

– De verdade?

– Iremos para o Gabão, prometo.

– É claro que irão.

– *Monsieur*, no Gabão nós vamos fazer tudo o que o senhor quiser.

– Talvez você possa começar por dizer a essa princesa que cale a boca.

– Yewa, eles não vão matá-lo – expliquei e soltei uma mão para colocá-la sobre a boca de minha irmã.

Mas ela não olhava para mim. Seu olhar estava fixado em Fofo.

– Ele não está morto – esclareci. – Nosso tio vai ficar bem.

Enquanto eu falava com minha irmã, Fofo Kpee tentou se levantar, mas caiu. Eles não nos deixaram chegar perto dele. Seu rosto se achava coberto de sangue, e um dos olhos, inchado. As roupas estavam rasgadas, os bolsos, vazios, notas de cefa e de naira espalhadas por toda parte, como doações que juncassem um santuário importante. Um dos sujeitos mexia no celular e, não conseguindo dar um telefonema, xingou a empresa operadora.

Os homens começaram a se preparar para ir embora, recolhendo o dinheiro e virando as motos na direção de onde tínhamos vindo. Dois deles amarraram Fofo em cima de uma motocicleta, e Yewa e eu viajamos espremidos entre dois outros em outra moto. Começamos a viagem de volta à casa de que acreditáramos ter escapado.

QUANDO CHEGAMOS A CASA, ainda estava escuro. *Monsieur* Abraham apanhou as chaves que pendiam do pescoço de Fofo e, depois de abrir a porta, nos atirou para dentro. Lançaram Fofo no chão.

– Você está proibido de falar de novo com essas crianças! – disse nosso treinador esportivo, enquanto Fofo se contorcia, incapaz de se levantar.

Como não nos deixaram tocar nele, ficamos sentados em nossa cama, como órfãos no velório de um pai, enquanto os dois homens revistavam o quarto interno com lanternas e um outro dava uma busca lá fora, ao redor da morada. Não conseguíamos enxergar Fofo direito – ficamos escutando, ansiosos, sua respiração ofegante.

Quando terminaram a busca e reorganizaram o quarto interno segundo o próprio critério, levaram para lá nossa cama e as caixas de roupas.

– Entrem aí! – ordenou *monsieur* Abraham, sem nos olhar nos olhos. – Vocês vão ficar aí até segunda ordem. Um de nós permanecerá aqui para cuidar de que ninguém tente fugir outra vez.

– Sim, *monsieur*, nós não vamos mais decepcionar vocês – prometi.

– Fofo Kpee, Fofo Kpee! – gritava minha irmã, apontando o corpo no chão, sendo arrastada para dentro do cômodo.

– Olha aqui, pequenina – disse o professor –, se você se comportar, ele ficará bem.

– Por favor, digam a Big Guy que nós pedimos desculpas – implorei. – Digam a *monsieur* e *madame* Ahouagnivo que nós pedimos desculpas.

– Acho que eles vão gostar de ouvir isso. Não é legal trair os amigos. É grosseria.

Ele nos trancou no quarto interno, onde estava mais escuro do que esperávamos. Ficamos inquietos e desorientados porque eles haviam mudado de lugar os objetos. Eu tinha a sensação de que iria tropeçar em alguma coisa. Com uma das mãos, segurei o vestido de Yewa para saber por onde ela andava; usei a outra para proteger meu joelho machucado. Ficamos perto da porta, tentando ouvir Fofo. Agora as motocicletas lá fora aceleraram e deram partida, seu barulho afogando por momentos a respiração de Fofo.

Ouvimos a porta da frente se fechar e passos se aproximarem da porta de nosso quarto. Recuamos, tropeçando, e eu perdi minha irmã na escuridão. Alcancei a parede e fiquei agachado, depois me deitei sobre uma pilha de sacos de cimento, contando me confundir com eles. Ouviu-se o tilintar de um molho de chaves. Quando a porta se abriu, o quarto ficou iluminado e o ar fresco entrou.

Um perfil de homem ocupou o quadro da porta, como se tentasse nos negar a pouca luz que passamos a receber. Gigantesco, ele não tentou entrar no cômodo. Pela posição de suas mãos vi que carregava algo. Na incerteza do que ele poderia nos fazer, olhei em torno, tentando localizar minha irmã.

– Onde vocês estão? – o homem chamou em voz alta, em tom ameaçador, e eu não disse nada. – Não venham com brincadeira pro meu lado. Estou avisando.

– Eu t-tô aqui – gaguejei, me erguendo e ficando de pé, com a cama entre ele e mim.

– Venha buscar isto. Onde você está?

– Desculpa, estou aqui.

– Vocês precisam cooperar, *d'accord*?

Dei a volta na cama, andando devagar, tateando o caminho até o homem, esticando o pescoço para ver Fofo, em vão.

– *Mangez...* comam sua comida. – E empurrou contra mim uma coisa quente e pesada.

– Obrigado – agradeci agarrando duas vasilhas de plástico.

– Vocês têm que comer tudo o que trouxermos...

– *Oui, monsieur*, nós comeremos.

– Muito bem – aprovou, animado com meu falso entusiasmo. – Se se comportarem, serei bonzinho com vocês. Se não se comportarem, vão se ver comigo. Eu não sou malvado. Também sou pai: tenho meus próprios filhos. Não quero vender meus filhos para outro homem. Estou só fazendo meu trabalho.

A comida dentro das vasilhas estava quente, e as tampas, tão apertadas que não pude saber pelo cheiro o que continham. Coloquei-as em cima da cama e me voltei para o homem grandalhão.

– E o meu tio?

– Também levei comida para ele.

– Podemos dar comida para ele, por favor? Nosso *fofo* está muito doente.

– Impossível, não, deixem seu tio pra lá por enquanto... e isto aqui é o toalete de vocês.

Empurrou contra mim outra coisa.

– *Faites attention*, presta atenção! Tem um pouco de água dentro.

– Deus o abençoe, *monsieur*! – E recebi dele a vasilha.

Era um grande balde de plástico com uma quarta parte de água. Sobre a tampa havia uma pilha de jornais velhos.

– Podem usá-lo bastante. – Ele riu. – E joguem o papel dentro do balde. Eu venho buscar amanhã.

– Oui, *monsieur*.

– Tudo vai dar certo. Gosto de seu jeito de se comportar, garotão. Se vocês foram vendidos ou não, isso não me importa. Como falei antes, estou só fazendo meu trabalho.

– Muito obrigado, *monsieur*.

– Você não tem medo de nada. Tem muito mais coragem que seu *fofo*. Se você se portar bem, vou te tratar bem, você sabe... Onde está sua irmã?

– Yewa? – chamei em voz alta e olhei em torno na escuridão. – Talvez esteja dormindo – menti.

– Já? Yewa! – ele gritou, sua voz enchendo o quarto com uma trombeta. – Onde você está?!

Silêncio.

– Eu disse ao senhor que ela está dormindo – insisti. – Ela está cansada.

– Bom, mais tarde trate de fazê-la comer. Hoje à noite venho ver vocês. Pode crer, seu *fofo* vai ficar bom. – Virou-se e saiu dali, fechando a trancando a porta que dava para a sala de estar.

Parte do meu medo foi embora com ele. Fiquei ouvindo seus passos, depois escutei a cama ranger quando recebeu o peso do corpo dele.

Ainda que no curso de uma noite nossa situação tivesse passado de ruim a pior, encontrei alguma consolação no fato de ter conseguido fazê-lo acreditar que gostava dele. Eu iria lhe agradecer por qualquer pequena gentileza em relação a nós, refleti. Senti que tinha um pouco de controle sobre o modo como as coisas poderiam se desenrolar. Talvez, se nós nos comportássemos muito bem, o homem nos deixasse entrar na sala para ver Fofo. Quem sabe ele até abrisse as janelas ou pelo menos deixasse a porta aberta... Minha imaginação começou a correr com rédea frouxa ao pensar em todas as coisas boas que poderiam acontecer se agíssemos direito. Eu já não pensava mais em ir para Braffe. Meu desejo agora era agradar àquele homem e ver meu tio ficar bom.

QUANDO O HOMEM SAIU DO quarto desejei que minha irmã deixasse de lado suas brincadeiras e aparecesse. Mas eu não a ouvia se mover. Disse baixinho no escuro o nome dela, mas não tive resposta. Fiquei ali parado e fui me virando lentamente num círculo, mas não enxergava nada. Não sabia sequer como começar a procurá-la sem tropeçar.

Comecei a tatear com mãos e pés todos os objetos do cômodo. Meus joelhos foram descansar no pilão do cantinho, e estendendo os braços eu os juntei à minha frente, devagar, na esperança de apanhar Yewa, mas em vez disso acabei abraçando a mim mesmo, já que ela não estava ali. Virei a cabeça em direção ao cantinho seguinte, porém minha coxa bateu uma panela, que virou. Tentei apará-la, calçando-a com o quadril, trincando os dentes, aliviado de que ela não tivesse caído no chão. Embora não pudesse ver, eu soube no ato que minhas mãos e meu corpo estavam cobertos de fuligem. Encontrei no solo um lugar para a panela e deixei-a ali delicadamente, de boca para baixo, para não pisarmos nela por acidente.

– Yewa, Yewa – chamei baixinho, porém de novo sem ter resposta. Andei em direção aos sacos de cimento onde estivera sentado antes, mas Yewa não estava ali.

Desesperado, parei e me sentei na cama, com vontade de gritar o nome dela aos quatro ventos. Apanhei as vasilhas de comida e as coloquei ao pé do leito. Àquela altura, a coisa mais distante de minha mente era comida. Deite-me em posição fetal e enterrei a cabeça no travesseiro. Começava a perder a noção do tempo.

Não consegui ficar deitado quieto e só ouvia os gemidos de Fofo. Então passei a ouvir alguma coisa caminhando silenciosamente em torno da casa. Sentei-me direito e fiquei ouvindo. Os passos eram leves demais para serem os de nosso guarda. Eu também sabia que não era minha irmã, pois achava que ela não podia ter saído. Deduzi que tínhamos mais de um guardião. Porém, o exterior já não me interessava mais. Lembrei-me de que não tinha procurado embaixo da cama.

Levantando-me devagar, fui andando na ponta dos pés em direção à porta da sala. Contando surpreender Yewa, dei meia-volta, deitei no chão, estiquei-me ao máximo e rolei para baixo da cama, pondo em risco meu joelho machucado, para não dar a ela nenhuma chance de evitar meu contato. Deslizei para o lado oposto e fui parar de encontro à pilha de telhas de segunda mão. Quando me ergui, um raio de esperança surgiu em meu coração porque achei que ela poderia estar descansando em cima das telhas. Com cuidado, para evitar cortar as mãos nos bordos aguçados de onde tinham sido arrancados pregos, fui tateando a superfície com os dedos. Acabei achando apenas nossa cesta de talheres, as ferramentas de trabalho que Fofo e eu tínhamos usado para cimentar os cômodos e nossa caixa de papelão com roupas.

Decepcionado, voltei a me apoiar na porta, no ponto onde estivera com ela pela última vez, antes de corrermos buscando segurança. Imaginei os olhos de minha irmã em toda parte e ansiava por ouvi-la rir ou caçoar de mim. Era a primeira vez na vida que eu não sabia onde Yewa estava, e sem ela eu me sentia perdido. Minha preocupação com o bem-estar de Fofo desapareceu, pois ele pelo menos estava respirando. Lágrimas me correram pelo rosto, e eu desejei intensamente um raio de luz naquela escuridão.

– Yewa! Yewa! – acabei por gritar, batendo os pés.

– Sim, sim – ela respondeu numa estranha voz apavorada.

– O que está acontecendo aí? – perguntou o guarda, do outro cômodo.

– Ah, nada, *monsieur* – respondi, aliviado de ouvir minha irmã, e depois, voltando para ela minha atenção: – Onde está você?

Afastei-me da porta em direção ao canto direito, mas tropecei num caixote de plástico e parei. A alegria de escutar a voz de Yewa me ajudou a relevar a dor.

– Nada? – indagou o guarda. – Você está falando comigo?

– Não, eu quis dizer Yewa. – E dei um risinho forçado.

– Veja lá, trate de não se machucar... Eu quero dormir; *n'jlo na gbòjé.*

– Perdão, *monsieur,* por ter incomodado.

Passei por cima do caixote e me aproximei do canto, aguçando os ouvidos. Quando cheguei ao nosso reservatório de água, cuja altura me chegava ao peito e era mais largo que meus braços abertos, pensei que Yewa estivesse de pé sobre a tampa, apoiada na parede. Batendo de leve na lateral do contêiner, sussurrei:

– Desce daí, por favor.

Mas a tampa foi aberta num rompante, e eu consegui agarrá-la antes que fizesse barulho. Aquele tempo todo Yewa estivera escondida no reservatório de água.

– Estou aqui – ela anunciou, pondo-se de pé.

– Sai daí, ouviu?

Tentei puxá-la para fora, mas ela me empurrou as mãos.

– Me deixa sossegada. Você está com eles.

– Eu?

– É, você sim.

– Não, não estou.

– Está.

– Psiu!

– Não venha mentir pra mim. Você estava rindo com ele agora mesmo... Você gosta deles. Você e Fofo Kpee não me disseram que iam me vender. Não é mais meu irmão.

– Por favor, Yewa, primeiro venha pra fora – pedi e me virei, oferecendo a ela as costas para subir e me inclinando para dentro do tanque. – Suba nas minhas costas. Eu explico depois. Você tem que sair para ele ver a gente quando abrir a porta. Do contrário...

– Não quero ver ninguém.

Recuei um pouco e fiquei calado, em parte porque não sabia mais o que dizer, em parte porque tinha medo de acordar o guarda. Lidar com minha irmã em tamanha escuridão era como discutir ou brigar com um inimigo sem rosto, capaz de me atacar a qualquer momento. Eu teria dado qualquer coisa para ver o rosto dela. Talvez minhas lágrimas pudessem tê-la convencido de minha inocência. Agora sua rebeldia se revelava na respiração agitada.

– Se nós não colaborarmos, eles vão matar Fofo, Yewa.

– Não vão, não. Fofo é um deles, como você. Sai daqui.

– Você não quer comer nada?

– Nunca.

Sem conseguir convencê-la, recorri à força. Mas Yewa se abaixou, agachando-se dentro do tanque, trancando joelhos e cotovelos e levantando os ombros até as orelhas, sem me deixar por onde agarrar. Estiquei o braço para lhe fazer cócegas e abrandá-la, mas ouvi sua boca se abrir com um estalo. Seus dentes atingiram meu pulso, incapazes de morder. Yewa começou a rir nervosamente, uma sonoridade borrachuda abafada pelo corpo dela. Era como se estivesse zombando de mim ou talvez zombando de todos os traficantes de crianças deste mundo. Deixando minha irmã ali, fui me deitar na cama e peguei no sono.

QUANDO ACORDEI, estava com dor de cabeça e muita fome. Bocejando e me espreguiçando, fiquei surpreso de encontrar Yewa roncando ao meu lado. Os gemidos de Fofo Kpee haviam se abrandado. Meu joelho doía e inchara.

Encontrei o caminho para o balde sanitário e urinei, acertando nas laterais para abafar o som. Em seguida, apanhei uma vasilha de comida e comecei a comer com as mãos. Era um desjejum de acarajé, bolinho de feijão e *ogi*, papa. As bolas de acarajé que tinham ficado em cima do *ogi* estavam frias e encharcadas em algumas partes. Senti que o vapor de água se condensara na vasilha. Como eu estava com sede, ergui a vasilha à boca e inclinei-a devagar, até as gotas de água me escorrerem sobre a língua. Eu mastigava apressado o acarajé. O dendê da fritura, frio, grudava dentro da boca. Quando cheguei ao último bolinho, reparei que havia na vasilha um saquinho de plástico. Ao desatá-lo encontrei quatro cubos de açúcar, que imaginei serem para o *ogi*. Mas a papa estava dura feito um bolo, e não havia jeito de misturá-la com o açúcar. Assim, enfiei na boca um dos cubos, mastigando ruidosamente, e depois me pus a comer pedaços da papa.

Quando acabei, a dor de cabeça tinha passado. Mas eu não estava satisfeito, e a boca ficara seca. Fiquei tentado a comer um pouco da porção de minha irmã, mas quando baixei o recipiente vazio, descobri outras vasilhas. Meu coração deu um salto. Havia mais duas vasilhas e duas garrafas de água. Entendi imediatamente que o guarda entrara no quarto enquanto dormíamos. Bebi depressa, segurando a garrafa no alto, de modo que a água gorgolejava em minha boca.

– Quem está bebendo água desse jeito? – perguntou o guarda, lá da sala. – Está querendo engasgar? É você, menino?

Fazendo uma pausa respondi:

– Sim, *monsieur*.

– Por que você pediu à sua irmã que fosse dormir no tanque de água?

– Eu não botei ela ali.

– Então quem foi? Não banque o esperto comigo!

– Juro que não fui eu.

– *Ecoutez*, amanhã de manhã nós queremos levar seu tio para o hospital. Ele está com febre alta. E avise àquela garota que não é para dormir de novo no tanque. Não queremos mais gente doente com febre alta, hein... Por que não tomou seu café? Esta noite você não comeu nada.

– Comi, sim... A comida está gostosa. Muito obrigado.

– Pois termine de tomar café e comer o almoço. E trate de fazer sua irmã comer também. Senão, eu venho botar o medo do Gabão nela.

– Sim, *monsieur*.

Entendi que era noite e que quem trouxera Yewa para nossa cama tinha sido o guarda. Terminei de beber a água de um gole só, examinei a comida e sacudi minha irmã para acordá-la.

Yewa desceu da cama e desapareceu na escuridão, tropeçou e caiu com toda a força. Seu grito estraçalhou o silêncio. Parecia um facho de luz, porque me permitiu localizar exatamente onde ela estava. O guarda entrou, apressado e furioso, varrendo o quarto com sua potente lanterna. Yewa perdeu a voz e tentou buscar refúgio se escondendo atrás de mim, mas o homem agarrou-a pelo vestido.

– *Qu'est-ce que c'est*? O que é isso? – perguntou, arrastando-a para o leito. – Senta aí e cala a boca! *Tait-toi*! *Comprends*?

– Sim, *monsieur* – disse Yewa e se sentou.

– Coma sua comida *din din*! – ordenou.

A luz estava perto do rosto de Yewa. Ela fechou os olhos e protegeu a cabeça, como na expectativa de apanhar. Havia um risco de sangue seco em seu cotovelo, imagino que por causa do tropeção.

– Estou mandando *manger*... comece a comer! – bradou o homem.

– Yewa, por favor, coma – pedi, abrindo para ela a refeição de espaguete com ensopado.

– Não dê comida a ela na boca – o homem me advertiu, e se voltou para minha irmã: – O seu irmão lhe disse para não ir dormir naquele tanque, não foi?

Minha irmã fez que sim com a cabeça.

– *Respond-moi*!

– Desculpa.

– *Ajuka vi*, você quer dormir no tanque, não quer comer a comida. Vou te matar hoje.

– Por favor, não mata ela – disse Fofo de repente lá da sala, com a voz fraca e a fala enrolada.

Meu coração deu um pulo quando o ouvi.

– Silêncio, seu imprestável! – o guarda o recriminou. – Nunca fale com eles... *jamais*.

Yewa ficou abalada e comeu a comida às pressas, entre soluços, com as duas mãos, lambendo e chupando o caldo do ensopado. Não parava para mastigar, mas engolia com a máxima urgência. A parte inferior de seu rosto brilhava do azeite de dendê, e a frente do vestido estava manchada. O homem, aparentemente satisfeito, balançou a cabeça em aprovação e saiu do quarto.

Enquanto minha irmã comia, usei uma parte da água de sua garrafa para lhe lavar o sangue do cotovelo, enxugando-o com o lençol. Quando acabou de comer, pediu mais. Entreguei a ela minha vasilha de espaguete e ensopado, que Yewa comeu sem reduzir o ritmo. Temendo que se engasgasse com o alimento, pedi-lhe que fosse com calma, mas em vão. Não pude saber se ela temia que o guarda a estivesse observando ou se a tirania dele despertara nela uma fome insaciável.

No exato instante em que terminou, ela disse que queria ir ao banheiro. Levei-a até o balde e em breve o fedor de suas fezes tornou mais denso o abafado do quarto. Quando Yewa acabou, rasguei um pedaço grande de jornal, que amarfanhei e lhe entreguei, para se limpar com ele.

Ofereci a ela sua porção de acarajé e *ogi*, mas Yewa falou que estava satisfeita, e eu engoli depressa a comida.

– *REVEILLEZ, REVEILLEZ*! ACORDEM! – O GUARDA gritou em nossos ouvidos na manhã seguinte. – Vocês dormem demais.

Tapei com as mãos o brilho da lanterna e me levantei. Ele nos disse que Fofo tinha sido levado para o hospital e depois colocou no chão a jarra de água que carregava. Instalou a lanterna de modo que um facho de luz jorrava para cima, formando um largo V ao bater no teto. O homem usava uma camisa nativa de mangas compridas, azul com flores estampadas em vermelho-vivo. Grande e corpulento, era tão alto quanto Big Guy, porém mais pesado. Sua cabeleira era grande e tão negra quanto a de nosso padrinho. A calça apertada lhe acentuava o volume, pois as coxas pareciam inchadas, como as dos lutadores de luta-livre locais. Afastando-se da luminosidade, ele veio em direção à nossa cama e se reclinou nas folhas de telhas.

Iluminado, o quarto parecia muito menor do que eu lembrava, e os cadeados cor de prata nas janelas e na porta brilharam.

– Sua rata de tanque, *núdùdú lo yón na wé ya*? – o homem provocou Yewa.

– Sim, eu gosto da comida – ela disse.

– Qual é seu nome do Gabão?

– O meu? – Minha irmã olhou para mim como pedindo orientação.

– Mary – informei. – Eu sou Pascal, ela é Mary.

– *E yón*. Vocês são crianças boazinhas. Não prometi que seria gentil com vocês, caso se comportassem muito bem?

– O senhor prometeu – falei.

Àquela altura ele suava abundantemente. Começou a desabotoar sua linda camisa e soprou duas vezes no peito, e ficou secando com as mãos o suor da testa. Achei que fosse beber a água que tinha trazido, para se refrescar, mas não tocou na jarra. Em vez disso, ficou em pé andando pelo quarto como um professor caminhando de um lado para o outro na frente da turma. Troquei olhares com minha irmã e me preparei para outra sessão de orientação.

Meu olhar, já acostumado aos extremos de escuridão total e fortes fachos de luz, saltava sobre as flores da camisa dele como borboletas que dançassem em torno das buganvílias. Na parte escura do cômodo, onde o guarda se movimentava, as flores da camisa não tinham cores tão vivas, e eu ficava desejando que ele voltasse para a luz.

– Fofo e Big Guy deram aulas a vocês? – indagou, virando-se de frente.

– Sim, *monsieur* – dissemos.

– *D'accord,* Mary, quantos *fofos et tantines gabonaises* você tem?

– Tenho três tios e duas tias – ela disse.

– Nomes?

– Vincent, Marcus e Pierre, e Cecile e Michelle.

– Muito bem, muito bem, garota... Pascal, fale sobre seu avô, *din din.*

– Meu vovô Matthew morreu há dois anos. Tia Cecile chorou dois dias. Vovó Martha se recusou a falar com todo mundo...

– Excelente, garoto, excelente! Agora vou ensinar a vocês *nouvelles leçons*? – Fez uma pausa e nos deu um olhar expectante.

– Sim, *monsieur* – respondemos.

– Nós estamos quase prontos para a viagem – informou –, e Fofo os preparou muito bem. *Pour example*, eu estou suando como os diabos aqui dentro, mas vocês estão perfeitamente adaptados ao calor. Só Deus sabe por que o inútil do seu tio ficou com medo e quis fugir escondido.

Ele tirou do bolso uma folha de papel cujo conteúdo estudou cuidadosamente e disse:

– Sem *wahala... repetez après moi*: "Nós fomos resgatados da água por uma tripulação caridosa...".

– "Nós fomos resgatados da água por uma tripulação caridosa."

– "Tinha mais gente conosco, mas alguns morreram."

– "Tinha mais gente conosco, mas alguns morreram."

– "Fomos jogados no mar e muitos de nós morreram."

– "Fomos jogados no mar e muitos de nós morreram."

– "Tínhamos navegado três dias quando os marinheiros nos disseram que estávamos em perigo."

– "Tínhamos navegado três dias quando os marinheiros nos disseram que estávamos em perigo."

– "Estávamos indo para a Costa do Marfim antes do acidente."

– "Estávamos indo para a Costa do Marfim antes do acidente."

Satisfeito, o guarda pediu que eu me levantasse e fosse buscar duas canecas. Fui à cesta de talheres e as retirei dali.

– Vamos fazer uma coisa interessante – ele propôs. – Isto aqui é só água com sal. Não tenham medo. Estão prontos?

– Estamos.

Cuidadosamente serviu água da jarra nas canecas. Tomou um gole de cada uma e lambeu os beiços, como se fosse uma bebida gostosa. Ofereceu-nos as canecas e nós tomamos a bebida salgada.

– Orientação no mar é o nome da lição... Isto é para o caso de se acabar a água potável do navio. Vocês vão sobreviver pelo menos um dia.

– Sim, *monsieur*.

– Também para o caso de jogarem vocês no mar...

– No mar? – perguntei, surpreso.

– Só por um tempinho curto... mas talvez eles lhes deem um colete salva--vidas ou uma prancha grande que muitos de vocês vão ficar segurando dentro d'água. Eles às vezes fazem isso se a marinha, um pessoal malvado do governo, aparece para perturbar no mar durante a noite, está certo? A prancha é amarrada ao navio, logo, não tenham medo. Só para escondê-los na água enquanto nosso navio é revistado... Vocês não vão se afogar... Nós não queremos arriscar nada.

– Vale a pena estar preparado – observei.

– Nos poucos dias que ainda temos aqui, vocês vão beber água salgada duas vezes por dia. Eu vou trazer água salgada com a comida, e também água doce, entendido?

– Sim, *monsieur*.

Ele começou a sair do quarto, mas parou para dizer:

– Ah, sim, mais um detalhe: novo plano. Em três dias eles vão trazer outras crianças para ficar aqui com vocês. Mas nós vamos tirar tudo deste quarto. Precisamos de espaço. Vocês vão mostrar a elas como ser crianças obedientes.

– Sim, *monsieur*.

– Alguma pergunta? *Ou bien*, de que vocês precisam?

Minha irmã e eu nos entreolhamos.

– Por favor, o senhor conhece Antoinette e Paul? – indaguei. – Eles estão vindo ficar conosco?

– São essas as crianças que Fofo prometeu ao Big Guy? – Animado, ele nos examinava o rosto. – Me digam a verdade.

– Não – respondi, feliz de que nosso tio tivesse mudado de ideia antes de ter metido meus outros irmãos nessa intriga maldita.

– Então, quem são esses?

– Big Guy conhece os dois – explicou Yewa. – Mamãe e papai trouxeram Paul e Antoinette pra nossa casa há muito tempo.

O homem suspirou e relaxou o corpo na calma da decepção.

– Bem, se Big Guy os conhece, podem ter certeza de que já estão no Gabão... Não, vocês não conhecem esse grupo *qui arrive ici*... mas são crianças boas... que estão querendo muito viajar.

– Então, quando nós vamos viajar? – perguntei.

– Assim que as crianças chegarem. Este é o grupo de vocês.

– E o que houve com Fofo Kpee? –minha irmã quis saber.

– Fofo Kpee? – O homem parecia não saber do que estávamos falando. – Que tem ele?

– Nós o veremos antes de ir embora?

– Ah, Pascal, amanhã eu conto a vocês sobre Fofo – prometeu, apagando depressa a lanterna, antes que eu lhe conseguisse enxergar o rosto, e saiu do quarto.

Naquela noite fiquei até tarde acordado. Tudo lá fora estava em silêncio. O que será que o guarda nos diria no dia seguinte? Eu desejava saber como Fofo estava passando no hospital e, caso ele sentisse remorso em relação a nossa viagem, queria lhe dizer que no momento tudo ia bem. Ficara evidente para mim que meu tio vedara o quarto interior para hospedar crianças até que pudessem ser transportadas de navio para o Gabão. Lembrei que, quando eles trouxeram a Nanfang, Big Guy olhara para nossa casa e comentara que por enquanto servia. Compreendi naquele instante que Fofo e Big Guy planejavam construir um depósito maior com as telhas de metal e o cimento.

Acordei assustado com o som de uma motocicleta entrando em nossa propriedade. Mais uma moto chegou e estacionou, e houve passos rápidos que foram soando mais fortes à medida que se aproximavam da casa, em direção aos fundos. Bem devagar eu me levantei e fiquei olhando para a escuridão, depois me postei de orelha colada na janela. Minha respiração acelerou enquanto eu os imaginava cercando a morada. Achando que iriam nos despachar de barco para o Gabão naquela noite, me conformei com meu destino.

Quando eles passaram junto à janela, atravessei o cômodo até a porta dos fundos. Eles começaram imediatamente a trabalhar. Escutei pancadas atingirem o chão; desconfiei que estivessem cavando. O ritmo era irregular e mais ligeiro do que um homem sozinho conseguiria produzir, por isso adivinhei que deveria haver pelo menos dois homens cavando. Trabalhavam com urgência e afinco, calados. As ferramentas às vezes se chocavam de encontro a objetos rígidos. Pelo barulho parecia que estavam cavando mais para lá do ponto onde normalmente cozinhávamos ao relento, junto ao banheiro. O chuviscar da areia caindo sobre o capim e as folhas era inconfundível.

– Já está bem fundo? – perguntou alguém depois de um tempo.

– Raso demais – afirmou Big Guy. – Traga a pá e pode continuar.

Mordi o lábio ao lhe reconhecer a voz: estávamos perdidos. Eu não queria encontrá-lo nunca mais nesta vida, mas ali estava ele, tão perto de mim. Era como se Big Guy já estivesse comigo no quarto, escondido debaixo da cama ou dos lençóis, esperando o momento certo para nos fazer mal. Eu só conseguia recordar a última vez em que o sujeito havia entrado em nossa casa e Fofo lhe falara que o negócio do Gabão estava desfeito.

– MAS VOCÊ NÃO QUER nos pagar? – perguntou o primeiro coveiro, e alguém parou de trabalhar.

Eu soube disso porque agora só se ouvia uma pá cavoucando o chão e fazendo chuviscar a areia de forma metódica e medida.

– Terminem primeiro – ordenou Big Guy.

– Já tô cansado – o homem se queixou de novo.

Apertei a orelha com mais força contra a porta dos fundos, até doer.

– Cansado? Você está de brincadeira – disse Big Guy.

– Vou embora! Não quero mais trabalhar pra você.

– Não, não, aqui é um lugar seguro.

– Não era esse o plano de antes, Big Guy. A gente acertou cavar só uma, não duas; tá lembrado?

– Nós tivemos de abandonar o outro lugar e sair correndo. Não foi culpa minha. Eu não sabia que vinha gente nos pegar de surpresa naquela hora naquela estrada... Vou pagar bem.

– *Combien*? Quanto?

– Olha, não precisa gritar. – Big Guy riu. – Tem gente dormindo na casa.

– Ah, é? – O outro homem também parou de cavar. – E se eles pegarem a gente *nko*? Você não nos avisou de que o risco era grande assim.

– Ah, só tem crianças – Big Guy os tranquilizou. – E estão dormindo.

– Não quero trabalhar mais, tô avisando.

– Nós precisamos terminar antes do raiar do dia... *D'accord*, quanto vocês querem?

Ele soltou outra risada curta, aquele riso curto e calmante que dizia à pessoa que tudo estava certo, quando não estava. Eu me lembro de que Big Guy riu daquele jeito quando Fofo o apresentou aos convidados da festa, depois da Ação de Graças da Nanfang. Imaginava seus olhos sinistros naquele momento, frios e ligeiros no escuro, enquanto tentava renegociar com os homens.

– *Plus argent* – disse um dos sujeitos.

– Mais dinheiro? – replicou. – Vocês aceitam uma motocicleta Nanfang usada?

– Você quer nos dar uma Nanfang? – perguntou o homem, a voz estridente de empolgação.

– Beleza! – O outro bateu no metal da ferramenta, como para celebrar o momento.

– *La* Nanfang é de muito boa qualidade – Big Guy afirmou a meia-voz, enquanto os coveiros voltavam ao trabalho, rasgando a terra com entusiasmo. – Mas eu mato vocês se contarem a alguém.

– A gente entendeu. Que fundura você quer nesta daqui?

– Fundo o bastante para enterrar Smiley Kpee *complétement*.

Meu coração deu um salto. Fraquejando, caí de joelhos. O ar abafado em minhas narinas agora parecia um miasma. Tentei ficar de pé, mas minhas pernas não me aguentavam. Sentei-me no chão, costas encostadas na porta, os joelhos erguidos para apoiar a cabeça baixa, os braços envolvendo as canelas. Fechei os olhos, de punhos cerrados, apertando a boca contra os joelhos para evitar chorar aos gritos. Retesei os dedos dos pés e queria ficar entorpecido. Prendi a respiração até sentir vertigem e não aguentar mais.

Minha mente disparou: será que ele morrera no hospital, ou eles o teriam matado? Mesmo que tivesse morrido no hospital, pensei, eles ainda o teriam matado, pois se não o tivessem espancado meu tio estaria vivo. Agora eu me sentia traído porque, para proteger Fofo, prometera que minha irmã e eu iríamos para o Gabão de qualquer jeito. O que eu iria dizer aos meus avós lá em casa? O que diria aos fofos e tias em Braffe? O que iria dizer a meus pais?

A culpa me invadiu o coração. Eu me considerava responsável pela morte dele, embora não soubesse o que poderia ter feito para impedi-la. Talvez devesse ter sido eu o espancado, em vez de Fofo. Senti ódio de mim mesmo e comecei a me considerar tão perverso quanto Big Guy, nossos padrinhos e nosso instrutor esportivo. Senti que havia aprendido com eles a perversidade. Aprendera a sorrir e a estar zangado ao mesmo tempo. Meus pequenos fingimentos diante do guarda me preocupavam, e concluí que meu tio ainda estaria vivo se eu não o tivesse animado a fugir naquela noite.

As lágrimas me escorriam pelo rosto, quentes e apressadas. Afastei da porta o peso do corpo, pois eu tremia e tinha medo de que a vibração chamasse a atenção. As batidas de meu coração soavam mais altas que as pancadas das pás lá fora, e depois de um momento eu não conseguia mais sequer ouvir o barulho da escavação.

Minha raiva foi crescendo até quase me sufocar. Estendi o braço e agarrei com tanta força os cipós da cesta de talheres que um deles se partiu, fazendo Yewa se revirar dormindo na cama. Eu queria quebrar o pescoço de Big Guy como se fosse aquele cipó, por tentar enterrar Fofo em algum lugar da estrada.

Peguei uma faca na cesta, deixando-a a meu lado para o caso de precisar me defender. Por terrível que fosse ouvi-los fazer a cova, eu desejava que a tarefa durasse eternamente, para retardar o enterro de Fofo. Cada vez que os coveiros paravam para recuperar o fôlego, uma onda de pânico se abatia sobre mim e eu cerrava os punhos.

– *ÇA SUFFIT* – DISSE BIG GUY. – É o bastante para aquele trambiqueiro!

Alguma coisa em seu tom, acho que foi a dureza, me encheu de coragem e senti a necessidade de confrontar Big Guy. Enxuguei depressa as lágrimas e decidi que ele nunca mais me faria chorar. Tentei me levantar, mas ainda estava muito fraco; portanto, fiquei de joelhos, com o ouvido colado à porta.

– Podem parar – Big Guy instruiu – e sair daí! Eu já prometi a vocês a Nanfang. Que mais querem, hein? Uma Nanfang nova?

– Muito obrigado, chefia – eles disseram, saindo da cova.

Ouvi quando se dirigiram em passos rápidos à frente da casa. Quando voltaram, caminhavam mais devagar e arrastando os pés, acho que por causa do peso de Fofo. Tentei imaginar como o estariam carregando, mas não consegui. Quando o derrubaram dentro da cova com um baque surdo, eu apertei o corpo contra a porta – e resolvi naquele momento que preferia morrer a ir para o Gabão. Era melhor ser assassinado por Big Guy do que ser vendido por cima do cadáver de Fofo. Eu preferia morrer afogado a que me arrastassem para bordo daquele navio.

Enquanto jogavam terra dentro da cova, ouvi minha irmã se levantar. Corri para junto dela e, com a mão, lhe tapei a boca. Expliquei baixinho que precisávamos nos deitar de novo e que o dia ainda não raiara, e voltei com Yewa para a cama. Coloquei a faca sob o colchão, abaixo do travesseiro. Fiquei ali deitado, tentando achar o melhor modo de fugir de Big Guy e seu pessoal, até o guarda entrar, de manhã.

Depois de esvaziar o balde sanitário, ele baixou sua lanterna grande e nos deu um pouco de comida e uma jarra de água salgada. Minha irmã comeu com muito apetite.

– E aí, como estão vocês, *mes enfants*? – ele perguntou, cheio de falsa compaixão, observando nossos rostos. – *Bien dormi*?

– Sim, nós dormimos bem – respondeu Yewa, a boca cheia de inhame e feijão.

– Você sonhou?

– Não sonhei com nada.

– Está muito calado, Pascal... de olhos vermelhos e a cara inchada. Não dormiu?

– Dormi, sim – respondi em voz baixa.

– E você não quer comer?

Ele veio até a cama, ergueu o travesseiro e se sentou a meu lado, perto da faca.

– Come alguma coisa, garoto, me faça o favor, *abeg*.

Consegui dar um sorriso e me servi de um pouco da água salgada da jarra, de que tomei um gole.

– Estou sem apetite agora. Vou comer depois.

– *A ma sé nude din we ya?* – perguntou o guarda de chofre.

Yewa deu de ombros:

– Não, eu não ouvi nada ontem à noite.

– E você, *big boy*? Não faça uma cara tão triste, *abeg*.

A palavra *big* se intrometeu em meu disfarce e a imagem surgiu ameaçadora em minha lembrança. Tive vontade de dizer ao guarda que sim, que eu sabia que eles tinham matado Fofo Kpee e enterrado atrás da casa na noite passada. Eu quis mandá-lo para o inferno. Pensei em puxar a faca e esfaqueá-lo. Mas não tinha certeza de conseguir matá-lo instantaneamente. E se eu não o matasse na primeira facada, ele me dominaria.

Decidi abandonar a opção da faca e lhe explorar a compaixão. Talvez se eu implorasse ele nos deixasse entrar na sala de estar. E se entrássemos ali, quem sabe eu conseguisse apanhar as chaves no bolso do casaco de veludo cotelê verde-oliva de meu tio...

– Você não ouviu nada? – ele tornou a me perguntar, acho que ao ver minha hesitação.

– Não, nada. Aconteceu alguma coisa, *monsieur*?

– Ah, não, não, nada. Foi só o Big Guy fazendo umas coisas de madrugada.

– Não! – reagiu Yewa.

– Calma aí, eu só perguntei se ele incomodou vocês.

– Por favor, como está Fofo Kpee? – Baixei os olhos, disfarçando a dor.

– Ora, ele está fazendo progressos no hospital. Vão mantê-lo por lá durante um tempo.

– Quanto tempo?

– Seu tio vai voltar pra casa em breve, Pascal. Fiz uma visita a ele noite passada.

Yewa parou de comer, ergueu a vista e perguntou:

– O senhor fez?

– Ele me pediu para dar lembranças a vocês dois... e, Pascal, seu *fofo* tinha um recado para você.

– Recado? Que recado foi?

– Que você é o chefe da família enquanto ele está no hospital... Tome conta desta garotinha.

Esticou a mão e deu uns tapinhas no ombro de minha irmã.

– O senhor levou roupa para ele? – perguntei, na esperança pouco razoável de que o guarda não tivesse tocado em nada do que estava na sala ao lado, sobretudo aquele casaco verde oliva.

– *L'hospital* sempre tem roupa para os pacientes. Não precisa levar de casa.

Eu estava contente de tudo estar saindo do modo que eu queria. Era importante conservar o autocontrole; era importante cortejar a camaradagem do guarda. Com a morte de Fofo, senti que teria derrotá-los em seu próprio jogo. Eu tinha o direito de me tornar um ser humano pior ainda que Big Guy.

– Muito obrigado pelo recado de Fofo Kpee – agradeci.

– *C'est rien*, por nada – respondeu. – Fofo Kpee é boa gente... Só que ele se comportou mal.

– E obrigado pela comida, pela água, pelo banheiro... por tudo. Foi Deus que o trouxe a nós.

– Mas o que eu sou? – indagou Yewa de repente, numa vozinha lamurienta.

Os dois olhamos para ela, tentando entendê-la.

Yewa disse:

– Fofo Kpee não deu ao senhor nenhum recado para mim?

– Não! – afirmou o homem, imitando o jeito de minha irmã dizer "não", e depois soltou uma risadinha.

Consegui dar uma risada falsa.

– Tenho certeza de que ele deu – ela insistiu, tomando um gole de água salgada.

– Ora veja, *dis-nous*: que recado seu tio deu para você? – caçoou o guarda.

– Que eu sou assistente de Pascal... não é mesmo, Pascal? Eu não sou uma garotinha.

– Sim, você é minha assistente – confirmei.

– Puxa, Mary, *c'est vrai*! É verdade! – emendou o homem. – Fofo disse que você deve ajudar Pascal em tudo. Como uma assistente do monitor de turma, hein?

– Pois não, *monsieur* – assentiu minha irmã, satisfeita consigo mesma.

Enquanto eles conversavam, eu abri minha vasilha de comida e comecei a mordiscar o inhame sem nenhuma vontade de engolir. Tentava sorrir quando eles riam, mas a lembrança do barulho da terra caindo em cima de Fofo me inundava, trazendo lágrimas a meus olhos. Mas, quando imaginava a risada curta de Big Guy, lutava contra o pranto e enchia a boca de feijão quente, sabendo que Yewa e o guarda iriam supor ser aquela a razão de meus olhos lacrimejarem.

– Será que pelo menos a gente podia ir para a outra sala? Por favor – eu pedi de repente.

– Sem *wahala*. – Ele deu de ombros. – Só me dá um tempo.

Desviei o olhar, para disfarçar a agitação que experimentava. Naquela manhã, até mesmo Yewa parecia estar se sentindo excepcionalmente amistosa. Ela pegou a lanterna e ficou dirigindo a esmo o facho de luz pelo quarto, de brincadeira, desenhando e pintando com ele motivos complexos, e iluminando todos os cantinhos. Era o seu brinquedo, e por aquele breve intervalo minha irmã se comportou como alguém que tivesse o poder de banhar o mundo em luz ou em trevas. Às vezes tentava usar as mãos para cobrir o facho da lanterna. Seus dedos ficavam vermelhos, mas mesmo assim a luz vazava para o ambiente. Virando a lanterna de frente para a barriga, Yewa a empurrou contra a pele até só restar um pouquinho de claridade, só um eclipse em seu ventre.

– *Attention, attention, madame* Assistente do Chefe de Família, nós precisamos de luz – disse o guarda, estendendo o braço para a lanterna, inquieto. – É você a prisioneira, e não eu.

– Mas ainda dá pra ver. – Rindo, ela empurrava com mais força a lanterna na barriga, tentando cessar de todo a luz, sem lográ-lo.

O homem deu um salto para a frente e lhe tomou a lanterna.

– Quando é que vão chegar as outras crianças? – indaguei.

– Amanhã à noite – informou. – Amanhã de manhã vamos desocupar o quarto.

– Por favor, será que a gente podia ficar sentado um pouquinho no outro quarto? – pedi.

– Ah...

– O senhor não precisa abrir a porta nem as janelas... Basta só nos deixar sair daqui um pouquinho.

– *Je comprend*, eu entendo, vocês querem ter uma folga desta prisão. Nós podemos ter uma lição lá.

Ele nos conduziu à sala de estar e abriu uma fresta da janela. Embora o quarto estivesse na penumbra, havia claridade suficiente para meus olhos e, por causa do ar fresco, uma sensação de estar mais frio. Meu olhar foi direto para o armário e percorreu as roupas até deparar com o casaco verde. Fiquei aliviado de que ainda estivesse ali. Eu não tinha nenhuma razão para achar que alguém mexera nele. Meu coração começou a disparar, porém me contive. Fingi prestar atenção a Yewa, que fitava o velho calendário de futebol e dizia os nomes dos jogadores. Sem nossa cama o quarto parecia torto e mais espaçoso.

Sentei-me sobre a mesa de centro, que ficava mais perto do armário, enquanto o guarda e Yewa se sentaram na cama de Fofo. Compreensivelmente estimulada em seu ânimo por estar naquela sala, ela cantarolou alguns estribilhos cristãos, coisa que não fazia desde que tentáramos fugir. Sorria para nós de vez em quando e olhava com interesse para todas as coisas, como se as estivesse vendo pela primeira vez.

A porta que dava para nosso quarto estava entreaberta. O tempo todo eu ficava olhando para o chão onde tinham colocado Fofo Kpee na noite em que nos emboscaram. Foi ali que o vi pela última vez.

– O SENHOR JÁ FOI ao Gabão, *monsieur*?

– Não.

– Olha, nós estaremos no Gabão antes do senhor! – comentou minha irmã.

– Não tem *wahala*, eu vou pra lá depois – ele disse.

– O senhor acha uma boa ideia? – perguntei, de olhos baixos.

– Sim, Pascal, acho. Não é, Assistente do Chefe de Família?

– É, sim – ela concordou.

– Que tal a gente chamar você de ACF? Por que não? – propôs o homem. – *Yinko dagbe*!

Yewa assentiu com a cabeça, presunçosa.

– Eu tenho saudade da nossa Nanfang – admiti. – A ACF sempre ia dar uma volta nela com Fofo Kpee.

– É uma boa motocicleta – disse o guarda. – Agora mesmo, está na oficina mecânica para consertar.

Confirmei com um aceno de cabeça, como se não soubesse que àquela altura Big Guy já teria provavelmente entregado a moto aos coveiros.

– O senhor acha que Big Guy deixará Fofo Kpee ficar de novo com a Nanfang? – Olhei de repente para baixo.

– É claro, a *zokeke* é propriedade dele... Por que olhou para baixo, Pascal?

Dei um pulo de onde estava sentado, fingindo surpresa.

– Você está bem? O que foi isso?

– Eu vi alguma coisa.

Levantei-me e me afastei da mesa, recuando em direção ao guarda-roupa. Yewa rapidamente puxou os pés para cima da cama apavorada, o que foi ótimo para meu estratagema. Ela quis se pendurar no homem, mas ele se ergueu e lhe pediu que não descesse dali.

– Alguma coisa? Tipo o quê? O que foi que você viu?

– Ratos. – E continuei a recuar para o armário.

– Foi por isso que olhou para baixo? Vocês têm sorte de estar naquela prisão com tudo vedado e as janelas trancadas. Eu vejo rato aqui todo dia. Não se preocupe, vou matá-los.

Eu estava um braço distante do casaco, e minhas mãos se estenderam para trás de mim, como se eu me preparasse para cair dentro do guarda-roupa. Meus dedos se inquietavam. O guarda tirara o sapato para usá-lo como arma e procurava com a lanterna embaixo da cama e pelo quarto afora. Puxou para fora a caixa de papelão que tinha os sapatos de Fofo Kpee e a esvaziou, mas não viu nada. Eu continuava recuando aos poucos para perto do guarda-roupa.

– Olha lá naquele canto! – eu disse, para espicaçá-lo. – Tomara que o rato não entre em nosso quarto.

Assim que alcancei o casaco, agarrei as chaves no bolso do peito e as fiz deslizar para dentro do bolso de meu short. Naquele momento o guarda se voltava, mas eu fingi que caía, arrastando na queda muitas peças de roupa.

– Perdão, *monsieur* – desculpei-me.

– Ora, é só um rato. – Rindo ele abandonou a caçada. – Você é alguma mulherzinha? Está muito apavorado! Pois se o rato assustar vocês no quarto hoje à noite, basta me chamar, ouviram?

– Sim, *monsieur* – dissemos.

Minhas entranhas subiam e desciam de alegria. Comecei a fantasiar nossa fuga. Para nós, a melhor opção era sair correndo no meio da noite, enquanto ele estivesse dormindo. Eu ainda não tinha pensado para onde podíamos correr, mas não me preocupei. Minha alegria daquele momento era ver a liberdade ao nosso alcance. Eu só precisava controlar o alvoroço até chegar a hora. Por outro lado, como no dia em que Fofo tentara fugir conosco, achei que era importante não dizer nada à minha irmã até estarmos prontos: eu não queria arriscar.

O guarda recapitulou nossas lições sobre ficar perdido no mar e nos explicou por que precisávamos beber água salgada. Estávamos à vontade com ele.

QUANDO FOMOS COLOCADOS de volta no quarto, eu estava agitado e arisco e ficava sorrindo no escuro. Contra os dedos, as chaves davam uma sensação de frio e calor ao mesmo tempo. Cada uma media metade do meu dedo indicador e pesava pouco. Ainda que meu bolso não estivesse furado, eu temia perder as chaves no escuro. A todo instante punha a mão no bolso para acariciá-las e conhecer todos os contornos. Yewa falava sem pausa sobre o guarda e a sala de estar, como se tivéssemos acabado de voltar de um piquenique.

Por fim, exaurido pela agitação, eu disse a Yewa que precisava dormir. Queria descansar e me preparar para a fuga da noite. Primeiro me deitei com as chaves para baixo, de encontro ao colchão. Em seguida mudei de posição e elas ficaram para cima. Depois coloquei a mão no bolso e fiquei segurando o molho. Em seguida, tirei-o do bolso.

Naquela noite, quando a respiração de Yewa e do guarda ficaram regulares no sono, eu me levantei e andei vagarosamente em direção à porta dos fundos. Mas quando me lembrei de que aquela porta sempre rangia, dirigi-me à janela.

Subi nas sacas de cimento e com mãos trêmulas puxei do bolso uma das chaves e agarrei o cadeado. Tremia ao manuseá-lo nervosamente, até conseguir encontrar o buraco da fechadura. Mas era a chave errada. Puxando-a, deixei-a no alto da saca. Quando a segunda também não funcionou, deixei-a de lado. Estava tremendo, com medo de que a terceira também não funcionasse; portanto, fiz uma pausa e procurei me acalmar. O guarda espirrou, e a cama dele rangeu. Encostei-me na moldura da janela e fiquei lutando com um sentimento desanimador de que talvez não conseguíssemos escapar depois de tudo. Esperei alguns minutos, para dar ao guarda a chance de cair novamente em sono profundo.

Enfim, meti a terceira chave e a fiz girar. Ouviu-se um estalo quando o cadeado se abriu. Quando tive certeza de que ninguém escutara, removi o cadeado e o coloquei no bolso junto com a chave. Fui empurrando devagar a janela até ela se abrir, e o frescor banhou meu rosto.

Era uma noite fria e bonita, e um luar embaçado se derramou para dentro do cômodo. Tudo estava silencioso e pacífico. Fechei a janela e me esgueirei de volta para a cama. Bati de leve no ombro de Yewa, até que ela se sentou, coçando-se.

– Kotchikpa – disse, como se sonhasse.

– Sim, não faça barulho – cochichei.

– Nós vamos de novo para a sala? Onde está o guarda?

– Nós vamos fugir... Abaixa a voz!

– A voz?

Deu-lhe um safanão com firmeza.

– Vamos visitar Fofo Kpee no hospital – menti, conduzindo-a delicadamente para longe do leito.

– Agora?

Levantei-a, colocando-a em cima da sacas de cimento; abri a janela e pedi a Yewa que subisse, contando ir atrás dela. Empurrei-lhe a cabeça pela janela aberta. Quando o vento lhe açoitou o rosto, um grito escapou de sua boca. Agora ela estava totalmente desperta, e, descendo da saca, recuou para a cama. Arrastei-a em direção à janela, mas Yewa lutava contra mim.

– Vocês estão brigando de noite? – perguntou o guarda, já lutando para abrir a porta.

– Yewa, pula a janela, pula! – berrei. – Ele vai nos matar!

– Parem, parem! – o guarda gritou, entrando de chofre no quarto.

Empurrei Yewa na direção da cesta de talheres, para tirá-lo do caminho, e mergulhei de cabeça através da janela, amortecendo a queda com as mãos. Corri em direção ao túmulo de Fofo Kpee, mas minha cabeça estava tão cheia do grito estridente de Yewa e de seu eco vindo do mar que me esqueci de olhar para ele.

Corri para dentro do mato, com as folhas do capim-elefante a me retalharem o corpo e a terra a me furar os pés. Tirando do bolso o cadeado e a chave, lancei-os no meio do mato. Corri o tempo todo, mesmo sabendo que jamais conseguiria parar de ouvir o grito lancinante de minha irmã.

Que língua é essa?

A MELHOR AMIGA DISSE QUE GOSTAVA de seus olhinhos, de seu rosto magro, do jeito como você caminhava e de como falava inglês. O nome dela era Selam. Você disse que apreciava as covinhas dela, as pernas longas e sua caligrafia. Vocês duas adoravam comer caramelos Smiling Cow. Ela era a caçula da família; você, filha única. O mundo inteiro se reduzia a vocês duas, e a língua secreta que usavam era uma série interminável de risadinhas tontas, o que deixava com ciúme as outras crianças. Selam morava no apartamento de um prédio de dois andares, em Bahminya. Você, num prédio marrom de dois andares, no lado oposto da mesma rua.

Certos dias, depois da aula, as duas ficavam juntas na varanda de um dos dois edifícios, observando os dois irmãos de Selam e os amigos deles, com suas pipas feitas em casa, correrem e gritarem pelas ruas de ladeira até seus calcanhares jogarem para cima nuvens de poeira etíope. Os garotos tropeçavam em camelôs vendedores de CDs que carregavam os artigos na cabeça em largos tabuleiros de metal, ou topavam com carroças puxadas a cavalo e jumentos carregados de mercadorias, atrapalhando o trânsito. Eles evitavam a esquina seguinte, onde havia uma mesquita, porque se as pipas ficassem enredadas no minarete o imã iria amaldiçoá-los. O sacerdote já havia comunicado aos pais dos meninos que soltar pipa era um hábito estrangeiro, censurando-os por exporem os filhos a costumes esquisitos. Mas os pais da Melhor Amiga contaram aos seus que tinham dito ao imã que não tentasse lhes dizer como educar os filhos numa Etiópia livre. Portanto, vocês passavam muitas tardes olhando as pipas subirem contra o pano de fundo dos cafezais distantes, seguidos das colinas magníficas, e então colocavam acima dos olhos as mãos em concha, enquanto as pipas subiam ao céu azul, amplo e baixo.

Em alguns dias, não era preciso irem à casa uma da outra para estarem juntas. Não, você e a Melhor Amiga ficavam cada uma em sua própria varanda e gritavam suas cantigas de roda uma para a outra, de um lado para o outro da rua, por cima dos passarinhos marrons pousados nos fios elétricos e telefônicos. Os fios estavam emaranhados de pipas mortas, presas como borboletas em gigantescas teias de aranha. Sua mãe não se importava com seus recitativos barulhentos, pois dizia que você era filha única. Seu pai também não ligava, mas só não queria que gritasse quando ele estava fazendo a sesta, depois da qual por vezes a levava a passear em seu carro branco. Os pais de Selam não apreciavam a gritaria, mas o que podiam fazer?

Em alguns sábados, sua mãe ou Emaye Selam levavam-nas para fazer tranças nos cabelos, a duas quadras de distância, atrás da igreja. Como gêmeas, as duas sempre escolhiam o mesmo modelo. Às vezes você ia à casa dela assistir ao canal Disney; em outras ocasiões, ela vinha à sua casa, e vocês jogavam Escadas e Serpentes e comiam *doro wot*[1] e espaguete.

Um dia, depois da missa, que Selam assistiu com sua família porque os pais dela estavam viajando, papai levou as duas de carro para almoçar no Hoteela Federalawi. Vocês leram todos os anúncios de *outdoor* do longo e bonito setor Haile Selassie Arada: Selam leu os do lado direito, você, os do lado esquerdo. No restaurante, papai escolheu uma mesa do lado de fora, debaixo de um grande toldo, e vocês se sentaram. Leram o cardápio uma para a outra, com ele observando, orgulhoso. Ambas pediram pizza, e papai, um prato grande de *mahberawi.*

– Hambúrguer é feito de carne de porco? – Selam pôs na boca um pedaço de cogumelo.

– Epa, quem foi que disse isso? – papai quis saber.

– Hadiya – ela respondeu.

– Eu falei para você para não conversar com Hadiya! – Você reagiu, derrubando o garfo. – Ela não é nossa amiga.

1. Guisado de frango, guarnecido de ovos cozidos e temperado com limão, gengibre, cardamomo, noz-moscada, pimenta de caiena, cebola, alho e feno-grego. (N. da T.)

– Não conversei com ela.

– Não vou mais falar com você!

– Desculpe...

Você se levantou e afastou sua cadeira da cadeira dela.

– Ah, não, ai... – Papai empurrou sua cadeira de volta para perto da Melhor Amiga. – Calma aí, meninas. As melhores amigas não brigam, *eshie*?

– Sim, papai, mas ela falou com Hadiya – você alegou. – Ela prometeu nunca mais falar com Hadiya.

– Mas eu não falei com ela. Hadiya só chegou para mim e disse que eu vou atrás dos cristãos e como carne de porco no Hoteela Federalawi, e saiu correndo. Eu já pedi desculpa. Me desculpa, tá bem?

Os olhos dela se encheram de lágrimas.

– E eu também não vou falar mais com você! – gritou Selam, encarando-a. – E nem mesmo abraçá-la!

– Ah, não, Selam. – Papai se meteu entre vocês duas. – Ela está brincando. Vai falar com você, sim, e também se sentará bem perto.

Papai se voltou para você:

– Meu bem, não maltrate sua Melhor Amiga.

Outras pessoas os olhavam, e crianças que comemoravam o aniversário de alguém debaixo de um toldo começaram a rir como tontas. Selam se sacudia, chorando aos soluços. Papai afrouxou a gravata e a abraçou, secando as lágrimas dela com um lenço. A garçonete que os servia, uma moça que usava no nariz uma argolinha de prata, veio até a mesa e ralhou com as duas, dizendo que irmãs tão bonitas não deviam estar brigando e envergonhando o pai delas em público, na saída da missa.

Papai mandou:

– Trate de fazer as pazes com a Selam ou nós vamos voltar para casa agora mesmo... *tolo*!

– Tudo bem, Selam, me desculpa – você disse. – Eu vou falar com você, sim. Melhores amigas... Abracinho, abracinho?

Ela concordou com a cabeça:

– Está bem, melhores amigas... abracinho.

Você se abraçaram. A garçonete bateu palmas e empurrou de novo suas cadeiras para perto uma da outra.

– Bem, minha Selam, eu quero dizer uma coisa antes de continuarmos a refeição. – Papai deu de ombros. – Você tem toda a liberdade de comer só o que tiver vontade, combinado?

– Sim, meu pai já tinha falado que eu podia comer carne de porco, se quisesse.

– Ele falou? – perguntou papai, parecendo aliviado.

– Falou, sim.

– Porque hoje à noite eu ia pedir a seu pai que conversasse com você. Estou indo com ele para Cinima Bahminya assistir ao jogo de futebol da Liga dos Campeões do futebol europeu.

– Eu estava só tentando dizer à Melhor Amiga o que Hadiya me disse.

– É por isso que gosto de seu pai. – Papai fez um carinho na cabeça dela. – Mentalidade aberta... excelente pessoa.

Vocês começaram a comer, bebendo suco de romã feito na hora, que tomavam com longos canudinhos listrados de vermelho e branco. Falaram das brincadeiras que iam fazer juntas quando chegassem em casa e do quanto aguardavam ansiosas a ida à escola no dia seguinte.

ENTÃO UM DIA – na véspera você, sua família e a família da Melhor Amiga tinham ido assistir à corrida de ciclismo de Jimma, numa cidade próxima – você não acordou em sua cama, mas sim na de seus pais. O apartamento todo cheirava a queimado. As ruas estavam quase vazias. Papai informou que não haveria aula naquele dia.

Durante toda a manhã seus pais não saíram do seu lado. O quarto deles não tinha janelas viradas para o apartamento de Selam. Eles ficaram sentados com você assistindo a desenhos animados e mais tarde lhe contaram sobre a infância deles e o programa de televisão *Yelijoch Gizay*, que costumavam ver muito tempo atrás, em Addis Abeba. Papai, fazendo o papel de Ababa Tesfaye, contou-lhe muitas histórias infantis; mamãe, interpretando Tirufeet, ajudava a dar substância às histórias.

Mamãe deixou que você passasse muito tempo no banho e trouxe suas roupas para o quarto deles. Papai a fez ler para ele todos os seus livros em voz alta e recitou orações da igreja. Eles não se apressaram a ir trabalhar; não se apressaram a ir a lugar nenhum. A empregada da casa não veio trabalhar.

Você bocejou, saltando da cama:

– Vou visitar a Melhor Amiga.

– Venha se sentar aqui um pouquinho. – Mamãe bateu de leve no trecho da cama entre ela e papai.

Você foi se sentar lá. Ela olhou para papai, que encarava a parede.

Depois de pigarrear, mamãe disse:

– Querida, nós não queremos que você brinque nunca mais com aquela menina.

– Que menina?

– Aquela menina muçulmana – respondeu mamãe, chegando o corpo pesado para junto do seu.

Silêncio.

Você olhou para mamãe, depois para papai. Eles não podiam estar falando sério, foi sua conclusão; assim, esperou que dissessem que era uma piada.

– Não é nada de mais. – Papai levantou os ombros. – Houve distúrbios ontem à noite. Aqui no bairro algumas casas foram incendiadas.

– A casa de Selam?

– Não – ele disse.

– Será que eu podia falar com ela?

– Nós dizemos que não. – Mamãe a fitou direto no rosto.

– Não? Eu queria só dar um abraço nela. Por favor...

– Nós entendemos como você se sente – afirmou papai. – Realmente entendemos... aos seis anos você é um pouco nova demais para compreender essas coisas.

– Escute bem, meu anjo – mamãe interveio –, você é filha única... nossa filha única.

– Mas estou mesmo com saudade dela.

– Sabia que os pais de Selam também disseram a ela para ficar longe de você?

– Foi mesmo? Emaye Selam? Abaye Selam disse isso? Quem vai brincar comigo?

– Nós brincaremos com você – prometeu mamãe.

Papai lhe afagou as costas e traduziu o que mamãe dissera:

– *Kanchi gara mechawet iwedallehu.*

– Quem vai brincar com Selam?

– Hadiya.

– Hadiya?

– Ou os irmãos dela, então – lembrou. – Não se preocupe com isso.

– Mas eu não quero que Hadiya vá brincar com Selam. Não gosto dela.

Você atirou no chão o controle remoto e correu para seu quarto antes que eles pudessem impedir. Abriu as persianas da janela grande e olhou para a casa de Selam. Viu uma parte do edifício queimada, mas não o apartamento dela. Agora o edifício estava vermelho e preto por causa do fogo. Alguns dos apartamentos incendiados pareciam conchas vazias e pretas, os blocos de pedra lavrada tão sólidos quanto sempre. Sem as janelas e as persianas, você avistou as paredes internas e os pedaços de móveis chamuscados.

Mas o apartamento de Selam continuava intato, e as persianas, fechadas. Parecia solitário por causa do incêndio. Olhando em torno, você viu a fumaça preta ainda subindo de outras casas. O céu ficou sujo. Jumentos e cavalos haviam desaparecido, e a um lado, junto à esquina, via-se um aglomerado de carroças depredadas, como pratos por lavar dentro de uma pia. Nem os pássaros se empoleiravam nos fios elétricos.

Você queria que Selam saísse na varanda. Queria ver o rosto dela. Seu coração começou a bater mais rápido, porque a imaginou parada ali atrás das persianas, à sua espera. Selam estaria sentada na cama com os pais, que naquele momento diriam à filha que ela teria de escolher uma nova Melhor Amiga. Você a viu brincando com Hadiya. As duas foram fazer tranças nos cabelos, soltando risadinhas. Ao ouvi-las se chamarem de Melhor Amiga, seus punhos se cerraram, e você desejou que Selam chegasse à varanda.

– Uma parte do nosso prédio também foi queimada – explicou papai, se agachando por trás de você, segurando seus ombros. – Se abrir a janela, a fumaça vai entrar, filha... A coisa lá fora está feia.

– O Peugeot de seu pai foi vandalizado. – Mamãe se sentou em sua cama.

– Onde está Selam?

– Eles estão bem, *dehna nachew* – mamãe garantiu, e papai puxou você para longe da janela, de volta para a cama. – Seu pai e o pai dela conversaram hoje de manhã sobre vocês duas. Há uma tensão entre nós e eles.

– Você brigou com Emaye Selam?

– Ah, não, ela é muito meiga – disse mamãe.

Papai, calado, mexia no controle remoto quebrado e nas baterias. Na parede de seu quarto, você viu o mapa-múndi que sua professora, Etiye Mulu, a ensinara a desenhar na escola. Seus olhos chegaram à inscrição "África, nosso continente", que a Melhor Amiga tinha desenhado sobre o mapa em sua caligrafia caprichosa, e você precisou lutar contra as lágrimas.

Mamãe a abraçou.

– Papai, você brigou com Abaye Selam?

– Não fomos "nós" exatamente – esclareceu papai.

– Não foi uma coisa pessoal – mamãe se adiantou. – Você sabe que eles são muçulmanos?

– Sei.

– Diferenças de religião – disse papai. – Só diferenças de religião.

– Religião?

– É complicado – mamãe disse.

– É uma época difícil – concordou papai, balançando a cabeça.

– Eles são gente ruim?

– Não, não é bem isso... – Mamãe suspirou.

– Está bem – você assentiu, embora sem entender nada. – Nós vamos à escola amanhã?

– Amanhã não, *nega atihedjeem* – respondeu papai.

– Daqui a pouco, filhinha, daqui a pouco – prometeu mamãe.

Naquela noite as luzes foram acesas no apartamento de Selam. Você correu a abrir as persianas e olhar. As dela também estavam abertas, mas não havia ninguém. Você se beliscou de arrependimento por não ter estado presente quando as persianas se abriram. Permaneceu ali em silêncio, na esperança de que alguém, uma sombra, passasse pela janela. E nada.

Nos dois dias seguintes, quando mamãe saía de casa, papai lhe fazia companhia. Quando papai se ausentava, mamãe ficava com você. Embora as ruas começassem a se encher de novo, aos poucos, e os passarinhos tivessem voltado para cima dos fios, a empregada de sua casa não voltou.

Você tinha pesadelos com Selam, até mesmo na sesta da tarde. Num dos sonhos ela lhe virava o rosto e não respondia aos cumprimentos. Quando a olhou, mostrava uma expressão de raiva, que lhe desmanchava as covinhas. Na varanda da residência, Selam estudava a tabuada de multiplicar com Hadiya, a quem ensinava a escrever com sua letra bonita e com quem partilhava seus caramelos Smiling Cow. O inglês de Hadiya ficou melhor do que o seu. Enquanto o rosto de Hadiya ia ficando mais magro e bonito, e Selam gostava do jeito dela de andar, você foi ficando feia e torta como os velhos pés de café de Jimma. Você se sentiu tão mal que começou a chorar, e Hadiya veio lhe dar um abraço. Ela lhe disse que não era culpa dos pais de Selam, que os pais dela queriam que ela a evitasse porque você não era um deles. Você chorou ainda mais porque era Hadiya quem a abraçava, e não a Melhor Amiga.

DURANTE A TARDE, você fingiu que lia em seu quarto para, escondida atrás das persianas, poder observar o apartamento de Selam, apesar dos pesadelos. Você tinha certeza de que ela não iria sair à varanda. Mas manteve a vigilância porque queria ver se Hadiya iria visitá-la.

Mas de repente Selam entrou na varanda na ponta dos pés. Contra os apartamentos incendiados, ela parecia um fantasma. Tinha o rosto pálido contra o sol da tarde e parecia ter rugas profundas, como a parte de cima de um *hambasha*, o pão da Eritreia. Pareceu-lhe magra e até menor, depois dos poucos dias em que você não a vira. A *shama* que ela usava, um tecido branco e vaporoso que a cobria da cabeça aos pés, flutuava ao vento. Será que se você aparecesse ela voltaria para dentro correndo? Se desobedecesse seus pais e falasse com Selam, será que ela desobedeceria aos dela e responderia? Ou iria delatar você aos pais dela, que talvez viessem contar aos seus? Fingiria que não a viu, como nos sonhos? Amedrontada, você se escondeu e derramou o olhar sobre Selam como o sol num dia de frio. Selam olhou fixo para seu apartamento, mas não se mexeu. Agarrou-se na balaustrada da varanda e olhou para baixo; olhou as ruas; olhou para um lado e para outro, e você tentou seguir o olhar dela, para ver se esperava Hadiya.

Na hora do jantar, mamãe e papai lhe disseram que ficasse mais animada. Eles conversavam empolgados, como conversavam Selam e Hadiya em seus pesadelos, e lhe serviram muita Coca-Cola.

– Amanhã de tarde – comunicou mamãe – nós vamos viajar para Addis, para visitar nossos parentes.

– Quando voltamos?

– Nós ainda nem fomos! – exclamou papai. – Você ultimamente anda complicada; outro dia, até quebrou o controle remoto. Vê se dá um tempo.

– Querido, está tudo bem – mamãe acalmou papai e se voltou para você: – Voltaremos em uma semana. As tensões estão fortes demais em Bahminya. *Kezeeh mewtat allebin...*

– Eu não quero ir.

– Ei, isso é jeito de falar? – Mamãe bateu de leve na *mesab*, nossa mesa artesanal de vime em forma de ampulheta. – E é falta de educação interromper quando outra pessoa está falando!

Você calou a boca para não ser repreendida. Começou a comer, pois agora eles estavam esperando por você. Cortou um pedaço de *injera* e colocou sobre ele o molho de carne e um pouco de legumes. Enrolou o pão achatado e esponjoso, cuja ponta virou para cima, evitando que os legumes e o molho vazassem, e começou apressadamente a morder a ponta de baixo. Tomou Coca-Cola, bebeu água e agradeceu a eles. Voltou ao seu quarto, enquanto os dois conversavam sobre o jeito como o governo conseguira deixar de fora do noticiário a *coisa complicada*, e como tinha feito o mesmo quando, dois anos antes, os radicais muçulmanos de repente assassinaram cristãos nas igrejas de Jimma.

Na manhã seguinte você foi até a varanda. Selam também apareceu na varanda dela. Vocês se olharam sem dizer nada. Acompanharam o olhar uma da outra, até os cafezais, até as colinas, até o sol. O céu estava nublado. As ruas lá embaixo emitiam um zumbido baixo, e, na distância, zurraram dois jumentos. Os ventos frescos e constantes chegaram, vindos dos morros. Os passarinhos cobriram os fios, alguns virados para você e outros virados para ela, calados, como se estivessem esperando o começo de uma corrida.

Aos poucos, Selam levantou a mão e acenou para você como se a mão pertencesse a outra pessoa. Você também retribuiu lentamente o aceno. Ela abriu a boca devagar e pronunciou em mímica as palavras "não consigo escutar você". Acenou com as duas mãos, e você também. Selam sorriu; as covinhas dela eram perfeitas como duas tacinhas escuras em suas faces. Você abriu a boca e sorriu, mostrando todos os dentes. "Abracinho, abracinho", disse a ela em mímica. No rosto da Melhor Amiga surgiu um olhar de perplexidade. Você abraçou o vento com os dois braços e deu um beijinho numa amiga imaginária. Ela imediatamente se abraçou, jogando um beijo para você.

Selam olhou para trás furtivamente, lhe fez sinal para que desaparecesse e entrou, precipitada. Você também se retirou para trás das persianas. Emaye Selam apareceu, o semblante zangado emoldurado por um lenço. Olhou para seu apartamento e esquadrinhou as ruas, voltando depois a entrar.

Você sorriu, porque as duas tinham descoberto uma nova língua. Você voltou para perto de mamãe e papai e perguntou a eles quando viajariam para Addis.

– Addis vai ser legal! – prometeu mamãe e continuou arrumar as malas. – Lá você irá fazer novas amizades.

– Sim, mamãe.

Papai, que tomava cerveja, fez uma pausa.

– Muito bem, garota... Vou comprar um controle remoto novo para você.

Carros fúnebres de luxo

Não discutais com o Povo do Livro, senão de modo amável (com exceção dentre eles os que são injustos). Dizei: "Cremos no que nos foi revelado e no que vos foi revelado. Nosso Deus e o vosso Deus são Um e a Ele nós estamos submetidos".

CORÃO, 29:46

ERA O FINAL DA TARDE. Foi antes que o novo governo democrático proibisse transportar cadáveres em massa, de um lado para outro do país. Tamanho fora o esforço de Jubril para esquecer os dois dias anteriores que tinha a cabeça em tumulto ao esperar junto com a multidão, no terminal rodoviário da periferia de Lupa, para viajar rumo ao sul. Ele sabia que mesmo estando os passageiros empilhados como inhames ou mandiocas dentro de uma cesta, a maioria das pessoas ainda ficaria para trás. Felizmente, havia comprado uma passagem para o último ônibus que restou.

Para o norte, a estrada, evitando os morros baixos, corria em linha reta, direta, para dentro da savana em direção a Khamfi, a cidade de Jubril, e depois se dirigia ao Níger. Para o sul, ela virava uma série de esquinas e deslizava em direção ao rio Níger, rumo a Onyera e Port Harcourt, rumo ao oceano Atlântico.

Embora ainda fosse adolescente, Jubril parecia maduro para sua idade. De pele clara, ele vestia uma camisa azul muito folgada, de mangas compridas. A calça jeans marrom estava suja e lhe pendia do corpo magro como se fosse uma cortina; trazia pendurada no pescoço uma medalha usada de Nossa Senhora das Graças. Os pés de vaqueiro se espremiam num par de tênis de lona demasiado pequeno – sem cadarços, as línguas esticadas para fora como línguas de cabritos assando. Jubril enfiara na cabeça o boné de beisebol para cobrir a maior parte do rosto juvenil e esconder o brilho dos olhos grandes e o nariz aquilino. Muçulmano, ele conseguira se disfarçar muito bem como um cristão em fuga para o sul. Em todo caso, devido ao conflito religioso no país, ninguém estaria contando que um nortista ou muçulmano se arriscasse a viajar com cristãos para o sul ou para o delta.

O ônibus era do tipo que seus compatriotas chamavam Ônibus de Luxo: um monstro de setenta lugares, comprado de segunda mão, importado da América Latina, e que dominava as estradas. Em tempos de paz, esses ônibus tornavam fáceis as viagens de um lado a outro do país. As centenas de barreiras policiais nunca os faziam parar para serem revistados, nem extorquiam dinheiro de seus motoristas, pois todos os meses as empresas de transporte faziam o necessário para se acertar com o comando policial nacional. O rádio, a televisão e a mídia impressa traziam muitos anúncios sobre esse transporte. As tarifas eram acessíveis a muitos, e como a indústria aeronáutica do país não merecia confiança, os melhores ônibus vinham ganhando a preferência da elite. Quando de repente esses veículos começaram a oferecer viagens noturnas de longa distância, muitos optaram por elas. Comerciantes iam dormir no ônibus à noite, e na manhã seguinte acordavam para continuar a fazer negócios no outro lado do país.

Jubril nunca vira nem tomara um Ônibus de Luxo. A espécie conservadora de islamismo praticado em sua comunidade na cidade multirreligiosa de Khamfi lhe impossibilitara ouvir o rádio, ou assistir a qualquer forma de televisão, ou prestar atenção aos jornais. Em seu presente estado de espírito, havia esquecido o único detalhe que ouvira de amigos acerca desses veículos: que o suprimento de eletricidade naqueles ônibus – proveniente da transformação do óleo diesel que os abastece – era constante, ao contrário do proporcionado ao resto do país pela NEPA, a agência nacional de energia da Nigéria. Mas agora que a paz desertara do país e a Nigéria estava em pé de guerra, o mito dos Ônibus de Luxo nada significava para Jubril ou para a multidão no terminal rodoviário de Lupa.

No momento, a única preocupação da multidão era o sumiço do motorista do ônibus em Lupa City, que ficava a uns três quilômetros dali. Ele estivera ausente o dia inteiro, procurando no mercado negro o combustível para a longa viagem a empreender, e os cobradores mantiveram trancado o Ônibus de Luxo desde aquela manhã. O combustível se tornara uma mercadoria tão escassa no país que os veículos eram obrigados a passar dias inteiros nas filas dos postos de abastecimento.

A multidão, inquieta e cada vez maior, girava em torno do ônibus, em cujas janelas as cortinas vermelhas se mantinham fechadas. A fachada do veículo, em três tons escuros, emitiu um brilho mortiço quando o vento seco do deserto começou a esconder o sol, antes mesmo que este se deitasse no horizonte. O terminal rodoviário era cercado por um semicírculo de lojas e restaurantes; alguns deles quase já não tinham provisões, e outros se limitaram a fechar as portas com medo de saques. Alguns viajantes se sentavam, deprimidos e cansados, nas varandas dos estabelecimentos, desanimados ou famintos demais para esperar ao lado do ônibus. As pistas do terminal, desniveladas e sem pavimentação, tinham buracos enormes, tão cheios de areia quanto o leito dos rios sazonais nos meses de seca.

Mais além, a savana, vestida na poeira avermelhada do harmatão, estendia-se em todas as direções, como um oceano interminável, com Lupa City e algumas aldeias e cidades pequenas a salpicá-la como ilhotas. Ainda que a savana tivesse algumas árvores altas de folhas perenes, na maior parte estava repleta de árvores baixas e robustas. E mesmo estas ficavam distantes entre si, como se odiassem a companhia umas das outras. Com a queda das folhas, os galhos apontavam para o céu como milhares de dedos retorcidos. Entre as árvores havia arbustos e capim sapecados pela estação das secas e trechos escuros de vegetação rasteira carbonizada, onde os aldeões tinham dado vazão à sua loucura anual das queimadas.

Jubril tentara absorver a babel de línguas que se falava na rodoviária. Em ocasiões anteriores, ele ouvira muitos idiomas diferentes serem falados num mesmo lugar, mas dessa vez elas só enfatizavam seu estranhamento do grupo. De certo modo, mesmo sabendo que na rodoviária não havia hauçás-fulanis e que ninguém iria falar a língua hauçá, ele ainda ansiava por ouvi-la. Aguçou a audição, querendo escutá-la, como quisera no mercado Bawara, em Khamfi, onde pareciam representadas as mais de duzentas línguas faladas em seu país. Mas aqui ele ouvia principalmente o idioma ibo, por causa dos numerosos ibos que fugiam de suas casas no sudeste. Também dava para ouvir as línguas minoritárias das tribos do delta e até mesmo as das minorias nortistas, que estavam recuando para os lugares do lar ancestral, quaisquer que tivessem sido. Os que falavam inglês o faziam com sotaque característico de suas tribos – todos eles distintos do sotaque da tribo de Jubril. Quanto mais atenção prestava à multidão buliçosa, mais ele se convencia de que a melhor forma de se disfarçar era falar o mínimo possível.

Para aliviar o sentimento de estranheza, remexeu na sacola e puxou uma folha de papel na qual havia escrito o nome do povoado do delta onde seu pai nascera. Leu o nome silenciosamente muitas vezes. Sabia que se tivesse que dizê-lo em voz alta o sotaque iria traí-lo; por essa razão pedira a Mallam Abdullahi, o bom samaritano que o ajudara a fazer essa viagem, que escrevesse com nitidez o nome do lugar.

Muitos anos antes, a mãe de Jubril, como incitada por alguma misteriosa aptidão de ler o futuro, e sob protestos do filho, insistira em que o pai dele viera de uma aldeia produtora de petróleo na região do delta e que os parentes do pai sempre iriam protegê-lo. Mesmo agora, Jubril não sabia nada sobre o lugar. Mas, de posse do papel, sentiu-se como alguém à beira de descobrir algo muito importante, capaz de dar-lhe a identidade que sua conturbada nação não conseguira proporcionar. Em tempos de paz, sua mente teria conseguido lidar com aquela sensação de aventura, que durante essa fuga, porém, causava a impressão de ser um peso a mais. Quem lhe dera já ter feito tal viagem antes da ocasião atual...

O dia inteiro Jubril ansiara pela partida do ônibus, como um prisioneiro que antevisse a própria libertação da cadeia. Esperara junto com a multidão, consciente de não ser um deles, sabendo-se um alvo fácil para a violência esporádica que se apoderara do país, sujeito a ser denunciado por algo tão simples quanto seu sotaque. Era um dos que tinham perdido suas famílias na crise da Sharia[1]em Khamfi. E muitas vezes, durante a viagem, o peso da tragédia o chocara a ponto de impedi-lo de lembrar devidamente os acontecimentos que a tinham precipitado. Jubril sabia que aquele ônibus era sua única via para a segurança e tentava ao máximo esquecer o que lhe acontecera, inclusive a fome de dois dias que lhe estava cravando as presas no estômago. Porém, de vez em quando, o desespero rompia os limites de seu controle, fazendo-o morder os lábios finos e ressecados. Às vezes, no supremo esforço de conter as lágrimas, ele fechava os olhos bem apertados.

Apesar de exausto, ficava rondando em torno do ônibus, sem querer se sentar nas varandas das lojas e restaurantes, como faziam muito de seus compatriotas, ou mesmo na terra nua, sucumbindo à fadiga. Para Jubril, os companheiros de viagem pareciam homens que se afogavam, agarrando-se ao que pudessem, antes de serem varridos para longe pela crise que dominara o país deles. Alguns seguiam acompanhados dos filhos e cônjuges. Outros haviam perdido tudo, inclusive a sanidade mental.

PELA PRIMEIRA VEZ na vida Jubril não se enfureceu com a presença de mulheres por toda parte. Passara longo tempo na multidão antes de ter consciência delas e também do fato de não estar reagindo a elas de forma alguma. Três dias antes isso não teria sido possível. A se sentar no mesmo veículo com uma mulher teria preferido viajar a pé por mais de mil quilômetros. Em sua parte de Khamfi não era sequer permitido a um homem dar uma carona em sua *okada* ou bicicleta à própria mulher, filha ou irmã. Agora tinha a sensação de estar vivenciando a proximidade dessas mulheres num sonho, no qual poderia cometer qualquer pecado e não ser considerado responsável por sua própria consciência ou pela *hisbah*, a polícia da Sharia.

De repente, era como se as mulheres estivessem em toda parte. Por causa da multidão, algumas se acercavam demais. Muitas delas usavam calças compridas e shorts, e algumas não cobriam a cabeça. Qual doce e estranha melodia, as vozes das moças flutuavam no vento harmatão.

Então sua atitude desapaixonada em relação àquelas cristãs mudou para jocosidade e, depois, para ironia. Com a maquiagem e as calças apertadas, elas pareciam cômicas a Jubril. Percebendo que estava pensando em quantos

1. Nome que se dá ao código de leis do islamismo. (N. da E.)

hijabs, niqabs e *abayas*[2] seriam necessários para cobri-las, deu de ombros. Imaginou-se a rir delas e teve uma leve sensação positiva, não tanto pela visão das mulheres, mas sim por ter reagido bem à situação, sem se trair. Teve mais confiança de conseguir sobreviver àquela viagem, desde que conseguisse manter a capacidade de enxergar secretamente o lado ridículo de algumas situações inconvenientes. A novidade lhe trouxe o primeiro momento de despreocupação desde a fuga de Khamfi, um alívio concreto da angústia que atormentava sua alma.

Absorvendo esse antídoto com todos os poros do corpo, esquadrinhou a multidão com rápidos olhares furtivos, como se necessitasse ver mais mulheres e moças para se sentir contente ou para ter certeza de uma viagem segura. Logo não teve mais que lutar contra as lágrimas; tomou-o a vontade de rir alto, como um maluco, mas se controlou. Se aqueles cristãos lhe perguntassem a causa do riso, o que diria? Não, *haba*, ele não ia perder o autocontrole por causa de mulheres. Afinal, depois de ter se disfarçado com sucesso e sobrevivido à viagem até então, seria horrível se deixar arruinar por um bando de mulheres destinadas ao inferno. Rezou pedindo a Alá que nos momentos de apuros lhe fosse concedida a graça de ver como risíveis, e não como fonte de irritação e tentação, os estilos de vida que o ameaçavam.

Jubril ainda observava as mulheres, prestando especial atenção à infinidade de penteados, quando os cobradores do ônibus convidaram os passageiros a subir a bordo. Todos – os que tinham passagem e os que não tinham – se lançaram em direção às portas. Jubril dirigiu-se calmamente à porta e entrou no veículo. Mas, ao avançar pelo corredor, descobriu que um homem idoso tinha ocupado sua poltrona, que ficava na quarta parte final do ônibus.

– Boa noite, senhor – Jubril cumprimentou-o em voz baixa, cobrindo a boca com a mão, para disfarçar o sotaque.

– Qual é o problema? – replicou o chefe Okpoko Ukongo.

– Nenhum.

– Beleza.

Lentamente, o chefe Ukongo deixou de lado o pacote de bolachas salgadas que estivera comendo e examinou Jubril da cabeça aos pés. Este baixou

2. Respectivamente, véu que cobre a cabeça e deixa aparecer o rosto; véu que só deixa aparecerem os olhos; túnica preta longa. (N. da T.)

os olhos em sinal de respeito. O chefe era um homem esquálido, de pescoço longo e ossudo. Usava um chapéu-coco preto, do tipo que seus compatriotas chamavam de Controle de Recursos. Como sua cabeça era pequena, Ukongo mais parecia um soldado que usasse um capacete de tamanho exagerado. Vestia uma esvoaçante túnica de chefe tribal, de veludo cotelê vermelho com estampas de leões negros a rugir. De vez em quando manipulava os três colares de contas, simbólicos de realeza, que lhe pendiam do pescoço, levantando um ou dois, que deixava se chocarem com ruído. Os olhos, de tão cansados e fundos, pareciam incapazes de permitir que as lágrimas escalassem suas íngremes ribeiras para serem vertidas.

– *Abeg*, senhor, essa é minha poltrona – Jubril voltou a sussurrar, inclinando-se numa mesura sumária, parado bem ao lado do chefe.

– Qual poltrona? A minha? – perguntou o chefe.

Embora a voz de Jubril fosse baixa, até amedrontada, um orgulho incomum acompanhava suas maneiras – mantinha a mão direita dentro do bolso. Aquilo deixou o velho desmedidamente enfurecido.

Jubril mantinha o braço direito num ângulo conspícuo, um tanto arrogante. A pele de seu antebraço parecia retesada, e os músculos, tensos, como se ele estivesse segurando alguma coisa no bolso. Mas a verdade era que sua mão direita tinha sido amputada na altura do pulso, por latrocínio. Ninguém no ônibus sabia disso, e era importante que Jubril mantivesse escondido tal fato. Se viesse a público, todos saberiam que ele era muçulmano, pois já tinham visto antes pessoas assim. Desse modo, seu plano de fugir para o sul iria desandar. Portanto, agora, ainda que seu cotovelo ficasse batendo em outros refugiados que embarcavam, obrigando-o a se encolher por causa da dor, ele não mudou de postura. Na mão esquerda segurava uma sacola de plástico preto com seus poucos pertences.

Jubril olhou para cima e disse outra vez ao chefe Ukongo:

– Minha poltrona, *abeg*.

– Eeeeu?! – gritou o chefe, assustando o rapaz, que deu um passo atrás, esbarrando num homem.

Antes de recuperar o equilíbrio, Jubril acenou e fez um gesto de desculpas junto ao rosto do homem, como um palhaço amador. Algumas pessoas se viraram para olhar.

O ônibus havia se tornado turbulento, e os refugiados guardavam a bagagem debaixo dos assentos e acima deles. A cinco poltronas de distância do ponto onde se encontrava Jubril havia duas garotas em idade universitária, Ijeoma e Tega, que brigavam e se diziam desaforos por causa da bagagem. Tega, a mais alta das duas, era escura como carvão. Seus cabelos sujos, presos em tranças rasteiras, eram enfeitados com algumas contas coloridas, o que forçou Jubril a ficar olhando para ela, apesar da sujeira. A moça vestia calça jeans de boca larga, um suéter marrom e calçava tamancos. A pele de Ijeoma, a outra moça, era mais clara, como a de Jubril. Usava um penteado afro, e seu rosto magro era dominado pelos olhos enormes; vestia blusa branca, saia curta verde-oliva e usava sandálias.

Tega puxou a sacola de dentro do compartimento de bagagem, argumentando que aquele espaço pertencia à pessoa que estivesse sentada abaixo dele; e Ijeoma enfiou a sacola de volta no lugar, dizendo que, apesar de estar sentada a quatro poltronas de distância, tinha o direito de guardar ali o que era seu. Ninguém se importou muito com elas.

Por um momento, houve uma agitação junto à porta enquanto outras pessoas tentavam forçar a entrada no ônibus. Mas os dois policiais que mantinham a segurança, na tradição dos Ônibus de Luxo, fecharam a porta. Suspiros de decepção irromperam lá fora.

Um homem enrolado num cobertor, lutando contra a febre alta, perguntou se o motorista que fora comprar combustível já tinha voltado. Cinco pessoas disseram simultaneamente que não, em vozes que revelavam diferentes níveis de frustração.

Uma delas, um homem robusto e inquieto, começou a ralhar com o doente. Emeka tinha o rosto redondo, olhos pequenos e penetrantes e vestia um colete vermelho sobre uma camisa branca e calça preta. Nos pés, só um par de meias pretas, porque perdera os sapatos ao fugir dos fanáticos muçulmanos. Quando Emeka recriminou o doente, um outro homem lá no fundo começou a gritar com ele por estar descarregando a raiva em alguém que fizera uma pergunta inocente. Em instantes havia no ônibus muita gritaria e troca de desaforos.

– TENHO CERTEZA DE QUE VOCÊ NÃO ESTÁ esperando por mim – disse o chefe, dando a Jubril uma olhada.

– Estou, sim.

– Vai querer brigar, como aquelas duas mulheres? Não sei por que neste país as pessoas estão sempre brigando.

– Não.

– Ah, não, você não pode estar falando comigo. – Dando de ombros, completou: – Quer dizer, olhe para mim, olhe para você. Quantos anos você tem?

– Dezesseis.

– Fala mais alto, ô rapaz! – esbravejou o chefe. – Quantos anos disse que tinha?

O grito atraiu atenção, e Jubril se calou. Recorreu à linguagem de sinais: mostrou três vezes os cinco dedos da mão esquerda e depois um dedo só.

– Ah, agora você ficou mudo, é? – perguntou o Chefe Ukongo.

– Não.

O chefe suspirou e abanou a cabeça; seu rosto pareceu se fechar de raiva. Bateu impaciente no chão com os sapatos pretos bem engraxados e depois se abaixou e recolheu sua bengala de sob a poltrona. Agitou-a em direção a Jubril.

– Não pode estar falando comigo... Em que mundo? Só porque eles ficam falando "democracia, democracia", você não pode se dirigir a mim dessa maneira. Quem é você?

– Desculpe, senhor.

– Senhor? Veja bem, não deixe a cara do cabrito pegar fogo por causa da preciosa barba. Não o condeno, mas sim essa tal de democracia. As pessoas precisam se dirigir a mim da forma adequada. Chefe... chefe! Não sou seu igual.

– Pois não, chefe.

– Quem é você?

Jubril olhou para baixo, rezando para o velho não insistir na questão do nome.

O velho engoliu em seco e brandiu no alto a bengala:

– Que Mami Wata afogue sua cabeça idiota! – praguejou e bateu duas vezes no chão com a bengala, para dar ênfase. Depois voltou às suas bolachas salgadas.

O adolescente teria se sentado em qualquer lugar do ônibus para evitar a tensão, mas até mesmo o lugar onde ele estava parado tinha sido vendido. Por causa da multidão lá fora e a necessidade dos sulistas de fugir do norte, até o corredor fora dividido para venda. A dona do lugar, uma grávida que carregava um bebê preso às costas, já lhe pedia que saísse dali. Temporariamente Jubril deu um passo em direção ao chefe, inclinando-se sobre o espaldar da poltrona deste, para permitir que outros chegassem aos próprios lugares. Tratou de evitar que o cotovelo direito se projetasse para o corredor, prendendo a sacola de plástico entre o quadril direito e a poltrona de Ukongo.

Ali onde se achava parado ele parecia ter encontrado um pouco de tranquilidade, porque ninguém o incomodou. Aquilo poderia ter levado sua mente a divagar sobre a gênese da fuga, mas o rapaz resistiu. Começou a se distrair observando o próprio ônibus, coisa que não tinha feito devidamente desde o embarque. Seus olhos percorreram o teto, desde o toalete, nos fundos, até o espaldar da cadeira do motorista. Limpo e cinzento, o teto era o único espaço desimpedido no veículo. Dava a sensação de espaçoso porque tudo mais abaixo dele estava apinhado. Embora algumas portas dos compartimentos de bagagem estivessem mal fechadas, projetando-se para dentro do espaço do teto, as lâmpadas fluorescentes o fascinaram. Contou com os olhos as barras longas e achatadas que enchiam o ônibus de luz suave. Era parte do mito do Ônibus de Luxo de que seus amigos falaram: Jubril não conseguia entender como seria viver com eletricidade constante. De fato, achava que a energia no ônibus estava sendo desperdiçada, visto que o sol ainda não se pusera; de mais a mais, não entendia realmente por que as luzes seriam necessárias à viagem. Se dependesse de sua decisão, teria desejado escuridão total no veículo, para reduzir a possibilidade de que os companheiros de viagem o desmascarassem. Mas procurou não ficar pensando em termos de ser apanhado. Aquilo agora poderia levá-lo a perder a serenidade. Desviou a mente das lâmpadas fluorescentes.

O detalhe seguinte do veículo a interessá-lo foram os dois televisores. Imediatamente criou-se um conflito dentro de Jubril. Por sorte os televisores não estavam ligados. As poucas vezes em que vira televisão tinham sido em casa de outras pessoas, durante a Copa do Mundo de 1994 e as Olimpíadas de Verão de 1996, nas quais o time de futebol nacional ganhara a medalha de ouro. Aos dez anos, em 1994, Jubril fora ver tevê com o tio e o irmão mais velho, Yusuf. Foi preciso ligar o aparelho num gerador, pois nem mesmo em tempos de orgulho nacional se podia contar com a NEPA. O anfitrião lhes permitiu ver a transmissão do jogo, mas desligou o aparelho durante o intervalo, com medo de comerciais escandalosos. Naturalmente, dois anos depois, durante as Olimpíadas, foram proibidas as competições femininas de ginástica e de corrida. Por isso, a presença das televisões naquele ônibus preocupou Jubril, fazendo seu coração bater mais rápido, pois tinha ouvido falar dos incríveis poderes de corrupção daquele meio de comunicação. E, raciocinou, nunca se sabe a que tipo de coisa aqueles cristãos vão querer assistir. Desse modo, mesmo impressionado pelo fato de que o ônibus não iria perder energia elétrica, Jubril ficou perturbado com a perspectiva de que ligassem os televisores.

Não sabia o que pensar do fato de as televisões o intimidarem mais do que a presença das mulheres. Preferia observá-las, em vez de ver tevê. Tentou debochar do próprio conceito de televisão, como fizera em relação à proximidade física das mulheres, mas aquilo não funcionou. Não conseguia engendrar uma teologia que lhe permitisse ver televisão intencionalmente sem ter a sensação de estar se empurrando para um abismo de tentação e pecado. Tentou se acalmar, argumentando que as mulheres na tela talvez não fossem muito diferentes das que o cercavam. Mas dentro dele outra voz discordou: e se a tevê mostrasse imagens de mulheres nuas? Ou de gente bebendo? E se o profeta Maomé fosse amaldiçoado na tela? Talvez aquelas duas coisas no ônibus nem fossem monitores de tevê. Você já esteve antes num ônibus como esse, Jubril? E se forem só parecidos com televisores? Confuso, Jubril transferiu a atenção para a observação de mulheres, uma diversão mais segura.

Ijeoma e Tega tinham parado de brigar por causa da bagagem e voltado a seus lugares. Ijeoma perdera a disputa e agora segurava a sacola no colo. Ficou repreendendo Tega num resmungo interminável. Jubril a observava, interessadíssimo nas pernas longas e bonitas. Queria ver os pés dela, mas não conseguiu, porque o ônibus estava lotado. Seus olhos se fixaram nos dedos das mãos da moça, cruzados por cima da sacola. Ficou a admirá-los por um momento antes de perceber que o que realmente lhe chamara a atenção fora o esmalte vermelho-vivo das unhas. Olhou para as unhas da própria mão esquerda – estavam sujas e irregulares, porque ele as roera durante a fuga. Ansioso por ver se ela também pintara as unhas dos pés, esticou o pescoço e se curvou, mas não conseguiu.

Fitou Tega, o objeto da malevolência de Ijeoma. Ela estava sentada em silêncio, como se fosse uma grande conquista ganhar uma batalha na disputa de espaço no compartimento de bagagem de um ônibus. Embora suas unhas tivessem a cor natural, eram brilhantes demais para serem de verdade; ele também reparou que eram mais longas. Jubril se perguntava como uma mulher conseguia cozinhar para o marido ou lavar roupa com aquelas garras. Ele não gostava dela, embora não conseguisse afastar o olhar das contas coloridas que tinha presas à cabeleira suja. Tudo isso o levou a comparar os diversos estilos de penteado dentro daquele veículo. Jubril não sabia os nomes e se indagava como seriam chamados. Alguns eram atraentes, foi forçoso admitir. Alguns eram feios, alguns tinham sido trançados recentemente, outros já eram velhos. Alguns estavam malcuidados, e outros em desalinho, como se deles emanasse a violência dos dois últimos dias.

Quando lhe faltaram penteados para comparar, Jubril entendeu que ali talvez houvesse mais mulheres que homens e começou a contá-las. Chegou até a olhar para fora de uma das janelas e contar as mulheres que conseguia avistar. Agia como um viciado: quanto mais contava ou as observava, mais precisava delas para aplacar a ansiedade televisiva. Mas no ônibus só havia uma mesma quantidade de mulheres. Jubril fechou os olhos por instantes e tentou fazer uma oração; porém, a premência de fitar os televisores atingiu-o como um surto de diarreia. Também a mente começava a encontrar razões pelas quais ele os deveria olhar. Ora, racionalizou, os monitores ainda não estavam ligados. Talvez isso fosse mais uma tentação enviada por Alá para fortalecê-lo. Parecia que chegara tão perto do próprio diabo que não conseguia se impedir de mirar as patas fendidas, o rabo comprido e os chifres.

OS TELEVISORES ERAM SUSPENSOS no teto por gaiolas de metal, cujas barras marrons, de solda tosca, contrastavam com o cinza-grafite dos aparelhos. Um deles ficava bem atrás do banco do motorista; o outro, no meio do ônibus. Jubril absorveu às pressas os detalhes, como se os aparelhos fossem voltar à vida a qualquer momento, quando ele então seria forçado a desviar a vista ou cerrar as pálpebras.

De repente, o homem febril que fora repreendido por Emeka começou a gritar, e a atenção de Jubril voltou a se ocupar do ambiente imediato. Agora o doente, atirado em cima da poltrona, puxava a coberta para junto do corpo, o que lembrou ao adolescente alguns cadáveres que tinha visto em sua fuga de Khamfi. As pessoas em torno do homem tentavam tomar providências em relação à doença dele. Emeka tirou do bolso três doses de Fansidar.

– Isto aqui deve acabar com sua malária – afirmou, entregando os remédios ao enfermo. – Nós não queremos um morto aqui dentro!

– Três doses? – perguntou a senhora Aniema, uma idosa. – Normalmente é só uma dose de três comprimidos. Se você der nove, vai matá-lo!

Ela vestia uma blusa de renda verde e uma bonita canga. Não usava turbante, e seu rosto enrugado estava emoldurado por cabelos crespos e brancos e por um par de óculos. Sentava-se na mesma fila de Emeka, mas junto à janela.

– Pela graça de Deus, nada acontecerá a ele – garantiu Emeka.

– Isso é uma superdosagem – argumentou a mulher.

– Então, talvez a senhora não tenha crença firme – acusou.

– O que é irrelevante no caso.

– A senhora deve pertencer a uma dessas igrejas velhas, mortas.

Emeka tinha mais gente a apoiá-lo, inclusive o próprio paciente. Todos argumentaram que o doente precisava de certo grau de superdosagem para "compensar" a intensidade da febre.

A senhora Aniema tirou da bolsa uma garrafinha de água e ajudou o homem a tomar os comprimidos. Ela ficou perto dele. Jubril se impressionou com tamanha gentileza e guardou da mulher uma impressão favorável. Não ficou olhando para ela nem rindo secretamente de seus cabelos descobertos. A atitude de matrona lhe trouxe a lembrança de sua própria mãe, embora esta não tivesse tanta idade. De fato, durante todo aquele tempo ele não havia reparado nela e provavelmente não a incluíra no recenseamento. Ficou um tanto surpreso ante sua reação àquela mulher. Até então, nunca lhe ocorrera que poderia se sentir daquele jeito em relação a qualquer mulher que não fosse sua mãe. No tocante a mulheres, Jubril as colocava todas numa só categoria em sua mente – assim ficava mais fácil. No entanto, não conseguia enxergar o que haveria de tão especial na senhora Aniema. Não era a primeira vez que via uma idosa nem uma mulher manifestar compaixão.

– Não tenho certeza de que esse homem conseguirá sobreviver! – disse Emeka, levando a mente de Jubril de volta ao doente.

O enfermo tremia muito, assim como sua voz, quando ele tentava falar. No entanto, suava profusamente, como costumam suar os pacientes de malária. A senhora Aniema o segurava como a uma criança.

– Ele não vai morrer – disse Tega. – Satanás é mentiroso!

– A mentilosa é você! – contrapôs Ijeoma, os olhos enormes parecendo tomar o rosto inteiro. – Vai lavar esse cabero idiota, ô!

– Pela graça de Deus, sua cabeça está errada! – retrucou Tega. – Porque eu não deixei você roubar meu espaço.

– Pera glaça especial de Deus, a cabeça que está errada é a sua! – devolveu a outra.

– Talvez você tenha dado a ele excesso de Fansidar – observou a senhora Aniema.

– O sujeito precisava de um choque forte. – Emeka deu de ombros.

– Mas foi remédio demais. – A senhora Aniema puxou o paciente para mais perto de si. – Nós nem mesmo sabemos se ele tinha comido alguma coisa.

– Se a alma está bem, o corpo está bem.

Tendo dito isso, Emeka tirou o colete e, ajudado pela senhora Aniema, tentou tirar do homem o cobertor, que segundo acreditavam seria a causa da sudorese. Mas o enfermo resistia. Finalmente Emeka conseguiu arrancar-lhe a coberta e pediu aos demais que lhe dessem um espaço no corredor. Solidários, outros empurraram e discutiram até que alguém no corredor se ofereceu para dividir o espaço com o doente. Emeka estendeu o cobertor no chão e deitou o homem de costas, com muitos passageiros passando rente a ele e saltando por cima. O espaço era tão apertado que arrumaram-no com as mãos cruzadas sobre o peito, como se o pobre estivesse num caixão demasiado estreito para o corpo. Os circunstantes concordaram que um idoso do corredor ocupasse a poltrona do doente até este ficar bastante forte para se sentar.

O chefe deu a Jubril um olhar malévolo, como para dizer: se você tivesse se comportado bem, teria sido o beneficiário do assento. Jubril observara o drama a certa distância, com um misto de piedade e inveja e, depois, de repulsa. Quando o doente lutou com Emeka pelo cobertor, Jubril pensou em ajudar Emeka, mas não soube o que fazer. Como poderia ter ajudado com uma só mão? Com seu sotaque de hauçá, como poderia ter ousado falar? Fez uma prece silenciosa pelo homem e desejou que Alá afastasse dele a morte, pelo menos até haver chegado ao seu destino.

Jubril começou a sentir uma estranha afinidade com o enfermo: a malária torcera a língua dele, fazendo-o balbuciar – e Jubril era obrigado a falar o mínimo possível e a fingir um sotaque por causa do disfarce. Ficou observando as pessoas olharem o enfermo, e por suas expressões penalizadas constatou que o doente talvez não chegasse vivo a casa. O agravamento da febre dele causara um esfriamento na luta por espaço dentro do ônibus, e agora os refugiados falavam em vozes abafadas. Jubril realmente admirou o modo como Emeka se mobilizara para ajudar o doente, convencendo os demais a abrirem mão do próprio espaço em favor dele.

Entretanto, vendo como um homem recebia a solidariedade do ônibus inteiro, Jubril começou a sentir ciúme. O que ele poderia fazer para se tornar estimado daquela gente? Como poderia conseguir, sem se denunciar, que todos lhe arranjassem um lugar para se sentar ou pedissem ao chefe que lhe devolvesse a poltrona? E no entanto Jubril não conseguia suportar a visão do doente no chão, que o fazia lembrar os numerosos cadáveres que avistara a caminho dali. Em sua mente Jubril tentou distinguir os mortos dos que ainda estavam no processo de morrer, como aquele homem. Mas não conseguiu.

Continuou a olhar para o teto do ônibus. Àquela altura sentia tanta repugnância pelo doente que preferiu se fixar nos televisores. Já não o assustavam tanto quanto antes, embora ao olhá-los sua sensibilidade não ficasse tão indefesa quanto nas ocasiões em que fitava mulheres. Reparou nos botões e nos anéis que os circundavam. Desejou que a escuridão das telas de tevê baixasse sobre suas recordações recentes, e também que elas, que continuavam a pressionar para serem reconhecidas, fossem amarradas e colocadas numa jaula como as televisões.

– Pois bem, para o caso de ele morrer – disse Tega, apontando o doente –, precisamos decidir rapidinho o que vamos fazer com o cadáver, *chebi*?

– Você quer loubar o cadáver ou também o espaço do defunto? – perguntou Ijeoma.

– Teremos de levar o cadáver para casa – Emeka afirmou.

– Não, acho que o certo é dar o espaço dele para outra pessoa! – opinou Tega.

– Nossa tradição é repousar na terra de nossos ancestrais – afirmou Emeka.

– Não há necessidade de levar para casa um cadáver quando tanta gente está paralisada – insistiu Tega.

– Mas ele pagou a passagem – objetou a senhora Aniema.

– E o seguro do Ônibus de Luxo cobre o enterro dele, a senhora sabe – Emeka informou.

– Quem vai reclamar o corpo nesses tempos de *wahala*? Nós sabemos que a crise é séria.

– Com celteza você é murçumana – acusou Ijeoma. – É por isso que quer fazer o enterro muito lápido.

O ônibus ficou em silêncio.

A palavra *muçulmana* se formou em muitas bocas, mas ninguém tinha a força de vontade de pronunciá-la em voz alta. Em vez disso, voltaram-se e olharam cuidadosamente para Tega e depois examinaram os vizinhos dela. Era como se uma palavra profana tivesse sido pronunciada num local sagrado. Jubril baixou os olhos e mordeu o lábio. Sentiu todos os olhos postados nele, mas continuou a dizer a si mesmo que não falavam a seu respeito. Em seus ouvidos o silêncio pareceu durar uma eternidade. Fechou os olhos e esperou as pancadas começarem a atingi-lo.

– VOCÊ QUER INCITÁ-LOS a me matar, *abi*? – perguntou Tega, finalmente recuperando a fala. Respirava ofegante e puxava as tranças como se tivesse intenção de arrancar as contas. Seus olhos enfrentaram com incredulidade os olhares perigosos dentro do ônibus.

– Ela não é muçulmana! – anunciou Emeka, e o ônibus inteiro lhe deu apoio, censurando Ijeoma por ter chamado Tega de muçulmana.

Disseram-lhe que a disputa por espaço de armazenamento era uma questão mesquinha demais para provocar tanta má vontade contra uma companheira cristã. Repreenderam-na pela ingratidão a Deus, já que estava sentada quando outros seriam obrigados a ficar de pé por centenas de quilômetros durante a viagem para casa. A cacofonia parecia infindável, com algumas pessoas insistindo que Ijeoma pedisse desculpas a Tega e ao ônibus inteiro.

– Meu povo, meu povo – disse o chefe Ukongo, erguendo-se e batendo repetidamente com a bengala para acalmar a situação.

Quando todos se calaram, o velho pigarreou e disse:

– Essa questão está fugindo ao controle. Que ninguém torne a pronunciar neste ônibus as palavras *muçulmano* ou *Islã*. Já sofremos demais nas mãos dos muçulmanos... se o doente morrer nós vamos levá-lo para casa, e ponto final.

– É isso aí, muito bem! – concordou um homem.

– Chefe, o senhor vai viver para sempre! – garantiu outro.

– Que ninguém mencione coisa alguma que vá contra os filhos de Deus!

– Sim, tomaremos cuidado com o que dissermos neste ônibus – propôs a senhora Aniema.

Como a conversa se voltou para a política de seguros do ônibus, Jubril começou a respirar de novo. Ele não sabia como conseguira se manter de pé ante a menção da palavra *muçulmano*, ou quando cada um examinou o rosto de seu vizinho. Mesmo tendo baixado os olhos imediatamente, Jubril temeu que alguém fosse agarrá-lo e chamá-lo de impostor. Temia que puxassem seu braço de dentro do bolso. Parecia que sua mente havia parado, pois não ouviu Tega protestar inocência nem o chefe desarmar a raiva dos demais contra Ijeoma. O ponto em que voltou a escutar foi quando alguém disse: "É isso aí, muito bem!".

Jubril prendeu a sacola entre os joelhos e usou a mão esquerda para limpar o suor que lhe escorria da testa. Como não bastou, puxou da sacola uma camisa com que enxugou o rosto e o pescoço, tentando prestar atenção à conversa em torno. Quando pôs a camisa de volta na sacola, tocou na folha de papel que trazia o nome da aldeia de seu pai. Foi como uma injeção de energia. Pensou em tirar o papel e dar uma olhada, mas decidiu o contrário. Movimentou os dedos dos pés dentro dos tênis de pano para não ficarem dormentes e mudou o peso do corpo de uma perna para a outra. Olhou a seu redor no ônibus e até sorriu para o chefe, que não lhe retribuiu o sorriso.

Ele ouvia as conversas a seu redor como alguém ouviria um conto de fadas, cheio de esperança e temeroso das possibilidades assombrosas. Estava surpreso de que uma empresa de ônibus pudesse segurar os passageiros contra danos físicos, acidentes ou despesas de enterro, quando os políticos que prometiam melhores condições de saúde à população jamais cumpriram a palavra. Era como se o ônibus e sua empresa existissem num mundo de sonhos. Como a rodoviária para onde correra já estava situada ao sul de Khamfi, Jubril começou a fazer mentalmente uma associação entre o mito do sul e todas as coisas novas que vinha vivenciando até então. Em sua imaginação, viu o sul como mais desenvolvido que o norte, ainda que habitado por infiéis. Viu estradas bem pavimentadas e hospitais funcionais. E grandes mercados e enormes terminais rodoviários cheios de Ônibus de Luxo. Pensou em grandes escolas com edifícios coloridos e crianças bem-nutridas. Acreditava que esse era exatamente o tipo de lugar para onde se devia fugir. Precisava de um local onde se esconder e se curar, e do pouco que ouvira da parte dos cristãos ao seu redor achava que não se enganara ao fugir rumo ao sul.

QUANTO MAIS SE ESFORÇAVA EM reprimir pensamentos sobre sua viagem para poder se concentrar na manutenção do disfarce, mais se rebelava sua mente. Quando Jubril não estava fixado nas circunstâncias da evasão, ela vagava, recuando ainda mais para o passado, para alguma ocorrência distante que estivesse envolvida na fuga de Khamfi.

Por exemplo, o horror de cada estágio do trajeto, a incerteza de conseguir chegar à escala seguinte tinham-no forçado, nos dois últimos dias, especialmente em Khamfi, a acalentar pensamentos que nunca julgara importantes e até veria como heresias. Mesmo sem ter nenhuma lembrança de seu lar sulista – ou do batismo recebido ali, quando criancinha –, e provavelmente sem nunca haver cogitado da casa ancestral do pai, senão por causa da crise, agora ansiava por ela em seu coração. Entretanto, a perspectiva de ser ao mesmo tempo cristão e muçulmano ainda lhe parecia uma aberração. Se no mês anterior alguém lhe houvesse dito que ele estaria ali tentando se confundir na multidão de cristão sulistas, teria considerado ultrajante a proposta e clamado para a pessoa a condenação de Alá.

Como seu país multirreligioso e multiétnico, Jubril tinha uma história de vida mais complicada que a de qualquer tribo ou religião. Passara a vida em Khamfi e estava familiarizado com o povo de sua mãe, os hauçás-fulanis. Sempre se considerou muçulmano e nortista. Olhando para a cor da própria pele, não lhe custava acreditar que iria ficar integrado na região para onde se dirigia. No ônibus havia muita gente de pele ainda mais clara que a dele. Jubril poderia ter pertencido a qualquer grupo étnico no país. O que o preocupava era não saber sobre o cristianismo o suficiente para sobreviver nessa multidão. Aquilo parecia um obstáculo intransponível. Portanto, muitas vezes, ele dava um pigarro e segurava entre os dedos a medalha, esfregando-a com a atenção totalmente concentrada nela, como se o muçulmano dentro dele compartilhasse agora a mesma adoração católica que em Khamfi Jubril considerara idolatria. Embora Maria fosse muito respeitada no islamismo, ele sempre viu como exagero os católicos elaborarem milhares de sacramentos ligados a ela e fundarem tantos santuários. Em sua mente ressurgiu o conselho de Mallam Abdullahi, o homem que lhe dera a medalhinha: não se sinta mal por usar a medalha, pois no Corão Maryam é a mãe do profeta Isa, Jesus. Jubril teria preferido não usá-la, mas essa teologia lhe bastava – e, além disso, seu salvador lhe garantira que qualquer cristão que o visse com a medalha o julgaria católico e o deixaria em paz.

A MÃE DE JUBRIL, AISHA, uma figura esguia e melancólica como o próprio filho, lhe contara, muito tempo antes, que ele tinha nascido na aldeia do pai, Ukhemehi, no delta. O pai de Jubril, Bartholomew, homem baixo e taciturno, era pescador e agricultor. O avô materno de Jubril, Shehu, era um pastor de rebanhos, que, fugindo ao avanço do deserto do Saara, migrara de Khamfi, no norte, com seu gado, para a floresta tropical do delta. Uma coisa levou a outra e Bartholomew apaixonou-se por Aisha. A relação deles logo se tornou a preocupação da comunidade, não porque os dois amigos estivessem fazendo nada de errado, mas porque ninguém naquela área sonharia em ter uma amizade séria com uma mulher muçulmana e, menos ainda, em se casar com ela. Shehu concordava com os aldeões: não queria que a filha se casasse no sul ou mudasse de religião. O povo de Ukhemehi consentia a Shehu e à família o cultivo do solo e o uso do pasto pelo rebanho, mas a perspectiva daquela linda moça e daquele belo rapaz ficarem juntos inquietava a comunidade, e já se falava mal dos dois como se os tivessem apanhado dormindo juntos.

Bartholomew cantava do coral da igreja de seu povoado, a igreja de Santo André, e fazia parte de três sociedades religiosas: a de Santo Antônio de Pádua, a Legião de Maria e o Rosário em Família, além de integrar a Organização da Juventude Católica, à qual pertenciam todos os jovens da igreja. Por isso, quando ele começou a se aproximar de Aisha, naturalmente houve pressões de todas essas afiliações. Mas Bartholomew não conseguiu parar. As coisas se complicaram quando, rebelando-se contra o jingoísmo da comunidade, o par começou a fugir de casa por dias seguidos, indo para Sapele, Warri e Port Harcourt.

Quando o padre Paul McBride, um irlandês otimista e extrovertido, percebeu que sua igreja caminhava para um grande escândalo, chamou os dois e os aconselhou. Quando se convenceu de que o amor deles era profundo, conversou com os pais. Os jovens não tardaram a se casar. Embora o povo de Aisha fosse composto de muçulmanos fervorosos, sua tradição não considerava apostasia uma mulher se converter aos "Povos do Livro", como eram conhecidos no Corão os judeus e os cristãos. Aisha se converteu ao catolicismo e foi batizada com o nome de Maria. Jubril foi o segundo filho daquele casamento.

E, exatamente como três anos antes, no batismo de seu irmão quando bebê, o padre insistiu chamá-lo Yusuf (José), um nome de santo – algo, segundo ele, sem os vestígios do paganismo que os missionários associavam aos nomes nativos –, para batizar Jubril ele escolheu o nome Gabriel, confiando assim a criança à proteção de São Gabriel Arcanjo.

Eles eram uma família exemplar, um ponto de referência para casamentos intertribais e mistos. De fato, na homilia do sacramento matrimonial, o padre lembrara à congregação que o casal era um símbolo de unidade num país onde o ódio étnico e religioso fervia em banho-maria por baixo de qualquer questão nacional e desafiou a aldeia inteira a emular a ausência de preconceito do casal. Talvez as miríades de tribos e religiões do país pudessem ser fundidas pelo amor encerrado em tais casamentos, pensava o padre, e o respeito devido aos contraparentes no mínimo instilaria a tolerância. Ele fez de tudo para apoiar o casal. Como os dois eram pobres, o padre pediu dinheiro a empresários brancos das multinacionais petrolíferas da região para ajudar a celebrar a diversidade daquela união, construindo uma casa para eles e custeando suas necessidades.

Mas aqueles eram tempos difíceis. Por causa de décadas de perfuração de petróleo, o solo estava perdendo a fertilidade. Os rios já não tinham peixes e, pior ainda, repetidos incêndios em refinarias aniquilaram centenas de pessoas de uma vez só. Temendo pelo rebanho, pouco depois do matrimônio, Shehu afastou-se das aldeias petrolíferas, buscando áreas do sul.

Quando seguidores dos ritos ancestrais começaram a pedir às pessoas que trouxessem animais para sacrificar a Mami Wata e outras divindades cujos terrenos supostamente haviam sido profanados, o padre recomendou a seus fiéis deixarem de lado os pagãos. O problema se agravou: as crianças pequenas passaram a apresentar doenças respiratórias e seus corpos a serem acometidos de estranhas erupções cutâneas; os nativos começaram a fugir para a cidade grande.

Um dia, sem aviso, Aisha fugiu com os filhos para Khamfi, o lugar de origem de seu pai. Yusuf tinha cinco anos, e Jubril, dois anos e três meses. Bartholomew ficou arrasado, e a depressão resultante o expôs às provocações da comunidade. Para proteger o casamento católico do casal, o padre McBride aconselhou Bartholomew a seguir a esposa até Khamfi, oferecendo-se para pagar as despesas e providenciar para que uma paróquia católica das redondezas o contratasse como obreiro. Mas Bartholomew recusou-se a ir, por temer os constantes expurgos étnicos e religiosos do norte. Sua única esperança era de que os filhos voltassem quando tivessem idade suficiente para perguntar sobre suas raízes. Prontamente voltou a se casar, mesmo depois que o padre McBride lhe disse que o ato da esposa não era razão suficiente para anular o matrimônio; ele se tornou membro da Deeper Life Bible Church.[3]

Yusuf e Jubril foram criados na vasta comunidade exclusivamente muçulmana de Meta Nadum e perderam o contato com o pai e sua aldeia Ukhemehi. A mãe voltou ao islamismo e os irmãos iam com os tios à mesquita. Mas Yusuf ficava perguntando pelo pai, lembrava coisas da infância em Ukhemehi, e nunca se sentiu muito à vontade na mesquita. Ao longo dos anos, enquanto o irmão se deliciava com fragmentos da história familiar, escapados amiúde da boca da mãe nos dias ruins, quando ela se queixava de seus infortúnios, Jubril era o oposto. Yusuf se aproximava da mãe para ouvir as histórias, mas Jubril se mantinha distante; isolava-se delas porque o constrangiam. Em consequência disso surgiu entre os dois meninos certa dose de animosidade. Aisha temia pelo filho mais velho ao vê-lo em perigo de apostasia.

Tal era a situação de Yusuf quando um dia amigos do bairro o chamaram de bastardo. No mês seguinte ele resolveu voltar a Ukhemehi, em busca do pai. Apesar das súplicas da mãe e das ameaças dos tios, o garoto fugiu. Mal se haviam passado quatro meses quando voltou, para surpresa geral, como um

---

3. Igreja cristã protestante evangélica sediada em Lagos, na Nigéria, que alega promover curas miraculosas. (N. da T.)

exaltado seguidor da igreja Deeper Life. Foi pelo irmão que Jubril ouviu falar da suposta liberdade do sul e dos fantásticos conceitos de uma vida melhor, e de como a aldeia em peso e a comunidade da Deeper Life tinham-no acolhido como o Filho Pródigo.

Quando Yusuf começou a insistir em Meta Nadum que seu nome era José, Aisha passou a ter dificuldade para dormir à noite. Yusuf não se deixou intimidar pelo antagonismo criado entre ele e o irmão, nem pelo desprezo que recebia. Vendo que Yusuf estava decidido, Aisha não lhe pediu que abandonasse de todo o cristianismo, mas foi às ocultas até a paróquia católica mais próxima e contou suas agruras ao padre. Ela queria ver o filho voltar ao catolicismo, pois sabia que assim ele se arriscaria menos a que o matassem do que se fosse adepto da Deeper Life.

Voltando a casa, sentou-se com Yusuf e gentilmente lhe revelou que ele fora batizado na primeira infância um católico, e não um fiel da Deeper Life. Explicou-lhe que pela teologia católica o batismo deixa uma marca indelével na alma de uma pessoa – nenhuma religião que ela possa vir a escolher mais tarde poderá afetar aquela marca do catolicismo. A mãe lhe informou que, naquele sentido, estavam anuladas a fé islâmica e a recente fé da Deeper Life que havia abraçado. Explicou que embora a igreja católica, diversamente do islamismo, não obrigue ninguém a ser leal a ela, acreditava-se que o católico permanece católico, não importa aonde vá. Mas, recusando-se a comparecer ao encontro com o padre, marcado por ela, Yusuf continuou a expressar seu evangelismo da Deeper Life. Ele não só circulava em Meta Nadum com a Bíblia e recitava os versículos em voz alta como ainda tentou fazer proselitismo da fé aos vizinhos, ao modo das Testemunhas de Jeová, insistindo que isso era dever de todo cristão renascido. Em prantos, Aisha pedira ajuda a Jubril, suplicando que nada tivesse a ver com o sangue do irmão. Mas ele também disse que era obrigado a proteger a honra de sua família, de sua comunidade e de sua fé islâmica.

Pouco depois desse episódio Yusuf foi cercado por alguns parentes e vizinhos e apedrejado até a morte, como Santo Estêvão, por apostasia. Embora Jubril não tivesse participado do assassinato do irmão, estava perto o bastante para ouvi-lo rezar em línguas estranhas, enquanto as pedras choviam sobre ele.

ESTES ERAM ALGUNS DOS PENSAMENTOS que inundavam a mente do rapaz, de pé no ônibus. A ele não incomodava a perda de bens materiais – como as dúzias de cabeças de gado a seus cuidados, que seus agressores de Khamfi teriam destruído ou reivindicado depois que ele fugira. Àquela altura, pensar nas consequências nacionais da crise ultrapassava sua capacidade. Não queria pensar em todos os ex-amigos que tinham ajudado a expulsá-lo de Khamfi. Não queria rememorar os anos de infância, quando ele corria pelas ruas empoeiradas e sem calçamento de Meta Nadum, ou as tardes que passara plantando cenoura e repolho no imenso vale do rio sazonal que corria ao lado da comunidade. Era melhor esquecer tudo isso. Jubril não desejava recordar as conversas, quando saíam da mesquita depois do *Jummat*[4] de sexta-feira, todos vestidos de longas túnicas – *babarigas* e *jhalabias* –, síntese da amizade naquela multidão jubilosa, ou as ocasiões em que passavam nas casas uns dos outros para comer e beber *zobo*.[5] Jubril não queria pensar nos anos passados juntos na periferia de Khamfi, cuidando do gado, ou as ocasiões em que juntos se preocupavam com a saúde de algum novilho e algum deles tinha que carregá-lo nos ombros para casa, como o Bom Pastor, ou aquelas em que faziam incursões nas áreas cristãs durante os tumultos para jogar bombas incendiárias nas igrejas.

Jubril tinha sido considerado um verdadeiro muçulmano por não permitir que lealdades de família se pusessem entre ele e a religião, quando Yusuf recebeu o merecido, e o povoado inteiro veio em seu apoio quando ele prontamente ofereceu a mão para ser decepada como punição por ter roubado uma cabra alheia. Quando mais tarde foi entrevistado por alguns jornalistas abelhudos, Jubril demonstrou excepcional confiança em sua fé, embora sem lhes permitir fotografá-lo. Até insistiu que dissessem aos grupos de direitos humanos que tinham levado o caso dele ao supremo tribunal que não se preocupassem. De certa forma se tornara um herói. Um homem de posses chegou a lhe confiar a tarefa de cuidar das suas vacas.

Naquele momento, Jubril só queria chorar pela mãe, desaparecida durante os conflitos, consolando-se com a ideia de que ela talvez não tivesse sido morta, mas apenas deslocada, como ele. Desejava pedir desculpas a

4. Prece coletiva das sextas-feiras, precedida de sermão. (N. da T.)

5. Infusão de vinagreira ou azedinha, temperada com gengibre ou suco de frutas e servida gelada, como refresco. (N. da T.)

ela pela inimizade entre ele e Yusuf. Para Jubril, começar agora a mergulhar em pensamentos sobre a morte do irmão, depois de ter sido traído pelos amigos, era algo que o teria dilacerado. Portanto, tentou pensar em Yusuf só em termos do sofrimento da mãe. Não conseguia imaginar a vida sem ela. Preferiu sonhar com Aisha de volta a casa, no terreno cercado de muros, na margem da comunidade, onde eles viviam com os tios maternos. Imaginava-a indo de um cômodo a outro, acariciando as contas do colar de orações, o *tasbih*, e chorando pelo filho até seus olhos ficarem tão vermelhos e ressequidos quanto as paredes de adobe dos graneis locais, no pátio quadrado. Jubril via a mãe, seu corpo alto dobrado ante a perda de um filho, saindo para o pátio como se sua tristeza tivesse inundado os cômodos e transbordado.

Quando os distúrbios começaram, ele enxergou em sua mente os primos e tios montando guarda com armas de fogo e facões, para impedir as multidões enlouquecidas de *almajeris* – os alunos da escola corânica, alguns dos quais ensandecidos por anos de mendicância nas ruas – de saquearem a propriedade deles. Podia ver os rostos de alguns desses agressores. Via as ruas fervilhando de turbas e nuvens intermináveis de poeira se elevando à altura dos minaretes que se projetavam das numerosas mesquitas privadas da região. Jubril não conseguia sentir nada por aqueles muçulmanos, nem pelos cristãos com os quais estava fugindo. Não podia ter certeza de que os parentes de Khamfi fossem defendê-lo, nem se dispunha a confiar sua vida a alguém, como fizera no passado.

Naquela tarde fatídica, quando Khamfi explodiu, Jubril voltava do lugar aonde havia levado o rebanho a pastar. Andando preguiçosamente atrás dos animais que enchiam a estrada de terra que ligava os campos à sua casa, carregava o cajado passado sobre o ombro. Escutou dois gritos ásperos vindos da direção da cidade, mas não viu naquilo nada de mais.

O céu azul estava desbotado pela poeira do harmatão. O forte vento do deserto açoitava a paisagem, enfunando-lhe a túnica e secando o suor do dia. Ao chegar a tão curta distância do lar, Jubril costumava ouvir carros e caminhões buzinando na importante rodovia que passava perto da cidade; porém, não ouvia nada além do som da savana afinando o interminável suspiro até transformá-lo em assobio.

Quando Jubril chegou à esquina, os animais pararam o trote, antegozando beber água nas escassas poças do vale. Ele caminhava junto com o rebanho, ansioso para tirar as sandálias de pneu e mergulhar os pés nas poças enquanto as vacas bebiam. Mas quando eles se voltaram para descer ao longo do vale, as vacas se assustaram com duas pessoas. Ambas carregavam folhas e estavam gritando para Jubril arrancar um ramo dos arbustos, mas ele não conseguiu escutá-las com clareza. Além do ramo, um deles carregava uma caixa, e o outro, um saco – seus pertences. Correram para dentro da savana tão depressa quanto possível, como se tivessem roubado algo e seus donos os estivessem perseguindo. Jubril baixou imediatamente o cajado e arrumou os animais a um lado, postando-se entre eles e o perigo.

Quando chegou aos poços, ficou preocupado ao não encontrar outros rebanhos e vaqueiros. De forma incomum para aquele momento do dia, a água remanescente do rio escorria, limpa e serena, para dentro das poças. Até os agricultores, que àquela hora estariam regando e cuidando de suas hortas de repolho, se encontravam ausentes. O lugar se mostrava deserto, e as lavouras, verdes e frescas no auge do harmatão, lembravam coroas fúnebres recentes num velho cemitério. Examinando os arredores, Jubril descobriu que as pegadas deixadas no solo macio pelos rebanhos que o antecederam na volta eram irregulares e inclinadas para diante e que o esterco das vacas não estava depositado em pequenos montes, e sim esparramado em trilhas sinuosas. Concluindo que os animais tinham passado a galope ao lado das poças, Jubril, sem demora, fustigou as vacas, que saíram correndo em direção a casa, e ele correu atrás.

De repente, entrou no caminho de Jubril, vinda de uma estrada lateral, uma turba que cantava; o grupo hesitou por um momento antes de seguir em outra direção. Embora Jubril estivesse longe da encruzilhada, a visão era tão incomum que as vacas entraram em pânico e pararam. Ficaram amontoadas a um lado do caminho, como escolares ao redor de um vendedor de acarajé. A turba continuava a entrar na estrada, levantando uma neblina empoeirada que se movia como uma coluna baixa de nuvens. As pessoas carregavam ramagens, pedras, facas e bastões, e Jubril pensou ter reconhecido algumas delas.

– *Sanu* Jubril, *sanu* Jubril! – gritaram Lukman e Musa, amigos de Jubril. Ambos abandonaram a multidão e correram para ele, assobiando e agitando as ramagens.

– *Sanu* Lukman... *sanu* Musa! – respondeu Jubril, retribuindo o aceno.

Os amigos eram mais velhos que ele. Musa era uma figura robusta, de peito nu, e tinha cortado a barba no estilo que os não-muçulmanos chamavam de barba Sharia; Jubril teria adorado usá-la daquele jeito, caso tivesse sido abençoado com fartos pelos faciais. Lukman era magro e o mais velho dos dois. Além dos ramos, Musa carregava uma espada, e Lukman apertava entre os dedos um frasco transparente cheio de gasolina e sem tampa. Correndo em direção a Jubril, usava a palma da mão para tampar a garrafa. O rapaz desconfiou de que o volume no bolso do peito fosse uma caixa de fósforos.

– Cadê teu ramo, Jubril? – Lukman quis saber, ofegante e apontando as folhagens que Musa carregava.

– Meu amigo, o que tá acontefendo? – Jubril se afastou das vacas para ir ao encontro deles. – *Kai*, qual é o pobrema dessa vez?

– Tu num vem ao potresto, não? – perguntou Musa.

– Que potresto? Me dá um tempo. – E Jubril tentou dar uma leve cotovelada nas costelas de Musa, que se esquivou.

– Me deixa quieto – disse Musa.

– Deixa eu premero guardá as vaca. Já tô indo.

– Tu num vem ao potresto – repetiu Lukman, com uma olhada raivosa a Jubril, que tentava lhe dar um tapinha no ombro.

Jubril ficou paralisado.

– Tu num é bom muçulmano... – acusou Lukman.

– Eu?

– É, tu mesmo – insistiu Musa.

Jubril deu um riso curto.

– *Haba*! Calma aí!

– Tua mãe num te deixa ir com a gente pra ser *almajeris* agora... – Musa olhou para Lukman como a esperar que o outro completasse a acusação.

– Ô gente, cês tão maluco! – Jubril os provocou.

– Ela num te deixa sair com a gente pra matá os cristão – apontou Lukman.

– A mãe num é assim – argumentou Jubril. – Eu garanto que vô já com vocês. Rarrá, agora num me provoquem. Vamo aqui cumigo guardá as vaca que eu vô lá com vocês.

Jubril se encaminhou de volta para as vacas, mas os dois o empurraram, ameaçadores. Lukman botou a garrafa no chão e Musa ajeitou a espada. Os sininhos que enfeitavam a bainha tilintaram. Jubril parou de rir, sentindo o perigo. Os amigos não estavam sorrindo, e seus olhares eram furiosos. Ele nunca os vira daquele modo antes.

Lembrando-se dos dois que tinham passado por ele correndo, perto das poças, Jubril deu um salto e arrancou umas folhas de labareda-da-floresta, para mostrar solidariedade com qualquer causa que os amigos estivessem defendendo. Mas esse esforço só os assustou, pois acharam que estava tentando fugir. Eles o seguraram pela túnica.

– Tá certo, agora eu sou um de vocês – declarou Jubril, abanando as folhas na frente deles e derrubando o cajado.

– Um de nós quem? – indagou Musa.

– O caso né só folha, não, tá ouvindo? – disse Lukman.

– Ora, o que foi que eu fiz a vocês?

– O que foi que tu fez pra gente, Jubril?

– É... por que estão me atacando desse jeito?

– Olha aqui, a gente num vai pagá o dinheiro que te deve – ameaçou Musa.

– Que dinheiro? Se tão falando das mil naira que pegaro emprestado, cês tão mentino. Cês vão pagá sim. Rarrá, num tem esse papo não.

– Cê vai cancelá a dívida ou então...

– Cês têm de pagar meu dinheiro. Se não, vô entregar os dois pro *alkali*. A gente vai acertá isso na Sharia. – Dizendo isso Jubril de repente girou e se soltou das mãos deles.

– A gente também vai pro tribunal dizer que tu é falso muçulmano! – ameaçou Lukman. – Tu é cristão...

– Eu, cristão?!

– Traidor! Traidor! – acusaram-no.

– Por causa de quê? – quis saber Jubril. – Ah, cês num vão me chantagear.

– Yusuf, o teu irmão infiel, era muito melhor que tu – rebateu Musa.

– Traidor! Traidor! – repetiu Lukman.

Dois homens pararam e quiseram saber o que estava acontecendo. Jubril ainda pensou que havia uma chance de os dois amigos estarem de brincadeira.

Ele achava que se mostrara um devotado crente. Recordava a ruidosa celebração que varrera o norte alguns meses antes, quando o governador do estado de Manzikan lançou sua Sharia total, argumentando que a lei consuetudinária se fundamentava na Bíblia e no cristianismo. O governador disse que o tempo todo os muçulmanos foram enganados pelos cristãos e que para aqueles havia chegado a hora de desfrutar de um sistema jurídico enraizado no Corão e no islamismo. Sustentou que com a Sharia o estado seria expurgado de todos os vícios e imoralidades que atormentavam a população.

Jubril havia se juntado às enormes multidões que cantavam, agitando o retrato de seu herói, o governador de Manzikan. Durante três dias o rapaz tinha saído à rua e participado de manifestações em favor do estabelecimento do sistema da Sharia em Khamfi, mesmo sabendo, como sabia a maioria das pessoas na multidão, que na cidade havia tantos cristãos quantos muçulmanos.

Cumpre dizer, no entanto, que para Jubril não se tratava de celebração ingênua – ou arregimentação política, conforme insinuado pela imprensa do sul. Na verdade, o movimento em favor da Sharia cresceu porque indivíduos semelhantes a ele estiveram prontos a dar testemunho pessoal com seus membros decepados. A presença deles galvanizara o comício. Quando o estado de Manzikan deu às suas funcionárias solteiras um ultimato de se casarem no prazo de três meses – mesmo que significasse ser a terceira ou quarta esposa de alguém – ou perderem o emprego, os três amigos, reunidos, aplaudiram. Estavam convictos de que a Sharia deveria ser estendida ao país inteiro. Bares e bordéis foram fechados. Quando Manzikan advertiu que quem não usasse a barba da Sharia não poderia participar de concorrências para contratos governamentais, os barbeiros tiveram longas filas de devotos esperando para terem suas barbas esculpidas. Jubril até acompanhou Musa ao barbeiro.

Então ele riu das acusações feitas pelos amigos e, tirando do bolso uma pequena foto do herói-governador, levantou-a bem, para todos verem. Mas Lukman e Musa insistiram e, de fato, juraram que nunca lutariam contra os cristãos com Jubril ao lado deles.

– Esse cara é sulista – denunciou Musa. – Infiel.

– Inimigo interno – reiterou Lukman. – Como a gente vai fazer guerra a esses cristãos bárbaros, se um de nós é um deles?

Foi então que Jubril realmente entendeu: a multidão se dirigia a Kamdi

Lata, o bairro exclusivamente cristão, e Shedun Sani, as áreas mistas, para promover guerra aos cristãos. A acusação feita a ele pelos amigos tornou-se ainda mais dolorosa. Na mesma hora jurou em nome de Alá que era um verdadeiro muçulmano, mas isso não bastou. Com a tensão reinante no país, o momento era péssimo para se acusar alguém de ser apóstata ou sulista. Jubril tentou dizer à crescente turba que seus acusadores de fato lhe deviam dinheiro e se haviam recusado a pagar, o que era verdade. Mas Lukman e Musa insistiram que Jubril não era um deles, ainda que falasse hauçá com o devido sotaque. Jubril quis contar sobre a morte do irmão, mas foi impedido. Queria mostrar a mão decepada, mas eles tentaram acusá-lo de roubar outro cabrito e o advertiram que confessasse, em vez de usar táticas dispersivas. Vendo o rumo que as coisas tomavam, Jubril tentou explicar suas raízes conforme o relato da mãe, uma história que ele não conhecia muito bem e que até aquele momento pouco importara.

– Jubril, eles num te batizaram quando tu era um bebê? – Musa mostrava um sorriso malicioso pendendo dos lábios. – A gente te conhece e sabe da história do teu batismo.

– Responda agora mesmo – intimou um dos circunstantes.

– A gente não tem tempo a perder – pressionou outro.

Talvez em dias de paz Jubril tivesse tido a chance de se explicar perante um tribunal da Sharia. Talvez tivesse sido processado e recebesse um julgamento imparcial; mas aqueles eram dias caóticos. Naquele instante, quando começou a explicar a questão do dinheiro que lhe era devido por Musa e Lukman, o primeiro lhe deu uma bofetada e lutou com ele até derrubá-lo no chão. Despiram-no da túnica e caíram sobre ele com bastões e pedras. Parecia que Musa, em sua ira, esquecera de sacar a espada, pois o espancou com a bainha da arma. Jubril ficou no chão, dobrado em dois, gemendo e protegendo a cabeça com as mãos. Não reagiu aos numerosos ferimentos recebidos, nem limpou o sangue do corpo. Limitou-se a permanecer deitado ali enquanto sua cabeça inchava numa vertigem e a terra em torno dele rodava.

De repente já não sentia mais as pancadas. Quando abriu um olho, viu que o círculo de seus agressores recuara, afastando-se dele. Alguns começavam a recolher as vacas e levá-las para longe. Quando viu Lukman voltando atrás para buscar a gasolina, Jubril reuniu toda a energia restante, levantou-se e saiu correndo. Eles não esperavam isso e foram pegos desprevenidos. Jubril correu em direção às moitas, em direção às poças, e eles começaram a persegui-lo, entoando o refrão "*Allahu Akbar, Allahu Akbar!*".

Jubril se lembrava de ter corrido muito depressa e, em vista dos ferimentos recebidos, espantou-o o fato de ter conseguido se mover. Quando olhou para trás, constatou que os grupos de perseguidores tinham aumentado; e mesmo os que haviam deixado para Lukman e Musa a tarefa de queimá-lo resolveram aderir à caçada. Eles o apedrejaram, mas Jubril não parou, nem caiu. Ouviu alguns disparos, mas continuou a correr. Passou ao lado dos poços e, subindo as colinas, entrou na savana. A horda se espalhou e demoliu as plantações de repolho. Jubril correu como um cachorro; correu até sua visão ficar escura. Recordava-se de ter caído; e de que a tontura o envolvera como uma nuvem...

De repente alguém no ônibus passou ao seu lado, roçando-lhe o punho enfiado no bolso. Isso o trouxe de volta à questão mais crucial de manter o disfarce. Instintivamente, enterrou mais o punho no bolso, praguejando por ter se concentrado na fuga. Implorou a Alá que lhe desse forças.

Olhando em direção à dianteira do ônibus, Jubril viu que dois policiais tinham subido a bordo e estavam parados ao lado do homem doente. Trajados à paisana, mantinham as armas engatilhadas, como soldados que evacuassem da frente de combate um camarada ferido. Embora o enfermo ainda balbuciasse, eles agiam como se estivesse morto. Apesar das súplicas de Emeka, da senhora Aniema e de Tega, a polícia afirmou que para o doente seria melhor sair do veículo e abrir espaço para outros. Colocando-o na vertical, revistaram-no e lhe confiscaram a passagem de ônibus. Como os passageiros começassem a murmurar, a polícia lhes garantiu que o poriam no próximo Ônibus de Luxo. O murmúrio se transformou em vaia quando os policiais arrastaram o homem para fora e o depositaram numa varanda.

Mais passageiros entraram no ônibus, e Jubril foi obrigado a continuar recuando para a traseira, ainda preocupado com a imagem do doente. Saiu de perto do chefe e vagou de um ponto para outro no corredor, mas se tornava cada vez mais visível, pois ali os refugiados começavam, na maioria, a se sentar no chão. Quando fitava o chefe, este lhe lançava um olhar raivoso ou desviava os olhos, como se Jubril estivesse tentando lhe roubar a poltrona.

– Parece que tem alguém sentado em seu lugar – disse Emeka, ainda ressentido com o despejo do doente, quando Jubril se apoiou na poltrona dele.

– Sim, senhor.

– Ora, diga a ele que saia – recomendou Emeka. – Rapaz, esta é uma época de democracia!

– Ah... É mesmo, sim, senhor – respondeu Jubril, com a mão esquerda cobrindo a boca.

– Sim, senhor? E deixe em paz minha poltrona. É um voto por pessoa... Uma pessoa, um assento!

– *Abeg*, não imprica com o galoto – pediu Ijeoma. – Descalegue a raiva contra a porícia. Não foi esse lapaz que tilou o doente do ônibus.

– Olha aqui, não venha me dizer o que fazer. – Emeka dobrava e desdobrava o colete que levava ao colo. – Seu marido é soldado?

– E você? Tem mulher? – perguntou Ijeoma.

– Será que já não há bastante tensão neste lugar? – a senhora Aniema interveio.

– Isto – declarou Emeka – é democracia: tenho o direito de gritar se me der vontade, fiquem sabendo... Deixem-me dizer uma coisa a vocês, mulheres. Isto não é mais a era militar, quando as pessoas não podiam ter o que queriam, nem dizer o que sentiam. Já se passaram oito meses desde o tempo em que os generais foram subornados com licenças de exploração do petróleo para pacificamente deixarem o poder para nós, os civis. Lembrem, naquela época não se podia desobedecer um soldado. Não se esqueçam de que aqui mesmo, na cidade de Lupa, um soldado matou a tiros um motorista de ônibus e um cobrador porque se recusaram a lhe dar vinte nairas numa blitz ilegal.

– E daí? – interrompeu Ijeoma, coçando o afro e estreitando os olhos imensos. – Nós, os civis, somos melhores que os soldados? Você fara como se fosse a única pessoa interigente neste ônibus. E o que quis dizer com "vocês, mulheres"?

– Sim, machão, não venha nos insultar aqui dentro – protestou Tega. – Foram as mulheres a causa desse *wahala* em Khamfi?

– Não liga pla esse homem, minha irmã – disse Ijeoma. – Ele tá farando como um porígamo!

Emeka olhou de uma para a outra, surpreso de que as duas mulheres estivessem agora no mesmo campo. Começou a sacudir o dedo para elas, enquanto procurava o que dizer, porém a senhora Aniema aconselhou:

– Não diga nada sobre elas. Se isso as tranquiliza, deixe a questão pra lá. As mulheres são assim mesmo.

– Como eu estava dizendo, apesar do ocorrido, não se pode perder a esperança na democracia! – declarou Emeka com voz mais amistosa, sem ligar para as duas, suas palavras se elevando acima da comoção. – Tenham esperança, tenham esperança!

– Quem lhe disse que perdemos a esperança? – Tega o provocou. – É gente como você, que foge de Khamfi só de meias nos pés, que perde a esperança... Não nós!

– Num se liga nesse inútil – recomendou Ijeoma. – Bastou a gente te dizer pra deixar quieto o galoto, pra você começar a botar a curpa nas mulheres. Você num é filho de mulher, não?

Jubril olhava Ijeoma e Tega numa atitude que lhes pedia que não discutissem com Emeka. Vira com alívio a conversa se distanciar de sua pessoa, mas agora receava que estivesse voltando. Quem lhe dera poder pedir que se calassem, ou que elas próprias soubessem o quanto era errado discutir em público com um homem.

Percebendo que havia mais gente em pé na traseira do ônibus, Jubril foi para lá na intenção de ficar menos visível. Mas, minutos depois de ter parado no novo ponto, perguntaram-lhe se estava na fila do banheiro. Dando de ombros, balançou a cabeça em negativa. Porém, quando à frente e atrás dele as pessoas disseram que estavam na fila do banheiro, sem se ofenderem de que tivesse furado a fila, Jubril balançou a cabeça e sorriu, tímido. Esticando o pescoço conseguiu então enxergar a fila serpenteando pelo corredor, em torno dos passageiros sentados no piso. Aquela parecia a única parte estável de um espaço atormentado pela ansiedade e pelo movimento. A fila parava bem em frente à porta do banheiro, na qual se apoiava o peito do próximo a usá-lo. Mesmo sem nunca ter usado um banheiro antes, e sem precisar de um naquele momento, Jubril não saiu da fila. Gostou dali, pois notou que os que tinham comprado espaços no corredor eram tolerantes e solícitos. Desejou que a fila durasse para sempre, e que os refugiados levassem cada vez mais tempo para utilizar o sanitário.

Quando mirou adiante, procurando localizar o chefe, descobriu-o sentado a três poltronas de distância apenas, ainda comendo suas bolachas salgadas, com as bochechas estufadas como as de um trombeteiro hauçá-fulani.

JUBRIL PASSAVA O TEMPO TODO lançando olhares ao chefe, silenciosamente irritado com ele. De repente, foram ligados os televisores. As imagens o atingiram como um raio, empurrando-lhe o rosto em outra direção. Fechou os olhos. Mas já tinha visto as imagens e, conforme se diz, o que o olho vê ele não pode deixar de ver. Jubril se sentiu violado. Não conseguiu processar de imediato as imagens.

O ruído dos televisores substituiu o zunido do ônibus, quando todos foram se calando e voltaram a atenção para as telas. Na fila do banheiro as pessoas olharam para trás para ver o movimento – exceto Jubril, que tornara a abrir os olhos e estava pensando num jeito de superar esse último obstáculo. Queria muitíssimo, e de todas as formas, fazer parte da multidão. A questão já não era mais saber se Alá pretendia castigá-lo por ver tevê. O problema era que o conservadorismo lhe enrijecia o pescoço, e ele ficou de costas para a tela. Jubril quis relaxar e parar de se defender. Mas então, sempre que olhava, parecia ser confrontado pelos rostos. Era como dirigir na contramão.

Tentou mirar o teto, mas não conseguiu. Sentindo que a aflição estampada em seu semblante talvez chamasse atenção para sua pessoa, Jubril ficou olhando para os sapatos de pano que calçava. E o fazia com tanta concentração que poderia ter contado cada um dos fios delgados que compunham o tecido, mas na verdade não enxergava nada. O medo se espalhou sobre ele como um arrepio. Os dedos da mão esquerda ficaram suados e trêmulos. O coto da mão decepada estava dormente, e o garoto tentou mudar o cotovelo para uma posição mais cômoda. Ao tentar se virar para encarar a televisão, só conseguiu fazer metade do movimento, como uma roda emperrada, e acabou olhando pela janela, uma abençoada distração. Deixou o olhar se derramar por ela.

O sol já havia baixado. A multidão lá fora do veículo não se achava tão inquieta quanto antes. Mais refugiados se haviam amontoado nas varandas. Algumas pessoas se sentavam onde houvesse espaço no estacionamento, agarrados a seus pertences, esperando outros ônibus. Todos pareciam cansados, e mesmo as conversas eram desanimadas.

Lá na savana, como num sonho, algumas das árvores de folhas perenes pareciam se inflar quando soltavam revoadas de morcegos no crepúsculo. No alto do céu, os morcegos se misturavam e voavam em uma direção, rumo ao terminal, como se fossem soprados pelo vento. Parecia uma gigantesca figura amorfa com muitas pernas acima das árvores perenes. Gradualmente foram enchendo o céu. Depois de instantes, eram como uma grande onda negra, que se distendia, saltava, soltava gritos estridentes através do pôr-do-sol.

Alguém deu umas batidinhas nas pernas de Jubril. Ele olhou para baixo e depois desviou rápido o olhar. Era a moça grávida, sentada no chão, amamentando o filho no peito. O nome dela era Mônica. Tinha escapado só com o bebê. Seus olhos estavam vermelhos de chorar, e o rosto, inchado de falta de sono. Agarrava-se ao bebê com imensa ternura. Usava um longo vestido branco que alguém lhe dera no decorrer da fuga. O vestido, dois tamanhos acima do dela, parecia lhe oferecer a quantidade adicional de tecido de que precisava para se albergar.

– *Haba*, meu irmão, você não consegue nem mesmo ver televisão? – Mônica o provocou, com um sorriso tímido se derramando pelo rosto.

– Eu? – resmungou ele, como fizera o chefe, fingindo observar os morcegos lá fora.

– Está sofrendo sozinho por causa desse motim? Ou quer me dizer que está em situação pior que a do doente que a polícia mandou descer deste ônibus?

Jubril balançou a cabeça e disse que sim.

Mesmo resignado a ficar em grande proximidade com as mulheres durante aquela viagem, ver uma mulher dando o peito ao filho não lhe assentou bem. Não gostava do fato de que lhe sorrisse e lhe falasse enquanto amamentava. Ele não podia olhar para baixo, pois significaria ver os seios dela. Não queria falar com a moça, retribuir o sorriso, nem fazer nada para lhe atrair a atenção. Contudo, tentou ser amável. Com aquela mulher, pensou, era preciso lidar com mais cautela que com a tevê, pois lhe falava e exigia uma resposta.

Jubril adoraria se afastar, mas para onde poderia ir? Olhou para trás, fazendo um esforço consciente de não fitar a televisão, de buscar com os olhos a senhora Aniema. Usou a mão esquerda como uma viseira, para proteger-se das imagens televisivas. A visão dos cabelos brancos da senhora Aniema e a lembrança de sua ternura neutralizaram o constrangimento que começava a abrigar no coração por causa de Mônica, Tega e Ijeoma.

– Ora, que espécie de *shakara* é essa? – Mônica lhe tocou de novo a perna. – Está cobrindo o rosto como se o sol estivesse entrando no Ônibus de Luxo. Você é orgulhoso demais. *Abi*, você está tão triste assim? Sua situação não é pior do que a minha. Eles queimaram minha casa; e eu não consigo achar meu marido e meus dois filhos. Só ficou este bebê. Mas não perdi a esperança. Bem, por que eu não iria sorrir? Por que não iria ver televisão? Olhe só pra você. Estou falando contigo, mas você nem pra me olhar no rosto! É só você que quer ir ao banheiro?

– Não – respondeu Jubril, envergonhado, a palavra lhe escapando da boca antes que pudesse impedi-la.

Mônica deu uma risada, feliz de conseguir levá-lo a reagir.

– Já sei, deve estar com disenteria.

– Hum... – gemeu Jubril.

– Puxa, que problema!

Os passageiros pareciam aliviados em assistir televisão, e reinou certa tranquilidade e ordem: quase todo mundo olhava na mesma direção. O primeiro sinal de unidade de que Jubril era testemunha desde que entrara no ônibus. Agora, dava para ouvir a voz de Emeka sussurrando aos demais, com aspereza, que se curvassem ou saíssem do caminho, para ele poder ver direito a tevê.

– Não se preocupe – Mônica sussurrou para Jubril. – A fila do banheiro anda devagar que nem lesma, mas pelo menos você pode se distrair vendo televisão. Está sério demais nessa viagem... Olha só, até o meu neném está mamando no peito e vendo tevê... Se anima, rapaz!

– Hum...

– Não se incomode com esse *chakara*! – recomendou Tega em voz baixa para Mônica. – Deixa ele pra lá. Não tá vendo só a pose dele, de mão no bolso?

Diante do comentário sobre sua mão, Jubril se virou de frente para os monitores, como todos, mas de pálpebras cerradas. Enfiado no bolso, o punho se mantinha oculto para as mulheres, e o rapaz fingiu que não tinha ouvido comentarem a respeito. Apertou os olhos com tanta força que se formaram rugas em seu rosto. Fechar os olhos foi uma decisão instantânea, uma conciliação que lhe trouxe paz. Ficou certo de que ninguém mais iria incomodá-lo por não estar olhando na direção correta. Dissolveu-se um pouco de sua alienação em relação aos demais, e Jubril se sentiu mais ligado com o entorno, comprovando-o no fato de as mulheres pararem de implicar com ele.

– Ah, sim, agora você está agindo como um ser humano – observou Mônica depois de um tempo, pensando que Jubril estava assistindo à tevê. Ela trocou a criança de peito.

– Vocês aí, parem de cochichar! – reclamou Emeka.

– Quem te nomeou pala monitor de turma deste ônibus? – protestou Ijeoma, furiosa, como se tivesse espreitado a chance de fazê-lo. – Seu implestável, não tem terevisão em casa? Você é o motolista? O coblador, *abi*? *Abi*, vai querer botar de novo a curpa nas mulheres?

Se Jubril tivesse aberto os olhos, teria visto a televisão transmitindo lindas imagens do estrangeiro. Os clipes que passavam podiam ter sido de um daqueles imensos impérios de comunicação. Mas como o logotipo fora apagado – imagens pirateadas, diriam vocês – pelos canais locais ou nacionais que as transmitiam, de fato não se podia garantir.

Jubril ouvia seus companheiros de viagem rirem e tecerem comentários sobre as imagens. Emeka fora silenciado; então, logo as pessoas reagiam livremente. Cantarolavam os *jingles* e se conectavam com a aldeia global da publicidade, do esporte, da moda e das notícias. Essas imagens eliminavam ou diluíam a tristeza, a tensão e a angústia dos refugiados. Elas eram como o ar fresco, e, embora Jubril não conseguisse ver figuras, sentia a disposição favorável crescendo à sua volta, como cogumelos no escuro; sabia que os passageiros estavam sendo distraídos, conforme dissera Mônica. Embora ele se empenhasse em usar um sorriso convencional, seus olhos continuavam fechados. Quanto mais relaxado se sentia, maior a tentação de abri-los. Mas Jubril não se entregou. Fechou os olhos tão apertados que sentiu uma tontura dominá-lo, e depois uma dor surda o pressionou. Ele parecia um cego usando a audição para decifrar a situação ao seu redor. A voz de Mônica se destacava, irritante, exageradamente próxima e incômoda.

Jubril agradeceu a Alá pela trégua trazida pelo ato de cerrar as pálpebras. Encontrara uma forma de evitar Mônica. Não havia limite para o que era capaz de suportar, pensou. Enquanto outros encontravam a serenidade em coisas externas, a dele vinha das profundezas de seu íntimo: o triunfo de encontrar um jeito de manter a própria tradição, a própria singularidade, num mundo estranho. Agora, se pelo menos conseguisse fazer o chefe sair de sua poltrona, poderia pousar a testa no espaldar e fingir que dormia, até o ônibus partir, até o ônibus chegar à aldeia de seu pai.

Abruptamente reinou o silêncio, um silêncio profundo que Jubril sentiu, no mesmo instante, que só podia vir do choque. Então, quatro ou cinco pessoas leram em voz alta o que estava escrito na tela:

Edição extraordinária: tumultos religiosos, Khamfi

OS PASSAGEIROS VOLTARAM a ficar inquietos, e acima do ruído da tevê elevou-se uma algazarra, quando todos começaram a falar ao mesmo tempo. Alguns alegavam conhecer os mortos que tinham visto na tela e lhes gritavam os nomes. Outros diziam que aquilo não poderia ser a sua Khamfi – a cidade de múltiplas etnias e religiões que ficava ao norte da rodoviária, a somente duas horas.

A Khamfi que eles viram naquela noite era a capital mundial dos cadáveres. Igrejas, casas e lojas tinham sido incendiadas. O olhar nítido e inflexível da câmera do noticiário derramava suas imagens dentro do ônibus escurecido, banhando os refugiados num caleidoscópio de cores. Jubril sentiu esse efeito por detrás das pálpebras, enquanto a câmera se focalizava em cadáveres carbonizados envoltos em chamas de um azul-elétrico. Gritos de fúria se derramavam dentro do veículo, vindos das telas de tevê, intensificando a agitação dos refugiados.

Jubril tentou ouvir a voz do chefe, mas não conseguiu. Será que continuava sentado na sua poltrona? Estaria dormindo? Por que não dissera nada, se todos estavam falando? Apurou a audição em direção ao chefe de forma mais deliberada e depois o olhou.

Os refugiados se levantaram, galvanizados pela cena de *almajeris* de aparência faminta circulando com combustíveis e fósforos, incendiando coisas e pessoas. Eram mais jovens que Musa e Lukman, os amigos de Jubril. No ônibus, a raiva substituiu o choque e as queixas passivas. Não foi a visão de corpos incendiados – nem das lojas dos compatriotas sulistas sendo demolidas por bombas incendiárias, nem das cenas sangrentas quando alguns dos meninos eram fritados na gasolina antes de terem tido a chance de usá-la – o que realmente inflamou os refugiados. Pelo país inteiro a população adquirira tolerância a essas visões tão corriqueiras; tinha ficado endurecida por décadas de governos militares e seus numerosos complôs terroristas dirigidos ao populacho. O que revoltou os passageiros foi a visão de combustível irrestrito nas mãos de *almajeris*.

Na escuridão que se acercava, soaram os gritos dos refugiados congregando os que estavam do lado de fora do ônibus. As varandas se esvaziaram, e todos se juntaram, a girar em torno no ônibus como cupins de asa em redor de uma lâmpada fluorescente. A menção da palavra *combustível* inquietou Jubril. Lembrou-se de Lukman com sua garrafa de gasolina e fósforos no bolso. Lembrou-se de Musa e sua espada. Lembrou-se da multidão que o perseguiu pelo imenso vale, os disparos de arma de fogo, as pedras. Parecia que a seu redor todos eram Lukman e Musa e que logo viriam desmascará-lo. Sob as roupas, os ferimentos pareciam queimar. Jubril escondeu o rosto e tentou respirar normalmente.

– Onde está o nosso motorista? – gritou a senhora Aniema, como se alguém tivesse lhe dado uma pancada. – Ele já voltou com o combustível?

O choque de ouvir tanta raiva na voz de uma mulher meiga quase fez o rapaz abrir os olhos.

– O motorista ainda não voltou! – informou Emeka.

– Aquelas crianças estão usando combustível ou água? – ela continuou.

– Água? É combustível! – disse Tega.

– Quem deu a eres combustível pla queimá gente, quando pla nós falta o combustível de chegar em casa?

– Nosso combustível... petróleo do sul! – começaram a repetir alguns dos passageiros.

A fila do banheiro se dissolvera na multidão, porque os passageiros que estiveram sentados no chão agora estavam de pé. Jubril sentia Mônica bem atrás dele, o bebê chorando aos gritos em meio ao reboliço, esperneando e agitando as mãozinhas minúsculas. A mãe, na intenção de acalmar a criança, ficava batendo com os pés no piso para embalá-la, quebrando a monotonia do choro. Jubril apertou o corpo contra a pessoa diante dele, para abrir espaço entre suas costas e Mônica.

– Quem entregou esse combustível a essas crianças muçulmanas? – Mônica quis saber.

– Os políticos! – Emeka afirmou. – Eles estão usando petróleo sulista para queimar nosso povo e nosso comércio!

– Ninguém vai tocar de novo no nosso petróleo – disse Mônica. – Eles estabeleceram a Sharia usando nosso dinheiro de petróleo, mas nos expulsaram do norte!

O ônibus ficou cheio de planos, descritos em voz alta, sobre a melhor forma de impedir o governo e as multinacionais do petróleo de fazerem prospecção no delta. Alguns prometeram executar os planos logo ao chegar a casa e começaram a xingar o motorista por atrasar a partida deles.

– Vocês estão contra o interesse nacional... a segurança nacional! – comentou um dos policiais, abrindo caminho aos empurrões para dentro do ônibus. Apontava o revólver para todos, abanando-o de um lado para outro.

Os passageiros se enfiaram nas poltronas, alguns chegando a subir sobre outros para sair da frente do policial. Quando ele chegou à metade do ônibus, apareceu o colega com um fuzil AK-47, para lhe dar cobertura.

– É nosso petróleo! – Mônica falou para o primeiro policial.

– Quem é que está dizendo isso? – perguntou o oficial.

– Sou eu – ela declarou.

Avançou, destemida, com o bebê nos braços, ao mesmo tempo que outros recuaram. Empurrou Jubril para o lado, depois entregou o bebê a alguém. Juntou com as duas mãos o vestido comprido, como se fosse atravessar um rio com água pela altura do joelho.

– Estou dizendo: é nosso petróleo – repetiu para o policial. – Nós agora somos uma democracia, está ouvindo?

Todos os olhares se transferiram das televisões para a confrontação entre Mônica e a polícia. Alguns imploravam para que ela se acalmasse. Para Jubril a questão não era só ele ver a ocasião como errada para se desafiar a polícia; tampouco lhe agradava o fato de uma mulher enfrentar os agentes da lei. Talvez para ele fosse mais fácil aceitar a situação se o ônibus estivesse lotado só de mulheres, e a polícia também fosse uma mulher. Mônica estava parada bem na frente de Jubril, e somente o corpo dela o separava da arma. O garoto tentou recuar para dentro da multidão, mas ninguém deixou – ninguém queria estar no lugar dele. Portanto, ficou ali estático, observando vagamente as panturrilhas e os pés de Mônica, sem respirar, e rezando para a polícia não abrir fogo.

– Quem é esta mulher? – indagou o policial.

– Uma filha do petróleo – declarou Mônica. – E quem é você?

– Está perguntando a mim? – retorquiu o policial.

– Sim.

– Estou lhe avisando, sua idiota. Você deve ter perdido o juízo nesse *wahala* da Sharia!

– Tem documento de identidade? – insistiu a mulher. – Ou foi mandado aqui pra nos matar?

– Documento de identidade? Por que eu deveria lhe mostrar o meu?

– Ora, mulher, é melhor você se comportar – disse o outro oficial lá da porta. – Ou daqui a pouco você vai virar a filha dos tiros.

– Pois muito bem, podem ir em frente! – incitou-os Mônica. – Se vocês vão me matar, então podem matar também o meu filho, tudo bem... Aliás, pra que eu estou nesse mundo?

– Estamos só cumprindo ordens do governo! – retrucou o oficial. – Ordens do governo!

– Nós não somos mais um governo militar – insistiu Mônica. – Agora somos uma democracia.

– Cala a boca! Governo é governo! Petróleo do governo. Petróleo do governo federal, está ouvindo?

O policial que estava na porta saiu dali e disparou para o alto, no céu noturno, tiros de advertência. O barulho de gente correndo atabalhoada no lado de fora entrou no ônibus.

No lado de dentro, os refugiados se calaram, até mesmo Mônica. Ela ficou parada ali no meio, como se esperasse ser atingida pelas balas. O policial pediu ao homem que segurava o bebê que o devolvesse à mãe. O homem começou a tremer, como se de repente a criança se houvesse transformado numa víbora. Mônica o recebeu dele hesitante, não tanto por causa da ordem do oficial, mas porque o medo poderia ter feito o homem derrubar a criança. Ela se sentou no chão como um zumbi. Quando a polícia se afastou, começou a chorar, alternando o choro com períodos em que falava, sem parar, do marido e dos filhos mortos.

A FILA DO BANHEIRO TORNOU a se revelar quando a maioria dos passageiros do corredor se sentou no chão, e nela entraram mais alguns, empurrando Jubril um pouco para trás, em direção à frente do ônibus. Ele então se viu parado ao lado do chefe – que se sentava em silêncio, como se o tumulto recente houvesse acontecido num outro planeta –, encarando o fundo do aparelho de televisão. Jubril já não precisava fechar os olhos. Todos os viajantes, desde o fundo do veículo até algumas poltronas de distância de onde ele se achava, olhavam em sua direção, alguns centímetros acima de sua cabeça. Jubril os estudou, com as dançantes luzes coloridas da tevê, uma beleza artificial que brincava em seus rostos desolados e marcados pela aflição. Ficou observando com avidez, a varrer com o olhar preocupado a largura completa do ônibus, ansioso por ler a verdadeira natureza do que eles viam.

Alguns refugiados choravam, mas outros começaram a aplaudir quando a emissora transmitiu mais cenas de Khamfi, carregadas de ação. Colunas de adultos do norte e do sul brandindo fuzis automáticos e facões travavam combate. A loucura açoitava e levantava a poeira vermelha da cidade. Muitos setores se encontravam em chamas, que enchiam o céu de funis de fumaça.

Emeka se ergueu, jogou no chão o colete e começou a aplaudir.

– O homem da arma grande no grupo à esquerda é meu primo! – informou. – Aquele que está com um monte de rosários e escapulários enrolados no fuzil...

– Seu primo de verdade? – perguntou a senhora Aniema.

– Verdadeira... O nome dele é Dubem Okonkwo. Eu sou Emeka Okonkwo. – Tornou a apontar para a tela. – Aquele ali é meu amigo... Thomas Okoromadu Ikechi... o musculoso de calça marrom e sem camisa. Nós todos somos de Anambra.

– Ah, você mola em Anambla? – indagou Ijeoma, virando-se.

– *Kpom kwem*! – Emeka mantinha os olhos presos à tela. – Vamos lá, Tom, pau neles! Pau neles... Arrebenta a cabeça desse pagão muçulmano com um balaço!

– Eu também molo em Anambla – continuou Ijeoma. – É minha cidade.

Mas Emeka não deu a mínima para ela.

– Primo Dubem, dá neles uma tremenda surra. Essa gente precisa aprender uma lição.

– É isso aí, este país também é da gente! – disse Ijeoma.

Na televisão continuava a disputa, com os cristãos por vezes levando a melhor, e depois com os muçulmanos dominando. Para muitos no ônibus, talvez Khamfi recordasse algumas das cidades do sul, no delta, às quais o general Sani Abacha enviara tropas com missão de destruir porque, após quatro décadas de abandono e degradação ambiental praticada pelo governo e pelas multinacionais do petróleo, os nativos tinham pedido desenvolvimento para suas terras. As tropas do governo atacaram no delta com tanques e lança-foguetes, aterrorizando a população. Segundo alguns repórteres, foi a perfeita desculpa para o governo submeter as aldeias petrolíferas do delta, cada vez mais rebeldes. Outros disseram que era mais fácil fazer prospecção em terrenos não ocupados por nativos famintos e analfabetos, que ficavam na região mendigando comida, água e remédios. De qualquer forma, os poucos sobreviventes tinham fugido e virado refugiados nas grandes cidades multiétnicas como Lagos, Kaduna, Jos e Khamfi.

Enquanto Emeka incitava seus parentes, Jubril tocou de leve no ombro do chefe e se curvou para lhe dizer alguma coisa ao ouvido, em voz baixa.

– Quem mandou você tocar num patriarca da tribo? – protestou furioso o chefe Ukongo.

– Mmm... – Jubril resmungou e recuou um passo.

Ninguém os ouvia: mantinham-se todos grudados à televisão. Até quem estava na fila do banheiro tinha se voltado para ela. A cada vez que alguém saía do toalete, os outros recuavam um pouquinho. Pelo jeito ninguém podia se dar ao luxo de perder o menor detalhe.

– Espera aí: quem é você? – o chefe questionou Jubril, como se tivesse acabado de reparar nele. – Não fique em cima de mim.

– Sim, senhor – disse Jubril.

Alguns passageiros olharam para eles, irritados, pois a voz do chefe os distraíra da tevê. Mas o velho permaneceu imperturbável e começou a se abanar lentamente. Por sua atitude e a entonação imponente, ficava fácil ver que outrora ele desfrutara de respeito e vínculos estreitos com os generais. Agora, mesmo com a fortuna depreciada desde a introdução da chamada democracia, e talvez até tendo perdido peso, o chefe se negava a acreditar que houvesse degenerado ao nível daquele adolescente arrogante e sujo.

– Estou perguntando: quem é você? – repetiu o chefe. – Seu ladrão de poltrona... Quem é você?

O garoto respondeu, baixinho:

– Não... Jubril...

Dando-se conta de que dera o nome islâmico, Jubril se empertigou de repente, com o coração disparado. Olhou em torno para ver se alguém o escutara, mas ninguém prestava atenção. Jubril simulou um sorriso, colocou um dedo na boca para alterar o sotaque e disse:

– Quero dizer... Gabriel... Ga-bri-el... Anjo de Deus!

– Não me importo com nenhum anjo de Deus. E tira a porcaria desse dedo da boca, que coisa nojenta!

– Calem-se, vocês dois! – reclamou Emeka.

– Por onde andavam quando a porícia chegou? – Ijeoma quis saber. – Por que não recramalam com eles? Não venham atlapalhar nossa tevê a cabo, ola!

– Seus covardes! – Mônica falou pela primeira vez desde o incidente com polícia. – Patriarca da tribo coisa nenhuma!

– Todo mundo, cala a boca! – repetiu Emeka. – Estou vendo meu povo lutar! Vocês têm algum parente bancando o Schwarzenegger na tevê?

– Você está me mandando calar a boca, é? – desafiou-o Mônica.

– Pela graça de Deus – disse Emeka.

– Espera lá: hoje nós vamos é sair no braço! – disse a mulher.

– Hoje tem muita mulher aloprada neste ônibus – reclamou Emeka.

Deitando o bebê no chão com todo o cuidado, Mônica se ergueu e tentou segurar a roupa para poder brigar, mas achou incômoda a solução. Quis então tirar o vestido de uma vez, mas os vizinhos seguraram-na e tentaram persuadi-la a não armar confusão. Também ralharam com Emeka por chamá-la de aloprada.

– Vou lhe ensinar uma lição agora mesmo! – ela ainda conseguiu dizer a Emeka.

Tendo corrigido o equívoco, Jubril não tinha certeza até que ponto lograra êxito. Vendo neutra a expressão do chefe, ele começou a relaxar de novo. Agradeceu a Alá pelo fato de Emeka, Mônica e Ijeoma terem distraído os passageiros do jeito como fizeram. Considerou esse mais um milagre e o celebrou em seu íntimo. De fato, a atitude de Mônica aliviara a má vontade que ele sentia em relação a ela. Enquanto Mônica altercava com Emeka, Jubril torcia para ela fazer muita celeuma, para despertar tanto o antagonismo do outro que o foco da atenção dos presentes nunca mais se voltasse para ele e o chefe.

Naquele instante Jubril deixou que três pessoas passassem à sua frente na fila do banheiro, para garantir que ficaria atrás da televisão no meio do carro. Fechou de novo os olhos. Retorcia o pulso nervosamente no bolso. Mencionar seu nome verdadeiro fora um deslize quase fatal.

JUBRIL NÃO ESTAVA ACOSTUMADO a ser chamado Gabriel, mesmo em se tratando de um velho nome novo. Sempre se envergonhou do que a mãe lhe contara sobre suas raízes cristãs pré-muçulmanas. Agora tentava repetir em seu íntimo "Gabriel", como se estivesse recitando *tasbih*, a oração muçulmana, numa tentativa de se habituar ao nome. Não queria de novo ser apanhado desprevenido. "É apenas um nome", disse consigo. "Apenas um nome. Jubril e Gabriel significam a mesma coisa." Começou a se imaginar na aldeia do pai ouvindo as pessoas chamarem-no "Gabriel, Gabriel" e voltando-se imediatamente para a fonte do chamado. Imaginou-se acordando de manhã no momento em que ouvia chamar "Gabriel". Aprendeu a soletrar o nome de trás para diante. Começou a cantar o nome mentalmente, mas estava tendo problemas com o J/G.

Antes dos motins, sofrera por sua história pessoal ser mais complicada do que devia. Ao longo dos anos, fez o máximo para não se lembrar dos trechos que conhecia. Se alguém dizia algo sobre o delta ou o oceano Atlântico, Jubril mudava depressa de assunto porque, em sua opinião, como local de nascimento aquele era um lugar vergonhoso. Para ele se equiparavam *sulista* e *infiel*; e até quando lhe disseram que havia muçulmanos no sul, sobretudo entre os iorubás do sudoeste, sua mente, de certa forma, se negou a aceitar como reais ou genuínos esses muçulmanos do sul. Jubril considerava um privilégio ser nortista e fazia qualquer coisa para omitir aquela parte de sua identidade.

Quando alguém se referia à riqueza petrolífera do sul, ele sentia subir por dentro a raiva e se perguntava por que Alá teria dado o petróleo às terras dos infiéis. Portanto, ficou aliviado quando durante as recentes campanhas alguns políticos começaram a dizer às multidões que o petróleo bruto na verdade pertencia ao norte, e não ao povo que vivia nos terrenos petrolíferos do delta.

Como tanta gente, Jubril foi abalado pela argumentação espúria dos políticos: a de que as jazidas de petróleo do delta resultavam de anos de transporte dos sedimentos do norte pelo rio Níger. Os políticos questionavam a razão de a população do delta reivindicar o recurso como próprio; estranhavam a razão de os sulistas solicitarem ao novo governo democrático uma alocação maior de verbas. Enquanto os políticos falavam, Jubril, que naquela ocasião não tinha levado as vacas ao pasto, aplaudia e rugia com a multidão. Mesmo incapaz de ler adequadamente, recebeu feliz dois exemplares do folheto que propagava esses argumentos: um para si e outro para a mãe. Outros políticos nortistas que vieram à cidade, mas não disseram que a riqueza petrolífera não pertencia ao norte nem prometeram introduzir a legislação total da Sharia, não tiveram muito público.

Agora a pergunta sarcástica do chefe Ukongo – "Quem é você?" – penetrou profundamente na alma de Jubril. Os acontecimentos dos dois dias anteriores haviam apunhalado sua identidade muçulmana. A corrida pela savana em fuga, ao deixar Khamfi, transformara a mente de Jubril num redemoinho de perguntas: Alá, é verdade que depois de uma pessoa ser batizada, conforme minha mãe disse que eu fui ao nascer, ela continua a ser cristã para sempre, incapaz de remover da alma aquela marca? O Senhor está me punindo por esse batismo quando bebê, que eu não escolhi? O Senhor sabe que, até onde lembro, sempre me senti totalmente muçulmano e para provar minha firmeza desafiei a apostasia de José e sacrifiquei ao Senhor a irmandade dele? Se o mundo não me aceitar como nortista-sulista, o Senhor também irá me condenar como cristão-muçulmano? Embora eu fosse atacado por Musa e Lukman por ser um falso muçulmano, por favor, Alá, concedei a mim a sabedoria de convencer os cristãos neste ônibus de que realmente sou um deles. Levai-me ao lar, ó misericordioso, conduzi-me à paz... Alá, sua religião islâmica é uma religião de paz.

De repente o caos se instalou no ônibus. Desaparecera a irresistível atração das imagens da tevê a cabo, substituída pelas imagens pouco nítidas, em preto-e-branco, de refugiados numa instalação militar em Khamfi. A transmissão era instável, como se os cinegrafistas locais, enquanto filmavam, tremessem ante a dor de seus compatriotas. Quando se estabilizou um pouco mais, foi possível ver as pessoas que tinham ficado deslocadas. Estavam sentadas por toda parte, nos campos, nas varandas, e algumas ainda corriam para dentro da caserna. Muitas se assemelhavam aos passageiros no ônibus ou na rodoviária, agarradas aos contados pertences com que conseguiram escapar.

Agora os viajantes se levantaram, agitados, buscando em torno a causa da mudança da emissora. Emeka foi o primeiro a recuperar a voz. Apontando para a tela, gritou:

– Meu primo, meu primo... Deixa ver meu primo! Deixa ver meu amigo! A gente quer a tevê a cabo.

Então apontou o policial que segurava o controle remoto, para quem todos olharam com raiva. O oficial balançava o aparelho pendurado nos dedos como se fosse o supremo símbolo do poder.

– Que primo? Cala a boca! – o policial ordenou a Emeka. – Vejam vocês, esses canais da televisão estrangeira estão destruindo a imagem de nosso país. Essas estações dos brancos faturam milhões de dólares vendendo para o mundo a guerra e o sangue de vocês... Nós não somos tão maus assim. Ora, por que eles não mostram na tevê os cadáveres dos brancos durante os conflitos deles? *Abi*, será que não tem gente matando na América ou na Europa?

– Você está falando grego! – gritou alguém. – O que nos importa a América, ou a Europa? *Abeg*, por favor, devolve a tevê a cabo.

– Apaga essas imagens da latrina! – reclamou outro.

– Quer dizer que nossa caserna agora é latrina? – reagiu o policial. – Isso é um desaforo!

– Você é um policial maluco – acusou Mônica.

– Ah, é? Tudo bem, agora a tevê a cabo não é mais de graça! – declarou o policial.

– Mas são as nossas imagens que estamos vendo na televisão a cabo – assinalou a senhora Aniema. – Por que deveríamos lhe pagar para vermos a nós mesmos e a nosso povo?

O policial respondeu:

– Porque o governo reclama de que a tevê a cabo dá uma falsa impressão dessa crise religiosa.

– Seu guarda – disse Ijeoma, apontando para Emeka –, o senhor não escutou esse homem dizer que viu o primo dele na tevê? A gente não vai pagar nada. Já pagamos pelo Ônibus de Luxo!

– São ordens do governo! – afirmou o policial.

– Que ordens são essas? – estranhou Ijeoma, botando as mãos na cabeça em sinal de frustração. – Como foi que lecebeu essa ordem? Você não está com a gente aqui neste ônibus?

– Mulher fofoqueira, você entende alguma coisa do trabalho da polícia? Pare de nos interrogar!

– Por favor, deixe-me ver meu primo! – Lágrimas escorriam pelo rosto de Emeka. – Por favor, volte para aquele canal... Eu quero ver meu primo de novo! Ele está vivo?

O policial nem sequer o olhou.

– Seu guarda, depois eu lhe dou o que o senhor quiser...

– Depois? Não tem essa de depois com a tevê a cabo. – O policial olhava as mãos de Emeka como um cão à espera de que o dono lhe ofereça alguma coisa. – Se der o dinheiro pra gente agora mesmo... tevê a cabo, imagens ao vivo... Comércio eletrônico!

– Comércio eletrônico? – Emeka olhou em torno.

– Ah, sim, o comércio eletrônico ainda não chegou lá nas suas bandas? Você acha que nós da polícia não estamos informados?

– Meus irmãos, seja o que for, eu pago depois a vocês... Juro!

– Mostre o dinheiro pra gente e nós mostramos seu primo... na mesma hora. Os brancos chamam isso de comércio eletrônico.

– Que brancos? – quis saber Mônica. – *Abeg*, deixe os brancos fora desse papo de tevê a cabo.

– Por favor, não grite com eles – Emeka implorou a Mônica.

– Eu não te falei? – Ela ria dele. – Agora você vai cansar de me pedir.

Enquanto Emeka procurava nos bolsos o dinheiro para dar aos policiais, muitos refugiados se meteram no meio, para pedir a Mônica que não se vingasse de Emeka ofendendo a polícia.

– Por favor, mostrem meu primo – pediu Emeka. – Sei que ele nunca vai abandonar Jesus Cristo nessa batalha. Insisti tanto para que fugisse para o sul comigo, mas ele respondeu que Khamfi era o único lar que conhecia. Meu primo nasceu em Khamfi...

Ao ver a nota de dez nairas que Emeka lhes oferecia, os policiais deram risada e lhe perguntaram qual tinha sido a última vez em que pagou aquilo para ver um filme. Emeka explicou-lhes que tinha perdido tudo em

Khamfi. Os guardas lhe disseram que também desse por perdidos o primo e o amigo.

Com o ar de alguém expulso de uma pré-estreia, Emeka se sentou. Sua decepção contaminou o ônibus inteiro. Alguns choravam, embora ninguém quisesse dar mais dinheiro à polícia. Jubril teve vontade de dar a ele uma nota de cinquenta, mas não o fez por temer que essa caridade chamasse atenção para sua pessoa.

Outros rezavam em voz alta pelo dia em que eles – os *talakawas*, os deserdados deste mundo, que eram os personagens dessa comédia macabra na tevê – fossem ricos o bastante para assistirem às imagens irresistíveis de seu sofrimento e sua vergonha. A murmuração dentro do veículo ganhou ímpeto: os passageiros davam socos nas poltronas. Todo o mundo estava falando, menos o chefe e Jubril. Aquele se sentava firme, como a maioria dos chefes de estado da África pós-colonial. Reparando que tinha sido a única pessoa a não condenar publicamente a polícia, Jubril se juntou ao protesto para ficar em pé de igualdade com a maioria.

– Vocês aí, na fila do banheiro, estão causando problema aqui dentro! – gritou um dos policiais para a fila de refugiados que viam tevê e recuavam.

– Nós não somos baderneiros, não... *Biko*! – alegou um homem, virando-se de cara para o banheiro.

– Cala a boca... Você aí! – mandou o policial.

– Me desculpe – disse o homem. – Está bem, podem nos dar estado policial. Nós não queremos democracia de novo.

– Aliás, tem gente demais nessa fila de banheiro. Isto aqui não é latrina com fossa, não. Quem quiser fazer cocô tem de pagar agora mesmo duzentas nairas por cabeça!

O ônibus se calou. A fila começou a se desmanchar.

– Por favor, deixa a gente pagar cinquenta – pediu alguém.

– Seu fominha, como pode passar de duzentos para cinquenta?! – reclamou o guarda.

– Aos pouquinhos ... Eu sou comerciante – o homem comentou.

– Pois bem, se você tiver cento e cinquenta, pode entrar no toalete agora mesmo – decidiu o policial. – Toalete de primeira classe... dão descarga a cada quatro traseiros, nada mais... Ah, e não lave as mãos. Em Lupa a falta de água está muito séria!

Três refugiados pagaram e passaram na frente daqueles que não podiam pagar.

Depois de instantes, o policial disse:

– Olha só, quem tiver oitenta, fique na fila depois da primeira classe. Quem tiver menos de oitenta, tranque a bunda e vá pro seu lugar!

Um refugiado implorou:

– Seu guarda, o senhor recebe vinte pela quinta classe?

– Ficou maluco? Tá bom, eu deixo por cinquenta!

Com a tarifa reduzida, alguns voltaram à fila, inclusive Jubril. Emeka ficou sentado lá com a cabeça entre as mãos, as lágrimas escorrendo pelas faces. Tega se levantou e fez aos policiais um triste discurso. Felicitou-os por seu senso de condescendência e por não matarem a tiros nem espancarem ninguém. Disse à polícia que, malgrado o acontecido no país, ela tinha esperança de que a democracia e a conciliação iriam prevalecer.

Quando a polícia finalmente foi embora, os refugiados do ônibus estavam tão desanimados quanto as hordas de desalentados cristãos, muçulmanos e refugiados do norte e do sul que viam na televisão. Na caserna, ou sentados no campo, em grupos, eles compartilhavam suas lágrimas. Alguns liam o Corão para se consolar; outros, a Bíblia. Uma mulher trouxe uma pequena cabaça preta que pousou momentaneamente na testa de cada membro sobrevivente de sua família. Outras pessoas ficavam sentadas por ali, demasiado abaladas para conversar com qualquer Deus.

De vez em quando, a aflição compartilhada se interrompia quando os portões fortemente guardados do destacamento eram abertos para admitir caminhões lotados de mais refugiados. Sempre que os soldados e a polícia se aproximavam deles, os pobres coitados se encolhiam de medo. Iriam ser traiçoeiramente entregues para que os matassem? Se quando os soldados governavam o país os civis não estavam seguros, que segurança eles teriam ao entrarem no quartel? Alguns refugiados sentiam tanto medo que, para ter certeza da proteção, pagavam aos guardas mesmo sem solicitação.

JUBRIL NÃO COMERA nada desde que Mallam Abdullahi lhe dera um pedaço de pão. Assim, seus olhos começaram a cobiçar os biscoitos do chefe, e o velho, que o observava, ofereceu-lhe duas bolachas salgadas. De início Jubril recusou, desconfiado das intenções do outro.

– Pode pegar, não fique de fingimento! – disse o chefe.

Mas quando Jubril, murmurando um agradecimento, estendeu a mão esquerda, o chefe retirou a oferta.

– Não posso deixar você insultar minha condição de chefe com sua mão esquerda!

– Eu não quero comer... Só quero me sentar – afirmou Jubril, mentindo.

– Filho, não o estou subornando; só estou tentando ser amável com você.

– Obrigado.

Apesar do sarcasmo do chefe, Jubril pôde ver que ele não estava em paz e que comia desalentado os biscoitos. Os movimentos que enrugavam seu rosto ao mastigar aconteciam, como um interruptor defeituoso, algumas frações de segundo antes de o pomo-de-adão se mover vacilante, enquanto as mandíbulas trituravam lentamente o alimento. A refulgência da televisão se derramava sobre o semblante do chefe, como um holofote no escuro, águas revoltas de sua alma.

– Cada um confira se está sentado no lugar certo, vocês todos! – gritou a polícia lá da porta.

– Sim, seu guarda! – responderam em coro os passageiros.

– Quem não tiver o bilhete, nós vamos imediatamente botar para fora. Quem estiver sentado no lugar errado, nós vamos dar uma multa especial por vadiagem, vocês ouviram?

– Ouvimos sim, seu guarda.

– O motorista do ônibus vai chegar já, já.

A notícia de que o motorista chegaria em breve trouxe algum alívio para todos. As pessoas cochichavam com os vizinhos e se acomodavam nas poltronas para a tão ansiada viagem para casa. Jubril puxou do bolso a passagem da Madu Motors. Estudou-a cuidadosamente e ficou satisfeito. *Gabriel O: #52* era o que estava escrito nela. Meteu-a de volta no bolso com todo o cuidado, como uma posse valorizada, e sorriu para ninguém em particular, na expectativa de viajar.

Lá fora, a multidão alvoroçada se reunira em torno do veículo como para invadi-lo.

– Não se preocupem, este não vai ser o último ônibus – anunciou-lhes a polícia. – Muitos outros estão vindo do norte e vão parar e levar passageiros.

Devem chegar antes de nossa própria partida... Ontem à noite muitos deles também levaram gente daqui.

– É mentira, é mentira! – gritavam as pessoas. – Este ônibus não sairá daqui hoje à noite!

A polícia deu um passo à frente e atirou para o alto, tentando evitar uma invasão. A multidão recuou.

– Por que você não se senta aqui? – perguntou o chefe a Jubril, a quem ele estivera estudando. Apontou um lugar no chão, já tomado por um homem. Pedindo ao ocupante que abrisse mão daquele espaço, o chefe soltou um riso sinistro, como se estivesse acima da lei.

– Velho, o lugar do rapaz está embaixo do seu traseiro – protestou depressa o homem. – Você me ouviu bem, portanto...

– O que disse?! – cortou-o o chefe. – Eu me recuso a ser tratado sem o devido respeito.

– Escuta aqui, velho, pode se levantar... seu ladrão! – um segundo alguém o desafiou, aumentando o número de passageiros que apoiavam Jubril.

– Vai querer roubar a poltrona de alguém em plena luz do dia? – disse o primeiro homem. – Você está se comportando igual à polícia!

– Com certeza você quer ver todo o mundo o chamar de chefe – Tega comentou. – Chefe isso, chefe aquilo... é chefe demais pra este país. Eu também vou comprar meu chapéu-coco!

– Muito cuidado com seu jeito de falar comigo! – esbravejou o chefe, voltando-se com aspereza para o sujeito cujo lugar ele quisera dar a Jubril. – Está me chamando de velho? A mim? Você sabe quem eu sou?

– Cristo, o filho de Deus, não gostou de ver você enganar esse rapazinho.

– Está me passando um sermão?

– Pela graça de Deus – respondeu o homem.

– Olha aqui, eu nem devia estar neste ônibus com vocês – reclamou o chefe. – Fiquem sabendo que eu não sou um de vocês!

– Então, sai do ônibus! – disse Tega, de sua poltrona. – Quem é você? Um homem de Abacha?[6] Um dos Babangida Boys?[7]

---

6. Sani Abacha, ditador militar nigeriano (1993-1998). (N. da T.)

7. Oficiais colocados em posições estratégicas, leais ao ditador militar nigeriano Ibrahim Babangida (1985-1993). (N. da T.)

– Como diz o nosso povo, antes da descoberta do amendoim a população não estava comendo pedra... Guarde para si seu cristianismo!

– Não venha nos confundir com provérbios – continuou Tega. – Vai ver, você é pagão... seu feiticeiro!

Alguns riram dos comentários dela.

– Pagão, é? Como se atreve a chamar de paganismo minha religião tradicional? – retrucou o chefe.

– Ora, chefe, você está fazendo jogo porítico com isso – acusou Ijeoma. – Basta só sair da portlona.

– Se você não é cristão, que outra coisa poderia ser? – perguntou Tega.

– Ele está sofrendo da síndrome do politicamente correto – Emeka falava pela primeira vez desde que a polícia mudara o canal de tevê.

– Vou só dizer a vocês uma coisa: antes da colheita do cardamomo-de-madagascar, o curandeiro já andava carregando a sacola, e não o contrário... Neste país a religião de meus ancestrais é muito mais antiga que a de vocês. Esta terra nos pertence.

– Os deuses inúteis! – Tega meneou a cabeça.

– Se vocês, os pagãos, parassem de sacrificar ao diabo partes do corpo humano, este país seria mais pacífico que a Suíça – disse Emeka.

O chefe deu uma risada sarcástica, lançando um olhar contundente aos rostos dos refugiados na televisão, pelos quais todos haviam perdido o interesse.

– E as religiões importadas de vocês estão abençoando este país, não é mesmo? Ora, por favor, me digam: somos nós, os chamados pagãos, que estamos perseguindo essas pessoas e forçando-as a entrar em alojamentos? Somos nós que expulsamos vocês do norte?

– Nós não delamamos sangue! – Ijeoma argumentou ansiosa, em nome dos cristãos.

– Qual sangue? – indagou o chefe. – O sangue do cabrito e do carneiro que usamos em nosso sacrifício pode ser comparado ao sangue humano que vocês vêm derramando em Khamfi?

– Isto é mentila sua – disse Ijeoma. – Vocês fazem saclifício humano e litual também.

– Alto lá, minha filha! – advertiu-a o chefe. – Um patriarca da tribo não mente. Tenha muito cuidado, hein!

– Chefe, o senhor está mentindo e ponto final – atalhou Mônica, e as pessoas começaram a rir.

Sem conseguir ficar sério, o próprio chefe também começou a rir. Abaixou a bengala, chocalhou os colares e passou os dedos, orgulhoso, sobre as numerosas figuras dos leões em seu traje.

Quando enfim recuperou a compostura, perguntou:

– Mas por que você está atacando minha religião?

– Veja bem, qualquer um que fique rindo como o senhor riu – continuou Mônica – está mentindo.

A frase provocou mais risadas. Até alguns do lado de fora começaram a saltar junto à janela para ver o que estava acontecendo.

– Quem mata em nome de Alá são os muçulmanos – disse Emeka, muito sério. – Não é caso para achar graça.

– *Haba*, vamos com calma! Acalme-se, Primo de Dubem, Amigo de Tom. – Mônica ergueu a mão. – Nós não queremos causar muito estresse neste ônibus... Você está com o corpo muito tenso.

– Não, nós temos que corrigir a teologia equivocada do chefe. Pela graça de Deus, o cristianismo é puro perdão. Se não fosse isso, o país a esta altura já teria pegado fogo. Vocês, os pagãos, são como os muçulmanos...

– É uma afronta comparar minha religião àquela religião de bárbaros! – O chefe ainda ria. – Eu avisei a vocês que não mencionassem as palavras *Islã* ou *muçulmano* neste ônibus, lembram?

– É verdade, nós fizemos essa regra – admitiu Tega, e o ônibus silenciou por um momento, como se fosse necessário o silêncio para limpar o ar daquela violação.

– *Abeg*, nós precisamos acertar o problema do meu assento – lembrou o homem cujo lugar o chefe queria dar a Jubril.

– Pois aí está, vamos ver os bilhetes – propôs Emeka. – Chega de tanta conversa.

Todos se voltaram na direção de Jubril e do chefe. Jubril imediatamente mostrou-lhes sua passagem. Ele a sacudia como se tivesse em mão um bilhete premiado de loteria. Pelo menos, pensou, haveria terceiros para dirimir o caso.

– E então, chefe, onde está a sua? – Mônica fez a pergunta que estava na mente de todos.

– Eu? – O chefe pigarreou.

– Claro – confirmou Ijeoma.

– Vocês acham que eu poderia estar aqui sentado sem ter uma passagem?

Ijeoma e Tega se entreolharam, e por alguma razão ninguém quis botar pressão no chefe Ukongo para mostrar o bilhete. Em vez disso, os passageiros ficaram torcendo por Jubril, incitando-o a exigir que o chefe saísse de sua poltrona. Jubril ficou aliviado. Mesmo ciente de que esses aplausos morreriam num átimo se eles descobrissem sua condição de muçulmano, o simples fato de estarem a apoiá-lo – um garoto de dezesseis anos, contra um chefe – trouxe-lhe uma sensação de bem-estar. Jubril sabia que em Khamfi ninguém jamais iria apoiá-lo e favorecê-lo na disputa com um patriarca da tribo ou um emir, nem que ele tivesse duzentos por cento de razão. Era como antegozar da liberdade que esperava desfrutar no sul, e todas as visões beatíficas do lugar agora o inundavam. Sentia que finalmente conquistara o apoio de seu povo, os sulistas. A Jubril já não preocupava mais a diferença religiosa entre o chefe e os cristãos que vieram em seu apoio, nem a diferença entre ele e os que o apoiavam: tinha vontade de cantar e dançar. Nos últimos dias, aprendera que uma pessoa precisava tolerar certas coisas em benefício de outras. Por causa desse gesto isolado de apoio, pela primeira vez naquele ônibus ele podia ver a si mesmo relaxando e se atrevendo olhar a televisão – só para mostrar seu apreço. Não era aquela a hora de pensar em islamismo, ou cristianismo, ou Deus, refletiu. Era o momento de aproveitar e celebrar sua condição de ser humano. O que importava naquele instante era conseguir que os demais deixassem de lado as armas e os preconceitos; era conseguir um jeito de conviver.

EMBORA O CHEFE NÃO TIVESSE lhe cedido a poltrona, nem mostrado a passagem, Jubril ainda estava perdido na felicidade. Nesse momento de desatenção, as lembranças de sua fuga lhe voltaram à memória com toda a força. E porque se sentia mais aceito dentro do ônibus, ele as deixou seguir o próprio curso. Pela primeira vez durante a espera na rodoviária sentiu que poderia lidar com seu tumulto interno sem se denunciar.

Lembrava-se de ter caído e perdido a consciência na savana, enquanto a turba, liderada por Musa e Lukman, o perseguia; mas ignorava o que acontecera durante o desmaio. A primeira coisa que recordava era ter acordado, debilitado e dolorido, coberto de tapetes num quarto escuro.

O cheiro acre dos tapetes pairava, pesado, sobre o quarto. Jubril estava deitado de costas no chão; no recinto, o silêncio era mortal. O rapaz se beliscou para ter certeza de estar vivo. Seu cansaço era tal que os tapetes pareciam pesar como chumbo. Por um momento, achou que estivesse morto, e seu cadáver, sendo preparado para o enterro. Respirou cautelosamente, sem ousar se mexer. Amaldiçoou o dia em que conhecera Musa e Lukman e se perguntava se eles o teriam capturado. Por que o manteriam vivo? Jubril ainda via seus rostos triunfantes ao espancá-lo e os esgares com que o perseguiam pelo vale. Tentou habituar a vista à escuridão. Ouviu o vento açoitar a savana e também o fraco chilrear de pássaros. Sabia que estava no campo, mas não poderia dizer a que distância se achava do lugar onde havia caído.

De repente escutou o inimaginável: o som explosivo de cristãos pentecostais falando línguas estranhas, que jorrava de todo lado ao seu redor, em torrentes incessantes. O coração de Jubril bateu mais rápido; caíra de mãos de fundamentalistas cristãos. Alguns deles rezavam em idiomas estranhos, o que o fez recordar o irmão Yusuf no dia em que ele morreu. Os cristãos se achavam muito próximos e pareciam encher o recinto. Jubril agradeceu a Alá pelo fato de não ter se movido nem tentado ficar de pé; aquilo teria sido perigosíssimo, uma vez que tivesse tido forças para tanto. Eles rezavam como se o lugar lhes pertencesse, seus corpos trêmulos fazendo chacoalhar os tapetes; Jubril ficou apavorado e teria tapado os ouvidos, não fora o medo de se mexer.

Como fogo ligeiro, a prece inundou-o de recordações do irmão. Será que eles iriam lhe poupar a vida? Por que o haviam trazido a seu meio? Como o encontraram? Como foi que Alá permitiu aos amigos de Jubril condená-lo por supostamente pertencer a uma fé que ele nunca afirmou nem praticou e que odiava com ardor? Renegado pelos muçulmanos e agora capturado pelos cristãos, agarrava-se à própria consciência e rezava.

À medida que as orações enchiam os ouvidos de Jubril na escuridão, ele tentava esquecer as pedras que caíram sobre Yusuf. Tentou não lembrar como Yusuf gritava os nomes dos tios e vizinhos, implorando a eles que o poupassem, e como, ao compreender o apelo como inútil, voltou com redobrado vigor a rezar em línguas estranhas e a chamar o nome de Jesus.

"Alá, o misericordioso, perdoa-me!", repetia Jubril em silêncio para afogar as lembranças desesperadoras de Yusuf. "Eu devia ter sido mais amável com ele quando voltou do delta. Devia ter ouvido mais a minha mãe. Devia ter me recusado a testemunhar seu linchamento. Alá, abranda os corações desses cristãos e poupa minha vida", Jubril rezava, implorando com cada centímetro de seu corpo machucado. Diante do que fora feito aos cristãos do norte e da vingança que assolava o país, Jubril sabia que só Alá poderia salvá-lo. "Alá, vós vos lembrareis de mim", rezava Jubril. "Dai-me forças para lembrá-Lo."

DEPOIS DE UM INTERVALO QUE PARECEU uma eternidade, Jubril ouviu um tumulto que se aproximava. Pelos gritos e canções, teve certeza de que se tratava de muçulmanos. Enquanto a turba cercava a casa, os pentecostais se calaram como sapos coaxantes cuja lagoa fora invadida. A imagem de Musa e Lukman pairou na mente do rapaz, que sentiu que já não conseguia mais rezar. Pensou em ficar de pé para fugir, para negar aos dois amigos a alegria de finalmente matá-lo. Mas notando que os cristãos que tinham rezado momentos antes como se o mundo inteiro lhes pertencesse não se moviam, nem mesmo para se defender, ele se acalmou. Foi melhor assim, pois quando estendeu um pouco a perna viu que ainda estava fraco demais para se erguer.

Esperou que arrombassem a porta, que seus companheiros islâmicos invadissem o local e o matassem. Aguardou que suas tochas enchessem a escuridão de luz momentânea, que seria seguida da treva eterna da morte. A multidão parecia ter passado pela casa e corrido mais para adiante na savana. Jubril respirou de novo e, depois de algum tempo, ouviu passos no que parecia um corredor na peça ao lado. Ouvindo com atenção, discerniu o murmúrio desmaiado mas implacável das ave-marias. Agora essas orações pareciam de fato soar mais perto dele que as preces anteriores de êxtase. Tornou a agradecer a Alá por não tê-lo deixado se mexer ao ouvir os muçulmanos. Quem sabe o que lhe teriam feito aqueles cristãos sussurrantes?

Ainda tentava imaginar onde se encontrava, quando a multidão retornou, mais numerosa que antes, seus cantos mais altos. Quando os líderes exigiram ver o dono da casa, Jubril quase desmaiou.

– Entregue agora mesmo os inpiéis! – ordenou alguém ao homem. – Você está escondendo eles em sua casa!

– Eu não tenho nenhum estranho aqui – declarou o dono do lugar.

– Pela última vez, ordenamos que entregue eles, ouviu?

– Já disse que não tenho visitas em casa.

– Andam dizendo que vocês esconderam um fovo em sua casa. Disseram que você pez a mesma coisa durante o conprito de dois anos atrás.

– Meu nome é Mallam Yohanna Abdullahi – ele declarou. – Sou professor, muçulmano sério.

– Nós sabemos.

– Então por que eu iria esconder infiéis sob meu teto?

– Porque alguns de nós, muçulmanos, são traidores.

– Alguns de nós achudaram esses sulistas a pugir, quando Alá nos entregou eles pra matar – alegou outro homem.

– Esse fovo ibo – disse um terceiro –, esse fovo do delta, esse fovo iorubá, a ameaça inteira do sul, todos eles têm mais é de morrer!

– Eles não são como nós, o povo hauçá – acrescentou outro.

O *mallam* declarou:

– Também sou do povo hauçá... Como eu iria proteger alguém que não gostasse da minha tribo, vocês entendem?

– Pois bem, se a gente encontrar eles em sua casa, nós vamos te matar.

Jubril não conseguia acreditar no que escutara. Ficou chocado de que seu anfitrião fosse um muçulmano hauçá. Parecia uma encenação, e ele esperava ver o outro ceder sob pressão. Enfileirando os filhos do homem, a turba avisou a eles que já tinha matado muitos muçulmanos que tentavam esconder infiéis. Mas os filhos de Abdullahi eram tão corajosos quanto o pai e sustentaram que não havia estranhos no meio deles.

Quando os agressores entraram para revistar a casa, portaram-se como gafanhotos, em seu impulso destruidor. Declararam que iriam maltratar Mallam Abdullahi e a família porque, segundo informações, tinham protegido cristãos e sulistas nas últimas revoltas. A turba procurou infiéis na cozinha, brigando pela comida; procurou infiéis nos celeiros, saqueando inhames e sacas de amendoim. Caçou infiéis nas salas íntimas da residência do homem, insultando as mulheres e as filhas dele, para se vingar do fato de Mallam Abdullahi ter ajudado gente no passado. No cômodo onde estava Jubril ninguém podia mais rezar em voz alta. Como Jubril, eles todos assediavam em silêncio os céus, pedindo a Deus que concedesse mais coragem a seu anfitrião.

A porta do cômodo se abriu de repente, e uma rajada de vento entrou por ela. Mas ninguém entrou. Mallam Abdullahi estava junto à soleira com dois homens que o importunavam e empurravam. Ele estava descalço e usava uma túnica. Jubril ouviu outro grupo se aproximando, cantando canções de guerra; então fechou os olhos e esperou.

– O que tem aí dentro, *mallam*? – quis saber um dos que o acossavam.

– Nada.

– Tem certeza?

– Só alguns tapetes de oração. Sim, para minha família toda... Querem que eu abra a janela para vocês?

Tentou entrar no quarto, mas arrastaram-no dali.

Depois que se afastaram, Jubril levou minutos para perceber que estava coberto de suor e que seus lábios tremiam. Antes dessa ocasião, ele próprio estaria caçando infiéis, mas a traição de Musa e Lukman o mudara, bem como a sua visão de mundo. Pensar que estivera escondido sob os tapetes de oração de outros foi demais para o jovem. Uma ou duas pessoas soluçaram perto dele e as lágrimas também lhe correram pelo rosto. Foram as primeiras lágrimas de alegria que derramou em sua vida. Jubril nunca teria cogitado permitir que um infiel tocasse seu tapete de orar. Não podia ter pedido mais à família de Abdullahi, e, mesmo que agora algum deles os entregasse, para Jubril não teria feito muita diferença, diante de tudo o que tinham sacrificado até aquela altura. Ele se encheu de gratidão, de um orgulho misterioso de que seus companheiros muçulmanos pudessem arriscar tudo em favor dos infiéis. Com uma das mãos segurou com ternura os tapetes de oração. Abençoou Abdullahi, cujos tapetes de oração familiares eram sagrados o bastante para todos.

O VENTO ENTROU E ENCHEU O QUARTO, e as pessoas se esforçaram por manter os tapetes no lugar. Então Jubril sentiu seu tapete sendo puxado para o chão pelas duas pontas e quase gritou de medo. A pressão foi aumentando de leve, porém com firmeza, impedindo os tapetes de serem varridos pelo vento.

– Segurem os tapetes! – cochichou no ouvido de Jubril um cristão apavorado.

– *Abeg*... Não me mate, por favor – implorou Jubril, por instinto.

Enquanto os companheiros desconhecidos puxavam os tapetes mais para perto, Jubril foi cautelosamente livrando do aperto o punho escondido no bolso. Na escuridão, constatou que deveria haver pelo menos uns cinco ou seis estranhos a rezar, ansiosos, debaixo dos mesmos tapetes. Os outros clamavam a Jesus e Maria que os salvassem, as súplicas afogadas pelo rebuliço da turba lá fora.

– Por Jesus Cristo, agarre os tapetes com as duas mãos! – outro vizinho advertiu Jubril. – O que você leva no bolso, para valer mais que a vida?

– Nada – ele disse aos cristãos. – Me ajudem... Eu sou um de vocês.

– Seu preguiçoso, segure os tapetes!

Embora discutindo aos cochichos, todos sabiam que suas vidas dependiam totalmente do equilíbrio, e que se alguém entrasse em pânico todos eles iriam morrer – inclusive Mallam Abdullahi e sua aterrorizada família. Incapaz de segurar os tapetes com as duas mãos, Jubril ficou aliviado quando os vizinhos resolveram ajudá-lo.

Esse esforço conjunto pela sobrevivência e o testemunho corajoso de Abdullahi encheram Jubril de esperança. Naquele quarto escuro, sentiu uma alegria que não conseguiu explicar; uma alegria que, ele veria mais tarde, alimentou sua convicção de que Alá o protegeria num ônibus lotado de cristãos.

Deitado ali, o garoto se sentiu despertar para tudo, como um sufi em contemplação, completamente rendido à vontade de Alá. Em seu coração, começou a invocar o divino nome de seu criador. Teria adorado poder se manifestar em celebração ruidosa, mas manteve o corpo tão imóvel que seu espírito pareceu se expandir, celebrando a grandeza de Alá.

Podia sentir sua preciosa respiração passar por entre os pelos das narinas, e depois fazer inchar a barriga. Na parte inferior das pernas experimentou uma sensação de formigamento. Na pele da área em que os joelhos se tocavam, que tinha estado dormente, agora havia uma dor latejante. Jubril estava presente ao tremor das mãos de seus vizinhos, enquanto o ajudavam a manter no lugar os tapetes dele, e sentiu entrar pelas costas o calor emanado do piso nu. O suor encheu seus poros e se derramou, ligando-lhe o corpo ao chão em longas cordas líquidas, ensopando-lhe as feridas e as roupas. Seus ferimentos começaram a doer de novo. A saliva, que secara em sua boca quando os fanáticos bateram na porta, voltou a correr, e teve para ele um sabor delicioso. Até o cheiro dos tapetes parecia maravilhoso. Ele estava plenamente vivo. Seu corpo inteiro, com exceção do pulso mutilado, louvava Alá em silêncio, na maneira como a criação celebra sua complexidade, por meios que nenhum mortal consegue abranger por completo.

Sentiu-se em conexão com esse universo recém-descoberto de peregrinos diversos e desconhecidos, os cristãos sem rosto. A complexidade da sobrevivência deles lhe atravessou a alma com uma percepção estonteante: no plano de Alá, todas as vidas contavam.

ELES AINDA IMPLORAVAM a Deus silenciosamente, em conjunto, de formas diversas, quando a turba começou a derramar gasolina em cima das casas, na derradeira tentativa de ensinar uma lição a Mallam Abdullahi. Dois homens chegaram e pararam à soleira do quarto, espalhando combustível no recinto. O líquido caiu sobre os tapetes como as primeiras gotas de chuva sobre as folhas de bananeira. Jubril e seus companheiros se imobilizaram à espera da centelha dos fósforos, enquanto a frieza do combustível, acentuada pelo vento harmatão, lhe espicaçava os ferimentos. Qualquer movimento poderia tê-los denunciado aos agressores, de tão próximos que estes se encontravam. Qual uma estátua sob a chuva, Jubril nem piscava. Sentiu o líquido lhe atingir os olhos. Esperou pelo tipo de fogo que ele próprio tantas vezes atiçara às propriedades de infiéis em Khamfi...

Jubril sentiu alguém lhe bater de leve no ombro e deu um salto.

– Eu não quis machucar você – desculpou-se o chefe Ukongo.

Aos olhos do chefe, o sofrimento no rosto de Jubril o fez parecer alguém ansioso por controlar os poderes que trazia ocultos no bolso, quaisquer que fossem.

– Ora, filho, qualquer amuleto de bolso...

– Não tenho nada no bolso – defendeu-se Jubril.

– Pois você sabe o que eu tenho no meu? – provocou-o o chefe. – Se renegar publicamente seu amuleto, ele não vai poder defendê-lo. Espero que você saiba disso. De toda forma, o seu não pode sobrepujar o meu... Se tentar isso, filho, eu vou matá-lo!

– Ora, chefe Chapéu-Coco – disse Tega –, deixe o menino em paz!

– Primeiro, o senhor o enganou para tirar a poltrona dele – lembrou alguém. – Agora o acusa de estar escondendo mandinga no bolso.

Mônica perguntou:

– Chefe, o senhor também quer roubar o dinheiro dele?

– Que dinheiro esse cabrito tem? – O chefe fez um esgar. – Eu só toquei no ombro dele para lhe mostrar minha passagem de ônibus... Agora é minha vez de provar que não estou usurpando a poltrona a que o rapaz tem direito. Meu único problema com esse garoto é a atitude dele.

– Sim, senhor. – Jubril balançou vigorosamente a cabeça, pois viu próxima a perspectiva de recuperar a poltrona. Remexeu na sacola e tornou a trazer para fora o bilhete, para o caso de haver necessidade de comparar os dois.

Alguns se endireitaram no assento ou esticaram o pescoço para ver a passagem do chefe.

Remexendo na bolsa que levava ao colo, Ukongo lhes garantiu:

– Vocês me entenderão melhor depois de verem meu documento de identidade...

– Identidade? Ninguém plecisa ver nenhuma identidade! – resmungou Ijeoma. – Vamos, lespeite a si mesmo!

– *Você* não quer ver minha identidade? – o chefe Ukongo gritou para ela, e bateu no peito diversas vezes, como quem visse profanarem o mais sagrado de seus direitos. – Moça, quem a nomeou para juíza entre um patriarca e esse crápula? Espera que eu lhe mostre o bilhete e nem olha para minha identidade? Você sabe quem sou eu?

Assim falando o chefe retirou da sacola, num arroubo, um enorme talismã, do qual arrancou uma pena, que soprou pelo ar. As pessoas gritaram em pânico, e as que estavam próximas ao ponto onde a pena caiu saíram de perto. O chefe prorrompeu em fórmulas encantatórias, com a cabeça balançando como o rabo de uma cascavel.

– Agora, minha jovem, você pode vir me perguntar pela minha passagem – ele disse, por fim. – E você, o rapaz do amuleto, vejamos quem é mais poderoso. Bota pra fora o que você tem e vamos ver!

Jubril pediu aos policiais, que tinham acabado de entrar no ônibus após ouvir o alarido, que resolvessem a questão de uma vez por todas. Mas quando os policiais viram a situação, foram embora, prometendo que voltariam depois de tomarem a cerveja deles.

O chefe ficou rindo de Jubril e prometeu aos oponentes que sofreriam quando o ônibus chegasse ao seu domínio.

– Vocês sabem quem tem mantido a paz no delta? – perguntou. – A polícia reconhece meu status. Sabem como entrei neste ônibus antes de todo o mundo? Você vai se arrepender de ter convidado a polícia!

Mas Jubril não se intimidou: ele queria justiça.

– Ah, filho, filho... – A senhora Aniema meneou a cabeça. – Por favor, peça à polícia para não se meter no caso! Nós já sofremos bastante nesta viagem. Desculpe, como você se chama?

– Ele se chama Gabriel! – interveio o chefe.

– Ah, Gabriel, nosso anjo – continuou a mulher –, você é rico o suficiente para pedir intervenção da polícia?

– Ela tem razão, rapaz – observou Emeka. – Você agiu depressa demais. Quer saber? Estes são tempos extraordinários. Todos nós estávamos admirando sua paciência com o chefe. As coisas teriam se ajeitado. Viu como aqueles policiais me negaram a oportunidade de saber se meu primo e meu amigo tinham morrido ou sobrevivido na guerra da Sharia em Khamfi, não viu? Eles são desumanos.

– Neste país, chamar a polícia pra te ajudar – disse uma mulher – é como um fazendeiro convidar os gafanhotos pra fazenda dele!

– Nenhum pai ajuizado quer expor a filha a estupradores – comentou outra.

– Gabriel, fique sabendo – Mônica opinou –, neste país, a polícia, os soldados, eles não são nortistas nem sulistas, não são cristãos nem muçulmanos: são só bandidos... Eles não servem para te fazer justiça.

– Eu já avisei para não falarem a palavra *muçulmano*, não foi? – reclamou o chefe.

– Desculpe, eu esqueci. – Mônica deu de ombros.

– Como é que ninguém mais ouve os patriarcas neste país? – protestou o chefe. – O que há de errado conosco?

Emeka se levantou, e, saltando com cuidado no caminho a pena atirada pelo chefe, foi até Jubril para explicar as coisas ao rapaz, em voz muito baixa:

– Veja só, Gabriel, você sabe que, como o governo é civil, devemos tentar acertar nossas disputas sem meter nelas a polícia ou os soldados. Durante os anos de governo militar os generais roubaram bilhões de nossos petrodólares... Agora, nestes tempos democráticos, alguns desses generais voltaram para apoiar leis que querem cortar a mão de pobres ladrões de galinha.

– Se nós arrastarmos esses mesmos generais para o tribunal da Sharia – meteu-se Tega –, que pedaço do corpo deles cortaremos? Que pedaço vamos deixar? Mesmo assim não iremos recuperar nosso dinheiro. A Sharia não pode tocar nesses muçulmanos ricos! Antes que a gente dê pela coisa, eles vão correr para o tribunal da lei consuetudinária. Até os governadores trambiqueiros que introduziram a Sharia não querem nem sentir cheiro do chamado tribunal islâmico. Eles vão correr para um tribunal de direito comum, querendo imunidade contra a própria Sharia...

– Calma aí, minha irmã – insistiu Emeka. – Deixe que eu explique tudo com cuidado a Gabriel.

No entanto, ela disse:

– Meu conselho pra todo o mundo é a gente, o povo pobre, aprender a se proteger... Gabriel, vá correndo, agora mesmo, tirar esse caso da mão da polícia.

Porém, Jubril não estava mais escutando. Enquanto os outros analisavam a crise, a sua mente havia derivado de novo para os próprios infortúnios. O rosto vazio exibia um sorriso murcho. Distantes, vagamente transfixados no teto do ônibus, os olhos se afastavam da televisão.

"Quando eu chegar a Ukhemehi", ele pensou, "como será que meu pai vai me receber? O que direi a ele sobre Yusuf? Se eu abandonar o islamismo pela religião Deeper Life, isso irá acalmá-lo e ao resto dos parentes? Yusuf tinha dito que alguns deles permaneceram católicos e alguns voltaram à religião ancestral. O que a justiça exige de mim? Quando deverei dizer a meu pai toda a verdade? Quando o visitou, Yusuf deve ter dito a ele que eu era um muçulmano conservador. O que direi a eles sobre a minha mão? Até quando vou conseguir mantê-la escondida? Talvez eu deva mentir a meu povo no delta, dizer-lhes que não roubei, que fui coagido a confessar, que nunca na vida apoiei a Sharia. Talvez se eles soubessem disso fossem mais solidários com minha situação."

Sondando o próprio coração, Jubril encontrou algum conforto: quem sabe fosse melhor fazer uma completa confissão pública, como naquela parábola da pregação de Yusuf, a do Filho Pródigo? Jubril estava disposto a se expor a qualquer consequência, até a morte. Sua fuga começou a assumir a missão de retorno para contar ao pai a verdade, uma verdade que ele, até atingir seu destino, devia fazer o máximo para ocultar. Em vista do que o irmão lhe revelara,

Jubril estava muito seguro do perdão paterno e da hospitalidade da aldeia de Ukhemehi.

– Gabriel não escuta muito bem – explicou o chefe, dando uma risadinha diante da consternação de Emeka e Ijeoma. – Desculpem, mas eu esqueci de avisar vocês. Às vezes ele até usa linguagem de sinais.

– Gabriel, você é maruco! – Ijeoma gritou tão alto que o resto do ônibus se virou para olhar. – Nós te pedimos para não tlazer a porícia pala nos matar, e você fica solindo e fazendo pose de modero da Gucci... de mão no bolso.

Ela o agarrou e o sacudiu até a atenção dele retornar ao ônibus.

– A gente disse que não quer a polícia lesolvendo nenhum caso neste ônibus!

Ao olhar em torno, o rapaz viu que todos o encaravam e assentiu:

– Ah, nada de polícia outra vez.

– Você é surdo? – perguntou Emeka.

– Não me atormentem. – Jubril se curvou.

– Meu povo, não se preocupe. – O chefe sorriu. – Vou dizer aos guardas que não se incomodem, está bem?

– Sim, chefe! – eles disseram.

– Muito obrigado, chefe... O senhor é mesmo um chefe de verdade.

– Deus o abençoe, chefe!

Agora que a polícia estava fora do cenário, os passageiros tornaram a relaxar. Jubril ouvia as caçoadas no ônibus sobre o poder nos domínios dos chefes. O rapaz só podia comparar o conceito da condição de chefe ao da condição de emir, no norte, embora os comentários que escutou o levassem a concluir que os emires tinham mais poder.

Chefe Ukongo, levantando-se, pigarreou:

– Meu povo, agora vocês estão falando... comigo... seu chefe!

Dirigia-se aos passageiros. Bateu no chão com a bengala e caminhou até o ponto onde a pena caíra. Recolheu-a com a máxima ternura possível, colocando-a junto com o talismã dentro da sacola.

– Conforme diz nosso povo – continuou –, o mundo está cheio de deuses. Mas os importantes são chamados por seus nomes. Além disso, não esqueçam: não importa o quanto um ídolo seja pequeno, é melhor carregá-lo com as duas mãos. Vejam bem, este é um período de crise nacional. Vocês deviam se congregar em torno de seus patriarcas reais... O norte está se unindo em torno dos emires.

Pediu a Jubril que se sentasse no chão ao lado dele, onde a pena havia caído. Jubril sentou-se imediatamente, ao lado de Mônica. Ela sorriu para ele, que não retribuiu.

O velho deixou cair alguns biscoitos no colo do rapaz. Este lhe agradeceu. Os refugiados que o apoiavam alguns minutos antes nem sequer o olhavam. Sua solidão e seu medo voltaram, inchando como fermento. Jubril colou-se contra a poltrona do chefe para evitar o tremor. Quanto mais pressão aplicava sobre os músculos machucados, mais agravava os ferimentos que tinha sob as roupas.

Jubril voltou à razão quando o chefe lhe perguntou por que não estava comendo. Ao rapaz o chefe dava a impressão de que não só iria privá-lo da comida como ainda poderia usar seus poderes mágicos para transformá-lo num grão de areia. Tratou de comer depressa.

EM ALGUM PONTO DA MULTIDÃO lá de fora, acima do burburinho da estação de ônibus, um cachorro latiu diversas vezes, sem descanso. A cada esforço os latidos iam ficando mais fracos, como se ele, tal qual um paciente de coqueluche, não conseguisse se furtar àquela ânsia nauseante e involuntária.

O canal de tevê local continuava a transmitir suas feias imagens do conflito, atraindo a maior parte da atenção dos passageiros, que aguardavam o motorista e o combustível. Agora, sem entusiasmo, eles olhavam a caserna, mostrada vezes sem conta, ouvindo o mesmo âncora da televisão a lhes garantir que tudo estava bem. Mas o tempo todo Jubril analisava o chefe. Apesar de finalmente ter sido reconhecido por seu povo, o velho parecia inquieto. A Jubril pareceu que a paz momentânea que permeara o veículo escapara àquele homem. De vez em quando uma angústia imperceptível trazia lágrimas aos sulcos dos olhos de Ukongo. Pegando a carteira de identidade, o chefe a fitou e perguntou a Jubril como os refugiados podiam ter se recusado a reconhecer sua identidade.

– Como puderam se negar a vê-la, quando eu voluntariamente a mostrei a eles?

– Sinto muito, chefe – disse Jubril.

– Tudo bem.

O chefe mirou o rosto feliz e confiante que tivera no passado e franziu a testa como tentando se lembrar de alguma coisa.

Nova onda de lágrimas chegou perto de se derramar em suas faces, mas depois perdeu o impulso, como se ao chefe faltasse a energia necessária para simultaneamente recordar e chorar.

– Gabriel, meu filho... – Ukongo olhava melancólico pela janela, para a escuridão de Lupa City – ...antigamente eu gostava deste país. Você sabe que eu já gostei?

– Não, chefe.

– Estou lhe dizendo que outrora gostei.

– Sim, chefe.

– Não sei por que o deus de meus ancestrais permitiu aos militares entregar o poder aos civis... Com os militares no poder essa guerra de Sharia jamais teria acontecido. Nós, os patriarcas da realeza, costumávamos ir à sede do governo como os únicos representantes de nosso povo e guardiões do mandato popular. Agora todo mundo nos trata como se já não tivéssemos importância.

Pela primeira vez as lágrimas do chefe caíram.

– Lembro-me de como o general Sani Abacha nos garantiu, aos patriarcas reais, cinco por cento da arrecadação de impostos de nosso domínio para dizermos um enérgico *sim* a seu plano de governar nosso país para sempre. Chegou a prometer uma casa na capital a cada um de nós. Ele nos deu carros, bons carros... Mas eu estou neste Ônibus de Luxo porque por ora escondi os carros. Você sabe por quê?

– Não, chefe.

– Porque não sei se esses novos democratas iriam pedir aos patriarcas que os devolvessem. Essa democracia agora está destruindo o país. Concorda comigo, não é?

– Sim, chefe, concordo.

Jubril agora estava inclinado para ele, dando-lhe sua plena atenção. Quanto mais o chefe falava, mais o adolescente acreditava que o homem podia provavelmente protegê-lo, não só naquele ônibus, mas também ao chegarem ao destino no delta. Jubril gostou que o chefe estivesse confiando nele e o achou mais confiável que os demais passageiros.

Ele tocou na fímbria da túnica do chefe, o tecido aveludado macio aos dedos. Lá no norte jamais sonhou chegar tão perto de um emir. Não conseguia se imaginar viajando no mesmo veículo com um deles ou se sentando para conversar com ele cara a cara, e muito menos pensar numa personalidade tão importante lhe contando baixinho seus desenganos na vida. Lembrava-se de todas as vezes em que vira um emir. Jubril estava sempre no meio da multidão, calado e cortês. Não podia se gabar de ter apertado a mão de um emir, ou de ter estado suficientemente perto para lhe tocar o turbante, como naquele momento tocava as roupas do chefe.

Sentiu remorso por não ter desistido da poltrona aquele tempo todo, por ter discutido com o chefe Ukongo, por ter chamado a polícia para acossá-lo. Em Khamfi, a completa obediência ao emir era o começo da sabedoria, e a palavra do emir era a lei no domínio dele. Jubril rememorou as sirenas e carreatas de governadores, e até de presidentes, pagando visitas de cortesia ao emir de Khamfi, Alhaji Muhammad Kabir Jadodo; recordou os políticos vindo buscar as bênçãos do emir antes de declararem o próprio interesse em qualquer função eletiva de Khamfi. Acima de tudo, pensava no palácio bonito e imponente em Khamfi, e em todos os trabalhadores assalariados, e em toda a ajuda humanitária que Alhaji Jadodo distribuía a uma quantidade incontável de *talakawas*, plebeus, que convergiam ao palácio. Lembrava que esses *talakawas* se revoltaram contra alguns ativistas dos direitos humanos que tentaram questionar o emir sobre a fonte de sua fortuna.

– Por exemplo – sussurrou o velho –, não era preciso me assediar por causa desta poltrona, como você fez.

– Desculpe, chefe.

– Tudo por causa de passagens.

– Mil desculpas, chefe.

Jubril sentiu-se tão mal que desencavou sua própria passagem da sacola e a ofereceu ao velho.

– Pode ficar com ela. Eu não quero mais... Desculpe, chefe.

Ukongo a recolheu e enfiou no bolso, balançando a cabeça em aprovação:

– Muito bem, garoto. Pois é, nós sabemos o que é bom para este país. Nós, os emires, os obás, os chefes tribais, aconselhamos os governos militares contra a Sharia! Foi por isso que durante todos esses anos não tivemos a Sharia. – Bateu no peito repetidas vezes e colocou seu documento de identidade sobre a perna de Jubril.

Jubril o ergueu.

– Boa foto... muito bonita, chefe!

O velho sorriu.

– Pois é isso, meu filho. Até chegar essa loucura da democracia, nós mantivemos a coesão deste país inteiro!

Depois ele ficou sério e começou a admoestar a imprensa:

– Os jornais afirmam que os generais, do norte ou do sul, eram ratos desprezíveis que ficaram fazendo guerra ao Banco Central durante décadas e que nós precisávamos de gente eleita, de quem pudéssemos cobrar a responsabilidade! A culpa dessa democracia em nosso país é da imprensa. Eles dizem que os soldados mais condecorados têm todos os filhos estudando em universidades da Europa e dos Estados Unidos, enquanto os filhos do cidadão comum estão atolados em nossas péssimas universidades. Dizem até que, na terra do branco, os filhos de nossos soldados muçulmanos bebem, comem carne de porco e andam com mulheres, à vontade, mas em casa os pais deles querem a lei de Sharia. E também dizem que, apesar de os generais nortistas terem roubado todo o dinheiro do país e governado por tanto tempo, a região deles permanece cheia de pobres pastores de gado. No entanto, Gabriel, o pior é que eles dizem que nós, os patriarcas das tribos, estamos sentados em cima de nosso povo!

O chefe fez uma pausa para engolir em seco.

– Será que esses novos democratas e os jornais sabem que na Inglaterra o povo de lá respeita a família real? Eles nos condenam... Apesar de tudo o que fizemos pelo país... – Sua voz fraquejou pela dor da simples evocação das críticas.

Jubril balançou a cabeça, compadecido.

– Os generais nos levavam muito a sério... a nós, a nós! – disse o chefe. – Relacionamento cordial... Por exemplo, eles nos explicaram a necessidade de mandar nossas tropas para a Libéria e Serra Leoa, a razão de nossos filhos terem que morrer ali pela democracia.

– Nossos soldados vão para Serra Leoa? – perguntou Jubril.

– Bem... Gabriel, não se esqueça de colocar a palavra *chefe* antes da pergunta que fizer.

– Chefe, não se irrite; sem ofensa, chefe.

– Agora sim, ficou melhor... e pare de cobrir a boca com a mão, ou botar o dedo na boca enquanto fala! Que coisa irritante!

– Desculpe, chefe. Eu... dias sem escovar os dentes. Minha boca está com cheiro.

– De qualquer jeito, como eu ia dizendo, se não fossem nossos soldados, aqueles países já não existiriam! Nós e os generais reunimos outros países da África Ocidental no Ecomog...[8]

– Espera aí, chefe! – exclamou Mônica em voz baixa, apontando para ele um dedo acusador. – Como o senhor pode se gabar desse jeito? Quando foi que o general Babangida dividiu o poder com o senhor?

– Mulher, você não entende – cortou-a o chefe.

– É mentira... disso eu entendo – ela insistiu. – Aquele general também gostava muito do poder. Se ele não tivesse mudado tantas vezes a data da transferência do governo, se não tivesse anulado nossas eleições de 1993, Abacha não teria se tornado o nosso líder... É tudo farinha do mesmo saco. Uma praga do Egito. O homem te usava. Ele não dividia o poder com você, *abeg*.

– Está bem, mulher, não é bem como eu ia dizendo. Só estou tentando dizer é que os militares nos respeitavam. Será que agora posso falar, senhora Advogada?

– Chefe, só lhe peço que não minta para esse jovem.

O chefe se voltou para Jubril, que não gostou nada da intervenção de Mônica.

– Gabriel, a questão é que nós ensinamos uma lição àqueles rebeldes de Serra Leoa e da Libéria. Perdemos muitos soldados... por uma boa causa!

– Chefe, quantos morreram em combate?

– Isso é informação confidencial, não é para todo mundo, você sabe. Um lagarto pode escutar uma conversa; ele só não pode dizer nada. Ou seja, quem é você para querer saber quantos soldados morreram em combate? Os assuntos do governo são os assuntos de seu pai, a respeito dos quais você deva saber? Ou agora você é o comandante-supremo das forças armadas?

– Não, chefe.

– Então, para de bancar o democrata!

– Sim, chefe.

---

8. Forças armadas multinacionais estabelecidas em 1990 pela Comunidade Econômica dos Países da África Ocidental (Ecowas) para intervir na guerra civil da Libéria (1989-1996). Posteriormente atuou nas guerras civis de Serra Leoa, Guiné-Bissau e Costa do Marfim. (N. da T.)

– Vou te dizer, se nós trouxéssemos de volta aqueles soldados do Ecomog, esse pessoal da Sharia no norte iria pensar duas vezes! Pode crer, o Ecomog consegue manter este país coeso! Gabriel, não fique confuso com toda essa conversa sobre liberdade e igualdade... É uma virtude deixar que um velho descanse numa boa poltrona. Permitir a um patriarca ocupar a poltrona não é nada em comparação àquilo que nós, de fato, merecemos.

– Sim, chefe.

– É falta de educação interromper um patriarca.

Jubril abriu a boca e rapidamente a fechou, com medo de cometer mais um erro. Preferiu balançar a cabeça.

– Gabriel, sei que você quer dizer alguma coisa, não é?

– Chefe, me desculpe... eu estou feliz pelo Ecomog.

– Ótimo. Se o governo fosse tão sensível assim, apelando para nós, iríamos parar a guerra da Sharia, você entende?

– Chefe, traga o Ecomog para Khamfi.

– Não se preocupe. Quando chegarmos ao delta, vou chamar os meus colegas, os patriarcas reais do norte. Nós somos importantes. Somos o repositório de sabedoria, história e tradição.

Aquela pequena garantia do patriotismo e da eficácia dos soldados do Ecomog deu a Jubril a esperança de que algum dia ele pudesse retornar à sua cidade de Khamfi. Por esse motivo ele já adorava os soldados do Ecomog e fantasiava sobre a chegada deles para estabilizar o país. Mesmo que as coisas com o pai funcionassem, Jubril resolveu que devia voltar a Khamfi para encontrar a mãe e Mallam Abdullahi, no interior de cuja casa Alá havia planejado a miraculosa escapada de Jubril. O garoto só conseguia pensar no Ecomog, nos sacrifícios que aqueles soldados tinham feito no exterior e naquilo que poderiam fazer por seus compatriotas. Talvez os soldados do Ecomog fossem como Mallam Abdullahi, ele pensou. Quanto mais o chefe tagarelava sobre o Ecomog, mais a imagem de Abdullahi queimava na mente de Jubril. Sentiu-se melhor – imaginar o que o Ecomog poderia fazer causava-lhe uma sensação parecida com o conforto de ter no bolso de trás uma passagem de volta, embora não tivesse nenhuma.

Jubril recordava a noite seguinte à ameaça de incêndio da casa pela turba. Naquela ocasião, o vento áspero que lhe mordia os ferimentos enquanto

Mallam Abdullahi, em sua picape Peugeot 504, o levava, junto com os outros fugitivos, para dentro da savana, onde os foi soltando, um por um, como pombos. Sabendo que no grupo havia muçulmanos e cristãos, Mallam Abdullahi se declarou pouco inclinado a soltá-los juntos. Jubril foi o último a ser libertado, portanto seu companheiro muçulmano tinha falado mais tempo com ele, solidário pela mão decepada. Aconselhou o rapaz a esconder o pulso no bolso até chegar à aldeia do pai. Repetiu muitas vezes para Jubril que o islamismo era uma religião de paz.

– Você e eu – declarou enquanto abraçava Jubril – temos que mostrar isso ao mundo. Lembre: ninguém tem o monopólio da violência. Portanto, não saia por aí tentando aterrorizar os cristãos.

Agora, Jubril olhava para si mesmo, para as roupas e os sapatos que usava e para a medalha de Nossa Senhora das Graças que Mallam Abdullahi lhe dera para ajudá-lo a se confundir no meio da multidão sulista. O dinheiro que o *mallam* lhe entregara não havia acabado, mesmo depois de Jubril pagar a exorbitante tarifa do ônibus. Naquela noite na mata, Jubril se ajoelhara para agradecer a Mallam Abdullahi pelo dinheiro, mas o homem disse que estava apenas fazendo *zakat*, um dos cinco pilares de sua religião, e lhe pediu que fizesse o mesmo pelo próximo.

– Gabriel, não chora... Não chora, rapaz – consolou-o o chefe Ukongo, quando as lembranças dominaram Jubril. – Não se entristeça com o jeito como o governo vem tratando a realeza tribal. Em breve eles se lembrarão de nós.

– Chefe, estou agradecendo a Deus por minha vida. Chefe, o senhor é um homem importante, como o emir? – indagou de repente, para alegrar o velho.

– É claro que sim. Que bom que você entendeu. Finalmente!

– Chefe, o senhor vai me ajudar quando chegarmos em casa?

– É assim que deve ser. Conforme dizem nossos mais velhos, "a esperança da formiga de chegar à oferenda depende das dobras da folha em que a comida foi enrolada". Você não pode ter esperança de alcançar o *meu* lugar, mas está me assediando... A insensatez dos jovens!

O chefe deu uma risada gostosa, remexendo-se na poltrona como se num trono.

– Naturalmente nós, os chefes, somos como os emires, mas nosso povo é um pouco teimoso e não nos dá o respeito que merecemos. Mas no final eles darão. Você acabou de ver neste ônibus o comportamento típico em relação ao chefe sulista, e da parte dessa mulher. – Ele apontou para Mônica, que sorriu.

– Para mim, todos vocês, os chefes tribais, exageram os próprios poderes. – Mônica deu de ombros.

– Não dê ouvidos a ela, Gabriel.

– Sim, chefe.

– Está vendo? Um emir nunca sofre esse tipo de humilhação da parte dos súditos – o chefe continuou. – Eu soube disso quando fomos visitar o general Abacha para planejar sua presidência vitalícia. Deus abençoe a alma dele. O general entendia a importância dos chefes tribais. Depois de Abacha, os soldados se acovardaram e entregaram o poder aos civis, e olha para nosso país agora...

Jubril ficou tão à vontade com o chefe que adormeceu, apesar do tumulto e das dores no corpo. Fazia dois dias que não dormia, mas agora, com o chefe a velar por ele, por assim dizer, o rapazinho pegou no sono.

QUANDO ENFIM O MOTORISTA voltou com um barril de combustível, lá fora já estava completamente escuro. Com a ajuda dos policiais e dos cobradores, ele reabasteceu o veículo. Não havia lua, nem estrelas. A luz do ônibus, emoldurada por grandes janelas e cortinas, derramava-se para fora na escuridão como longas estacas. Um silêncio fantasmagórico baixara sobre a Terra e parecia ter engolido a vontade de reclamar dos que não estavam dentro do veículo. Eles andavam por ali em silêncio, sem saber qual seria seu destino depois da partida do ônibus. Vez ou outra soava um disparo de arma que fazia a multidão ofegar em uníssono; e ouvia-se o cachorro sofredor latir debilmente.

A porta, então, se abriu, e os passageiros pensaram que o motorista estava pronto a começar a viagem, mas o que a treva cuspiu para dentro do veículo foi um recém-chegado esquálido. Ele começou a abrir caminho pelo corredor, tropeçando nos que se achavam sentados no chão, procurando um espaço. Seus cabelos, no estilo *dread*, estavam pútridos, e sobre eles pousava uma boina militar como uma coroa de desonra. Uma corda franzia seu traje camuflado em torno da cintura exígua. O homem carregava um cachorro, segurando-o com delicadeza, como se o animal fosse um bebê de dois dias de nascido.

– Você é o motorista? – perguntou Emeka.

– Não.

– Então saia do ônibus agora mesmo.

– Aliás, a polícia manda avisar que o motorista está cansado demais para começar a viagem agora – informou o recém-chegado. – Ele precisa comer e dormir um pouco.

Os passageiros ficaram inquietos e se levantaram em grupo para expulsá-lo, com Emeka comandando a carga. Arrastaram o homem em direção à porta. Mônica tinha novamente entregado o filho a alguém para poder dar a Emeka o necessário apoio. Tega e Ijeoma vieram ajudá-la, desacatando o homem em urhobo e ibo.

No entanto, debatendo-se nas garras de Emeka, o homem conseguiu apresentar um bilhete.

– A polícia liberou esta passagem e abriu a porta para mim. Como vocês acham que eu consegui entrar aqui? – disse o homem, quando Emeka o soltou. Foi em frente, procurando seu lugar, como se os demais tivessem acabado de lhe cantar uma canção de boas-vindas. – Ora essa, por que estão me atormentando?

– Porque você é maluco – disse Tega.

– Eu?

– É claro – respondeu Tega.

– Sou o coronel Silas Usenetok.

– Coronel? Você? – estranhou a senhora Aniema.

– Quem o admitiu no exército? – Emeka quis saber.

O coronel Usenetok parou diante de Jubril.

– Levante-se daí! – ordenou, cutucando com a bota imunda o rapaz adormecido. – Estou mandando você se levantar!

Jubril se voltou e disse, sonolento:

– Este lugar é meu.

Alguns advertiram o coronel que não batesse em Jubril; a solidariedade do ônibus inteiro estava com ele. Além disso, ninguém queria viajar com o coronel, pois o homem parecia louco. Censuravam a polícia por tê-lo deixado entrar, e alguns indicaram que ele deveria se sentar no espaço reservado para a viagem dos dois policiais.

– É melhor você acordar antes que eu te jogue para fora deste ônibus – o soldado voltou a avisar a Jubril.

– Não, senhor.

Todos olharam para o chefe Ukongo, mas o velho não disse nada, e nem sequer olhou na direção de Jubril. Tinha a atenção fixa nas contas do colar, que ficava acariciando, fazendo-as se chocar entre si com uma animação comedida.

– Para efeito imediato... mostre sua passagem – o soldado ordenou a Jubril. – Quem é você? Precisamos ver sua passagem agora mesmo. Tenho que me sentar porque o motorista está muito cansado. Vai levar muito tempo até sairmos daqui.

– Meu filho recém-chegado – interveio o chefe, ainda brincando com as contas do colar –, nós não vamos examinar nenhuma passagem!

– O quê?! – exclamou o soldado.

O ônibus inteiro fez silêncio quando o chefe falou. O soldado olhou em torno, como se tentasse entender aquela quietude.

– Obedeça à vontade do povo. – O chefe ainda olhava para baixo. – Eles não querem você aqui... Este é um país democrático.

– Democrático uma ova! – retrucou o coronel Silas. – Mostre-me a porcaria da passagem, e ponto final!

O chefe se levantou, tirou o chapéu-coco para revelar os cabelos brancos, depois voltou a pô-lo na cabeça. Pigarreou e olhou ao seu redor.

– Soldado, você sabe que eu nem deveria estar aqui? Fique sabendo que o certo era eu estar ajudando o governo a resolver essa crise nacional... E não sendo insultado por um louco!

– Desculpe, mas você está me insultando? Depois de tudo o que eu fiz por este país?

O soldado começou a procurar seu documento de identidade em meio aos farrapos. Para ele parecia tão importante encontrar o documento, que chegou a derrubar o cachorro, e seus dedos tremiam. Seu traje camuflado tinha tantos buracos e cortes que ele próprio estava confuso sobre onde encontrar o que buscava. Então, mostrando a identidade, anunciou:

– Coronel Silas Usenetok... Forças especiais do Ecomog!

Jubril fitou o chefe, depois voltou o fitar o soldado. A admiração por este se espalhou imediatamente em seu rosto, fundamentada naquilo que o chefe Ukongo lhe contara sobre o sacrifício pessoal dos soldados do Ecomog. Jubril se levantou e ofereceu o lugar ao coronel, embora muitos no ônibus lhe dissessem que não o fizesse.

O coronel Usenetok apanhou o cachorro.

– Gabriel, você não vai dar seu lugar a ele – disse o chefe, com toda a calma, e os demais concordaram.

Mônica segurou Jubril ali com as duas mãos, como se estivesse plantando uma árvore.

– Ele ofendeu minha hierarquia de chefe – protestou o chefe, e, virando-se para o soldado, declarou: – Neste ônibus nós não aceitamos documentos de identidade... Pergunte a qualquer um.

– É isso aí, sem identidade! – alguém disse.

– Sem documento de soldado maluco!

– Seus generais roubaram nosso dinheiro todo em nome do Ecomog!

– *Kai, kai, kai,* meu povo, esqueçam o que os generais fizeram! – o chefe os chamou à ordem e se virou para o soldado. – Deixe-me dizer uma coisa, pois você é jovem demais para entender a história deste conflito em nosso país...

– Que conflito, que história? – zombou o soldado. – Você está falando como se fosse testemunha viva do momento em que Deus criou o mundo.

– Pois muito bem; ainda que *estivesse* presente quando a Inglaterra juntou arbitrariamente o norte e o sul para fundar este país, mesmo assim você não poderia viajar conosco! Mesmo que estivesse presente quando os britânicos forjaram um país juntando o norte de maioria islâmica e o sul de maioria cristã, nós não poderíamos admitir você. O fato de ter ou não uma passagem não vem ao caso agora... Na qualidade de líder tribal, minha prioridade é a segurança de meu povo. Muitos deles já estão mortos, e agora eu não quero que sejam mordidos por esse cão raivoso!

– Nós não queremos esse cachorro no ônibus!

– Direitos humanos acima dos direitos dos animais!

– A polícia é o inimigo público número um!

O coronel Usenetok começou a rir deles. Segurou o cachorro junto ao peito e lhe deu um beijinho no focinho. Sem avisar, o cão estremeceu, contorcendo-se naquele latido estertorante que os refugiados tinham ouvido periodicamente do lado de fora. Seu corpo estava contraído, e as mandíbulas escancaradas, sem nada mais para vomitar exceto algumas gotas de sangue. Enquanto os passageiros ao redor dele se esquivavam e tentavam se afastar, o coronel usava as próprias roupas para recolher o sangue. Um cheiro asqueroso encheu o ônibus, e as pessoas fustigaram com seus comentários o homem do Ecomog. A presença do animal entre eles lhes causava repugnância.

– Os deuses de nossos ancestrais não vão deixar que você morra, Nduese! – rezou o soldado por seu cão. – Eles devem protegê-lo até chegarmos em casa e eu tratá-lo com as ervas adequadas. Os deuses que me guardaram nos campos de batalha da Libéria e de Serra Leoa, sem nunca permitir aos rebeldes da RUF[9] cortarem minhas mãos ou pernas, não vão me decepcionar.

Com isso, o homem do Ecomog retirou de sob os andrajos uma guirlanda de talismãs variados. Os refugiados engasgaram. A coleção era maior e mais assustadora que a do chefe. Escolhendo um talismã que parecia um colar de conchas de cauri, o soldado o passou ao redor de Nduese e derramou pela garganta do cachorro um pouco de um líquido herbáceo. Algumas gotas caíram sobre Jubril. A tosse de Nduese começou a se abrandar.

Ao ouvir o testemunho do soldado de que os rebeldes cortavam os membros das pessoas, Jubril balançou a cabeça, seguindo cada movimento do homem com uma atenção enlevada e um sorriso esquisito, como se o homem do Ecomog o tivesse hipnotizado. Mas embora seu olhar estivesse cravado no soldado, seu pulso dentro do bolso vibrava, pelo visto por iniciativa própria. Sem que ninguém ali soubesse, a mente de Jubril não se concentrava no soldado, nem naquilo que os outros achavam que ele guardava no bolso, mas sim no dia em que sua mão fora decepada. Agora que ele tentava dormir e não conseguia, recordou a véspera daquele dia.

Até a noite anterior, Jubril fora corajoso acerca da amputação e até circulara na expectativa da ocorrência com alegre desenvoltura, um garoto completamente em paz com uma punição justa, uma espécie de herói em sua comunidade. No que lhe dizia respeito, a mão estava morta. Ele acreditava sem sombra de dúvida que, uma vez decepada a mão, ele e outros seriam desestimulados a roubar de novo. Sem dar atenção à mão, tentou não olhar para ela; aguardava ansioso ser libertado daquela fonte de desprezo próprio. Jubril começou a usar apenas a mão esquerda. E para ter certeza de que não usava por engano os dedos ou a palma da mão condenada, prendeu uma faixa de borracha vermelha

9. Frente Revolucionária Unida. (N. da T.)

em torno do pulso direito à guisa de lembrete, como para definir uma linha precisa entre o bem e o mal, entre o amor e o ódio. Com essa espécie de clareza, ficou à vontade para usar o cotovelo direito, pois essa era uma parte do corpo que ele não perdera por causa do roubo. Duas noites antes da amputação, Jubril dormira em paz e até sonhara, feliz, com a mão sendo cortada.

Mas na última noite, sozinho na cela, perdeu o sono. Mesmo aceitando ainda que a mão devia ser decepada, rezando alto e bom som que se cumprisse a vontade de Alá, muitas vezes ele viu, constrangido, que apertava as mãos no escuro. Encenou muitos tipos de aperto de mão e até fingiu que apertava a mão de outra pessoa. Pela última vez usou a destra para sentir as diferentes partes de sua anatomia. Erguendo-se e caminhando pela cela, tateou a parede e o chão. Mexeu os dedos em conjunto, como um flautista ou guitarrista. Despediu-se daquela parte de si mesmo que já havia sacrificado ao roubo, sabendo que com o raiar do dia ele seria transportado para longe pela anestesia.

OS REFUGIADOS, VENDO JUBRIL perturbado e sem coordenação, acreditaram que o soldado o houvesse enfeitiçado. Recorreram ao chefe para que pedisse a seu companheiro adorador de ídolos, o coronel Usenetok, que removesse do rapaz o feitiço. O chefe Ukongo nada disse, embora observasse o soldado com olhar calculista. Comentava-se que Jubril continuava a agir de forma estranha.

– Foram vocês, cristãos e muçulmanos, que enfeitiçaram Khamfi com sua política nefasta! – acusou o coronel Usenetok, triunfante, derrubando o cachorro de novo em sua agitação. Seus olhos pareciam dois pontos de luz. – Suas crenças são intrusas neste continente!

– Todos os soldados são ladrões! – acusou Tega, e outras pessoas o vaiaram.

– Escute aqui, senhora – disse o soldado –, eu lutei em Serra Leoa sem receber pagamento. Faz um ano que o governo não me paga... Eu não roubei de vocês o dinheiro do petróleo!

– E se diz coronel do exército? – perguntou Mônica. – Você é mesmo imprestável! Por que não rouba? Não é um bom coronel de jeito nenhum.

– Por que está dizendo isso? – contestou a senhora Aniema.

– Dizendo o quê? – perguntou Mônica.

– Minha irmã, o que tem isso a ver com a adoração de ídolos? – indagou a outra. – Roubar não pode ser uma coisa positiva.

– Mas por que os soldados de nosso país são sempre idiotas? – Mônica tornou a falar com o soldado: – Diga-me para onde está se retirando agora.

– Para a dignidade... A consciência! – ele afirmou.

Tega foi a primeira a romper o silêncio. Levantando-se, soltou uma gargalhada. Ficou rindo como se alguém lhe estivesse fazendo cócegas. Emeka também começou a rir, e logo o ônibus inteiro parecia uma sala cheia de adolescentes risonhas. Até a polícia, que viera dar uma espiada ali dentro depois de ter ouvido a resposta do soldado, aderiu às gargalhadas. O chefe permaneceu sentado, olhando para o soldado com um sorriso maroto, sacudindo a cabeça bem devagar. Era como se Usenetok já não fosse mais uma ameaça para o ônibus, e sim uma fonte de alívio cômico.

– Soldado, escute. – Mônica gesticulou para que os outros parassem de rir. – Soldado, você pode comer dignidade e beber consciência, *abi*? Sua esposa e seus filhos vão ficar muito felizes de recebê-lo de volta de Serra Leoa de mãos vazias.

– Não há problema – disse ele.

– Nenhum *wahala*, hein? – ela o provocou. – Não foi o que dissemos antes? Você é maluco... O único maluco deste país a chegar ao posto de coronel do exército e não roubar dinheiro!

– São vocês o povo maluco! – Usenetok apanhou o cachorro e o puxou para bem junto de si. – Eu voltarei para casa e cuidarei da lavoura, como fizeram meus ancestrais antes da descoberta de petróleo em minha aldeia!

– Mas que lavoura? – Mônica quis saber. – Não há mais terras de cultivo no delta. Mobil, Shell, Exxon, Elf... Todas elas poluíram cada grão de areia.

– Então vou viver de pesca.

– De pesca, é? Eles destruíram completamente os rios... Não há mais peixe.

Àquela altura Mônica desistiu, caindo na risada. Ficou rindo longo tempo, até perder o fôlego. Outros começaram a falar sobre a poluição do delta, sobre a necessidade de conseguir que as empresas petrolíferas se mudassem dali e de que o governo democrata fosse expulso da área. Diziam que o delta teria que se separar do resto do país, para eles terem o direito de administrar seus recursos. Pouco a pouco, todos foram se calando e sendo dominados pelo riso, como trabalhadores que pegassem no sono ao final do dia. Aquilo lhes roubou os planos da amargura anterior e não era uma ameaça para polícia.

Só o soldado e Jubril se mantinham sérios. Decepcionado, o garoto se solidarizou com o soldado do Ecomog. Achou que este merecia o melhor, por ter saído a serviço do país com valentia, conforme assinalara o chefe. O fato de o chefe também estar rindo só tornou as coisas piores para o rapaz, que começou a perceber que não entendia o velho. Jubril se perguntava quando o motorista iria acordar para poderem começar a viagem.

POR FIM, EMEKA ASSINALOU:

– Parece que o senhor não nos entendeu, coronel. Não estamos dizendo que o senhor deveria ter roubado... assim, tipo roubar, exatamente. Lembre, o petróleo é de vocês. Ele vem das suas aldeias, pela graça de Deus! O senhor deveria ter recebido dinheiro bastante para conseguir uma licença de exploração.

– Não tenho interesse nem conhecimento técnico do negócio de petróleo – afirmou o soldado.

– Não é preciso conhecimento técnico. – A senhora Aniema chacoalhou a cabeça. – Só é preciso dinheiro!

– Vocês, civis, podem conseguir licenças, se quiserem.

– Que bobagem! Ninguém na minha aldeia tem tanto dinheiro assim... a não ser os seus militares super-ricos de outras regiões deste país...

– Por trinta e dois anos servi este país, no território nacional e no exterior. Se eu não fosse de uma tribo das minorias, a esta altura já seria general!

– Está dizendo que porque não é general não recebe uma parte dos bilhões de dólares que o país despejou no Ecomog?

– *Kai*, deixem os generais fora disso! – disse o chefe num rompante. – É gente como esse maluco que nós devemos investigar, e não os generais!

Diante disso, o coronel Usenetok se enfureceu. Desatou a corda da cintura e queria chicotear com ela o chefe, mas os demais o impediram. Disseram-lhe que tinham liberdade de interrogá-lo porque estavam numa democracia. O soldado ficou tão zangado que parecia delirar, e começou a saltar e empurrar todos pelo corredor afora, como um espírito maligno. Sem a corda, o esfarrapado traje camuflado ficou solto, juntamente com seu mau gênio. Ficaram à vista mais talismãs. O soldado saltou sobre as cabeças dos que estavam sentados no corredor.

– Aqui não é a savana de Serra Leoa! – protestou um refugiado.

– Você acha que nós fizemos guerra urbana na Libéria?

– A gente precisa expulsar esse alucinado.

Quanto mais gritavam com ele, mais imprevisível ficava seu comportamento. Usenetok simulou com as mãos duas metralhadoras e disparava sobre as pessoas, produzindo um rá-tá-tá com a boca. Atirou para o teto e anunciou que tinha derrubado dois helicópteros. Depois, em direção à janela, e alegou que estava mantendo a distância os rebeldes da RUF. Os passageiros chamavam pelos policiais, para que viessem livrá-los do louco, mas eles haviam sumido. Quando o coronel chegou à frente do ônibus, parou de súbito, dizendo:

– O governo não pagou meus atrasados. Eu chego aqui e você está roubando meu lugar, depois de seis anos na frente de batalha, a serviço da pátria? E vocês me falam de democracia? Numa verdadeira democracia, nenhum chefe tribal idiota fala em nome de ninguém.

– Não, meu povo. – Ukongo se pôs de pé. – A crença desse lunático não é a verdadeira religião de nossos ancestrais! Eu conheço a religião de meus ancestrais. Nós não sabemos que feitiço alucinado ele trouxe de volta de suas viagens... Precisamos expulsar o soldado antes que seja tarde demais. Repito: Gabriel não cederá o lugar dele!

E então, virando-se para o soldado:

– Conforme dizem nossos ancestrais, você não pode brigar com Deus e depois subir numa palmeira com uma corda partida. Se insistir, eu me retiro daqui! Este ônibus inteiro vai ter que enfrentar as consequências quando vocês chegarem ao *meu* delta! Meu povo lhes perguntará o que fizeram comigo...

– Então *você* não deve viajar neste ônibus! – gritou o soldado, dando um soco no ar. – Eu sofri demais pela liberdade, neste país... na África. E você quer me expulsar por causa da minha religião?

– Você tem de sair – decretou o chefe.

– Deixem-me dizer a todos vocês: nenhum desses países brancos que nos trouxeram o cristianismo e a democracia foi morrer pelos liberianos. Será que algum desses países árabes que ficam vendendo de porta em porta o islamismo militante na África mandou tropas para Serra Leoa? Eu lhes digo que são todos loucos de ficarem se matando entre si por causa de duas religiões estrangeiras. Nós, os infelizes soldados do Ecomog, fomos para lá morrer pela democracia, enquanto a pequena democracia deste país está sendo posta a pique por generais, políticos e chefes... desonestos. Nós salvamos a Libéria... Serra Leoa. Viva o soldado da África Ocidental! Eu mato alguém antes de sair deste ônibus hoje. Experimentem só. Aprendi muita coisa nos lugares onde estive.

– Meu povo, vocês estão vendo o que eu quis dizer? – O chefe ria. – Meu filho, ter lógica não depende de quantos lugares você visitou. Como diz nossa gente, "se ganhar a corrida dependesse do número de pernas de quem corre, a centopeia ganharia do cachorro facilmente"...

– Chefe, o que o senhor diz tem lógica! – disseram os refugiados.

– E também é muitíssimo sensato!

– Que o senhor viva para sempre!

O chefe Ukongo deu uma risadinha e abanou o suor que começava a juntar no rosto. Bateu no chão com a bengala e olhou em torno, como se estivesse em sua sala de visitas.

– Como eu dizia, meu povo, com esse feiticeiro maluco nós não estamos seguros... Precisamos votar pela saída dele daqui, já que se trata de uma democracia. Coronel, o senhor disse que aprendeu democracia no estrangeiro, não foi? Pois bem, vamos praticá-la... chegamos ao final das campanhas e do papo-furado.

– Mas minha disputa é com esse rapaz que tomou meu espaço! – esclareceu o soldado. – E ele está pronto a me dar meu lugar...

– Você o enfeitiçou! – exclamou o chefe. – Sou o chefe tribal dele e tenho de protegê-lo!

O soldado começou a gritar a plenos pulmões, contando a todos sobre os rebeldes da Libéria e os soldados mirins de Serra Leoa. Falou da crueldade desses combatentes, de quantos ele matara e de que não poupara nenhuma criança que portasse arma. Disse que tinha começado a usar cocaína para conseguir marchar no mesmo ritmo frenético de drogados dos meninos-soldados.

O chefe garantiu que as histórias e a energia ilimitada do coronel eram uma tática para tumultuar as eleições livres e honestas; e que nunca mais seu povo seria intimidado por um soldado.

A SENHORA ANIEMA TIROU OS ÓCULOS de lentes grossas, estreitando os olhos e olhando em torno como se finalmente tivesse encontrado a solução para a ameaça do soldado. Então fez surgir a garrafinha de água da qual bebera o doente. Anunciou a todos que estava transportando água benta. Após fazer o sinal-da-cruz, levantou-se apressada e saiu borrifando a água pelo ambiente, para neutralizar os feitiços do soldado. As pessoas abriam alas para sua figura franzina.

– São José, terror do demônio! – ela sussurrava.

– Rogai por nós! – todos responderam.

– Sagrado Coração de Jesus!

– Tende piedade de nós!

Ela fez desfilar uma litania de santos para virem em socorro dos passageiros e delicadamente borrifou o coronel, que ainda fumegava e esbravejava por ter sido enganado, e ordenou ao demônio que o deixasse. O soldado se acalmou, olhando o entorno com descrença.

– Depois que a igreja abençoa a água, o espírito de Deus enche aquela água. Agora podemos viajar com o soldado até para Moscou. – A senhora Aniema se voltou para o coronel. – Procure um lugar e se sente. O senhor está bem. Obrigada pelo que deu ao país.

– Vou me sentar – declarou o soldado.

Os passageiros agradeceram profundamente a ela, e alguns até pediram que pregasse para eles. Mônica pediu à mulher que borrifasse um pouco da água sobre o bebê, e ela o fez. Perguntaram-lhe por que não tinha borrifado água sobre o doente. A senhora Aniema explicou que não havia necessidade, visto que ele tinha tomado os comprimidos com a água benta e que estaria bem onde quer que fosse.

– Nós não somos como todas essas igrejas de *nyama-nyama*! – disse um católico lá do fundo do ônibus.

– Sabemos como lidar com Satanás! – alegou outro.

– Porque nós já temos dois mil anos no negócio eclesiástico.

– Coronel – disse a senhora Aniema –, o senhor vai receber um lugar...

– Você tem o verdadeiro dom, mulher! – interrompeu-a o chefe com suas congratulações. Ele se levantou de novo e sorriu para todos, como um diretor de escola cuja estudante acabou de triunfar num debate. – Sua água benta é tão poderosa quanto a que aqueles irlandeses barbudos borrifaram em nossos ancestrais para transformá-los em católicos instantâneos. Naquela época a igreja não desperdiçava tempo mergulhando a pessoa no rio antes de receber o espírito...

– Isso mesmo! – aplaudiram os católicos.

– Eram só três gotas de água e você saía sabendo tanto latim quanto o Papa – disse o chefe.

– Com certeza!

– Vou dizer a Roma pessoalmente para ordená-la padre...

– Não, não, não... Nossa igreja não é essa!

– Chefe, em nossa igreja nós não ordenamos mulheres!

Um leve murmúrio percorreu o veículo. Alguns diziam que a senhora Aniema devia ficar isenta da tradição da igreja, enquanto os católicos diziam que era impossível ordenar mulheres e avisavam aos de fora que cuidassem da própria vida. O soldado ficou ali, observando, surpreso de já não ser mais o foco da atenção. Olhava intensamente para a senhora Aniema, como se esperasse que ela lhe oferecesse um lugar.

– Meus filhos católicos, vocês me desculpem. – O chefe deu de ombros. – Eu não estava tentando destruir a fé de vocês... Mas, bem... como podem ver, a garrafa de água dessa mulher é pequena demais para nossa viagem. Se no meio do caminho voltar a loucura de seis anos desse soldado, vai faltar água benta.

– Eu não tenho nada contra a igreja católica – disse Tega –, mas o que o chefe diz tem lógica.

– Sim, vamos examinar bem a questão – propôs Mônica.

A senhora Aniema ponderou:

– Todos nós podemos encontrar um lugar neste ônibus...

– Eu insisto em que ele seja expulso por votação, e estou falando como chefe tribal!

Diante disso, começaram a contribuir com dinheiro para a votação, o que significava subornar a polícia. O chefe cochichou alguma coisa ao ouvido de Jubril, que de pronto pagou pelos dois.

Sabendo que os passageiros se livrariam dele, o soldado começou a gritar e ameaçar de novo; atirava granadas imaginárias sobre os demais.

Jubril estava perplexo; não sabia a quem se aliar. Tinha consciência de que o espaço do chão não era seu. E por causa da forma inconstante como o chefe agia, ele não conseguia confessar que sua passagem estava em poder do chefe. Inquietava-o a forma como seus companheiros de viagem ficavam mudando de opinião a cada tópico. O que aconteceria se o chefe negasse que Jubril lhe tinha dado a própria passagem e o rapaz fosse atirado para fora do ônibus? Se o forçassem a revelar o conteúdo do bolso, que chance ele teria? Implorou a Alá que assumisse o controle de seu destino.

DE REPENTE EMEKA COMEÇOU a tremer como o doente tremera e invocava Deus com todas as forças. Os passageiros não se amedrontaram; ao contrário, ficaram felizes, dizendo que o Espírito havia baixado nele. Agradeceram ao Senhor por se revelar no meio da ameaça que estavam enfrentando da parte do soldado alucinado.

Emeka lançou longe o colete e tirou a camisa. Seus olhos enormes piscavam furiosamente, como um semáforo quebrado, e cada centímetro de seu corpo atarracado vibrava com fervor. Embora sua boca fosse grande, a torrente de glossolalia que se despejava dela parecia maior. Ele falava sem sequer respirar. Aos ouvidos de Jubril, Emeka soava como Yusuf. Jubril logo ocultou seu rosto de Emeka, e fechou os olhos, tentando não pensar no irmão. Procurava repetir no coração alguns exorcismos islâmicos, para se distrair do fato de Emeka estar falando línguas estranhas. Mas aquilo não funcionou. Na mente de Jubril, Emeka se transformou em Yusuf. Mesmo abrindo os olhos, ele não conseguia se livrar da recordação do irmão.

– Neste ônibus há um inimiiigo! – proclamou Emeka. – Nós precisamos limpar espiritualmente este veículo... Jesus! Jesuuuus! O sangue de Jesus deve envergonhar você no dia de hoje...

– Em nome de Jesus! – responderam todos.

– Eu digo: o sangue, saangue, saaangue de Jesus tem de cobrir esta viagem.

– Amém!

– Jeová, que permitiu a Jonas ser lançado ao mar... Revela-o diante de nós agora, agoora, agooora!

– Agora mesmo, Jesus! Salvai-nos, ó Santo Espírito!

– Revelaai a nós o maligno neste ônibus.

Emeka batia os pés vociferando, revirando os olhos vidrados como se estivesse consultando o céu, como fizera Yusuf na tarde em que foi apedrejado.

Emeka estava fora de controle. Por momentos parecia pronto a se atirar pela janela e desaparecer na noite. No extremo oposto do ônibus, o soldado manifestava toda a loucura do *front* de guerra. Os dois homens pareciam os focos de um furacão geminado, girando próximos um do outro, mas sem nunca se misturar. O ônibus em peso apoiava Emeka e xingava o coronel alucinado, a quem afogavam com orações.

Agora Emeka tinha começado a tremer em direção a Jubril.

– Você traiu Jesus Cristo! – Ele agarrou Jubril pelo pescoço. – Quem o enviou para condenar os filhos de Deus a uma viagem ruim?

Os refugiados ficaram surpresos e decepcionados por Emeka estar se dirigindo a Jubril, e não ao soldado.

– Não me atormente, *abeg* – implorou Jubril.

– Não diga nada – aconselhou Tega. – Fique em silêncio... Foi engano. É o soldado que ele quer agarrar.

Mônica recomendou num cochicho audível:

– Gabriel, não lute contra ele... O Espírito se corrigirá... Nós vamos rezar pela correção.

Àquela altura Emeka agarrara Jubril firmemente pelo pescoço e o sacudia. Alguns rezaram para que o Espírito tivesse a inspiração de expulsar do ônibus a pessoa certa. Mas quando viram que Emeka estava decidido, voltaram a aconselhar Jubril a não dizer nada nem retaliar, pois seria insensatez lutar contra o Espírito Santo.

Jubril apelou para o chefe enquanto Emeka o arrastava em direção à porta, bem à maneira que adotara para lidar com o soldado, quando esse entrara no veículo. Mas o velho não disse nada. Aterrorizado, Jubril tremia tanto quanto seu possesso captor. Por alguns momentos os dois ciclones ficaram muito próximos e quase se tocaram, enquanto Emeka empurrava Jubril e passava pelo maluco, a caminho da saída.

– Aceite Jesus Cristo como seu salvador pessoal! – conjurava Emeka, junto ao rosto de Jubril.

– Meu irmão – Jubril falava com seu falecido irmão Yusuf –, eu sou seu sangue. Sou um de vocês.

– Não, não, não, não. – Emeka o empurrou para o chão. – Ponha-se de joelhos... Você é o inimigo!

Jubril absorveu a dor quando seu corpo bateu contra outras pessoas e depois no piso. Agora sua preocupação era cuidar de que o pulso direito não saísse do bolso. Ele o sujeitou com a mão esquerda.

– Não sou o inimigo... Sou seu irmão de sangue... Gabriel! – ele implorou. – Eu aceito Jesus Cristo.

– Mentiroso! Quem é você?

– Ah... Eu primeiro católico! José, você lembra que mamãe disse que nos batizaram quando bebês?

– Sou membro dos Ministérios da Explosão Pentecostal. Não acreditamos em batismo de crianças!

– Mas temos mesmo pai, mesma mãe. José, eu aceito você agora.

Para provar sua identidade ao irmão, Jubril mostrou a ele a medalha milagrosa que usava. Mas Emeka arrancou-a e atirou-a pela janela, como se tivesse pegado por engano um carvão em brasa.

– Maria é um ídolo na adoração dos católicos – ele disse. – E o batismo infantil prepara a criança para o inferno... Eu conheço você! Você não pode se esconder do Pai de Jesus Cristo.

– Peça a nosso pai que perdoe – disse Jubril. – Só você pode pedir por mim.

– Então você tem que vir comigo, se quiser encontrar nosso Pai!

– Nosso pai vai perdoar a mim... Teu assassino?

– Sim, siiim! O Pai é perdão!

Os refugiados estavam estupefatos. Agora eles achavam que o chefe talvez tivesse razão quando acusou Jubril de estar carregando um talismã no bolso. Entreolharam-se e redobraram suas preces, agradecendo a Deus pelos poderes miraculosos de Emeka. Jubril estava deitado no piso do ônibus, como estivera o doente, só que de lado. Seus dois pulsos se mantinham trancados juntos no bolso, para o caso de Emeka, que pairava sobre ele, tentar puxá-lo para cima pelo braço direito.

– Emeka, pergunte a ele que feitiçaria usou para matar o irmão – pediu Tega.

– Não diga ao Espílito o que ere tem de perguntar – preveniu-a Ijeoma num sussurro. – O Espílito não plecisa de seu conselho.

– Sou eu quem quer saber o que ele tem no bolso – esclareceu Tega.

Os demais pediram a elas que se calassem, e reclamaram que já era um problema o soldado ficar distraindo o Espírito com sua loucura. Advertiram às duas mulheres que elas não estavam em posição de julgar Jubril ou intervir, e como o Espírito onipotente não havia atacado o bolso do rapaz, elas tampouco deveriam tentar fazê-lo. Na opinião deles, o Espírito já tinha assumido a direção da viagem.

No ônibus choviam preces de agradecimento pela conversão de Jubril, enquanto a senhora Aniema se sentava em silêncio lendo um surrado exemplar de *A Imitação de Cristo*. Ela se comportava como se Emeka fosse a pessoa a quem salvar de Lúcifer. Ocasionalmente, quando ele tremia em sua direção, ela borrifava água benta em cima dele, sem erguer os olhos. Alguns outros católicos que não se reuniram à sessão de preces de Emeka mantinham-se sentados com ar soturno, resmungando contra a difamação do batismo e a medalha milagrosa jogada fora. Eles balançavam a cabeça em aprovação sempre que a senhora Aniema jogava água benta em Emeka. Outros a fitavam como se fosse uma miniatura de Satanás, necessitadíssima da depuração promovida por Emeka.

Emeka apontou para o coronel Usenetok.

– Que seu feitiço seja destruído pelo saaangue de Jesus!

– Amém! – concordava o ônibus, com mais entusiasmo que no caso de Jubril.

O círculo de pessoas em torno de Emeka se dissolveu, voltando a atenção ao soldado louco. Na maioria os passageiros agora se achavam em pé, prontos para ajudar o espírito, se fosse preciso.

– Jesus, seu sangue já nos cobriu contra os muçulmanos. – Emeka foi se colocar cara a cara com soldado.

O chefe pigarreou ante a menção da palavra *muçulmano* e abriu a boca para dizer algo, mas Mônica lhe deu uma cotovelada para mantê-lo calado e disse-lhe que o Espírito não podia fazer nada errado.

– Você de novo? – perguntou o soldado, a rir. – O que foi que eu lhe fiz?

– Cala a boca! – Tega, parada atrás de Emeka, brandia o tamanco.

– Mulher, por que você está contra mim? – o soldado quis saber.

– Não se preocupe, o Espírito vai comer você com pimenta.

– Se desta vez esse homem tocar em mim, eu mato ele!

– Você não pode fazer nada contra o Espírito. Quem lhe deu à luz?

O soldado ficou ali, imperturbável. Parecia mais interessado nas pessoas atrás de Emeka que no discurso delirante do outro.

– Que os muçulmanos se afoguem em Khamfi, como o faraó e seu exército no mar Vermelho – apregoou Emeka, como se o soldado fosse um fanático muçulmano. – Em nome de Jesus!

– Amééém!

– Eu lhe ordeno, eu lhe ordeno, Jesus, que baixe aqui, aqui mesmo, para combater esse feitiço!

Com isso, Emeka se atirou ao homem do Ecomog, e ambos caíram no chão como dois gladiadores. Jubril quis entrar na briga para apoiar Emeka, mas foi contido pelos passageiros. Todos recuaram ao ver que se tratava de uma luta espiritual, e que qualquer um que não tivesse sido invocado pelo Espírito, como Emeka, estaria arriscando a vida. Os lutadores se contorceram no piso, e rasgaram as roupas e a pele um do outro, ensanguentando o corredor. Ouviram-se preces em voz alta pedindo que Emeka derrotasse o soldado feiticeiro. Tamanho foi o tumulto que os refugiados do lado de fora se reuniram em torno do veículo, aos saltos, na tentativa de ver um pouco da ação.

– PAREM OU NÓS ATIRAMOS! – a polícia se intrometeu no combate espiritual, engatilhando os fuzis.

– De jeito nenhum, seu guarda! – disse alguém.

– Essa briga não é da polícia! – apoiou outro.

– Armas não servem para ganhar essa guerra – foi a opinião de Mônica. – Essa luta é de Deus, não é de César.

– Não esqueçam: vocês da polícia também vão morrer se deixarem esse soldado do Ecomog seguir conosco – lembrou Tega.

O coronel Usenetok se libertou e correu em direção aos policiais para se proteger, com Emeka em seu encalço. Os guardas baixaram as armas e atiraram Emeka para fora do veículo, recriminando-o por lutar contra um soldado. Disseram que jamais deixariam um civil desmoralizar um homem de farda, não importando quão maltrapilho estivesse.

Do lado de fora, os refugiados que tinham acompanhado os acontecimentos contiveram Emeka, que estava decidido a sair correndo para a savana e combater todos os maus espíritos à espreita por ali. Parecia um drogado, seus músculos ainda retesados de potência inexaurida. O incidente trouxe alguma consolação aos refugiados da rodoviária. Com Emeka no meio deles, alguns passaram a agradecer a Deus pelo espírito que iria protegê-los, ainda que o governo fosse incapaz de fazê-lo. Emeka se tornara o centro da atenção, e todos giravam em torno dele no escuro, alguns estendendo o braço para tocá-lo. Então alguns ligaram suas lanternas; quem tinha velas tratou de acendê-las. A luz o cercou qual uma auréola que, por ser grande demais para um santo, precisasse ser compartilhada por todos os que se encontravam próximos.

No silêncio fantasmagórico que selou o ônibus, Jubril se levantou e se aproximou da porta como um zumbi. Declarou que queria estar lá fora com seu irmão. Disse que na vez anterior ficara olhando matarem José, e não iria cometer de novo o mesmo engano. Quando lhe perguntaram quem era José, apontou para Emeka e falou que, a viajar sem ele, preferia voltar a Khamfi e morrer. Havia lágrimas em seus olhos. Os refugiados se sentiram edificados ante a profundidade de sua conversão. Embora ameaçados agora pelas ações do soldado do Ecomog, viram-se consolados, pois o Espírito pelo menos convertera alguém ao cristianismo.

Tega chamou Jubril, dizendo-lhe baixinho que evitasse a atenção do vitorioso homem do Ecomog.

– Gabriel, não chore. Deixe tudo a cargo do Espírito.

– O próximo passo para você é um batismo adequado! – disse Mônica. – Quando chegarmos ao delta, nós vamos batizá-lo no rio, como Jesus no Jordão...

– Rarrá, onde vocês vão conseguir no delta um rio que não esteja entupido de óleo? – ironizou o chefe.

– É por isso que nós, os cristãos, temos que lutar por nossos rios contra as empresas petrolíferas! – retrucou Mônica. – Essa prospecção de petróleo afeta nossa vida religiosa.

– Não se pleocupe. – Ijeoma sorriu-lhe. – Quando chegarmos em casa, sabemos o que vamos fazer com as companhias de petróleo. Por enquanto, segundo a Calta aos Lomanos, mesmo quando a gente não lutar, o Espílito lutará por nós! Foi por isso que o Espílito baixou em Emeka. – Voltou-se para Jubril: – Gabliel, esse Emeka é lá da minha ardeia. Você quer lamentar mais do que eu? Chega de cholar.

À guisa de consolação, Tega convidou Gabriel a se sentar na poltrona dela. Ele podia ter se sentado em qualquer parte. Estava desfrutando a hospitalidade oferecida a um novo convertido. Mas o chefe Ukongo não ficou satisfeito e disse que não era boa ideia separar dele o rapaz. Fez sinal a Tega, de pé ao lado de Gabriel, para que o devolvesse ao lugar de antes. Tega se negou, lançando ao chefe uma olhada malévola. Ele tentou atrair a atenção de Jubril, mas Mônica convenceu o chefe a esquecer o assunto.

O soldado encontrou Nduese debaixo de uma das poltronas e prorrompeu numa dança de celebração, um descontrolado movimento giratório de adoração. Os passageiros se afastaram para lhe dar um pouco de espaço, ainda com medo dele, pois derrotara o Espírito.

De dentro de sua bolsa o soldado puxou uma pedra oval numa pequena vasilha de água. Pousou-a no chão, um altar temporário, e girou em torno daquele ponto numa simetria irregular que as poltronas obstruíam, invocando a Mami Wata, a deusa do mar, numa litania de nomes. O soldado agradeceu a ela por levá-lo até a guerra e de volta, e pela derrota infligida a Emeka. Prometeu à deusa limpar e restaurar os rios dela no delta, deixando-os como eram antes de cristãos e muçulmanos os terem poluído com o sacrilégio e a cobiça pelo petróleo.

Usenetok se agachou diante do santuário móvel.

– Mãe, não me abandone agora – pediu. – Lembre que toda manhã realizei esse ritual para você, na Libéria e depois em Serra Leoa.

Olhou para dentro da tigela de água, chegando o rosto cada vez mais perto, até seu reflexo encher a superfície, e depois a tocou, fazendo-a ondular.

– Mãe, muito obrigado... você enche a terra com seus filhos! – sussurrou. – Todos nós te pertencemos!

A atenção geral estava dirigida ao soldado, embora no fundo se ouvisse o chefe Ukongo falando com o cachorro do outro. Segurando no colo o animal, fazia-lhe festinhas no corpo magro e sussurrava palavras carinhosas em suas orelhas rasgadas. Nduese olhava atento para o chefe.

– Você sabe que sem os patriarcas tribais nosso país está acabado? – indagou ao cão, que tinha começado a ganir em assentimento. O velho enfiava biscoitos na boca do animal. – Ninguém gosta mais dos líderes tribais. Quando meu bisavô era chefe, o povo levava em conta sua opinião. Ele organizou o povo para lutar contra os brancos maus, que vieram nos escravizar. Lutando contra os fuzis e as espadas dos brancos foram muitos os que morreram, pois quando ele falava todos obedeciam.

Nduese começou a lamber as mãos de Ukongo.

– Quando meu avô subiu ao poder, eles também lhe davam ouvidos... até os missionários. A estes meu avô deu terras para construírem igrejas, hospitais e escolas, e foi assim que o sul acabou mais instruído que o norte. No tempo de meu pai era a mesma coisa. Quer dizer, essas grandes empresas de petróleo iam consultá-lo regularmente, e é por isso que as tribos do petróleo não estavam se matando entre si, como fazem hoje no delta. Até o governo militar trabalhava de mãos dadas com ele... mas agora, ninguém quer ouvir nada do que *eu* digo... nem o povo, nem as empresas de petróleo. Que espécie de democracia é essa, meu amigo? Sabe que há dois anos o meu povo, ou seja, o *meu* povo, incendiou os carros que as empresas de petróleo tinham me dado? Os jovens se queixavam da terra poluída e dos rios mortos. Tentei falar com as empresas, mas elas ficaram adiando minhas audiências para representar o povo diante delas. Os jovens queimaram meu palácio, me acusaram de apoiar as empresas de petróleo e o governo militar! Vou lhe contar: se o governo militar não tivesse reconstruído meu palácio e me dado novos carros, eu hoje seria um sem-teto. Como eles podem queimar meu palácio, o próprio símbolo da existência deles? Se estivéssemos no tempo de meu avô, ele teria entregado de graça ao homem branco todos esses jovens incorrigíveis do delta. Os militares tinham me prometido uma casa em Lupa quando os soldados deixassem o poder. Um dia Deus precisa trazer de volta os soldados... Sempre sentirei falta do general Abacha!

E apontando para Jubril:

– Então, imagine aquele rapaz...

– Silêncio aí! – alguém avisou, porque o chefe começava a erguer a voz.

– Deixem o soldado rezar – disse Tega – para podermos ficar tranquilos.

– Deixe o cachorro dormir – pediu Mônica.

Percebendo que o cachorro dormia profundamente, o chefe o sacudiu e lhe virou a cabeça em direção a Jubril.

– Olha só para esse Gabriel aí – disse o chefe ao cão. – Negou-se a tirar a mão no bolso, apesar de nossos pedidos. Ele e os pais dele são o tipo de gente inútil que naquele tempo nós teríamos entregado ao homem branco. E de que jeito esse garoto teria ido arar os canaviais do continente americano com a mão no bolso? Ou talvez eles devessem tê-lo vendido aos árabes, que o castrariam imediatamente.

O soldado observou ao redor e disse que queria alguma coisa para sacrificar à sua deusa, algum alimento ou bebida para manifestar a união de ambos. Não havia nada, e os circunstantes tiveram medo do que ele quereria dizer com "sacrifício". Estaria se referindo a sacrifício humano? Iria matar alguém?

Mas o soldado escancarou a bocarra e cobriu com ela uma das feridas recebidas durante a luta com Emeka. Sugou o sangue, reverente, como se aquilo fosse uma extensão de seu martírio na frente de batalha. Independentemente do rumo que sua vida tomasse – rezou em voz alta –, ele cumprira sua obrigação, e pedia a Mami Wata que o guiasse para o lar. Batendo uma última vez com o pé no chão, louvou a deusa por derrotar Jesus Cristo e Maomé na terra. Exibiu a todos o sorriso ensandecido.

– Agora, quem está ocupando minha poltrona? – Começou a guardar o altar. – Ponha-se de pé antes que eu destrua você.

– Quem souber quem está sentado no lugar dele – Tega avisou depressa aos passageiros –, por favor, se levante.

– Mas esperem aí. – O soldado esquadrinhava com o olhar o ônibus. – Onde está Nduese? Alguém roubou meu cachorro. Devolvam-me o cachorro, senão...

Os refugiados apontaram depressa para o chefe.

– Honorável soldado. – O chefe Ukongo sorria. – O belo cão está dormindo.

– Pode ir tratando de me dar meu cachorro. Estou avisando pela última vez.

– Bravo soldado, queira me desculpar... Enquanto você fazia suas orações, eu cuidei do cachorro para você.

O chefe se ergueu, carregando o cãozinho como um buquê de flores para o soldado, diante do qual se inclinou, abrupto.

O soldado tomou-lhe o animal.

– Não se incline para mim, seu velho patife!

– Por favor, coronel, em nome de todos neste ônibus – disse o chefe –, eu o convido a repousar os ossos cansados na poltrona abandonada pelo malfadado homem-espírito que lutou contra você.

– *Abeg*, nosso irmão, sente-se aí!

– É um ótimo lugar!

– Você já sofreu muito por este país!

– Não, eu quero minha poltrona – insistiu o soldado. – Minha poltrona original.

– Por favor, queira nos dar um tempo para nos organizarmos – pediu o chefe. – Todos nós lhe damos nosso apoio.

– Querido coronel, tenha paciência conosco – pediu de repente a senhora Aniema, tirando os óculos.

A voz dela foi como um jorro de água fria no fogo da ansiedade que consumia a todos. Ao ver que o soldado de repente lhe prestava atenção, os passageiros passaram a olhá-la com consideração. Somente Jubril ficou sentado com o rosto enterrado no espaldar da poltrona à sua frente, já sem certeza do que fazer ou em quem confiar.

– Coronel, eu sempre apoiei sua permanência neste ônibus – declarou a senhora Aniema.

– Sim, é verdade – admitiu o soldado.

– É, ela sempre lhe apoiou – confirmou o chefe. – Nem todos nós somos maus.

– Cale a boca, chefe! – ordenou Tega. – Deixe essa santa mulher nos representar.

– Por sua causa, senhora – declarou o soldado –, eu serei paciente. Mas quero o meu lugar. A vida inteira sempre fui forçado a abrir mão do que era meu. Não sou ladrão.

Dizendo isso, ele se aninhou comodamente na poltrona do expulsado Emeka, ao lado da senhora Aniema, alisando o cachorro e olhando a escuridão lá fora. No ônibus reinava uma calma constrangida. Parecia que a maior preocupação dos refugiados tinha sido resolvida, e a senhora Aniema voltou a ler *A Imitação de Cristo*, desatenta aos murmúrios de agradecimento que lhe eram dirigidos. Os católicos voltaram a ficar de cabeça erguida e exaltar os grandes feitos de sua igreja ao longo dos séculos. Até os policiais entraram e louvaram os refugiados pelo espírito de tolerância e diálogo, garantindo a eles que o motorista em breve terminaria o descanso e viria levá-los para casa. Os guardas lembraram aos passageiros que quem provocasse tumulto seria tratado como Emeka.

Para alívio geral, o coronel e Nduese não tardaram a cair no sono. Eles dormiram como se não tivessem descansado durante os seis anos em que o coronel servira nas missões de paz no estrangeiro.

LÁ FORA ESTAVA FICANDO FRIO, o que parecia intensificar a escuridão, e começaram a chegar mais Ônibus de Luxo, vindos do norte. Seus possantes faróis dianteiros varriam o céu e as matas à medida que eles subiam e desciam as colinas, e as luzes do pisca-alerta cintilavam quando viravam as curvas. Tinham transformado em sirenes as buzinas, que tocavam sem interrupção. A esperança encheu a rodoviária, com grupos correndo para a beira da estrada, acenando freneticamente no esforço de fazer os veículos pararem. Policiais tentaram controlar a multidão e retirar as pessoas da estrada, mas em vão. A maioria dos ônibus reduziu a marcha, porém nenhum parou. Quando um deles enfim estacionou, foi engolfado pela multidão.

Os refugiados acenavam com seu dinheiro em punho, ansiosos para pagar as tarifas exorbitantes pela passagem de volta para casa. A polícia logo lhes ordenou que fizessem fila, e os cobradores começaram a emitir bilhetes e a recolher o pagamento. Alguns refugiados tinham preferido dar à polícia mais dinheiro que o necessário. Assim, os policiais lucraram comprando bilhetes dos cobradores.

– Só os corajosos vão entrar no ônibus – disse um policial, bloqueando a porta. – Nenhum covarde entrará.

– Não há nada que a gente não tenha visto antes – declarou uma mulher.

– Seu guarda, se vocês quiserem suborno, nós pagaremos – garantiu outro passageiro.

– Precisamos chegar em casa de qualquer jeito.

Quando as portas se abriram, um grito baixo emanou da multidão. O que as pessoas viram as abalou, empurrando-as para trás. Afora umas contadas poltronas na frente, o ônibus estava lotado de cadáveres, e havia sangue por toda parte. Era impossível passar pelo corredor, com a pilha de corpos na altura das poltronas. Parecia que alguém lançara gás num veículo lotado. A maioria dos corpos tinha feridas, e alguns estavam queimados. Também se viam pedaços de membros.

Emeka começou a soltar gritos estridentes. Sua aflição era contagiante e parecia abrir as comportas de um reservatório de sentimento humano na rodoviária. Alguns choravam pelos mortos. Tamanho era seu pesar que eles não queriam deixar o ônibus partir, e, no entanto, não conseguiam reunir de imediato a bravura necessária para entrar ali. Sabiam que aqueles eram os cadáveres dos companheiros do sul e formaram uma barricada diante do veículo. A polícia tentou em vão estimular o embarque.

Emeka perguntou ao policial se podia voltar ao primeiro ônibus, dizendo que não conseguiria suportar a viagem no segundo. Dava para ouvi-lo chorar e explicar a todos o que lhe acontecera no primeiro ônibus, mas ninguém estava disposto a ouvir sua história do Espírito. Era como se, depois do que viram, os refugiados tivessem esquecido a aura e o mistério do mundo do Espírito. Emeka mostrou o bilhete à polícia, mas foi acusado por eles de incitar os refugiados de fora a bloquear o veículo. Disseram ter desconfiado de que ele era um baderneiro desde a ocasião em que oferecera apenas dez nairas para ver televisão a cabo. E que providenciariam para que fosse o último a sair da rodoviária.

– Quem ainda quer viajar neste ônibus? – a polícia indagou à multidão.

– Seu guarda, dá um tempo pra gente – implorou um refugiado.

– O motorista desse rabecão de luxo não tem tempo a perder – retrucou o policial. – Basta fazerem de conta que os mortos estão vivos, ou então que vocês estão mortos... Ontem à noite, muitos refugiados como vocês embarcaram nos rabecões. A esta altura já chegaram em casa. Querem nos fazer tirar os cadáveres dos ônibus?

– Não, nós temos de levar nossos mortos para casa – disse alguém.

– Nunca os deixaremos no norte!

O vento harmatão soprou a terra em rajadas curtas e furiosas, despachando uma nuvem baixa de poeira espessa que ferroava as narinas e os olhos dos refugiados. Estes se aconchegaram mais nas roupas que os envolviam e se reuniram no fundo do ônibus, perto do calor do cano de escape.

A POLÍCIA EMPACOTOU O HOMEM DOENTE que estava na varanda e o levou para o rabecão de luxo. Ele já não balbuciava, mas se encontrava fraco e agitando os braços. Protestou quando a polícia o descarregou no veículo.

– Não quero esse ônibus! – gritou o enfermo.

– Mas você já está meio morto! – devolveu o policial. – Na sua condição, tem mais é que agradecer.

– Por favor, me deixem morrer no norte!

– Não, você tem que ir para casa!

Então o oficial se voltou para os refugiados:

– Vocês viram? Ninguém morrerá se entrar no ônibus. Nem mesmo esse doente vai morrer; ele até teve força para gritar.

Pouco a pouco, em silêncio, os refugiados entraram no veículo e ocuparam os poucos lugares que restavam na frente. Alguns, ainda chorando, sentaram-se com os mortos. À medida que mais gente entrava, o espaço ia ficando apertado. Um grupo de homens montou um plano para maximizar o espaço de vivos e mortos. Agarrando os cadáveres como se fossem achas de lenha, fizeram um novo arranjo, empurrando os cadáveres para o fundo do coletivo de modo a formarem uma espécie de morro que subia até o monitor de televisão, perto do teto. Alguns rasgaram lenços de cabeça ou camisas para fazer tiras de pano, que usaram para vendar os olhos dos filhos antes do embarque. Outros, alegando que a viagem era longa demais para ser feita de olhos vendados, forçaram suas crianças a olharem os mortos até se habituarem à cena.

Mais dois ônibus chegaram.

EMBORA OS REFUGIADOS no veículo de Jubril soubessem que o coronel Usenetok contava com a polícia a seu favor, não se consideraram completamente derrotados. Quando tiveram certeza de que o soldado e seu cão estavam profundamente adormecidos, começaram a planejar a próxima linha de ataque.

– Jesus não vai deixar o diabo ganhar essa guerra! – sussurrava Tega para os circunstantes.

A senhora Aniema propôs:

– Minha filha, por que não deixamos as coisas como estão? Tenho certeza de que o soldado não provocará nenhuma confusão no caminho.

– Não fare assim, minha senhola – retrucou Ijeoma. – E o caso de Emeka?

– Nós precisamos de Emeka neste ônibus – disse Mônica.

– O homem pagou pela passagem de ônibus – lembrou Ijeoma. – E o que eu vou dizer ao pessoal da minha ardeia que conhece ele?

A senhora Aniema se calou. Os passageiros começaram a falar sobre trazer

Emeka de volta. O ônibus dava a impressão de uma comunidade cujo progresso tivesse sido frustrado por um mal temporário, um infortúnio cuja duração ninguém pudesse prever, mas cuja derrota era certa.

– Meu povo, hoje em dia nós precisamos do tipo mais ardente de Espírito – declarou o chefe. Pondo-se de pé, estalou os dedos e ajeitou o colar de contas. – O tipo de que Emeka ficou possuído, para limpar esse país. Como nós dizemos, se um rato-fantasma está roubando em sua casa, você também compra um gato-fantasma, e não um gato comum... Eu sei o que tem que ser feito!

– O que o chefe está dizendo faz sentido – Ijeoma se adiantou.

– Então, chefe, o que devemos fazer? – indagou Mônica.

– Meu povo, nós precisamos agir depressa, agora que o soldado dormiu. Algum tempo atrás nós tributamos todo mundo para poder votar na expulsão dele, estão lembrados?

– Sim, estamos.

– Vamos contribuir com mais dinheiro. Bastante para expulsar o soldado, bastante para trazer Emeka de volta. Farei um rápido comércio eletrônico com a polícia. Eu conheço esses policiais. Se nós dermos a eles dinheiro suficiente, não vão lembrar se está usando uniforme ou não.

Eles começaram de novo a cobrar taxas de si mesmos. O velho saiu para negociar com os guardas, que deixaram Emeka entrar de volta no ônibus. A polícia não expulsou o soldado louco. Emeka entrou parecendo muito sóbrio. O inebriado fulgor espiritual que lhe cobrira o rosto enquanto falava línguas estranhas já o abandonara havia muito. Agora, ele parecia um akpu[10] malpreparado e tremia de frio. Encontraram um lugar para Emeka viajar de pé, distante do soldado. Por mais que os refugiados tentassem levantar-lhe o ânimo, dizendo que seus poderes espirituais seriam úteis na viagem, Emeka estava inconsolável. Falava incoerentemente e sem parar nos cadáveres que vira no outro veículo.

A POLÍCIA FINALMENTE ACORDOU o motorista. Este, um sujeito alto e musculoso, veio arrastando os pés até o ônibus, dando a impressão de ter vindo de Lupa à rodoviária carregando na cabeça o barril de óleo diesel. Os passageiros ficaram aliviados ao avistá-lo e chegaram a aplaudi-lo, daquele jeito como

10. Massa de mandioca fermentada. (N. da T.)

os passageiros às vezes batem palmas para o piloto que faz um pouso seguro depois de um voo turbulento. Quando o motorista entrou no veículo, os refugiados parados do lado de fora gritaram descontrolados. O condutor ligou o motor e acelerou, despertando ecos na savana. Os dois policiais entraram também e ocuparam suas poltronas. Enquanto manobrava, saindo do terminal, o motorista desligou as luzes da cabine.

Jubril sentiu-se levitar enquanto o ônibus ia se afastando e recebeu de todo o coração a penumbra; se pudesse, teria tornado absoluta a escuridão. Era como se o escuro pudesse esconder toda a história dele até o nascer do sol. Sentou-se pela primeira vez, pois estivera inclinado sobre o espaldar, ainda sem saber em quem confiar. Esquadrinhou o recinto como queria ter feito quando havia luz, mesmo que agora não conseguisse enxergar nenhum rosto com clareza. Lembrou a ocasião em que, coberto pela escuridão, se ocultara sob os tapetes na casa de Mallam Abdullahi e do consolo que a escuridão lhe trouxera quando constatou que eram tapetes de oração.

Jubril contemplava lá fora a savana fugidia, e o vento da janela aberta lhe fustigou o rosto. Recordou-se de que Mallam Abdullahi o soltara na mata, acobertado pelas trevas, e que ele correra na direção indicada pelo *mallam*. À luz do dia Jubril foi se esgueirando de árvore em árvore, como um filhote de águia demasiado jovem para voos longos, sabendo-se vulnerável ao ataque nos espaços abertos entre as árvores robustas da savana. Por não poder confiar em ninguém, escondeu-se dos bandos de companheiros refugiados. À noite, tentava ouvir sinais de perigo entre os uivos do vento, porém cobria distâncias maiores, mantendo-se na proximidade da estrada Khamfi-Lupa. Sua súplica constante a Alá, seu criador, era: “Se não aceitardes a mim e a meus planos de assumir minha identidade sulista e não me levardes ao lar em segurança, quem o fará?”.

O ÔNIBUS IA GANHANDO VELOCIDADE. Os policiais desejaram aos passageiros uma viagem agradável, dizendo que não se preocupassem com os que haviam ficado para trás; também prometeram ligar a televisão.

O motorista buzinou e acendeu as luzes de emergência, como os carros fúnebres recém-chegados do norte. Em instantes o ônibus alcançou velocidade máxima, deslizando em silêncio através da savana, rumo às florestas tropicais.

Apesar das circunstâncias do trajeto, para Jubril estar no ônibus era como um sonho: as lufadas de vento no rosto; a visão dos faróis do veículo cortando a escuridão num impulso interminável; a sensação de estar parado, ao ver passarem por ele as moitas escuras, manchadas pelas luzes pulsantes do pisca-alerta; o suave puxão lateral da poltrona quando o ônibus entrava numa curva fechada ou descia aos vales. Estava agradecido a Tega, parada ao seu lado, por lhe haver cedido a poltrona, e a olhava com frequência. Na altura em que a polícia ligou a tevê no canal local, Jubril se sentia tão feliz de se confundir naquela multidão que não conseguiu deixar de olhar. Embora as imagens fossem nebulosas, pôde discernir algumas delas.

– Eles estão engolindo as cidades do sul! – disse Tega, no momento em que as imagens ficaram mais nítidas.

Jubril, que desde o começo da fuga desejava ver o sul, agora olhava sem piscar. Considerava aquilo uma mostra antecipada do lugar para onde se dirigia.

A magia da tevê o enfeitiçou, para logo horrorizá-lo. Observou policiais e militares lidando com os manifestantes em diversas cidades do sul. Observou-os atirar na multidão para conter a violência suscitada pela chegada dos carros fúnebres de luxo, vindos do norte. Viu alojamentos militares transbordando de nortistas, sob a guarda de soldados e policiais. Os desordeiros não estavam se retirando, apesar do poderio das forças de segurança. Notou que muita gente usava roupas ocidentais e que as mulheres participavam dos protestos ao lado dos homens. Jubril também viu a vegetação compacta da floresta tropical, criação em pleno vigor, o que era muito diferente da região semidesértica de Khamfi.

O sul que ele viu naquela noite na tevê não era o que esperara. As estradas eram primitivas, e em alguns pontos haviam sido praticamente arrastadas pelas águas da chuva. Os jipes militares não davam conta do recado, e os soldados eram obrigados a descer das viaturas e perseguir os amotinados a pé.

Algumas escolas primárias não tinham telhado, e ele notou lousas penduradas em mangueiras e gmelinas no meio dos campos. Os círculos de terra pelada em torno das árvores convenceram-no de que as crianças tinham aulas ao relento, exatamente como em algumas partes de Khamfi.

Após a perseguição eficaz dos militares aos manifestantes pela cidade afora, um repórter disse que nem todos os grupos de traumatizados ocupantes dos refúgios eram provenientes do norte. A câmera mostrou em destaque alguns sulistas que, segundo o jornalista informou, se escondiam na caserna para escapar à fúria dos próprios parentes – pela tentativa de salvar os nortistas. Estes, acrescentou, não se sentiam muito à vontade com a presença de sulistas, cujas razões de estar ali muitos deles ignoravam. O modo de trajar era a única diferença que Jubril via entre os dois grupos.

O repórter ainda fazia seus comentários quando alguém lhe cochichou algo. Por um momento parou de falar e depois anunciou:

– Por causa da crise no país, o governo democrático federal, por meio do presente comunicado, proíbe o traslado de cadáveres para sepultamento entre uma região e outra do território nacional, até instrução em contrário. O governo ordenou aos militares interceptarem qualquer ônibus ou caminhão culpado de semelhante ato.

ENTÃO AS CÂMERAS FOCALIZARAM um homem que o repórter identificou como líder da comunidade hauçá-fulani em Onyera. Era alto e esbelto, tão negro quanto Tega. Embora tivesse um curativo na cabeça, o sangue lhe escorria pelo rosto como lágrimas. Falou de olhos fechados, como se os *flashes* o machucassem. Essa imagem perturbou Jubril. Teria desviado o olhar, mas a lembrança de Mallam Abdullahi, que também era daquela etnia, o acalmou.

– Meu nome é Yo... Yohanna Tijani – gaguejou o líder ao microfone do repórter. – Nunca morei no norte... meu bisavô se estabeleceu aqui há um século, como parte do povo de vocês. Eu nasci em Onyera e fui criado lá. Minha mãe era uma sulista, uma ibo, e eu também me casei com uma mulher ibo, pois os ibos nos aceitaram como seu próprio povo. Apelo a vocês, meus avós e meus sogros: poupem nossas vidas. Nós não começamos a guerra da Sharia em Khamfi. Os muçulmanos deste país somos, na maioria, gente pacífica... Nós, que vivemos aqui com vocês, não matamos nenhuma das pessoas cujos corpos agora estão chegando nos Ônibus de Luxo. Mas agora nós *estamos* matando o povo de vocês... em legítima defesa. Somos culpados de derramar sangue. Perdoem-nos...

O som foi cortado, e o ruído de estática encheu o ônibus. A polícia reduziu o volume da televisão até que se ouvisse apenas o ronronar suave do ônibus, o ciciar dos pneus na estrada e o esvoaçar das cortinas. Então as imagens tremeram em grandes linhas incongruentes e desapareceram.

– Meu Deus, não deixe os sordados intelceptar nosso ônibus! – exclamou Ijeoma. – Nós não estamos calegando nenhum molto.

– Que país é este? – protestou um refugiado.

Durante o intervalo, eles começaram a analisar o impacto da ordem governamental. A opinião geral era de que o governo não tinha o direito de impedir ninguém de levar de volta para casa os corpos dos parentes para enterrá-los. Culpavam o governo por não tê-los protegido em Khamfi. Condenavam o presidente por não ter mandado os militares em tempo hábil – como ele teria feito se as instalações petrolíferas no delta estivessem sob ameaça – e os senadores por não terem assumido um posicionamento forte contra o que vinha acontecendo – por terem sido paralisados pelo mesmo abismo religioso que dilacerara o país. Culparam o judiciário por nunca lidar prontamente com os casos de fanatismo religioso.

– É uma situação irremediável. – Emeka recobrara um pouco da efervescência interior.

– Você está querendo começar a tumultuar de novo – acusaram-no os policiais.

– Desculpem, eu sinto muito – rogou Emeka. – Prometo que não vou dizer mais nada.

– Basta calar a boca! – Um policial aumentou o volume. – A tevê está pronta agora.

– ...em nome de nosso povo – Yohanna Tijani dizia –, quero agradecer aos cristãos. Se não fosse por alguns de vocês que morreram para nos esconder e muitos que estão aqui conosco nos alojamentos, teria sido muito pior... Quero dizer um muito obrigado especial para aquela família que me escondeu debaixo de seu altar do Sagrado Coração e ficou rezando o terço enquanto os Bakassi Boys[11] invadiram a casa... Minha esposa, uma cristã pentecostal de etnia ibo, que visitava a família dela, não teve tanta sorte: foi morta por seu próprio povo por esconder alguns muçulmanos, um dos quais era nosso filho. Todo o mundo está dizendo que nossos generais nortistas, que roubaram nossas divisas do petróleo, são responsáveis por essa traição da nacionalidade, pela extrema pobreza no país. A verdade é que, na

11. Milícia étnica da Nigéria Ocidental. (N. da T.)

maioria, nenhum de nós aqui é conhecido ou parente de nenhum general. Se fôssemos, também seríamos ricos, e nossos filhos estariam estudando no estrangeiro. Não importa o que os generais estão fazendo, o que os políticos dizem. Nós imploramos a vocês: depende de nós poupar a vida uns dos outros. Políticos e generais não estão perdendo mulheres e filhos; nós, sim. O dinheiro deles está seguro e rendendo juros na Europa, nos Estados Unidos, na Ásia e no Oriente Médio, mas onde iremos conseguir dinheiro para reconstruir nossas vidas?

O som e as imagens se dissolveram e depois desapareceram.

À meia-luz, o coração de Jubril batia com força, subjugado pela súplica do homem e pela maravilha da televisão. Achava que tinha escapado à visão de sangue e morticínio em Khamfi. Mas, pelo que acabara de ver e ouvir de Yohanna Tijani, a loucura se espalhara para o sul. Mentalmente voltou à turba de Lukman e Musa e à turba que fora à casa de Mallam Abdullahi. Ele apertou a língua contra os dentes até que começasse a doer, nutrindo a desarrazoada esperança de que as imagens de tevê fossem forjadas.

Na penumbra, era fácil ver que, afora o soldado louco, que dormia, os refugiados estavam agitados. Embora comovidos pelas palavras do nortista, eles queriam saber a extensão dos danos. Será que conseguiriam chegar ao sul? Seriam confundidos com uma carrada de cadáveres e mantidos sob custódia dos militares? Preocupavam-se porque desde a guerra Nigéria-Biafra o povo deles nunca retaliara contra o permanente massacre de sua população no norte. Todos tinham medo. Para eles, era claro que os canais locais não estavam dispostos a mostrar a extensão dos distúrbios no sul. Como ninguém acreditava que as emissoras locais fossem revelar muito, os passageiros atormentavam os policiais por causa da televisão a cabo.

– Não se preocupem – disse o policial –, nós não somos um rabecão de luxo, correto? Eles não vão nos interceptar.

– Queremos ver a televisão a cabo!

– Quando Abacha enforcou Saro-Wiva por causa de nosso petróleo, nós vimos a notícia primeiro na televisão estrangeira.

– E quando o próprio Abacha morreu, a imprensa estrangeira foi a primeira a falar!

Os policiais instruíram o motorista a desligar as luzes de emergência e acender a da cabine, para o veículo não ser confundido com um carro fúnebre. O motorista obedeceu. A ansiedade dos passageiros aumentava e diminuía conforme o ônibus ia fazendo as curvas, e no entanto alguns ficavam incitando o condutor a correr mais ainda: a morte por acidente na rodovia lhes parecia mais desejável que as formas de morte impostas pelos praticantes do expurgo étnico nos dois extremos do país.

Quando começaram a cruzar com veículos que vinham na direção oposta – sobretudo *trailers* puxados a trator ou caminhões pequenos, do tipo que faz transporte de gado do norte para o sul –, até os policiais ficaram ansiosos por conhecer a real situação no sul. Todos os veículos pareciam rumar para o norte, resplandecendo com um jogo completo de luzes de emergência e toques de buzina. Carros fúnebres de luxo também rumavam para o norte.

TENDO PASSADO PELA provação na casa de Mallam Abdullahi e acabado de ouvir o testemunho de Yohanna Tijani sobre os generosos cristãos do sul, Jubril sentia que, graças a uma gente heróica como aquela, sua nação iria superar todos os tipos de divisionismo. Por instinto, no afã de se consolar, imaginou os diversos povos de seu país conectados em um nível profundo, primordial, no qual a vida de cada um estava irreversivelmente ligada à de seu próximo, como a vida de uma criança à de sua mãe.

OS APAVORADOS PASSAGEIROS AGORA TINHAM se voltado para dentro, em busca de forças, e no ônibus reinava a paz entre as diferentes religiões. Todos pareciam cansados de apregoar seu próprio deus na cara de alguém. Enquanto isso, a polícia continuava buscando entre as emissoras estrangeiras os noticiários que eles queriam. Logo foi revelada a verdade:

Edição Extraordinária: Violentas Represálias em Onyera e Port Harcout

OS CENTROS DAS DUAS CIDADES se achavam atapetados de cadáveres e de sangue, e, segundo a apresentadora do noticiário, outras cidades sulistas se preparavam para a vingança contra os muçulmanos e nortistas que viviam em seu meio. Ela dizia que caminhões também tinham começado a transportar de volta para o norte os corpos de nortistas mortos nos tumultos do sul e que o país estava à beira de uma guerra norte-sul. Informava que o importante nos conflitos era a tribo dos combatentes, na medida em que os traços externos, os trajes e a língua podiam identificá-los. Confirmou que o governo proibira o deslocamento de cadáveres para conter a violência das represálias.

Imagens dos conflitos se derramaram dentro do ônibus, com as câmeras perseguindo a ação como se fosse um jogo de futebol do campeonato europeu. Os jovens sulistas estavam incontroláveis e, munidos de facões, revólveres e porretes, espalhavam-se em todas as direções, qual lava de vulcão em erupção. Matavam a torto e a direito, como se nessa loucura singular fossem vingar todos os massacres passados e futuros de seu povo que vivia no norte. O som da gravação era tão nítido que os refugiados podiam ouvir o ruído molhado dos facões cortando a carne e os gritos finais das vítimas.

Então, a transmissão se dividiu em três quadros interativos. Um mostrava o repórter, em contato direto com a apresentadora do noticiário em outro quadro. Ambos discutiam a carnificina mostrada no terceiro quadro. Depois esse quadro avançou, focalizando uma mesquita cuja imagem se expandiu para encher a tela inteira. A cúpula dourada brilhava ao sol qual a mitra de um bispo, com os quatro cantos do edifício se elevando em quatro lindos minaretes, que lembravam as quatro colunas cuidadosamente esculpidas de uma cama, a sustentarem o dossel de azul vivo do firmamento, decorado por nuvens lanosas.

O tema decorativo verde e branco do imóvel cercado, como um eterno frescor, destacava-se do caos generalizado da cidade. Então jovens que empunhavam tochas cercaram o edifício, quebrando portas e janelas. Os minaretes começaram a cuspir negras colunas de fumaça espessa, como chaminés de uma instalação industrial. Como não havia vento, a fumaça envolveu a cúpula dourada, que desmoronou antes que a mesquita explodisse numa bola de fogo.

A cobertura jornalística voltou a Khamfi, recapitulando os dois últimos dias de crise. No ônibus, os ânimos se exaltaram novamente. Jubril nunca pensou que a população do sul pudesse ser capaz de tamanha violência. E ninguém nunca lhe contara da presença de nortistas residentes no sul, cujas vidas poderiam correr perigo.

De repente todos os passageiros se ergueram e aplaudiram, até os policiais. Pareciam torcedores de futebol, animando os times a vencerem.

– Estamos cansados de dar a outra face! – disse a senhora Aniema.

– Nada mais de nortistas em terras dos ibos! – declarou Emeka.

– O território urhobo para o povo urhobo! – Tega ergueu o punho.

– Em Khamfi os muçulmanos queimalam minha igleja quatlo vezes! – Ijeoma fez um esgar.

Essa gritaria pouco efeito causou em Jubril. Mesmo tendo ele próprio incendiado igrejas, a visão de uma mesquita em chamas lhe causou uma febre instantânea. Foi demasiado para ele, que chorou. Jubril não chorava desde a ocasião da gasolina derramada em seus olhos, quando deitado entre os cristãos na casa de Mallam Abdullahi. Agora suas lágrimas jorravam, e com a mão ele apanhou as contas líquidas. Os soluços lhe sacudiam o corpo, como o de Nduese em convulsão. Contorceu-se na poltrona para proteger o rosto da tevê, e nesse vale de lágrimas esqueceu-se de si mesmo – e levou ao rosto o pulso direito.

JUBRIL TENTOU BOTÁ-LO de volta no bolso, mas era tarde demais. Os que viram se afastaram dele, inclusive Tega. Olhando os semblantes severos ao seu redor, o garoto sentiu que não adiantava tentar se esconder. Os policiais lhe pediram que se levantasse e viesse para o corredor. Revistaram-no em busca de bombas incendiárias e armas de fogo.

A mão de Jubril tinha sido decepada um pouco acima do pulso. O coto ainda não havia sarado e não podia ser totalmente distendido. Estava coberto por uma bola frouxa de curativos sujos, que o tempo todo fizera volume dentro do bolso, como uma mão enluvada. A polícia removeu o curativo e o jogou pela janela. A pele esfolada do coto estava branca e retesada.

Os passageiros pediram ao motorista que parasse o ônibus e fizesse Jubril descer. Ele se recusou, dizendo que a estrada não era segura. Olhando os demais, Jubril sabia que eles iriam linchá-lo. Tremendo mais de febre que de medo, não gritou, nem lutou contra os que começaram a empurrá-lo.

– Parem! Esperem aí! – interveio o chefe Ukongo. – Meu povo, um percevejo que se agarra na pele da gente não é removido à força... uma pedra lançada com raiva não consegue matar um pássaro...

– Ninguém está com tempo agora para provérbios, velho! – cortou o policial.

– Meu povo, numa situação destas como reagiria o Senhor Jesus?

– Pagão... você conhece mais clistianismo do que nós? – estranhou Ijeoma.

Eles puxaram a camisa de Jubril e a rasgaram, observando-o como se observa um animal selvagem recém-capturado. Agiam devagar, deliberadamente, como se reprimissem a raiva em algum lugar a que não tinham acesso.

– Gabriel, por favor – disse a senhora Aniema –, não me diga que você é nortista.

Emeka interveio:

– Ele é. Culpado...

– Psiu, calado aí! – ela silenciou Emeka, e todos os demais também ficaram calados. – Você não é muçulmano, Gabriel?

– Ah... eu... eu venho do sul, mas sou do norte – o garoto explicou, com sotaque hauçá. – Sou católico. Batifado em crianfa. Quero continuar católico, *abeg*.

– Você é muçulmano? – tornou a perguntar a senhora Aniema.

Ele sacudiu a cabeça.

– Não vou mais ser muçulmano.

– Já entendi. – E a senhora Aniema caiu em prantos.

Ela tentou apelar aos passageiros que lhe dessem mais tempo de conversar com o rapazinho, mas eles a empurraram de lado. Repreenderam-na por chorar, dizendo que era emotiva demais para enfrentar a verdade.

– Agora – dizia o chefe Ukongo – vamos falar sério: qual norte? Qual sul? Você é de Níger ou Chade?

– Não, chefe.

– É um mercenário?

– Não, chefe.

– Porque, meu filho, nós sabemos que alguns políticos do norte contrataram mercenários de Níger e do Chade para lutar essa guerra da Sharia com dinheiro dos árabes.

– Chefe, eu sou um de vocês – esclareceu Jubril. – Não peguei dinheiro de políticos.

Seu corpo magro inclinou-se um pouco para a esquerda, como se a mão restante estivesse pesando sobre ele. O coto em convulsões vibrava como se fosse a fonte da febre do rapaz. Seus músculos ficavam crispados, em movimentos imaginários de se contrair e relaxar.

– Lavo minhas mãos em relação a esse rapaz – declarou o chefe, balançando a cabeça.

– Minha aldeia tem petróleo... Ukhemehi! – Jubril tentou de novo relatar a história truncada de sua identidade religiosa, mas os olhares assassinos dos demais lhe informaram que era inútil.

Aqueles não eram olhares de católicos, nem de renascidos, nem de devotos ancestrais. Para eles a conversão de Jubril não significava nada. Aqueles olhares lhe recordaram Musa e Lukman, seus amigos fundamentalistas muçulmanos.

Quando recomeçaram a zombar dele, não foi da alegação de ser nortista-sulista, mas sim da suposta identidade cristã-muçulmana. Disseram-lhe que erguesse bem alto o pulso decepado, para Maomé vir acudi-lo. O rapaz não discutiu: atendeu ao pedido, erguendo o coto tão reto e tão alto quanto possível.

Com plena consciência de que aquelas pessoas não iriam poupá-lo, voltou a seu Deus islâmico, o único que realmente conhecia, embora aquela viagem tivesse alterado permanentemente sua cosmovisão fanática. Lavou da alma o desejo de ser um cristão. Com tudo o que vira e vivenciara, não podia esquecer as fontes da ajuda de Alá durante a fuga. Ergueu o coto por Mallam Abdullahi e sua família, por terem lhe mostrado outro modo de ser. Ergueu-o em celebração dos cristãos que tinham segurado para ele os tapetes de oração muçulmanos. Ergueu-o pelos nortistas que passaram a vida toda no sul, que lutavam, como ele, contra a inquietante perspectiva de ir para casa pela primeira vez. Ergueu o braço por Yusuf, que, chegado ao momento crucial, negou-se a abandonar sua fé; sentiu-se unificado com ele, embora agora pertencessem a religiões e mundos distintos. Viu o coto como o testemunho de seu desejo de seguir Alá, não importava para onde o levasse, de seu anseio de unidade com ele.

– SOLTEM O RAPAZ... malditos rebeldes da RUF! – rosnou o coronel Usenetok, enfim acordado pelo tumulto.

A visão de um amputado levou a mente frágil do soldado a ensandecer de novo. Ele não conseguia ver uma distinção entre uma amputação prescrita pela religião e os membros decepados a machado pelos rebeldes da RUF. Perdera o juízo combatendo semelhante selvageria em Serra Leoa e na Libéria.

– Soldado, você quer morrer por esse muçulmano? – alertaram-no os refugiados. – Aqui não é Libéria nem Serra Leoa!

– Eu mandei soltar o rapaz... agora!

O chefe Ukongo o advertiu:

– Coronel Usenetok, o senhor *é* um de nós! Eu continuo a insistir: respeite aqui a democracia pela qual o senhor foi lutar! Respeite nossas opiniões!

O coronel não ia implorar a eles que libertassem Jubril. Precipitando-se sobre aquele tribunal improvisado, ele os atacou a todos. Era um soldado lutando honradamente para salvar um cidadão. E lutou como se somente ele pudesse redimir a imagem dos militares da indizível vergonha e do tormento que haviam trazido ao país.

O motorista foi obrigado a parar o veículo. O soldado continuou lutando, destemido, pois muito antes que os refugiados arrastassem a ele e a Jubril para fora e os degolassem, os sacrifícios que fizera no estrangeiro o haviam preparado para qualquer coisa. Os viajantes teriam levado de volta para casa o corpo do soldado, mas os policiais os lembraram da ordem governamental sobre o transporte de cadáveres.

PARADO EM CIMA DOS CORPOS, Nduese ficou latindo repetidamente para o céu. Tinha confundido com um sinal de vida o espasmo de protesto do coto ainda fremente.

O quarto dos meus pais

EU TENHO NOVE ANOS e sete meses de idade. Estou em casa brincando de esconder em meu quarto com meu irmãozinho caçula, Jean. É noite de domingo, e o sol se escondeu por trás dos morros. Faz silêncio do lado de fora de nosso bangalô, mas de vez em quando o vento noturno traz um grito até nós. Desde ontem nossos pais vêm nos mantendo dentro de casa.

Mamãe entra no quarto e apaga a luz antes que a vejamos. Jean chora no escuro, mas quando ela começa a beijá-lo ele começa a dar risinhos. E ergue os braços pedindo colo, mas mamãe está apressada.

– Não acenda nenhuma luz hoje à noite – ela me diz, baixinho.

Eu balanço a cabeça, concordando:

– *Yego*, mamãe.

– Venha para cá com seu irmão.

Carregando Jean, vou atrás dela.

– E não abra a porta para ninguém. Seu pai não está em casa, eu não estou em casa, ninguém está em casa. Você me ouviu, Monique?

– *Yego*, mamãe.

– Agora trate de engolir todas as perguntas, minha filha esperta. Quando seu pai e seu tio voltarem, eles vão explicar tudo para você.

Mamãe nos leva pelo corredor para dentro de seu quarto, onde acende uma vela que retirou de nosso altar de família, na sala de estar. Começa a se despir, jogando as roupas no chão. Diz que passará a noite fora e que já está atrasada. Arfante, dá a impressão de ter corrido; seu corpo brilha de suor. Mamãe veste o lindo vestido preto de festa de que papai gosta e penteia os cabelos macios. Eu ajudo a fechar o zíper nas costas. Ela pinta os lábios de vermelho vivo e aperta um no outro. As lantejoulas de sua roupa cintilam à luz da vela como se o coração dela estivesse em chamas.

Minha mãe é uma mulher tútsi muito bonita. Tem as maçãs do rosto altas, nariz estreito, boca delicada, dedos longos e finos, olhos grandes e estrutura óssea delgada. Sua pele é tão clara que dá para ver as veias azuladas nas costas das mãos, como a gente vê nas mãos do padre de nossa paróquia, Le Père Mertens, que nasceu na Bélgica. Pareço-me com mamãe, e quando eu crescer serei tão alta quanto ela. É por isso que papai e todo o povo dele, os hutus, me chamam de Shenge, que significa "minha pequenina" na língua kinyarwanda.

Papai tem a aparência da maioria dos hutus. É muito negro, com rosto redondo, nariz largo, olhos castanhos. Seus lábios são polpudos como uma banana. É um homem muito bem-humorado, capaz de fazer você rir até chorar. Jean se parece com ele.

– Mas, mamãe, você me disse que só mulher prostituta sai de noite.

– Monique, eu já disse: nada de perguntas hoje.

Ela para e fica olhando para mim. Como estou a ponto de abrir a boca novamente, mamãe grita:

– Cale-se! Vá lá se sentar com seu irmão.

Mamãe nunca gritou comigo. Hoje ela está estranha. As lágrimas brilham em seus olhos. Apanho um frasco de Amour Bruxelles, o perfume que papai deu a ela porque a ama. Todo o mundo na vizinhança conhece minha mãe pelo cheiro bom do perfume. Quando ponho o vidrinho nas mãos dela, mamãe estremece, como se acabasse de recuperar o juízo. Em vez de passar o perfume nela mesma, ela o passa em meu irmão. Jean fica agitado, cheirando as mãos e as roupas. Peço a mamãe que ponha um pouco de perfume em mim, mas ela se recusa.

– Quando eles perguntarem – recomenda, severa, sem olhar para mim –, diga que você é um deles, ouviu?

– Quem?

– Qualquer um. Você precisa aprender a cuidar de Jean, Monique. Você precisa mesmo, entende?

– Eu aprenderei, mamãe.

– Promete?

– Prometo, sim.

Mamãe vai para a sala de estar, e Jean sai atrás dela. Ele está choramingando, pois quer colo. Eu carrego a vela. Nós nos sentamos em nosso grande sofá, e mamãe apaga a vela com um sopro. A sala de estar de nossa casa nunca fica totalmente escura, por causa do crucifixo no canto, que brilha com uma luminosidade verde-amarelada. Todo translúcido, como papai gosta de dizer. Jean, como sempre, caminha vacilante até o altar. Pousa as mãozinhas no crucifixo como se estivesse tocando num brinquedo. O brilho da luz entra em seus dedos, tornando-os verdes; ele se vira para nós e ri. Em passadas rápidas eu o trago de volta. Não quero que meu irmão derrube o crucifixo, que está apoiado na parede, com o vaso de buganvílias ao seu lado. O cuidado do altar faz parte de minhas obrigações. Adoro o crucifixo; todos os meus parentes o adoram, a não ser Tonton Nzeyimana, o Feiticeiro.

O Feiticeiro é tio paterno de papai. É pagão e muito poderoso. Se não gostar de você, pode lhe jogar em cima um feitiço e até deixá-lo inutilizado – se você não for um católico fervoroso. A cor da pele dele é café com leite bem clarinho. O Feiticeiro nunca se casou porque diz que odeia a pele que tem e que não quer passá-la adiante.

Às vezes ele se pinta com carvão, até a chuva vir lavar a negritude. Não sei de onde Tonton Nzeyimana tirou essa cor de pele. Meus pais dizem que é uma história complicada de casamento entre etnias. Ele é tão velho que caminha com a ajuda de um bordão. Seus lábios são longos e caídos, porque Tonton Nzeyimana os utiliza para soprar má sorte e doença nas pessoas. Gosta de assustar as crianças com seu rosto feio. Sempre que vejo o Feiticeiro, fujo correndo. Papai, seu próprio sobrinho, não quer vê-lo em nossa casa, mas mamãe o tolera.

– Seja como for, ele é nosso parente – justifica.

Tonton André, o único irmão de papai, odeia ainda mais o Feiticeiro. Os dois nem sequer se cumprimentam na rua.

Embora eu seja menina, papai diz que quando ele morrer o crucifixo será meu, porque sou a primogênita da família. Vou carregar o crucifixo até o dar a meu filho. Tem gente que ri de papai porque diz que deixará de herança para mim, uma menina. Outros dão de ombros e concordam com papai, porque ele estudou na universidade e trabalha num ministério do governo. Às vezes, quando Tonton André e a mulher dele, Tantine Annette, vêm nos visitar, elogiam papai pela decisão. Tantine Annette está grávida, e eu sei que, se Deus desse a eles primeiro uma menina, fariam a mesma coisa.

Sem ver o documento de identidade dele, você jamais diria que Tonton André é irmão de papai. Ele é um cruzamento de papai e mamãe – tão alto quanto ela, mas não tão escuro quanto ele. Tonton André usa cavanhaque. Tantine Annette é a melhor amiga de mamãe. Embora seja tútsi, como mamãe, é tão escura quando papai. Às vezes, a polícia pede a ela os documentos na rua, para ter certeza de suas raízes. Hoje em dia meus pais brincam com Tantine Annette dizendo que vai ser mãe de seis bebês, porque sua barriga está muito grande. Cada vez que Tantine engravida, perde a criança, e todos sabem que é mandinga do Feiticeiro. Mas o casal tem sido firme em sua fé. Às vezes eles se beijam em público, como fazem os belgas na televisão, e nosso povo não gosta muito disso. Mas eles não se importam. Tonton André a leva a um bom hospital em Kigali para fazer o pré-natal, e papai e outros parentes contribuem com dinheiro para ajudá-los, porque os dois são apenas professores pobres do ensino fundamental. O Feiticeiro também se ofereceu para dar dinheiro a eles, mas nós não deixamos. Se ele der um só franco que seja, seu dinheiro ruim vai engolir todas as outras boas contribuições, como as vacas doentes e famintas do sonho do faraó.

Mamãe se levanta de repente.

– Monique, lembre-se de trancar a porta quando eu sair! Seu pai logo estará de volta.

Ouço quando ela entra na cozinha. Abre a porta dos fundos e para por um momento. Então escuto a porta se fechar com um estrondo. Mamãe se foi.

ACENDO A VELA DE NOVO e entro na cozinha para passar a chave no ferrolho. Comemos arroz e peixe e voltamos para nosso quarto. Visto Jean com o pijama de flanela e canto para fazê-lo dormir. Mudo de roupa, pondo a camisola, e me deito ao lado dele.

Num sonho, escuto a voz de Tonton André. Ele parece tão ansioso quanto ontem à tarde, quando veio buscar papai.

– Shenge, Shenge, você tem que abrir a porta para mim! – grita Tonton André.

– Espere, já estou indo – tento dizer-lhe, mas em meu sonho eu não tenho voz, e minhas pernas se derretem como manteiga no sol.

Há muita agitação e tiros que soam como bombas.

– Venha para a porta da frente, depressa! – ele torna a gritar.

Eu acordo. Tonton André está mesmo gritando do lado de fora de nossa casa.

Entro na sala de estar e acendo as luzes fluorescentes. Meus olhos doem. Tem gente batendo com força na porta da frente. Vejo as lâminas dos facões e machados perfurando nossa porta, fazendo buracos na madeira compensada. Duas janelas são quebradas, e coronhas de fuzis e *udufuni* são fincadas ali. Não sei o que está acontecendo. Os agressores não conseguem entrar pelas janelas com seus fuzis e pequenas enxadas, porque as janelas são cobertas de grades de metal. Assustada, trato de me agachar no piso, cobrindo a cabeça com as mãos, até as pessoas lá fora pararem e recuarem.

Torno a ouvir Tonton André, mas dessa vez ele soa calmo e grave, como sempre, e tudo lá fora ficou em silêncio.

– Coitada da minha menina, não precisa ter medo – ele diz, agora rindo confiante, como Jean. – Eles foram embora e seu pai está aqui comigo.

Procurando não pisar no vidro quebrado, vou até a porta, que abro. Mas Tonton André entra na sala com um grupo. Homens e mulheres, todos armados.

– Onde está a mamãe? – ele me pergunta.

– Mamãe saiu.

Tonton André parece um alucinado, com o cabelo desgrenhado como se não o tivesse penteado por um ano inteiro. De camisa verde desabotoada, está descalço.

– *Yagiye hehe*? Para onde ela foi? – pergunta, decepcionado, alguém na multidão.

– Não disse – respondo.

– Você viu seu pai esta noite? – Tonton André quer saber.

– *Oya*.

– Não? Eu te mato! – ele vocifera, o rosto inchado de seriedade.

Eu examino a multidão.

– Você disse que papai estava com você... Papai! Papai!

– O covarde fugiu – disse alguém.

– *Nta butungane burimo*! Não é justo! – gritam outros.

Parecem vitoriosos, como campeões de futebol. Conheço alguns deles. O porteiro de nossa igreja, *monsieur* Paschal, está cantarolando e usa um lenço amarrado na cabeça. *Mademoiselle* Angeline, a filha da minha professora, dança ao som da cantiga, como se fosse um reggae. Ela mostra os polegares levantados a *monsieur* François, que é o pregador da igreja adventista aqui de perto.

Alguns deles agitam as carteiras de identidade, como se estivessem realizando um censo. Outros passaram a revistar nossa casa. Farejando como cães, identificaram em Jean o perfume de mamãe e o estão atormentando – ele começa a chorar. Vou correndo ao nosso quarto e trago Jean comigo para a sala de estar. Eu os escuto andarem pela casa toda, virando as camas de pernas para o ar e quebrando os armários.

De repente, deparo com o Feiticeiro perto do altar. Ele se volta e pisca para mim. Então lança o cajado na direção do crucifixo, uma, duas vezes, e o corpo de Cristo se quebra da cruz, precipitando-se no chão. Sem pernas, ele rola até meus pés. Só os pedaços das mãos e das pernas permanecem pendurados na cruz, vazia e amassada.

A cruz também caiu do altar. O Feiticeiro sorri para mim, divertido com minha frustração. Quando ele se distrai por um momento, eu agarro o corpo quebrado de Jesus e o escondo debaixo do casaco do pijama de Jean. Sento-me no sofá e ponho meu irmão no colo. Agora o Feiticeiro, agitado, procura o corpo de Jesus. É como um garoto crescido procurando um brinquedo.

Ele se volta para mim:

– Shenge, você está com ele?

– Não – respondo, desviando os olhos.

– Olhe para mim, menina.

– Eu não estou com ele.

Agarro Jean com mais força.

O Feiticeiro apaga as luzes. Jean começa a rir, pois agora sua barriga cintila como Jesus. O feiticeiro acende de novo as luzes e vem em nossa direção, dando um sorriso maldoso. Jean não tem medo do velho. Quando o Feiticeiro estende a mão para Jesus, Jean o enfrenta, quase dobrado ao meio para proteger seu tesouro. O Feiticeiro está rindo, mas Jean morde os dedos do homem com seus oito dentes. Quem me dera ele tivesse dentes de ferro e pudesse arrancar a dentadas a mão do Feiticeiro, pois aquilo não tinha graça nenhuma. Mas o velho nos provoca, balançando a língua e fazendo caretas bobas. Quando dá risada, a gente vê as gengivas e todos os buracos deixados pelos dentes que faltam. Agora, com um chiado no peito de tanto rir, ele arrebata de Jean o corpo de Cristo, que guarda em seu bolso pagão.

Tonton André se mostra amargurado e inquieto. Desde que eu lhe disse que meus pais tinham saído, não falou mais comigo. Estou com raiva dele também, porque mentiu para entrar, e agora o Feiticeiro destruiu meu crucifixo e roubou o corpo de Cristo.

Quando ouço barulho no quarto dos meus pais, entro lá correndo com Jean, porque papai e mamãe nunca deixam visitas entrarem ali. Dois homens vasculham o guarda-roupa. Um deles é careca e usa calça amarela manchada, com a bainha enrolada – está sem camisa e sapatos. Tem uns fios de cabelo no peito, e sua barriga é grande e firme. O outro é bem jovem, adolescente. Tem a barba e os cabelos muito bem arrumados, como se tivesse acabado de sair do barbeiro. É alto, de olhos esbugalhados; usa um macacão jeans, uma camiseta de malha e tênis azuis sujos.

O barrigudo me pede que o abrace e olha maliciosamente para o rapaz. Antes que eu possa dizer alguma coisa, ele tira a calça amarela e estende o braço para me agarrar. Mas eu evito suas mãos e me enfio embaixo da cama com Jean. Ele me puxa para fora pelos tornozelos. Empurrando meu corpo contra o chão, o homem nu agarra meus dois pulsos com a mão esquerda. Ergue minha camisola com a mão direita e me rasga a calcinha. Começo a gritar a plenos pulmões. Chamo Tonton André, que está andando no corredor para cima e para baixo. Ele não vem. Continuo a gritar. Começo a me contorcer, com os joelhos apertados juntos. Então, mordo o homem nu. Ele me bate no rosto, de um lado e de outro, até minha saliva ficar salgada de sangue. Cuspo no rosto dele. Duas vezes. O barrigudo bate com minha cabeça no chão, imobilizando meu pescoço, me dando socos na coxa esquerda.

– *Oya*! Não! Shenge é uma de nós! – o Feiticeiro o adverte, entrando às pressas no aposento.

– Ah... deixe essa coisinha... para mim... – diz lentamente o homem nu.

Seu pinto curtinho está despejando em minhas coxas e na camisola uma coisa quente e espessa como um mingau. Não consigo respirar, porque ele desabou em cima de mim com o peso todo, como se estivesse morto. Quando enfim se levanta, escondendo com a calça a nudez, o Feiticeiro se curva olhando para mim, e dá um suspiro de alívio.

– Shenge, está me ouvindo? – quer saber o Feiticeiro.

– Hum...

– Você está bem.

– Tudo bem.

– Tempos ruins, menina, tempos ruins. Seja forte.

Virando-se para meu agressor, ele rosna:

– Sorte sua não abrir o ventre dela. Eu teria estrangulado você com minhas mãos!

– Jean? – digo baixinho. – Cadê meu irmão?

O homem do macacão o encontra embaixo da cama, enroscado como uma serpente, e o arrasta para fora. Jean deita no meu peito sua cabeça grande. Uma dor me fere a cabeça como se o homem ainda estivesse batendo com ela no chão. Meus olhos me mostram muitos homens de calça amarela e de macacão, e muitos Feiticeiros. O chão fica subindo e descendo. Tento manter os olhos abertos, mas não consigo. Jean apalpa minha boca inchada.

Alguém me ergue do piso, e a meu irmão, e nos leva de volta à sala de estar. Vejo Tonton André sentado entre dois homens que o consolam. Ele segura a cabeça entre as mãos, e o Feiticeiro, de pé atrás dele, lhe dá tapinhas amáveis no ombro.

No momento em que nos avista, Tonton André se põe de pé, de chofre. Mas eles o puxam para baixo, ralhando e lhe dizendo que se controle. Porém, ele não os escuta.

– O canalha do meu irmão e a mulher dele não estão aqui? – Tonton André fala devagar, como se estivesse saindo de um sono profundo. – Ele ficou me devendo essa. E se eu não o encontrar, vou matar essas crianças.

– Meu sobrinho... – O Feiticeiro bate com o cajado no chão. – ...não se preocupe. Ele também terá que pagar. Dessa vez ninguém poderá escapar da nossa fúria. Ninguém.

– *Koko, ni impamo tuzabigira* – os presentes começam a murmurar em concordância.

Não imagino o que papai possa estar devendo ao seu irmão mais novo. Seja o que for, tenho certeza de que pagará amanhã.

A multidão se acalma. Alguns ficam parados em grupos, empenhados na conversa, como mulheres no mercado. Tenho a impressão de que há mais gente lá fora. Só *monsieur* François está impaciente, dizendo aos demais que se apressem para poderem ir a outra parte, que o governo não comprou facões e fuzis para que eles fiquem à toa.

Depois de um tempo, o Feiticeiro deixa Tonton André e vem para junto de nós.

– Mocinha, você está dizendo que não sabe onde estão seus pais?

– Eu não sei – declaro.

– Quando eles voltarem, diga-lhes que todas as estradas estão bloqueadas. Não há como escapar. E você, garota esperta – diz o velho, me batendo de leve no peito –, se quiser viver não saia desta casa por motivo algum. Os fantasmas estão pelo país inteiro. Maus fantasmas.

O Feiticeiro agita o bordão e balança a cabeça como se estivesse convocando os fantasmas à existência. E depois sai da casa, seguindo o fluxo da multidão.

Após a saída de todos, tranco a porta. As flores estão esmagadas, a toalha do altar, pisoteada. Por toda parte há vidro quebrado. As gavetas da escrivaninha foram escancaradas e a estante de livros desabou. A televisão agora está virada contra a parede, e um vento frio agita as persianas. Encontro a cruz e a coloco de volta sobre o altar.

Quero dormir, mas o medo me acompanha ao meu quarto. Meus dedos tremem. Sinto minha cabeça pesada e inchada. Em minha coxa esquerda há um caroço, no ponto onde o homem nu me bateu. Minha boca continua sangrando, manchando a frente da camisola. Eu não devia ter enganado o Feiticeiro. O que vão fazer contra nós os fantasmas que ele invocou? Ele também botou feitiço em Tonton André. Jean está todo arrepiado. Estou apavorada demais para arrumar nosso quarto. Nós nos encolhemos num canto, em cima do colchão, que foi atirado no piso. Rezo.

ACORDO COM OS SONS DE MEUS PAIS e outras pessoas discutindo na sala de estar. Há muito barulho. Ainda não amanheceu, e meu corpo inteiro dói. Um lado de meu lábio superior está inchado, como se houvesse um caramelo entre ele e minha gengiva. Não vejo meu irmão.

Entro mancando na sala de estar, mas só encontro meus pais e Jean. Talvez eu tenha sonhado com as outras vozes. Meus pais param de falar no momento em que me veem. Mamãe, sentada no sofá como uma estátua de Marie, Mère des Douleurs, olha para baixo. Papai, de pé ao lado do altar, segura Jean no colo e lhe enfia na boca colheradas de papinha de aveia. Os olhos de Jean estão mortiços e lacrimosos, como se ele tivesse passado dias sem dormir. Sacudindo a cabeça, meu irmão grita e cospe a comida.

– Come tudo, menino, come tudo – diz papai, impaciente. – Você vai precisar de energia.

Nesta manhã de domingo, minha família não se prepara para a missa. As luzes da sala estão apagadas, os móveis, ainda espalhados da noite anterior. As portas e janelas permanecem fechadas, como têm estado desde sexta-feira, e vejo a mesa de jantar agora empurrada contra a porta da frente. Nossa casa parece mal-assombrada, como se os fantasmas do bordão do Feiticeiro ainda estivessem lá dentro.

Saio correndo em direção ao meu pai.

– Bom dia, papai!

– Shhh... sim, bom dia – ele sussurra. Colocando Jean no chão, agacha-se e me segura as mãos. – Não faça barulho. Não tenha medo. Não deixarei ninguém tocá-la de novo, ouviu?

– *Yego*, papai.

Quero abraçá-lo, mas ele me impede.

– Não acenda nenhuma luz e não incomode mamãe agora.

– O Feiticeiro disse que os fantasmas são...

– Aqui não há fantasmas... Olha, hoje não tem missa. Le Père Mertens foi de licença para casa na semana passada.

Ele não me encara; está espiando pela janela.

Escuto um espirro vindo da cozinha, abafado como o de um gato doente. Examino os rostos de meus pais, mas estão vazios de expressão. Um medo súbito me penetra o corpo. Talvez eu ainda esteja sonhando, talvez não. Chego mais perto de papai e pergunto:

– Tonton André agora é amigo do Feiticeiro?

– Nunca mais mencione André em minha casa.

– Ele trouxe um homem para rasgar minha calcinha.

– Eu te digo que me deixe em paz!

Papai vai até a janela e se agarra nas barras de ferro, para suas mãos ficarem firmes, mas seu corpo treme. Os olhos piscam depressa e o rosto ficou crispado. Quando papai se cala desse jeito está a ponto de atacar alguém.

Vou até o sofá e me sento, calada. Quando escorrego para perto de mamãe, ela me empurra para longe com a mão. Resisto, me dobrando como uma árvore ao vento, e depois volto à posição. Nada interessa a mamãe hoje, nem mesmo Jean, o filho favorito dela. Hoje minha mãe não lhe diz nenhuma palavra carinhosa, nem mesmo o toca. Parece lerda, como enfeitiçada, como uma cabra a quem as crianças da vizinhança deram cerveja de sorgo para beber.

Da janela papai se volta e olha para mim como se eu já não fosse mais sua querida Shenge. Quando vê Jean dormindo no tapete aos pés de mamãe, põe a culpa em mim:

– Menina teimosa, você não tem olhos para ver que seu irmão precisa de uma cama? Ponha-o no quarto de dormir e pare de me perturbar a vida.

Mas eu dou a volta na sala de estar, como uma formiga cujo formigueiro foi bloqueado. Tenho pavor de ir para meu quarto, por causa dos fantasmas. Papai me agarra pelo pulso e me arrasta para lá. Ele acende a luz. Nossos brinquedos estão atirados pelo chão. Papai põe o colchão de volta em cima do estrado e rearruma o quarto. Mas tudo continua bagunçado. Papai xinga os brinquedos, destrói os presentes especiais que ele e mamãe compraram para nós quando visitaram os Estados Unidos. Chuta o ursinho de pelúcia contra a parede e pisoteia o Piupiu e o Mickey. As mãos de papai estão muito sujas, os sulcos em torno das unhas, inchados de lama preta. Quando me pega a observá-lo, pergunta:

– O que está olhando?

– Desculpe, papai.

– Eu lhe disse que não acendesse as luzes. Quem acendeu essa luz?

Eu apago a luz.

– Vá buscar o idiota do seu irmão e o ponha para dormir. Você tem que amar seu irmão.

– *Yego*, papai.

Entro na sala de estar na esperança de que mamãe intervenha. Ela não intervém, e eu levo Jean de volta para a cama.

– E fique lá, menina – ordena papai.

Ele volta para a sala de estar, batendo a porta com força.

QUANDO EU ERA MAIS NOVA, costumava ir até os morros montada nos ombros largos de papai. Nós sempre visitávamos os lugares da família de mamãe, no vale próximo. Papai disse que quando conheceu mamãe ela tinha minha idade, e eles brincavam juntos nesses morros. Eles frequentaram a mesma escola no ensino fundamental e a mesma universidade.

Nos morros, você pode ver as nuvens se afastarem, como incenso numa igreja. Nosso país é cheio de ventos, e nos morros eles sopram nos olhos da gente até as lágrimas nos mancharem as faces. Passam sugando os vales, como vacas famintas. Os pássaros levantam voo, e sobem, descem e se balançam, com suas vozes se misturando aos ventos. Quando papai dá sua risada muito alegre, os ventos também carregam sua voz. Do alto dos morros vê-se que a terra é vermelha. Vemos rizomas de bananeira e de banana-da-terra, as folhas centrais enroladas como espadas verde-amareladas cortando a brisa. E os cafezais, com agricultores abrindo caminho por eles com esforço, carregando cestos nas costas.

Quando se sobem os morros na estação das secas, os pés ficam cobertos de poeira. Quando chove, a terra vermelha escorre como sangue sob uma pele verde. Por toda parte surgem gavinhas, e do solo emergem insetos.

Em meu bairro eu ando de cabeça erguida. Todos os valentões sabem que papai vai brigar com qualquer um que se meta comigo. Mesmo quando ele se embriaga com cerveja de banana, minhas lágrimas o devolvem à sobriedade. Às vezes até ralha com mamãe por contrariar a garotinha dele. Papai recrimina os parentes quando lhe dizem que é muito perigoso eu me parecer tanto com ela. Papai gosta de me dizer que ele quis ir contra seu próprio povo e se casar com mamãe em nossa igreja, quando eu nasci, embora ela ainda não lhe tivesse dado um filho homem. Segundo papai, mamãe não quis ouvir falar disso. Ela queria lhe dar um filho homem antes que os dois tomassem o sacramento do matrimônio. Papai me contou tudo.

O amor de mamãe por mim é diferente. Às vezes ela me olha e se entristece. Não gosta nunca de sair comigo em público, como adora fazer com Jean. Fica sempre tensa, como se um leão fosse surgir de um salto e nos devorar.

– Mamãe, eu sempre vou ser bonita! – eu lhe disse um dia, quando voltávamos de carro com papai de um piquenique às margens do lago.

Mamãe estava sentada no banco do carona, com Jean ao colo. Eu, no banco de trás.

– Você podia ser bonita de outras formas, Monique – ela falou.

– Deixe a coitada da menina sossegada – papai resmungou.

– Não estou entendendo.

– Você entenderá quando crescer. – Mamãe meneou a cabeça.

DESTA VEZ, QUANDO ACORDO, raios da manhã amarela vazam para dentro de casa pelo buraco da porta e pelas persianas quebradas. Os raios perfuram a escuridão, e vejo as partículas de poeira dançando dentro deles. Nosso bairro está silencioso. Quando entro na sala de estar, vejo papai indo de uma janela a outra, cuidando de que as persianas não deixem espaço para quem estiver fora olhar para dentro. Mamãe está parada ao lado da mesa, forçando a vista para examinar duas fotos emolduradas.

Uma é do casamento tradicional de meus pais. Tem dez anos de idade. Na época eu estava na barriga de mamãe. Todas as mulheres estão vestidas com apuro, o *imyitero* drapeado sobre elas como a vestimenta curta de Le Père Mertens. As mulheres casadas que tiveram filhos homens usam coroas de *urugoli*.[1] Mamãe só recebeu a dela há um ano, quando Jean nasceu. Ao fundo há algumas vacas amarradas, que fizeram parte do dote que papai ofereceu por mamãe. Mas por muito que eu tente focalizar a vista em outras coisas meus olhos voltam ao semblante sorridente de Tonton André. Tapo com a mão o rosto dele, mas mamãe me empurra os dedos para longe. Em vez daquela, fita a outra foto, que foi tirada no ano passado, depois do casamento de meus pais na igreja. Papai, mamãe e eu estamos na frente. Sou a menina das flores, com as mãos enluvadas e um cestinho de flores pendurado no pescoço por fitas brancas. Mamãe segura o bebê Jean junto ao coração, como um buquê de noiva.

– Mamãe, Jean está sozinho no quarto – digo.

– E espero que ele durma o dia inteiro – ela responde, sem olhar para mim.

1. Faixa tecida com fibra do sorgo, simbólica da maternidade. (N. da T.)

– Os fantasmas não vão roubá-lo?

– Ele se acostumará com os fantasmas, Monique. Vá buscar alguma coisa pra comer.

– Ah, mamãe, eu não quero comer.

– Então vá pro chuveiro tomar um banho.

– Sozinha? Não quero banho, não.

Ela toca em minha camisola.

– Você precisa tomar banho.

– Mamãe, quando os feiticeiros fazem pipi...

– Não me conte agora. – E olhando para papai: – Ela precisa tomar banho.

Ao ouvir isso, ergo a camisola para mostrar a mamãe o inchado da coxa, mas ela me dá um tapa na mão, dizendo:

– Você vai ganhar uma calcinha nova. Seu rosto ficará bonito de novo.

Volto a atenção para as fotografias. Arranho com as unhas o rosto de Tonton André para apagá-lo de nossa família, mas o vidro o salva.

Mamãe não está mais observando as fotos; está de olhos fechados, como se rezasse. Apanho uma espátula de bronze de abrir cartas e passo a arranhar o vidro em cima do rosto de meu *tonton*. O barulho distrai papai da janela e ele me lança um olhar severo. Eu paro.

– Por que você desceu... voltou? – ele pergunta a mamãe, examinando meu rosto para ver se entendi a pergunta.

Eu não entendi.

Papai torna a se voltar para ela.

– Mulher, por quê? Volte para onde estava ontem à noite. Por favor, vá embora.

– O que você fizer, seja o que for, não deixe minha filha saber.

– Ela deveria! – ele diz e depois recua diante da força de sua própria voz.

Meus pais estão me escondendo alguma coisa. Mamãe é muito teimosa em relação a isso. As frases deles entram em meus ouvidos tão aleatoriamente quanto um lance de dados em nosso tabuleiro de jogar ludo. Papai parece culpado, como uma criança incapaz de guardar um segredo.

– Não posso suportar isso – ele lamenta. – Não consigo.

– Se Monique soubesse onde eu estava ontem à noite – argumenta mamãe –, sua família teria arrancado dela a verdade e derramado sangue.

Enquanto eles conversam, pessoas invisíveis respiram em toda parte – pelo menos vinte fantasmas estão no ar em torno de nós. Quando mamãe fala, os fantasmas deixam escapar gemidos de anuência, mas meus pais não parecem ouvi-los.

Papai balança a cabeça.

– Quero dizer que você nunca deveria ter voltado. Eu poderia tê-los convencido...

– Nós precisávamos estar com as crianças.

Não entendo por que mamãe diz que quer ficar comigo, quando nem sequer olha em minha direção. Vejo água suja pingando e escorrendo pela parede branca a meu lado. Ela vem do teto. No começo, desce em duas linhas finas. Depois as linhas ficam mais largas e se misturam numa só. Então vêm mais duas linhas, em esguichos, como pequenas aranhas descendo num fio da mangueira que temos no quintal. Toco no líquido com a ponta do dedo. É sangue.

– Fantasma! Fantasma! – grito, e me atiro em direção a papai.

– Não é sangue – ele afirma.

– Você está mentindo! É sangue, é sangue, sim!

Papai tenta se enfiar entre mim e a parede, mas eu me meto na sua frente e o abraço. Dependuro-me de seu corpo, escalando-o até minhas mãos o rodearem e minhas pernas lhe envolverem a cintura. Ele tenta abafar meus gritos com as mãos, mas eu me agito em contorções até papai se vergar sob meu peso e nós quase cairmos no chão. Ele vacila e recupera o equilíbrio; depois solta a respiração e seu corpo rígido se descontrai. Colocando os braços em torno de mim, me carrega para o sofá. Aperta meu rosto contra seu coração, para me esconder do sangue. Eu paro de gritar. Mamãe está rangendo os dentes e tem no rosto uma expressão de teimosia – talvez o Feiticeiro também a tenha enfeitiçado.

Continuo a tremer, apesar de papai me abraçar com força. Conto-lhe sobre a noite passada, e ele me consola, dizendo-me que não chore. As lágrimas também encheram seus olhos e depois caem sobre mim, quentes e rápidas. Nunca o tinha visto chorar. Agora, como eu, ele não consegue parar. Está me dizendo que sempre vai me amar, colocando minha cabeça em seu ombro, acariciando meus cabelos presos em trancinhas. Sou de novo a Shenge do papai.

– Eles são fantasmas bonzinhos. – Soluçando, papai beijou minha testa. – Gente boa que morreu.

– Papai, eu enganei o Feiticeiro.

– Não pense em ontem à noite.

Ele me carrega nas costas para o banheiro. Tira minha camisola, que joga no lixo, e abre a torneira do chuveiro. Nas paredes, os encanamentos apitam e suspiram, mas hoje a sensação é diferente, como se eu estivesse escutando o sangue correr pelas estranhas veias dos fantasmas. O banho quente espalha vapor pelo banheiro, e papai se movimenta dentro dele, ainda soluçando e enxugando as lágrimas com a manga da camisa.

Quando papai limpa meu rosto, sinto que suas mãos cheiram a ovos crus. Ele as lava na pia. Nós dois suamos no calor e no vapor. Mas quando eu tento abrir as persianas da janela, papai me impede de fazê-lo. No espelho, a aparência de minha boca é de que eu caí em cima dela. Não consigo escovar os dentes. Com água quente e iodo que apanhou no armário, papai limpa meu lábio.

Ele me deixa sozinha para eu me lavar, dizendo que não devo ter medo, pois ficará bem junto à porta, do lado de fora. Depois do banho, papai vai comigo para meu quarto, e eu visto calça jeans e uma camiseta cor-de-rosa.

De volta à sala de estar, nós nos sentamos juntos, longe da parede ensanguentada, minha cabeça em seu ombro. Estou com fome. Papai se oferece para fazer comida, mas eu digo que não, pois não consigo mexer a boca para comer.

– Olha, nós não podemos fugir disso – diz mamãe.

Papai dá de ombros:

– Mas eu não consigo fazer isso. Como vou fazê-lo?

Eles estão novamente falando de coisas secretas.

– Consegue, sim – ela insiste. – Ontem, você fez para a Annette.

– Eu nunca deveria ter ido ontem à casa de André; foi um grande erro.

– Nós devemos a André a nossa cooperação. Agora ele é um louco.

Papai vai até a janela e olha para fora.

– Acho que devíamos correr para aqueles soldados da ONU ali na esquina.

– *Ndabyanze*! De jeito nenhum! Se quando seu irmão voltar ele não conseguir o que deseja, machucará todos nós.

– Os soldados são nossa única esperança.

– Aqueles ali? São uns desesperados.

– Não.

– Meu marido, seja o que você decidir, deixe as crianças viverem, entendeu?

– Mamãe, nós vamos morrer?

– Não, minha querida, não – ela afirma. – Vocês não vão morrer. *Uzabaho*. Vocês vão viver.

DO LADO DE FORA, O SOL DA METADE DA MANHÃ está muito brilhante, e embora as persianas continuem fechadas consigo ver claramente agora as roupas de meus pais. A calça jeans marrom-clara de papai está coberta de manchas escuras. Mamãe está muito suja, o vestido coberto de poeira, como se ela tivesse passado a noite lutando, deitada no chão. Ela cheira a suor. Eu sabia que era uma má ideia mamãe sair ontem à noite; ela nunca sai à noite. Mamãe me diz que há muitas mulheres vadias que saem, porque Ruanda está ficando cada vez mais pobre.

– Mamãe, mamãe! – Jean começa a gritar de repente. Deve estar tendo um pesadelo.

Mamãe balança a cabeça, com ar culpado, mas não vai até ele, como se tivesse perdido o direito a ser nossa mãe. Entro com papai em nosso quarto, e Jean sobe em cima dele, mas chora pedindo mamãe. O espirro abafado torna a romper o silêncio. Um fantasma está respirando sofregamente com falta de ar, como se estivesse sendo sufocado. Nós dois nos agarramos a papai, que entrou no cômodo trazendo água benta.

– Calma, está tudo bem. – Papai, olhando em torno, borrifa a água benta, como se tivesse vindo consolar os fantasmas, e não a nós.

Juntos ficamos ouvindo a respiração áspera do fantasma. A respiração vai ficando cada vez mais espacejada, até parar. Papai e os outros fantasmas começam a suspirar, como se o sofredor tivesse morrido uma segunda morte. Papai tem lágrimas nos olhos e sua boca se move sem palavras. Ele está conjurando os fantasmas, como o Feiticeiro, mas sem usar um bordão.

Alguém começa a bater com força na porta principal. Papai me entrega Jean rapidamente.

– Não abra! – ele diz a mamãe num silvo e, depois, voltando-se para mim: – E não leve pra lá seu irmão!

Papai fica conosco, mas sua mente está na sala, onde ouvimos mamãe empurrar a mesa, abrir a porta e falar baixinho com alguém. Ouvimos o arrastar de cadeiras e mesas. Depois, um som de raspar. No telhado, ouço aves grandes baterem as asas na decolagem. Depois, o silêncio. As pessoas devem ter ido embora, e mamãe ficou de novo sozinha na sala.

Numa casa da mesma rua alguém solta um grito angustiado. Jean começa a chorar. Eu lhe dou tapinhas nas costas e canto para ele bem baixinho. Jean lambe os lábios, pois quer comer. Papai nos leva à sala e oferece a Jean os restos da papa de aveia. Ele mastiga com avidez os bocados frios.

– Mocinho, hoje de manhã eu lhe disse pra comer tudo – reclama papai. – Vocês, crianças, são um peso para nós!

Ele me dá fatias de pão e leite que apanhou na geladeira. Molhando o pão no leite eu vou engolindo sem mastigar.

Ao longe uma multidão vem cantando; pelo som, parece que estão se dirigindo à nossa casa. Papai chega à janela. Outra voz começa a gritar. Uma terceira voz, uma quarta, uma quinta – parece a voz da minha amiga Hélène. Antes que eu diga qualquer coisa, papai adverte:

– Shenge, esqueça aquela menina twa.

Na escola, Hélène e eu nos sentamos juntas. Ela é a melhor aluna da turma, e durante o recreio nós duas pulamos corda no pátio. Ela é pequena e tem cabelos fartos, com a testa achatada como a de um macaco. A maior parte do povo twa é assim. Eles são poucos em nosso país. Meus pais dizem que são pacíficos e que o mundo nunca os menciona quando fala sobre Ruanda.

Hélène é órfã porque no ano passado o Feiticeiro botou quebranto nos pais dela. *Mademoiselle* Angeline disse que ele os enfeitiçou com aids jogando seu grigri por cima do telhado da casa deles.

Agora papai paga a mensalidade da escola de Hélène. Nós estamos na mesma aula de catecismo, e papai prometeu fazer uma festa conjunta para nossa primeira comunhão. No ano passado, em nossa turma, Hélène recebeu o primeiro prêmio em serviço comunitário – organizado por Le Père Mertens. Eu tirei segundo lugar. Fomos nós duas que buscamos a maior quantidade de baldes de água para os idosos de nosso bairro. O padre disse que se a pessoa fosse hutu devia buscar água para os tútsis e twas. Se fosse tútsi, devia buscar água para os hutus e twas. Se fosse twa, devia servir aos outros dois. Eu, que era tútsi e hutu, busquei para todos, em meu baldinho.

– Nós não podemos botá-la para dentro. – Papai dá de ombros. – E como é que essa crise afeta os twas?

De repente mamãe torna a afastar a mesa da porta, que destranca. Mas não a abre, apenas se apoia nela. Outros gritos abafados açoitam o dia como um chicote. Ouvem-se tiros a distância. Papai se aproxima de mamãe, com as mãos trêmulas. Ele gira a chave na fechadura e a leva de volta para o sofá. Depois, torna a empurrar a mesa contra a porta.

De repente mamãe se põe de pé e apanha de dentro do vestido o maior rolo de dinheiro que eu já vi. As notas estão apertadas e úmidas, como se ela as tivesse segurado a noite inteira.

– Isto deve ajudar por algum tempo. – E ela oferece o rolo a papai. – Espero que os bancos tornem a abrir amanhã.

Ele não toca no dinheiro.

– Então, para nossos filhos. – Mamãe coloca o rolo sobre a mesa.

Eu digo a papai:

– Nós devemos dar o dinheiro a Tonton André, para reembolsá-lo.

– *Ego imana y'Urwanda*! – pragueja mamãe, cortando minhas palavras. – Cala a boca, minha filha. Você quer morrer?

Seus lábios tremem como se ela tivesse malária. Papai tira do bolso traseiro o documento de identidade e examina os detalhes com repulsa. Também tira do bolso o documento de mamãe. Reunindo os dois, ele os rasga em pedaços grandes, depois em pedaços pequenos, como confete. Coloca sobre a mesa os fragmentos e volta a seu posto de segurança perto da janela. Em seguida, retorna para junto da mesa e reúne os pedacinhos, mas não consegue consertar o estrago; ele os guarda no bolso.

A NOITE CAI. MAMÃE atravessa o cômodo num passo rígido e se ajoelha diante do altar. Papai fala com ela, que nada responde. Ele a toca e ela começa a soluçar.

– Por este que é o crucifixo de sua Shenge... – Mamãe se levanta. – ...prometa-me que não irá trair quem nos procurou em busca de segurança.

Papai balança a cabeça, assentindo.

– Eu prometo... *ndakwijeje*.

Lentamente, mamãe tira do dedo a aliança de ouro e a entrega a papai.

– Venda isto e cuide de si mesmo e das crianças.

Papai recua, de olhos fechados. Quando os abre, estão nublados como um dia de chuva. Mamãe se aproxima e põe em minhas mãos o dinheiro, com a aliança no alto de tudo.

– Não vá embora, mamãe. Papai te ama.

– Eu sei, Monique, eu sei.

– É porque você saiu ontem à noite?

– Não, não, eu não saí ontem à noite! – ela diz.

Deixo tudo em cima do altar e, me ajoelhando diante de papai, peço a ele com todo meu amor que perdoe mamãe, embora ela esteja mentindo. Ele vira o rosto. Eu volto para o sofá.

– Seu pai é um homem bom. – Mamãe me abraça.

Eu empurro Jean contra ela, mas mamãe evita os olhos dele. Penso em Le Père Mertens. Imploro a mamãe que espere a volta dele da Bélgica para reconciliá-los.

– Se você se confessar ao Père Mertens, Jesus vai te perdoar.

Há uma leve batida na porta. Mamãe endireita o corpo, empurrando Jean para longe como se fosse um escorpião. Alguém do lado de fora chora baixinho. Mamãe passa por papai para empurrar a mesa e abrir a porta. É Hélène; esparramada na nossa soleira. Depressa mamãe a traz para dentro, e papai tranca a porta.

Hélène está encharcada de sangue e esteve se arrastando na poeira. Seu pé direito balança, pendurado pelos tendões, como um sapato amarrado no varal pelos cadarços. Papai amarra o pé dela com uma toalha, mas o sangue vaza pelo tecido. Eu seguro a mão da minha amiga, que está fria e pegajosa.

– Você vai ficar bem, Hélène – prometo a ela.

Hélène desmaia.

– Não, São Judas Tadeu, não! – exclama mamãe, recolhendo num abraço o corpo flácido de Hélène. – Monique, vai ficar tudo bem com sua amiguinha.

Escuto a multidão que se aproxima, mas meus pais estão mais interessados em Hélène. Papai sobe numa cadeira e depois na mesa. Abre o alçapão do forro da sala e pede a mamãe que passe Hélène para ele.

– Lembre que nós já temos gente demais aí em cima, meu marido. Quando eu desci, você já tinha cinco aí dentro... e há poucas horas eu pus mais dois. O forro vai desabar.

Eles levam Hélène para meu quarto, e mamãe abre o alçapão. Uma nuvem de poeira fina explode do teto. Eles empurram para dentro o corpo de Hélène.

Agora entendi – eles estão escondendo gente entre o telhado e o forro. Mamãe estava lá ontem à noite. Ela me enganou. Hoje ninguém quer me dizer a verdade. Amanhã terei que lembrar a eles que mentir é pecado.

À MEDIDA QUE A MULTIDÃO SE APROXIMA de nossa casa, cantando, o povo do teto começa a rezar. Reconheço as vozes como sendo as de tútsis nossos vizinhos e companheiros de paróquia. Eles se calam quando papai abre a porta da frente para a multidão, que é maior que a da noite passada e invade nosso lar como a água da enchente. Essas pessoas parecem cansadas, e, no entanto, continuam cantando como bêbadas. Suas armas, mãos, sapatos e roupas estão cobertos de sangue, as palmas, viscosas. Nossa casa fica de repente com cheiro de matadouro de gado. Vejo o homem que me atacou; sua calça amarela agora está marrom-avermelhada. Ele olha fixamente para mim; eu me agarro a papai, que está cabisbaixo.

Mamãe sai correndo para o quarto dela. Quatro homens sujeitam Tonton André, que ainda quer matar todos nós. Corro para o lado de mamãe e me sento com ela sobre a cama. Em seguida, a turba também entra no quarto, trazendo papai. Entregam-lhe um facão enorme. Ele começa a tremer, seus olhos piscam. Um homem me arranca do lado de mamãe e me empurra em direção a Jean, que está no canto. Papai, parado diante de mamãe, segura o cabo da faca.

– Meu povo – ele gagueja –, deixem outro fazer isso. Por favor.

– Não, você vai fazer, sim, traidor! – brada Tonton André, lutando contra os que tentam contê-lo. – Estava conosco ontem quando matei Annette. Minha esposa grávida. Você não pode manter a sua. Para onde foi ontem à noite, quando nós viemos aqui? Você ama sua família mais do que eu amava a minha? Sim?

– Se nós matarmos sua mulher para você... – O Feiticeiro bate com o cajado no chão. – ...teremos de matar você. E seus filhos também. Senão, depois de limparmos nossa terra da praga tútsi, seus filhos virão se vingar de nós. Precisamos ficar unidos. Nada deve diluir nosso sangue. Nem Deus. Nem o casamento.

Tonton André grita:

– Shenge, quantos tútsis seu pai escondeu?

– Meu marido, seja homem – interrompe mamãe, baixando o olhar.

– Shenge, responda! – grita alguém.

A multidão de hutus murmura e fica impaciente.

– *Wowe, subiza.*

– Meu marido, você me prometeu.

Papai crava o facão na cabeça de mamãe. Ela engasga, cai da cama e fica deitada de costas no assoalho de madeira.

Parece um sonho. O facão cai da mão de papai. Seus olhos estão fechados, seu rosto, calmo, embora ele esteja tremendo.

Mamãe se inteiriça no piso como se se espreguiçasse. Seus pés chutam e o peito sobe e fica trancado, como se ela prendesse o fôlego. Há sangue por toda parte – em todo mundo ao seu redor. Ele se derrama nos olhos de mamãe. Ela olha para nós através do sangue. Vê papai se transformar num feiticeiro, vê o povo dele dizer coisas ruins. O sangue transborda de suas pálpebras, e mamãe fica chorando lágrimas vermelhas. Minha bexiga se solta e a urina me escorre pelas pernas abaixo, em direção ao sangue. O sangue predomina, banhando meus pés. Papai ergue as pálpebras lentamente. Respira fundo e devagar. Inclinando-se, fecha com as mãos trêmulas os olhos de mamãe.

– Se deixar algum tútsi viver – eles lhe dizem –, você está morto.

Então começam a ir embora, alguns até lhe dando tapinhas nas costas. Tonton André agora ficou calmo, cofiando o cavanhaque. Ele agarra papai pela manga. Papai cobre mamãe com uma colcha e depois sai com a multidão, sem olhar para mim nem para Jean. A aliança e o dinheiro de mamãe desaparecem com eles.

Eu choro com o povo do sótão até minha voz desaparecer e minha língua ficar ressequida. Ninguém poderá, nunca mais, me chamar de novo de Shenge. Quero ficar sentada com mamãe para sempre e ao mesmo tempo quero fugir para longe. Às vezes acho que ela está dormindo e abraçando Hélène embaixo da colcha, e que o sangue é de Hélène. Não quero incomodá-las. Minha mente já não é minha; está fazendo coisas por conta própria. Começa a correr para trás e eu vejo o sangue correr de volta para dentro de mamãe. Vejo mamãe se levantar de repente, tão subitamente como quando caiu. Vejo o facão de papai se erguendo dos cabelos dela. Ela diz:

– Eu prometi pra você!

– Sim, mamãe – eu digo –, você me prometeu!

Jean se assusta com meu berro. Ele sapateia no sangue como se brincasse na lama.

Começo a pensar em mamãe como uma das pessoas do teto. Para ela ainda não é seguro descer. Ela está deitada lá em silêncio, segurando-se nos caibros, exatamente como deve ter estado ontem à noite quando o homem de calça amarela me atacou. Está à espera do momento certo para chorar comigo. Acho que Tonton André esconde Tantine Annette no forro da casa deles e iludiu a todos para que acreditassem que ele a matou. Eu a vejo deitada de cara para cima, sobre um caibro de madeira, com sua barriga enorme, do mesmo jeito que fico deitada no galho mais baixo de nossa mangueira e tento contar as frutas. Em breve Tonton André a trará para baixo com toda a gentileza. Ela vai dar à luz e ele cobrirá sua boca de beijos belgas.

JEAN ARRANCA A COLCHA DE CIMA de mamãe e tenta acordá-la. Ele estica o dedo dela, mas o dedo volta a se dobrar, como se ela estivesse de provocação com Jean. Meu irmão tenta juntar as duas bandas da cabeça de mamãe, mas em vão. Mete os dedos entre os cabelos dela e os esfrega, com sangue espesso, como um xampu vermelho. Enquanto o povo do sótão chora, Jean limpa as mãos nas roupas dela e sai andando lá para fora, dando risinhos.

Eu fico vagando de cômodo em cômodo, procurando ouvir a voz dela entre as vozes lá em cima. Quando se faz silêncio, sua presença me enche o coração.

– Perdoe-nos, Monique – diz *madame* Thérèse no teto da sala.

– Nós sempre vamos apoiar você e J... Jean – gagueja o marido dela, do forro acima de meu quarto. – Seus pais são boa gente, Monique. Nós iremos pagar sua mensalidade na escola. Agora você é nossa.

– Tire esse corpo de cima de mim! – resmunga Vovó de Martin, no teto acima do corredor. – Está morto, está morto!

– Tenha paciência – pede alguém perto dela. – Mandaremos os mortos para baixo com cuidado, antes que eles caiam.

Alguns agradecem a Deus pela forma como foram salvos pelo casamento de meus pais. Vovó de Martin fica histérica, forçando todos os demais a se reorganizarem no espaço acima do corredor. Eu identifico cada voz, mas a de mamãe não está ali. Por que ela não me diz alguma coisa? Por que não manda que eu vá tomar um banho?

Tudo o que mamãe costumava me dizer – em brincadeira, com raiva, com medo – me volta à memória de uma vez, e, no entanto, separadamente. Há uma ordem, uma canção de ninar, o som do beijo dela na minha bochecha. Talvez ainda esteja tentando me proteger do que virá. Sei que ela é capaz de fazer isso, exatamente como impediu papai de me falar que ia lhe despedaçar a cabeça.

– Estou esperando por mamãe – digo ao povo do teto.

– Ela morreu, Monique.

– Não, não, agora eu sei. Ela está aí em cima.

– *Yagiye hehe*? Onde?

– Parem de mentir! Digam à minha mãe que fale comigo.

O forro da sala agora está estalando e vergando-se no meio, e *madame* Thérèse começa a rir como uma bêbada.

– Tem razão, Monique. Só estamos brincando. Sim, sua espertinha, sua *maman* está aqui, mas ela só vai descer se você for lá pra fora, buscar Jean. A mamãe teve um dia muito cansativo.

– *Yego, madame* Thérèse – digo – acorde minha mãe.

– Ela a ouve – afirma de súbito *monsieur* Pierre Nsabimana, lá no teto da cozinha. Em todo esse tempo ele se mantivera calado. Sua voz me acalma, e eu caminho em direção a ela, com os olhos fixados no alto.

Alguém começa a recitar a Catena Legionis[2] num sussurro áspero e apressado. Não é mamãe – ela sempre faz suas orações com toda a calma.

– Quer que sua mamãe caia daqui em cima de você? – pergunta *monsieur* Pierre.

– Não.

– Então, menina, saia desta casa e não volte mais!

O forro acima do altar começa a se destacar da parede, e pessoas escorregam daquela ponta, como lagartos gigantescos. Apanhando o crucifixo quebrado, saio correndo porta afora.

Por toda parte há cadáveres. As roupas deles dançam ao vento. Onde o sangue empapou a terra, o capim não se mexe. Os urubus fustigam os mortos com seus longos bicos; Jean os está espantando, batendo com os pés no chão e rodando os

2. Prece recitada pelos adeptos da Legião de Maria; consiste principalmente na Magnificat. (N. da T.)

braços. Suas mãozinhas ficaram manchadas, porque ele tentava levantar os mortos. Já não ri mais. De olhos arregalados, franze as sobrancelhas na testa infantil.

Então meu irmãozinho sai andando em direção aos soldados da ONU na esquina, cujos fuzis brilham ao crepúsculo. Os soldados estão se distanciando de Jean, como se fossem uma miragem. Os urubus seguem Jean. Grito com eles, mas continuam a atormentá-lo, como mosquitos teimosos. Jean não escuta. Senta-se no solo, esperneando e chorando porque os soldados não o esperam. Agachando-me diante de meu irmão, peço a ele que suba nas minhas costas. Ele sobe e se cala.

Saímos caminhando vacilantes pela noite fria, subindo a estrada pedregosa que leva para os morros. O sangue secou em nossas roupas como goma de amido. Uma pequena multidão vem caminhando ao nosso encontro. Entre eles está *monsieur* Henri, que carrega uma grande tocha cuja chama devora a noite em grandes goles tempestuosos. São nosso povo por parte de mamãe e estão todos vestidos em trajes militares. Como qualquer torcida de time de futebol, eles vão cantando o que farão para matar o povo de papai. Alguns erguem armas de fogo. Se papai não conseguiu poupar a vida de mamãe, será que os parentes dela irão poupar a minha? Ou a de meu irmão?

Saio da estrada para o mato, carregando Jean nas costas, segurando o crucifixo numa das mãos e com a outra protegendo os olhos contra o capim alto e os galhos, com os pés frios e prontos a pisar em espinhos. Jean aperta o corpo com força contra o meu, enterrando o rosto em minhas costas.

– Mamãe diz que é para não ter medo – lembro a ele.

Então nos deitamos sobre o crucifixo para esconder sua luminosidade. Nós queremos viver; não queremos morrer. Eu preciso ser forte.

Após a multidão passar correndo por nós, volto à estrada e olho para trás. Eles arrastam mamãe para fora pelas pernas e botam fogo na casa. Quando seus companheiros tútsis escondidos no sótão começam a gritar, o fogo já está incontrolável.

Eles continuam a correr. Partem em busca do povo de papai. Nós caminhamos para diante.

Em toda parte está escuro, e o vento espalha pelo céu nuvens negras como cobertores. Meu irmão brinca com o brilho do crucifixo, balbuciando o nome de mamãe.

Posfácio

EMBORA SEUS PAIS TENHAM DESEMPENHADO, durante décadas, um papel proeminente nos eventos e no desenvolvimento de nossa diocese, só entrei em contato com o padre Uwem Akpan em 1988, em sua aldeia natal de Ikot Akpan Eda. Ele era um dos cento e cinquenta paroquianos da paróquia de São Paulo, em Ekparakwa, que aguardavam para receber o sacramento da crisma naquela luminosa manhã de domingo. Pouco antes da missa, soube-se que o catequista, que havia preparado os candidatos e dirigido os ensaios deles para a celebração do sacramento, adoecera de repente e estava indisposto. Enquanto os zeladores da igreja se esforçavam para conseguir um substituto, Uwem se apresentou como voluntário para ser mestre-de-cerimônias da ocasião. Ele tinha dezessete anos e parecia muito severo em seu escuro "terno francês", como dizemos na Nigéria. Acabara de se diplomar no ensino médio e decidira ser padre jesuíta. Nunca tinha sido mestre-de-cerimônias. Quando lhe perguntei como conduziria, pelo dia afora, os outros candidatos e a congregação, ele logo respondeu que a cada dúvida sobre o que dizer ao público ele iria ao altar consultar o bispo. Muitas vezes durante aquela missa Uwem levou a congregação às risadas, por conta de comentários feitos com ar de seriedade, usando linguagem comum para explicar o que significava o sacramento da crisma. Ele era fluente em inglês e em sua língua nativa do povo annang.

Quando convidei Uwem para morar e trabalhar comigo na residência do bispado foi que realmente entrei em contato com sua profundidade, paixão e coragem. Ele sempre disse as coisas diretamente, sem rodeios. Ficava impaciente com o que chamava teologia "abstrata". Lia muito e me bombardeava com questões sobre a fé católica. Por vezes sua concentração e intensidade só se tornavam mais suportáveis por causa do humor annang e do seu riso sonoro e alegre. Como acompanhava o progresso de sua formação de padre jesuíta – na Nigéria, nos Estados Unidos, no Quênia, em Benin e na Tanzânia, e nas conversas que tínhamos, quando ele vinha para casa em visita, sobre suas dificuldades de escrever no seminário –, comecei a sentir que não havia jeito de esse homem de Ikot Akpan Eda ser um padre sem usar a linguagem do homem comum para sondar o terreno dentro do qual os africanos modernos estão vivenciando sua fé. Portanto, não fiquei muito surpreso quando Uwem começou a dar voz às crianças africanas na ficção.

Estou convencido de que a publicação de *Diga que você é um deles* é uma ousada tentativa de esclarecer os leitores sobre as crianças na África, impulsionada por um desejo apaixonado de criar um lugar mais seguro para as crianças no mundo inteiro. Padre Uwem, nós em sua diocese natal de Ikot Ekpene estamos orgulhosos de você. Que Deus continue a confirmar sua fé e abençoar seus talentos e sua coragem como padre e poeta.

REVERENDÍSSIMO CAMILLUS ETOKUDOH, BISPO DE IKOT EKPENE

Agradecimentos

Este livro foi resultado da presença de muitas pessoas em minha vida.

Em nome das famílias estendidas de Jumbo Akpan-Ituno e de Titus Ekanem, agradeço a vocês, meus irmãos e cunhadas – Emem e Joy, Aniekan e Nkoyo, e Mfon e Ekaete – e seus filhos; e a você John Uko e ao bispo Camillus Etokudoh. Vocês sempre afirmaram que era possível.

Também tenho uma dívida com vocês, meus amigos – entre os quais há jesuítas –, que nunca se cansaram de me ouvir falar de meus grandes sonhos e de ler os rascunhos de meus textos: Jude Odiaka, Ubong Attai, Mary Ifezime, Edie Nguyen, Itoro Etokakpan, Ndi Nukuna, Isidore Bonabom, Comfort Udoudo-Ukpong, Emma Ugwejeh, Ehi Omoragbon, Lynette Lashley, Emma Orobator, Caitlin Ukpong, Chuks Afiawari, David Toolan, Bob Hamm, Iniobong Ukpoudom, Vic EttaMessi, James Fitzgerald, Peter Chidolue, Bob Reiser, Larry Searles, Abam Mambo, Bill Scanlon, Rose Ngacha, Gabriel Udolisa, Tyolumun Upaa, Barbara Magoha, Christine Escobar, Wes Harris, Matilda Alisigwe, John Stacer, Aitua Iriogbe, Peter Byrne, Amayo Bassey, Funto Okuboyejo, Gozzy Ukairo, Peter Ho Davies, Nick Delbanco, Laura Kasischke, Nancy Reisman, Dennis Glasgow, Fabian Udoh, Greg Carlson, Mark Obu, Prema Bennett, Bob Egan, Arac de Nyeko, John Ofei, Gina Zoot, James Martin, Madonna Braun, Ray Salomone, Jim Stehr, Wale Solaja, Sam Okwuidegbe, Tom Smith, Mike Flecky, Kpanie Addie, Shade Adebayo, Gabriel Massi, Nick Iduwe, Peter Otieno, Dan Mai, Greg Zacharias, Anne Njuguna, Edie Murphy, Alex Irochukwu, Fidelis Divine, Jan Burgess, Jackie Johnson, Chika Eze, Marian Krzyzowski, Eugene Niyonzima, Jeanne Levi-Hinte, Marissa Perry, Celeste Ng, Preeta Samarasan, Peter Mayshle, Anne Stameshkin, Jenni Ferrari-Adler, Phoebe Nobles, Joe Kilduff, Ariel Djanikian, Jasper Caarls, Taemi Lim, Maaza Mengiste, Marjorie Horton, Taiyaba Husain, Rosie e Jerry Matzucek, Ufuoma e Rich Okorigba, Emily e Paul Utulu, Eunice e Dele Ogunmekan, Olive e Thomas Beka, Monica e Cletus Imahe, Mary Ellen e Leslie Glynn, Justina e Raphael Eshiet, a família Okuboyejo, Daniel Herwitz e Mary Price do Instituto de Ciências Humanas da Universidade de Michigan, e os padres e religiosos do estado de Akwa Ibom residentes em Michigan.

Também desejo agradecer a Cressida Leyshon da revista *The New Yorker*; Pat Strachan, Marie Salter e Heather Fain, respectivamente editora, copidesque e diretora de publicidade da editora Little, Brown and Company; Elise Dillsworth do Little, Brown Book Group; e Eileen Pollack, Gerry McIntyre e Ekaete Ekop, amigos e editores em geral. Maria Massie, minha agente, você é o máximo na área.

Finalmente, que Deus os abençoe, fiéis da igreja de São Patrício, em Ikot Akpan Eda; da paróquia de São Paulo, em Ekparakwa; e a diocese católica de Ikot Ekpene, por sua generosidade para comigo e minha família desde minha infância. Graças à inspiração de vocês eu tenho histórias para contar.

Este livro foi composto em
Warnock Pro e impresso pela Edigraf
sobre papel pólen soft 70g para
a Ediouro, em junho de 2009.